지음 슈우
일러스트 시즈마요시노리
옮김 원성민
마왕학원의 부적합자 9
~사상 최강의 마왕인 시조,
전생해서 자손들의
학교에 다니다~

Keyword

마왕학원의 부적합자

마왕성 데르조게이드

2천 년 전 아노스가 기거하던 성. 현재는 마왕학원 교사로 이용 중이다. 그 정체는 과거에 아노스가 쓰러뜨린 파괴신의 힘을 성이라는 형태로 봉인한 것.

창성(創星) 에리얼

창조신 밀리티아가 남긴, 아노스의 기억을 봉인한 별. 총 다섯 개가 존재하는데, 마지막 하나는 내용을 확인하지 않은 채 사샤에게 맡겼다. 어째서 밀리티아가 아노스의 기억과 관련된 열쇠를 갖고 있었는지는 불명.

흑궁(黑穹)

지상에서 아득히 높은 곳, 구름과 하늘보다도 높은 곳에 존재하는, 암흑과 별빛으로 가득한 공간. 지상의 생명이 진입하는 것이 불가능한 장소이며, 신들의 창궁과 연결된 「신계의 문」이 떠다니고 있다.

신계의 문

흑궁에 존재하는 신들의 창궁과 연결된 문. 과거에 신족들은 이 문을 통해 지상에 강림했으나, 아노스가 문 위에 마왕성 데르조게이드를 세운 탓에 현재는 사용할 수 없다.

신족

한 명 한 명이 어떠한 「질서」를 권능으로 가진 비상히 강력한 종족. 대부분의 경우에는 감정다운 감정을 갖고 있지 않지만, 개중에는 예외적으로 마음을 가진 신족이 존재한다.

신대(神代)의 학부(學府) 에베라스트앙제타

지하의 성도(聖都) 가에라헤스타에 존재하는, 용인(龍人)들이 말하길 신이 하사했다는 성스러운 성. 내부에는 수많은 비석이 안치되어 있으며, 학부의 학생들은 매일 그 내용을 해독하느라 여념이 없다.

홍차의 정령 티르뭉크

찻잔처럼 생긴 정령. 안에 뜨거운 물을 부으면 홍차로 변한다. 그 홍차는 긴장했을 때는 상쾌한 향이 느껴지고, 적의나 의심을 품고 있을 때는 달콤한 맛이, 차분할 때는 신맛과 단맛, 쓴맛이 절묘하게 섞인 최고의 맛이 난다.

『따라와.
엔네스오네는 기다리고 있었어.
계속, 계속 말이야.

"제시아의 동생…… 이에요……!"

마왕학원의 부적합자 9

~사상 최강의 마왕인 시조, 전생해서 자손들의 학교에 다니다~

지음 슈우
일러스트 시즈마요시노리
옮김 원성민

NEXT

마왕학원의 부적합자

등장인물소개

【마왕학원】

아노스 볼디고드

태연하고 오만하며 절대적인 힘과 자신감을 가진, 《포학의 마왕》이라 경외받던 남자가 전생한 모습.

미샤 네크론

과묵하고 얌전한 아노스의 동급생이자 그가 전생 후 최초로 만든 친구.

사샤 네크론

살짝 공격적이고 자신감이 넘치지만, 동생과 동료들을 아끼는 미샤의 쌍둥이 언니.

레이 그랑즈드리

과거에 마왕과 수없이 사투를 벌였던 용사가 전생한 모습.

미사 레그리아

대정령 레노와 마왕의 오른팔 신 사이에서 태어난 반령반마(半靈半魔) 소녀.

엘레오노르 비앙카

넘치는 모성으로 남들을 잘 돌봐주는, 아노스의 부하 중 하나.

【아노스 팬 유니언】

아노스에게 심취한 추종자들로 구성된 사랑과 광기의 집단.

엘렌 미하이스

제시카 아네트

마이아 젬토

Maoh Gakuin no Futekigousha
Characters introduction

창조신 밀리티아

이 세상을 창조한 원초의 신.
2천 년 전, 평화를 바라는 마왕의 의지에 찬동해 힘을 빌려주었다.

파괴신 아베르니유

파괴의 질서를 관장하는 창조신의 동생. 지금은 마왕성 데르조게이드에 봉인되어 있다.

엔네스오네

신계의 문 저편에서 아노스 일행을 기다리고 있던 수수께끼의 소녀.

제시아 비앙카

《엘레오노르(근원모태)》에 의해 태어난 1만 명의 제시아 중 가장 어린 개체.

신 레그리아

2천 년 전, 《포학의 마왕》의 오른팔로서 늘 곁을 지켰던 마족 최강의 검사.

엘드메드 디티전

《신화의 시대》에 군림했던 대마족으로, 통칭 '치사왕(熾死王).

노노 이노타

시아 뮌셴

히무카 호우라

카사 클루노아

노노 이노타

§프롤로그【~신의 전생~】

2천 년 전. 마왕성 데르조게이드.

정적이 내려앉은 깊고 어두운 밤. 마왕성의 옥좌에는 성의 주인인 마왕 아노스가 앉아 있었다. 그는 턱을 괴고 사색하듯 어둠을 향해 시선을 고정했다.

희미하게 빛이 깜빡거린다. 그는 고개를 들어 높은 창을 보았다. 그곳에 은백색 빛이 비쳤다.

그저 어둡기만 하던 밤하늘에는 조금 전까지는 없었을 터인 《창조의 달》 아티엘트노아가 은은하게 빛나고 있었다. 팔랑, 팔랑——눈의 결정과도 닮은 한 조각 꽃잎이 높은 창을 빠져나와 성 안에 들어왔다. 그것은 마왕의 눈앞에 조용히 춤을 추며 내려앉았다.

설월화(雪月花)는 은백색으로 깜빡이며 사람의 윤곽을 그리기 시작했고 이윽고 긴 머리 소녀——창조신 밀리티아가 지상에 현현했다. 그녀는 고요한 눈동자로 마왕 아노스를 똑바로 보았다.

"기다렸어?"

"올 거라고 생각했다."

아노스는 옥좌에서 일어나 천천히 밀리티아에게 다가갔다.

"파멸의 원흉, 파괴신 아베르니유는 내가 쓰러뜨렸다."

밀리티아는 이미 알고 있다는 것처럼 말없이 고개를 끄덕였다.

"이 성이?"

"그 결과지."

창조신은 두 눈으로 성을 보았다. 세상을 내려다보듯 그녀의 신안(神眼)에는 마왕성 데르조게이드의 모든 것이 비쳤을 것이다.

"——아베르니유는."

그녀의 입에서 부드러운 목소리가 흘러나온다.

"무슨 말을 남겼어?"

순간, 아노스는 눈을 감았다. 파괴신의 말이 뇌리를 스쳤다.

"절망 따위가 되고 싶지 않다고 했다."

그 목소리는 분명히 신족이 가질 리 없는 슬픔이었다. 그렇기에 마왕의 마음에 깊이 새겨졌다. 눈을 뜨고 창조신을 똑바로 응시하며 그는 전했다.

"파멸을 바라보는 질서로 있는 것은 이제 지긋지긋하다고 하더군."

"당신은 그녀를 구해주었어."

아노스는 자조하듯 웃었다.

"글쎄. 나는 단지 모든 것이 허약하게 파멸해가는 이 세상이 마음에 안 들었을 뿐이다. 디르헤이드를 내가 원하는 나라로 만들겠다는 목표를 파괴신이, 《파멸의 태양》 사지엘도나베가 방해했지."

아노스가 손을 내밀자 데르조게이드의 입체 마법진이 기동한다. 떠오른 무수한 마법 문자와 함께 그림자 검이 그곳에 나타나 그의 손에 자루를 향했다.

마왕은 그것을 잡았다. 그림자가 반전되며 이멸검(理滅劍) 베누즈도노아가 모습을 드러냈다.

"구한 게 아니다. 문제를 뒤로 미룬 것에 지나지 않아."

날카로운 안광을 뿌리는 아노스에게 밀리티아가 말했다.

"당신은 이 세상에 사는 하나의 생명으로서 최선을 다해 싸워 주었어."

작은 신은 표정을 바꾸지는 않았지만 그럼에도 어딘가 다정함이 묻어나는 얼굴로 말했다.

"나머지는 창조신의 질서가 해야 할 일이야."

"그렇게 고집을 부릴 것도 없지 않나. 여기까지 왔으니 끝까지 함께하자고."

밀리티아는 조용히 고개를 좌우로 흔들었다. 긴 머리가 살랑살랑 흔들린다.

"괜찮아."

아노스의 시선을 밀리티아는 부드럽게 받아들였다.

"……흠. 내 힘이 불필요하다는 뜻이라면 그보다 좋은 일은 없겠다만. 어떻게 하려는 거지?"

"생각이 있어. 그리고."

밀리티아는 다정한 목소리로 말했다.

"그녀가 바란 일이니까."

"알 수 있는 거냐?"

밀리티아는 살짝 미소를 머금었다.

"당신이 전해준 편지에 적혀 있었어."

"그런가."

아노스는 이멸검 끝을 아주 약간 들어 올렸다.

"여기에."

그렇게 말하며 창조신은 자신의 가슴에 살며시 손을 얹었다.

"내가 마음만 먹으면 너는 소멸된다."

아노스는 무표정한 창조신에게 그렇게 말했다.

"두렵지 않나?"

"신은 곧 질서. 무서운 것은 없어."

밀리티아는 가슴에서 손을 떼더니 손짓하듯 뻗었다.

"이리 와."

베누즈도노아의 날 끝이 밀리티아를 겨눈다. 밤의 정적을 유지한 채 발소리를 내지 않고 천천히 걸어서, 마왕은 창조신의 오른쪽 가슴에 이치를 멸하는 마검을 찔러 넣었다. 피는 흐르지 않았지만 그 칼날은 틀림없이 신을 베었다. 그녀의 소중한 것을. 이멸검이 질서를 멸하기 시작했다.

"《시리카(전생)》."

거대한 마법진이 그려졌고, 아노스는 뽑아낸 이멸검을 그곳에 내밀었다. 성 안에서 검은 입자가 무수히 솟아오르기 시작했다. 파괴신 아베르니유에게서 분리된 의식의 조각이다. 그 입자 하나하나가 옥좌실을 가득 채워갔다.

아노스는 《시리카》 마법진 안을 방황하는 그 근원을 《파멸의 마안》으로 응시했다.

"밀리티아, 네 소원을 이루어주마. 파괴신 아베르니유는 마족으로 전생할 거다. 질서에 얽매이지 않고 신이라는 멍에에서 벗어나 그 마음을 마음껏 펼치게 되겠지."

"당신의 혈족으로?"
밀리티아가 물었다.
"아베르니유와 나는 같은 《파멸의 마안》을 가졌다. 내 피에서 태어날 먼 후손에게는 이 마안의 편린이 발현되겠지. 그 마안을 연결고리로 삼아서 이멸검으로 자신의 매개체로 착각하게 할 거다."
설령 다시 태어난다 해도 신은 신. 그 질서를 마왕 아노스가, 베누즈도노아가 멸하는 것이다.
"다정하게 대해줘."
"내가? 아베르니유에게?"
밀리티아가 고개를 끄덕였다.
"모처럼 전생하는 것이니 해묵은 관계 따위는 끊는 편이 좋지. 파괴신이었던 과거 같은 것은 특히나 말이다."
"기억은 잊더라도 마음은 잊지 않아."
확신에 찬 어조로 창조신은 말했다.
"그것이 세상의 이치라 해도 나를 방해한다면 멸해주겠다."
밀리티아는 미소 지었다. 마왕 아노스도 멸할 수 없는 게 있다는 듯이.
"마음을 따라서 분명히 기억해낼 거야."
그녀의 눈동자가 은빛으로 빛났다.
"당신에 대해서."
"왜 그렇게 생각하는 거지?"
밀리티아는 마치 귀여워하듯이, 그리고 조금 기쁜 듯이 대답했다.

"그녀는 사랑에 빠졌으니까."

"영광스러운 얘기로군."

아노스는 자조하듯 말했다.

"각인에 불과해. 아베르니유에게 처음으로 감정을 안겨준 것도 그 파괴의 질서로부터 해방시킬 수 있었던 것도 우연히 나였던 것뿐이지. 평화로운 세상에서는 마음이 더욱 자유로워질 것이다."

아노스는 밀리티아에게서 시선을 떼고 높은 천장을 올려다보았다. 어쩌면 그 말은 아베르니유에게 하는 것이었을지도 모른다.

"황폐한 세상도, 떠맡게 된 파멸의 질서도, 저지른 죄도, 나는 마음을 얽매는 그 모든 족쇄를 풀어주었다."

입가를 느슨하게 풀며 아노스가 말했다.

"그것을 바란다면 또다시 사랑하면 된다. 족쇄에서 풀려난 자유로운 마음으로. 진실로 사랑하는 자를 만나는 것이지."

창조신은 말없이 서 있었다. 아노스가 다시 그쪽으로 시선을 돌리자 그녀는 입을 열었다.

"맹약을 맺자."

"호오."

창조신의 제안에 마왕은 흥미로운 표정을 띠었다.

"전생하면 가장 먼저 그녀를 만나러 가줘."

"그리고?"

"만약에 그녀가 사랑에 빠진다면, 그 사랑을 받아들여줘."

아노스는 진지한 표정으로 그렇게 말하는 작은 신이 우스워서 소리 내어 웃었다.

“크하하. 받아들이라고? 그 말괄량이를? 재미있는 말을 다 하는군.”

아노스는 더욱 크게 소리 내어 웃었다. 그런 그를 보며 밀리티아는 담담하게 대답했다.

“신은 농담을 이해하지 못해.”

“생각해보겠다.”

《시리카》 마법 쪽으로 아노스는 시선을 옮겼다. 신족의 전생은 마족이나 인간과는 사정이 다르다. 그것도 질서와 분리한다고 하면 더욱 그럴 것이다.

“이름을 정해둘까.”

밀리티아는 눈동자에 의문을 드리우며 아노스의 얼굴을 들여다보았다.

“아베르니유는 내 후손으로 태어날 거다. 신의 질서를 잃는 이상, 너라고 해도 찾기는 어렵겠지. 《파멸의 마안》 외에도 표시를 해 둬서 손해 볼 것은 없지 않겠나.”

아베르니유는 아노스가 마법으로 만들어내는 마족의 후손으로 태어난다. 후손들의 근원에 작용해서 그 가르침을 잠재의식에 대대로 계승되게 하여 이름을 정하는 것 정도는 할 수 있으리라.

“떠오르는 게 없다면 내가 정하마.”

“사샤.”

밀리티아가 말했다.
"사샤는 어때?"
"좋은 이름이로군."
아노스의 대답에 창조신은 미소를 보였다.
"고마워."
아노스는 돌아서서 그녀에게 물었다.
"넌 어떻게 할 거지?"
밀리티아는 한순간 말문이 막혔다. 그녀는 잠시 생각한 후, 부드러운 표정으로 이렇게 말했다.
"어디선가 이 세상과 당신을 지켜보고 있을게."

§1. 【별을 삼킨 마녀】

지지직…… 지지직…… 노이즈가 섞인 듯한 이명이 들린다. 햇빛이 눈꺼풀에 꽂힌다. 둔탁한 아픔이 머리 깊은 곳을 뒤흔들고, 잠들어 있던 의식이 차츰 윤곽을 되찾는다.
"——아노스, 슬슬 아침밥 먹을래——?"
멀리서 들려오는 어머니의 목소리에 나는 눈을 떴다. 눈앞에는 연신 눈을 깜빡이는 소녀가 있었다. 나선형으로 컬을 넣은 머리카락을 나부끼며 침대 옆에 둔 의자에 얌전히 앉아 있다. 무릎 위에 책을 펼쳐 두고 있던 그녀는 희미하게 미소 지었다.
"잘 잤어?"

미샤는 담담하게 말하며 책을 덮었다.
“늦잠 잔 건가?”
“조금.”
지지직…… 다시 이명이 들렸다. 나로서는 드물게 다소 피로가 쌓여 있었던 모양이다.
천천히 몸을 일으키자 미샤가 마법진을 그리더니 그 중심에 손을 넣어 안에서 물병과 컵을 꺼냈다. 그리고 시원한 물을 컵에 따라 나에게 내밀었다.
“마침 마시고 싶었던 참이다.”
미샤는 기쁜 듯 미소 지었다. 목을 축인 나는 몸 위에 마법진을 그려서 잠옷에서 평상복으로 갈아입었다.
“미샤, 아노스가 일어났니――?”
다시 어머니의 목소리가 들려왔다.
“지금 일어났어. 아침식사와 함께 점심식사 준비도 부탁할게.”
1층에 있는 어머니에게 마력으로 목소리를 날린다.
“알았어~! 아노스는 한창 자랄 나이니까!”
활기찬 목소리가 돌아왔다.
“미샤, 언제 왔어?”
그렇게 묻자 그녀는 살짝 고개를 가웃했다.
“두 시간 전쯤?”
꽤 기다리게 한 모양이다.
“미안하군. 깨워도 괜찮았는데.”
미샤는 고개를 도리도리 흔들었다.

"기분 좋아 보였거든."

배려해준 건가.

"아르카나와 사샤는?"

"아르카나는 가데이시오라에 갔어."

그러고 보니 상황을 보러 간다고 했었나.

"사샤는 아직 자는 중이야."

흠. 아침에 약하긴 하지만 아무리 그래도 점심까지 자는 경우는 드문데.

"깨우러 갈까."

그리고 《가톰(전이)》 마법진을 그린 순간.

"아노스——! 잠깐 와 봐라! 긴급사태야!"

요란한 목소리가 1층에서 들려왔다. 아버지다. 미샤를 보았더니 그녀는 고개를 갸우뚱했다. 하긴, 알 리가 없겠지. 도대체 무슨 긴급사태라는 거지?

"잠깐 기다려줘."

"응."

방을 나와 미샤와 함께 1층으로 내려갔다. 대장간의 점포 공간에 갔더니 아버지가 의자에 한쪽 다리를 올리고, 대장간용 대형 망치를 어깨에 걸친 위풍당당한 포즈를 취하고 있었다. 전혀 긴급사태로 보이지 않는다.

"아버지, 무슨 일이야?"

"포즈를……."

아버지는 이 세상의 모든 절망을 긁어모은 듯한 얼굴로 말했다.

"포즈를 못 정하겠어!!"

이것이 2천 년 전, 역사에 이름을 남기는 일 없이 싸웠던 영웅의 현재 모습이다.

"평소와 같아 보이는데?"

그러자 아버지는 검지를 좌우로 흔들며 쯧쯧 혀를 찼다.

"잘 들어라, 아노스. 자고로 남자는 평소와 같아서는 안 돼. 항상 한계를 넘어서야 하지. 한계를 넘어선 끝에 지금의 아빠가 있는 거야."

알 수 없는 말을 한다. 미샤에게 시선을 보내자 그녀도 고개를 갸웃거렸다.

"촛불이 꺼지려는 순간에 빛이 강해지고, 그 빛으로 꺼지는 걸 극복한다는 얘긴가?"

흠. 아버지의 포징조차도 그 이치에 닿는다는 건가. 즉, 아버지의 부끄러움이 사회적으로 죽음에 가까워질 때, 부끄러움은 더욱 빛을 더하여 사회적인 죽음을 극복해왔다는 것인가?

그렇다면――.

"과감함이 부족한 게 아닐까?"

그러자 아버지는 깜짝 놀란 듯했다.

"과감……함……?!"

아버지는 눈이 찢어질 듯한 기세로 부릅뜨며 경악한 표정을 지었다.

"……그래, 그랬구나……."

무언가를 깨달은 듯 아버지가 말했다.

"……알았다. 드디어 깨달았어, 아노스. 아빠에게 무엇이 부족했는지. 아빠는 지금까지 과감함이 부족하다는 말을 들은 적이 없었어. 오히려 과감한 것만이 장점이고, 지나치게 과감하다고 칭찬받는 편이었거든."

흠. 칭찬인 것 같진 않은데.

"하지만 아빠는 자식이 생기고 책임이 늘어나자, 나도 모르는 사이에 소극적으로 변했던 거야……."

설마, 지금까지 적극적이었던 게 아니었을 줄이야.

"그걸 아노스 네가 깨우치게 해주다니. 자식에게 배운다는 건 바로 이런 걸 두고 하는 말이구나!"

씨익 웃으며 말하는 아버지. 늘 그렇듯이 평소에 해보고 싶었던 말을 하는 것일 뿐이다.

"좋아! 해볼까! 한 걸음 더, 아니 세 걸음! 아빠는 그날의 내 모습을 떠올리고, 그리고 그 너머의 영역에 발을 내디뎌보겠어!"

아버지는 망치를 수직으로 세운 후, 가느다란 자루 부분만 받침 삼아 엎드린 자세로 몸을 얹더니 두 팔다리를 쭉 뻗었다. 그 모습은 영락없는 길거리 곡예사였다.

"고맙다, 아들아!"

훌륭한 균형이었다.

"그런데 포즈는 왜 정하고 있던 거야?"

아버지는 허공을 헤엄치듯 균형을 잡으며 뽐내듯 말했다.

"들으면 놀랄걸? 이번에 제자가 생겼어. 오늘 공방에 올 테니까 처음에 멋진 모습을 똑똑히 보여주고 싶었거든."

그 모습을 똑똑히 본 제자가 그 길로 돌아가지 않기를 빌 수밖에 없겠군.

"아노스, 잘 잤니!"

앞치마 차림의 어머니가 활짝 웃으며 얼굴을 내밀었다.

"미샤도 밥 먹을 거지?"

미샤가 내 쪽을 보았다. 무슨 말을 하려는지는 대충 안다.

"사샤 몫도 차려주겠어? 지금 데려올게."

"응, 알았어. 우리 아노스가 많이 피곤한 것 같아서 솜씨 발휘 좀 했단다! 많이 먹고 기운 내렴!"

생글 웃으며 대답한 어머니는 다시 부엌으로 돌아갔다.

"그럼 아버지, 식사 준비가 끝날 때까지는 돌아올게."

"그래, 다녀와라. 아빠는 여기서 새로운 세――."

미샤와 함께 《가톰》으로 전이하기 직전, 수직으로 세워 두었던 망치가 균형을 잃었고 아버지는 그대로 바닥에 떨어졌다. 그러나 아버지는 나를 향해 씨익 웃으며 엄지를 치켜세우고 있다. 충격을 줄이는 자세를 취하려고 하지 않는 아버지의 말로는 굳이 보지 않아도 뻔히 예상되었다.

우당탕탕 요란한 소리가 멀리 사라져가고 눈앞에 캐노피가 달린 침대가 나타났다. 네크론 저택에 있는 사샤의 개인실이다.

"괜찮을까?"

아버지 얘기겠지.

"뭐, 늘 있는 일이야."

그렇게 대답하고 침대 위를 보았는데 사샤는 없었다. 침대 옆

작은 테이블에 마시다 만 유리잔이 놓여 있었다. 일어난 후에 사샤가 마신 것이리라.

"엇갈렸나…… 잠깐."

유리잔에서 풍기는 독특한 향기가 코를 찌른다. 마력을 보내자 유리잔이 허공을 날아 내 손에 들어왔다.

"왜 그래?"

"술이로군."

미샤의 눈이 살짝 커졌다.

"물이랑 착각했을까?"

"아마도 잠결에 마신 거겠지. 지금쯤 취한 채로 어딘가를 배회하고 있을지도——."

네크론 저택 일대를 마안으로 살펴보니 의외로 사샤는 가까운 곳에 있었다.

"저기 있군."

내가 가리키자 미샤가 침대 반대편으로 돌아갔다. 사샤는 바닥에서 자고 있었다. 어째서인지 침대 밑에 들어가 있는 채로 발만 조금 나와 있었다.

"일어나, 사샤."

사샤의 발을 잡고 침대 밑에서 쭈욱 끌어낸다. 술병을 껴안은 금발 소녀가 모습을 드러냈다.

"텅 비었어."

미샤가 담담히 말했다. 다 마셔버렸는지 술병에는 술이 한 방울도 남아 있지 않았다.

"정신을 못 차릴만하군."

나는 사샤의 몸에 《이스(해독)》의 마법진을 그렸다. 알코올이 제거되기 직전에 그녀는 눈을 번쩍 뜨더니 《파멸의 마안》으로 마법진을 파괴했다.

"……무슨 짓이지?"

"있잖아, 마왕님."

그녀가 또박또박 말했다.

"술이 너무 세도 재미없어. 더 취할 수 있으면 좋을 텐데."

"그렇군."

적당히 대답하고 《이스》 마법을 쓰자, 사샤는 즉시 《파멸의 마안》으로 그것을 지워버렸다.

"있잖아, 오늘도 대결하자."

사샤는 몸을 일으키고 우아하게 미소 지었다.

"갑자기 무슨 얘기지?"

"당신이 이기면, 오늘은 머리카락을 한 가닥 줄게."

"머리카락?"

"그래. 내 몸을 원하잖아? 좋아. 하지만 이겼을 때 얘기야. 마왕님이 날 이기면 줄게."

미샤가 고개를 갸웃거리며 신기한 듯 중얼거렸다.

"술주정이 신기해."

어지간히 많이 마셨나 보군.

"내가 이기면."

사샤가 내 입술에 살며시 검지를 댄다.

"당신의 입술을 가져갈게. 사랑의 마법을 걸어줄게. 나에게 절대복종. 어떤 사소한 말대꾸도 허락하지 않을 거야."

처음 만났을 때도 비슷한 말을 했던 것 같다.

"당신은 내 마왕님이 되는 거야. 알겠어?"

"어쩔 수 없군."

사샤의 어깨에 손을 얹고 확 끌어당겼다.

"꺅……."

사샤가 얼굴을 붉히며 《파멸의 마안》으로 나를 보았다. 보통 사람이라면 가볍게 반마법이 뚫리고 기절했을 것이다.

"으, 으…… 함, 함부로 만지지 마……. 파멸시킬 거야…… 파멸시킬 거라고……."

"그 정도로 파멸당할 수는 없지."

이마와 이마가 닿을 정도로 가까운 거리에서 나도 《파멸의 마안》으로 사샤의 《파멸의 마안》을 상쇄했다.

"대결 종목은 눈싸움이다. 시선을 피하면 지는 거다."

"자신 있어. 왜냐하면 내가 본 것만으로도 세상 모든 것이 파멸하거든. 마족도 인간도 정령도, 신이라도 파멸해. 누구도 나와 눈을 마주치지 못해."

"크하하, 자신감이 대단하군. 그럼 시작할까."

나는 《파멸의 마안》으로 사샤를 노려보았다. 사샤는 살짝 미소 지으며 나를 노려보았다. 서로 가만히 노려보기를 몇 초. 사샤는 내 뺨에 슬쩍 손을 댔다.

"뭐지? 이 손은."

"아…… 아무것도 아니야……."

사샤는 대답하면서 억지로 내 고개를 돌리려고 했다. 나는《파멸의 마안》에 더욱 힘을 담아 사샤의 눈동자에 파고들 기세로 응시했다. 이대로 마안의 힘으로 밀어붙여서 시선을 돌리게 할 심산이었다.

"아, 알았다고……."

"뭘 말이냐?"

"으…… 그러니까……."

그녀는 새빨갛게 달아오른 얼굴로 체념한 듯 나에게서 시선을 피했다.

"그, 그렇게, 쳐다보지 마……. 바보야……."

"내가 이겼군."

그와 동시에 그녀에게《이스》를 써서 취기로부터 깨워주었다.

"어?"

정신이 확 돌아온 것처럼 사샤는 나를 보았고, 이어서 미샤 쪽으로 시선을 옮겼다.

그런데 마음은 딴 곳에 있는 것처럼 보였다.

"사샤?"

미샤의 부름에도 응하지 않고 사샤는 멍하니 우리 둘을 응시했다. 불현듯 그녀의 눈동자에서 눈물이 또르르 흘러내렸다.

"다행이야. 밀리티아, 아노스."

술에서 깨었을 터인 그녀는 그럼에도 불구하고 그런 말을 했다.

"약속대로 다시 세 명이서 만나게 됐구나."

"약속?"

미샤가 옆에서 의아한 듯 중얼거렸다.

"흠. 그렇군."

나는 사샤의 얼굴을 마안으로 응시했다.

"사샤, 입을 벌려라."

"뭐……? 입? 입을 벌리라고? 만나자마자, 뭐야……? 마왕님, 너무 난폭해."

"됐으니까 어서 벌려라. 네 몸은 내 것이 아니던가?"

"……오, 오늘은, 머리카락이라고 했잖아……."

사샤는 부끄러워하며 나를 바라보고 마지못해 입을 벌렸다. 그러자 목구멍 깊은 곳에서 창백하게 빛나는 마력이 보였다.

"이거 참, 아무리 취했다지만 뭘 삼킨 거냐."

벌어진 사샤의 입에 입술을 가까이 대고 숨을 스읍 들이켰다.

"……아……으……."

말이 되지 못한 신음을 흘리는 사샤의 입술에서 창백한 빛이 흘러넘쳤다.

"흠."

창백한 빛은 이윽고 조약돌 정도의 크기가 되어 별처럼 반짝이기 시작했다.

"에리얼?"

"그래."

눈앞에서 에리얼이 크게 반짝이나 싶더니 서서히 빛을 잃었고, 이윽고 사라졌다.

"잠결에 술과 함께 실수로 삼켜서, 에리얼이 보여준 과거를 꿈으로 꾸었나 보군."

흐리멍덩하던 사샤의 눈동자에 조금씩 초점이 돌아오기 시작했다.

"……에리얼의…… 꿈……?"

자문하듯 말하며 사샤가 나를 보았다.

"정신이 드나?"

한동안 멍하니 있던 후, 사샤는 고개를 끄덕이며 대답했다.

"아, 응……. 늦잠을 자버렸네……. 미안해……."

"괜찮다."

"……뭔가 이상한 꿈을 꿨어……. 에리얼을 삼켜서, 2천 년 전의 과거가, 내게 흘러들어온 것 같았는데……."

"삼킨 것은 꿈이 아니다. 무엇을 보았는지는 모르겠다만, 덕분에 에리얼은 깔끔하게 사라져 버렸지."

"뭐……?"

사샤가 놀란 듯 나를 돌아보았다.

"……꿈이 아니라고……?"

"십중팔구는."

"그럼 그게…… 에리얼이 보여준 과거……인 거야……?"

사샤가 방금 꾸었던 꿈을 떠올리는 것처럼 몹시 복잡해 보이는 표정을 지으며 중얼거렸다.

"아노스……."

사샤는 믿을 수 없다는 표정으로 말했다.

"나, 파괴신 아베르니유야."

§2. 【상념을 더듬는 것은 술잔 속의 물】

미샤가 눈을 동그랗게 떴다. 여간한 일로는 동요하지 않는 그녀가 웬일로 진심으로 놀란 것 같았다.

"에리얼의 꿈에서 봤어?"

미샤의 질문에 사샤는 고개를 끄덕였다.

"아노스와 창조신 밀리티아가 얘기하고 있었어. 파괴신 아베르니유는 자신이 파괴의 질서인 것에 염증을 느끼고 전생하기를 바랐다고. 아노스는 밀리티아에게 이멸검을 찌른 후, 아베르니유가 바란 대로 파괴신의 의식을 데르조게이드에서 분리시켰어."

미샤는 의아한 듯 고개를 갸우뚱했다.

"밀리티아에게 이멸검을?"

"으음— 왜인지는 모르겠는데 그렇게 하더라고. 창조신의 질서에 뭔가 하기라도 한 걸까?"

사샤가 생각에 잠긴 듯한 표정으로 말했다.

"어쨌든 파괴신 아베르니유는 파괴의 질서로부터 분리되었어. 《파멸의 마안》이 있으니까, 그것을 연결고리로 아노스의 후손에게 전생시킬 수 있다면서……."

"흠. 불가능한 얘기는 아니로군."

과거의 내가 그리 말했다면 그 방법을 찾아낸 게 맞을 것이다.

"훗날 다시 재회할 수 있도록 밀리티아가 전생 후의 아베르니유에게 이름을 지어주었지. '사샤'라고."

《파멸의 마안》을 가진 내 후손이자 이름은 사샤인가.

"확실히 너 말고는 없을 거다."

"사샤가 파괴신……."

미샤는 나직하게 읊조리며 사샤의 얼굴을 보았다.

"파괴신은 착한 애야?"

"……의외로 그게 답일지도 모르겠는걸."

"답이라고?"

사샤가 물었다.

"천부신(天父神) 노우스갈리아가 《파멸의 태양》 사지엘도나베를 되살려내어 하늘에 빛나게 했다. 하지만 파멸의 빛――흑양(黑陽)은 내 부하나 디르헤이드 백성을 해치지 않았지. 내게는 그럴 거라는 확신이 있었어."

나는 금발 소녀의 얼굴을, 그 근원의 심연을 들여다보았다. 여전히 짚이는 점은 없다. 하지만 2천 년 전에 이미 만났을지도 모른다.

"그 정체가 너였기 때문이라면 납득이 가는군."

현재 파괴신 아베르니유는 둘로 나뉘어 있는 것이다. 그 질서는 마왕성 데르조게이드에, 그 마음은 사샤라는 마족에게.

"……하나도 실감이 안 나는데."

"기억이 없으니 그럴 수밖에."

"파괴신 아베르니유였던 내가 밀리티아처럼 아노스 편이었다는 거지……?"

"아마도. 하지만 그게 창성(創星)이 보여준 과거라면, 약간 이해가 안 가는 점도 있군."

"뭐가?"

"어째서 밀리티아는 내게서 그 기억을 빼앗은 거지?"

"아……."

이해한 듯 사샤가 신음을 흘렸다. 밀리티아는 내게서 파괴신 아베르니유의 기억을 빼앗아 그것을 창성에 남겼다. 아버지 때와는 달리 기억을 빼앗을 필요는 없었던 것 같은데. 그렇다면 왜 굳이 빼앗았을까?

"……왜일까?"

"더 본 게 있어?"

미샤의 질문에 사샤가 미간을 찌푸리며 생각했다.

"글쎄, 꿈이라서 좀 흐릿한데……. 확실히 문제를 뒤로 미룬 것일 뿐이라고 했던 것 같아……."

"무엇에 대해서?"

"그게 기억이 안 나는데……."

사샤는 자기 자신이 한 말에 깜짝 놀랐다.

"……기억이 안 나……?"

그녀는 기세 좋게 고개를 들었다.

"밀리티아는 분명히 말했어, 내가 아베르니유였다는 사실을 기억해낼 거라고."

"어떻게?"

"……어, 그러니까, 내가, 사——."

무언가를 떠올리고 사샤는 굳어졌다. 차츰 그 뺨이 발그레 달아올랐다.

"사?"

미샤가 의아한 표정으로 중얼거렸다.

"아, 아무것도 아냐! 그래, 마음이야, 마음! 기억은 잊더라도 마음은 잊지 않으니까. 마음을 따라서 기억해낼 거라고 말했던 것 같아."

마음을 따라서 기억해낸다, 라.

"글쎄. 과연 그렇게 순조로울까."

"안 돼?"

미샤가 물었다.

"단언할 수는 없군. 신족의 전생은 다른 종족과 다른 듯하니까. 하지만 말 그대로의 의미가 아니라 모종의 비유로 볼 여지가 있군."

"실제로 기억이 남아 있을까?"

"그래. 창성과 같은 형태로 아베르니유가 자신의 기억을 어딘가에 남겼을 수도 있어. 잊고 싶지 않은 기억을, 그 마음을 단서로 찾을 수 있는 장소에."

사샤에게 시선을 보내자 그녀는 도망치듯 시선을 피했다.

"왜 눈을 피하는 거지?"

"벼, 별 이유 없어!"

별 이유가 없다면 시선을 피할 필요는 없을 텐데.

"2천 년 전, 아베르니유였을 때의 마음은 무언가 남아 있나?"

"……남아 있다면 남아 있다고 할 수 있으려나……?"

"뭐지?"

"안 남아 있어!"

흠. 기억이 약간 혼란스러운 건가.

"뭐, 좋아. 그럼 네 마음을 일깨워 주도록 하지."

사샤가 자신의 몸을 껴안는 듯한 자세를 취했다.

"……그, 그런 마법이 있어?"

"아니. 전생하며 잃어버린 기억은 《에뷔(추억)》를 써도 되찾을 수 없다. 마음은 기억보다 모호한 것이니까. 마법으로는 잘 안 될 거다."

"어, 그럼 어떻게 하게?"

사샤는 의아해하는 표정으로 물었다.

"지하의 백성들을 디르헤이드에 초대해서 연회를 열었을 때 일을 기억하나?"

"응? 아…… 그때 일은 전혀 기억이 없어……."

자신의 추태를 부끄러워하는 것처럼 사샤는 대답했다.

"그때 넌 알 수 없는 말만 하고 있었는데, 지금 생각해보니 2천 년 전 일을 얘기하던 걸지도 모르겠군."

"뭐……?"

사샤가 놀란 표정을 지었다.

"그럴지도 몰라."

미샤가 동의했다.

"그런데, 그렇다고 해도 지금은 하나도 기억이 안 나는데? 그때 일을 《에뷔》로 끌어내 보자는 거야?"

"나쁜 방법은 아니다만, 그것만 떠올려도 도움은 안 되겠지. 하지만 2천 년 전의 마음을 끌어낼 방법에 대한 단서는 얻었다."

나는 그 자리에 마법진을 그렸다.

"저기…… 그건……?"

"술이다."

《로우즈(식량생성)》 마법에 의해 고급 포도주가 그곳에 나타났다. 겸사겸사 창조한 유리잔을 공중에 띄우고 나는 술을 따라주었다.

"마셔라. 그리고 떠올려라."

"바보야?!"

"2천 년 전의 일을 본 지금이라면 그 마음을 따라가기 쉬울지도 몰라. 그때도 나프타와 디드리히가 맺은 신인(神姻)의 맹약을 보고 마음에 걸리는 게 있었던 모양이니까."

유리잔을 밀어주자 사샤는 양손으로 그것을 받았다.

"……최대한, 노력은 해볼 건데……."

사샤는 유리잔에 담긴 붉은 액체를 바라보았다.

"겨우 한 잔으로, 충분히 취할 수 있을까?"

꼴깍, 꼴깍. 그녀는 목을 울리며 단숨에 유리잔을 비워버렸다.

"《가톰》!"

사샤는 난데없이 미샤에게 마법진을 그리고 그녀를 어딘가로 날려보내려 했다. 미샤는 의아한 듯 눈을 깜빡이며 물었다.

"……가봐야 할까?"

"그래. 어떤 단서일지도 모르겠군."

《가톰》 마법이 완성되고, 미샤는 사샤의 의도대로 어디론가 전이됐다. 그녀가 사라진 공간 쪽으로 사샤는 시선을 돌렸다.

"어라? 미샤는 어디 갔어?"

방금 자신이 날려보내지 않았던가.

"여기 있어."

철컥, 문이 열리고 미샤가 방에 들어왔다. 꽤 가까운 거리로 날려보냈군.

"다행이다. 그럼 얼른 가자."

사샤가 미샤의 손을 잡았다.

"어디로?"

"데르조게이드. 내가 성이 되어 있는 곳을 셋이서 함께 보고 싶어."

미샤가 내게 시선을 보냈다.

"당분간 따라다녀 볼까. 계속 시도하다 보면 언젠가는 알아낼 수도 있으니."

"응."

사샤가 내게 손을 뻗었다. 수줍어하며 그녀는 말했다.

"데려다줄게."

"고맙군."

우리는 나란히 손을 잡고 전이했다. 도착한 곳은 마왕성 데르조게이드 부지 내. 정확히 투기장 입구 부근이었다.

"이쪽이야."

사샤가 앞장서고 우리는 그 뒤를 따랐다. 주위를 바쁘게 둘러보며 걷던 그녀는 갑자기 멈춰 섰다.

"으……."

사샤가 빙글 돌아서서 원망스럽게 나를 쏘아보았다.

"문제라도 있나?"

"이게 나야?"

사샤가 마왕성을 가리켰다.

"이게 나란 말야?"

"뭐, 그렇다만."

"완전히 성이잖아."

성이다.

"좀 더 예쁘고 귀여운 게 좋은데……. 핑크색이라든지……. 이건 어딘가 불길……."

"글쎄, 이만큼 훌륭한 성은 둘도 없다."

"정말?"

사샤가 기뻐하며 표정을 환하게 밝혔다.

"그래. 누구도 결코 함락할 수 없는 최강의 성이지."

사샤는 후훗 웃었다.

"내 마왕님 이외에는 말이야."

"그런 말도 할 줄 알았군."

사샤는 들뜬 기색으로 다시 걷기 시작했다. 그러더니 이내 빙글 돌아서서 나를 보고 뒤로 걸으며 말했다.

"있잖아, 저기에 가도 될까?"

"네가 원하는 곳으로 가면 된다."

"그럼 갈게."

사샤는 다시 돌아서서 근처에 있던 탑으로 곧장 전진했다. 그곳은 문조차 아닌 그냥 벽이었다.

"사샤, 위험해."

"괜찮아. 여기로 지나갈 수 있어. 나만 아는 비밀 입구야."

미샤의 걱정을 뒤로하고 사샤는 곧장 벽으로 걸어갔다. 마왕성 데르조게이드는 파괴신 아베르니유가 모습을 바꾼 것이다. 그렇다면 본인 말고는 통과할 수 없는 입구가 숨겨져 있다고 해도 이상하지 않다. 나와 미샤는 사샤의 행동을 시선으로 좇으며 마안에 마력을 담았다. 그녀는 걸음을 재촉하며 거침없이 탑의 벽으로 뛰어들었다.

쾅! 하고 머리를 세게 부딪친 사샤가 그 자리에 주저앉았다.

"으으…… 아노스……. 비밀 입구가 반항했어……."

그냥 술주정인지 파괴신 아베르니유의 마음을 따라가고 있는 것인지, 매우 판단하기 어렵군.

"괜찮아, 괜찮아."

미샤가 쪼그려 앉아 사샤의 머리를 부드럽게 쓰다듬었다. 사샤는 기뻐하며 미소 지었다.

"고마워, 밀리티아."

미샤가 눈을 깜빡이며 나를 올려다봤다.

"밀리티아?"

"……어쩌면 그럴 수도 있겠군."

사샤가 아베르니유니까 말이다. 하지만 미샤는 이 시대에서는 《디노 지쿠세스(분리융합전생)》 마법에 의해 태어난 유사 인격이다. 그곳에 신이 전생하는 일이 있을까?

"슬슬 그 사람이 올 것 같아."

사샤가 말했다.

"그 사람?"

"응, 그 사람. 이름이 뭐였지?"

미샤는 고개를 갸웃했다. 사샤가 기세 좋게 일어나더니 다시 걷기 시작했다.

"비밀 입구는 이쪽이었어."

그렇게 말하며 탑의 문을 평범하게 열었다. 실내에 있는 것은 서적뿐이었다. 빈틈없이 놓인 책장에 대량의 책이 꽂혀 있다. 사샤는 망설임 없이 계단을 올라갔고 우리는 그 뒤를 따랐다. 그리고 최상층인 6층까지 쭉 올라가기 시작했다.

"누가 있어?"

"으음— 그게 기억이 안 나는데, 아마 가면 알 거야."

잠시 후 우리는 최상층에 도착했고 그곳에는——.

"어라…… 없네……."

사방을 살펴봐도 사람은 없었다. 하긴, 마음을 따라가는 중이라고는 해도 현재 상황을 가리키는 건 아닐 수도 있으니까.

"……음, 이상하네……. 와줄 줄 알았는데……."

"뭔가 알 것 같아?"

미샤가 물었다.
"글쎄다. 이것만으로는 아직 뭐라고 할──."
도중에 말을 끊자 미샤가 의아한 표정으로 나를 봤다. 검지를 세워서 조용히 하라는 신호를 보냈다.
뚜벅뚜벅 계단을 오르는 발소리가 들렸다. 그것은 이쪽으로 다가오고 있다. 발소리 수로 예상하건대 인원은 두 명인가. 점점 걸음이 빨라지고 있다. 그러더니 이윽고 그 두 사람은 탑을 뛰어올라가기 시작했다. 곧 이 최상층에 도착할 것이다.
미샤와 사샤가 계단 쪽을 주시했다. 기세 좋게 두 인영이 뛰어들었다.
"늦어서 미안해"
"불러서…… 왔어요……!"
두 사람의 시선이 우리와 마주쳤다.
"와우! 아노스랑 사샤랑 미샤잖아?"
"제시아랑 엄마를…… 불렀나요……?"
엘레오노르와 제시아였다.

§3. 【제시아의 꿈】

네 개의 시선이 교차한다. 의문의 암운이 드리우는 가운데, 환한 빛이 쏟아지는 것처럼 취객 한 명이 기세등등하게 외쳤다.
"기억났어, 엘레오노르야!"

사샤가 엘레오노르의 얼굴을 가리켰다. 무언가 알아냈다고 주장하는 듯했다.

"음, 무슨 얘기야?"

사정을 모르는 엘레오노르가 궁금한 표정으로 사샤 쪽을 돌아봤다.

"옛날에, 아주 오랜 옛날에 말야. 누군가를 불렀어. 누굴 불렀는지 기억이 안 났는데 분명 엘레오노르를 불렀을 거야!"

엘레오노르를 불렀다고? 2천 년 전, 아베르니유가 정말로 그녀를 부른 것일까. 혹은 과거에 만난 누군가와 엘레오노르가 닮았기 때문일까. 아니면 우연히 여기를 찾아온 게 엘레오노르라서 그렇게 생각한 것일지도 모른다. 상황을 좀 더 사샤의 술기운에 맡겨야겠다. 이런 식으로 뜻밖의 일을 기억해낼지도 모르니까.

"사샤가?"

"내가 아니야."

약간 혀가 꼬부라진 말투로 사샤는 단호히 부정했다.

"그럼 누가 불렀는데?"

"누군가가 불렀어!"

흠. 벌써 암초에 걸렸나.

"하지만 안심해, 엘레오노르. 네가 어떤 질문에 대답만 해주면 그게 분명해질 거야."

엘레오노르는 느긋한 표정을 지었다. 왠지 제시아가 기대에 찬 눈빛으로 양 주먹을 불끈 쥐었다.

"음~? 뭘 대답하면 되는데?"

사샤가 생글 미소 지었다.

"누가, 무엇 때문에, 너를 여기에 불렀는지 그걸 말해줘."

"와우! 다짜고짜 무리한 요청을 하다니."

그냥 술주정일지도 모르겠다.

"모른다는 대답은 허락하지 않겠어."

"그렇게 강요한들, 모르――."

"에잇!"

사샤가 두 손으로 엘레오노르의 입을 봉쇄해서 말을 못 하게 막았다.

"자, 이해하셨을까요?"

사샤는 나긋한 목소리로 말하며 우아하게 웃었다. 모른다는 대답을 막은 게 만족스러운 듯했다.

"아…… 사샤, 혹시 취한 거야?"

"사샤? 대체 무슨 말을 하는 거야? 나는 성이야! 이 성 그 자체라고!"

"아, 응……. 거나하게 취했구나……."

역설하는 사샤에게 엘레오노르는 그저 압도당할 따름이었다.

"그런 것보다 엘레오노르, 네가 여기에 불려온 이유를 말해."

"음― 불려온 건 아닌데, 어떻게 설명해야 할까……?"

그러자 제시아가 기운차게 손을 들었다.

"엄마의 딸을…… 만나러 왔어요……!"

"딸?"

미샤가 의아해하는 목소리로 반문했다.
“제시아가…… 언니……예요……!”
미샤와 사샤가 엘레오노르를 빤히 보았다.
“아, 아니야! 오해야! 미샤와 사샤가 생각하는 그런 게 절대 아니라고!”
“누구 애야?!”
사샤가 엘레오노르에게 다가섰다.
“사, 사샤, 진정해. 내 말을 들어봐.”
“알았어. 하지만 그 전에 내 질문에 솔직히 대답해줘.”
“……뭐, 뭔데?”
사샤의 기세에 엘레오노르는 주춤했다.
“넌 애 만드는 법을 알고 있는 거야?”
“어, 어떤 방법 말이야?”
“어떤 방법이냐고?!”
사샤가 기가 막히다는 듯 버럭 소리쳤다.
“아, 아니! 그게 아니라, 여러 가지가 있잖아.”
“여러 가지라니?!”
사샤가 과민하게 반응했다. 아베르니유의 마음은 티끌만큼도 안 남은 것 같기도 한데, 좀 더 지켜봐야 할까.
“까매! 까맣다고! 아주 새까매!”
당장에라도 《파멸의 마안》을 발동할 것 같은 눈초리로 사샤는 엘레오노르를 빤히 노려보았다.
“마지막 질문이야, 엘레오노르.”

"와우……. 뭔지는 잘 모르겠지만, 눈빛에 엄청난 의혹이 담겨 있는걸?"

"용의자……예요……!"

엘레오노르는 사샤의 눈을 피하려고 했지만 볼을 꽉 잡혀서 그럴 수가 없었다.

"누구 애야? 대답에 따라서는 《파멸의 태양》 사지엘도나베가 다시 디르헤이드를 비추게 될 거야."

흠. 아베르니유의 마음이 담긴 것 같은 대사로군. 역시 좀 더 지켜보자.

"왜, 왜 그러는지 잘 모르겠지만, 위험한 말을 하고 있다는 것만은 알겠어. 진정해, 사샤."

"진정해야 할 건 너야, 엘레오노르. 혹시 내가 너를 처치하기 위해 여기로 불렀을까?"

엘레오노르가 곤란하다는 듯 나를 바라보았다.

"아노스, 슬슬 도와주면 안 될까?"

"아노스?! 역시 아노스 애였어?!"

"아, 아니야! 그런 뜻이 아니라고. 제시아가 말하는 건 상대가 있는 아이가 아니라……!"

"상대를 모른다고?! 너 바보야?!"

"그, 그런 말은 안 했는데!"

계속 오해하는 사샤에게 엘레오노르는 필사적으로 변명했다.

"미샤, 사샤 좀 어떻게 해줄래?"

미샤는 곰곰이 생각했다.

"지금 사샤는——."

그리고 담담하게 말했다.

"아노스 어머니와 막상막하."

"와우, 포기하라는 거구나!"

적의 강력함을 절감한 엘레오노르가 숨 돌릴 틈도 주지 않고 사샤는 검지를 들이밀었다.

"부정해, 부정하다고! 아노스가 있는데 어디서 굴러온 건지도 모르는 남자와 애를 만들다니! 그러고도 마왕의 측실이야?!"

"어, 어디서 굴러온 건지도 모르는 남자랑 애 같은 걸 만든 적은 없거니와, 애초에 나는 측실이 아니야! 사샤는 나를 아노스와 엮고 싶은 건지 떼어놓고 싶은 건지 전혀 모르겠어!"

말이 나온 김에 짚고 넘어가자면 애초에 마왕에게 측실이란 필요하지 않다. 후손이 필요하면 혼자서 만들면 되니까 말이다. 파괴신 아베르니유도 그런 건 알고 있었을 텐데, 그렇다면 역시 단순한 술주정인가?

"측실이 아니어도 엘레오노르는 마왕의 부하이니까 아노스 것이잖아! 하지만 아노스의 마음은 손에 넣을 수 없지! 왜냐하면 아노스는 마왕님이니까!"

"말이 너무 심한걸."

사샤는 송곳니를 드러내며 엘레오노르를 째려보았다.

"뭐, 일단 진정해라 사샤."

내가 사샤의 머리를 살짝 누르자 그녀는 "으…… 뭐야……? 내가 틀렸다는 거야……?"라고 원망스러운 투로 말했다. 흘려듣고서 엘레오노르에게 물었다.

"아이를 만나러 왔다는 게 무슨 뜻이지?"

그녀는 안도의 한숨을 내쉬며 대답했다.

"……말이 그렇다는 거고, 정확히는 제시아가 꾼 꿈 이야기야. 그치?"

제시아가 크게 고개를 주억거렸다.

"제시아는, 자주…… 꿈을 꿔요……. 제시아의 여동생 꿈이에요……!"

"꿈속에서 그 아이가 너희를 여기로 불렀다는 건가."

제시아는 즐거운 듯 고개를 끄덕였다.

"제시아를…… 불렀어요……! 제시아의 동생은, 빨리 태어나고…… 싶어해요……!"

기묘한 이야기다.

"아직 태어나지 않은 아이가 불렀다고?"

"제시아는 마중하러…… 갈 거예요……! 마중 나가면…… 태어나는 거예요!"

그녀는 의기양양한 표정으로 눈동자를 초롱초롱 빛냈다.

"제시아는…… 언니……예요……!"

엘레오노르가 살짝 손짓하는 걸 보고 나는 얼굴을 가까이했다. 그녀는 작은 소리로 속삭였다.

"그런 이유로 제시아를 따라다니고 있어."

그런 거였군.

"아노스, 너희는 사샤를 취하게 해서 뭘 하고 있는 거야?"

"최후의 창성으로 사샤가 파괴신 아베르니유라는 걸 알게 되어서 말이다."

"와우. 그럼 사샤는 정말로 성이 되어버린 거구나!"

엘레오노르가 사샤와 창밖으로 보이는 데르조게이드 마왕성을 번갈아 보았다.

"이해하셨는지요? 제 안에 허락도 없이 들어오지 마시길."

사샤는 그렇게 말하며 우아하게 웃었다.

"음, 진지하게 상상하면 엄청 초현실적이네."

엘레오노르는 입술에 검지를 대고는 상상의 나래를 펼치는 듯했다.

"아직 밀리티아가 내 기억을 빼앗은 이유를 모르겠다. 그런데 사샤가 술에 취하면 아베르니유였을 때의 마음이 떠오르는 것 같더군. 그래서 이렇게 풀어놓아 보았지."

"뭐야…… 그럼 내가 무슨 짐승 같잖아……."

머리를 눌린 채로 사샤가 불만을 토로했다.

"그런데 왜 여기 있던 거야?"

엘레오노르가 물었다.

"사샤가 여기에 누군가 올 거라고 말해서 말이다."

"아…… 그리고 우리가 온 거구나."

그러자 제시아가 눈동자를 반짝반짝 빛냈다.

"제시아의 동생과…… 관계가 있나요……?"

"글쎄. 아베르니유의 마음인지 주정뱅이의 헛소리인지 판단이 안 서는 게 문제로군."

그건 그렇고 제시아가 자주 꾸는 꿈이라.

"흠. 관련이 있을 가능성도 제로는 아닌가."

"……《엘레오노르(근원모태)》 마법…."

옆에서 미샤가 중얼거렸다. 그녀는 나를 올려다보며 물었다.

"그것과 관련이 있어?"

엘레오노르가 놀란 표정을 지었다.

"2천 년 전, 인간의 왕이었던 제르가의 근원은 마족을 멸하는 의지를 지닌 마법인 《제르가(마족단죄)》, 그리고 《엘레오노르》로 나뉘었지. 그 마법화에 관여했던 신족이 바로 천부신 노우스갈리아다."

《엘레오노르》는 실패작이었다. 증오와 원한에 사로잡히는 일 없이 《제르가》에 끊임없이 저항했던 거다. 왜 실패했을까? 질서를 관장하는 신족이 이유 없이 실수할 리도 없을 텐데.

"어쩌면 밀리티아가 《엘레오노르》에 간섭하고 있었을지도 모르겠군."

"음— 밀리티아 덕분에 나는 나로 있을 수 있었다는 거야?"

"간단히 말하면 그렇다."

미샤는 눈을 깜빡이며 고개를 갸웃했다.

"밀리티아가 《엘레오노르》에 뭔가를 남겼어?"

"그런데 난 아노스가 전생한 후에 태어났고, 그때는 이미 아베르니유가 마왕성이 되어 있었잖아."

나는 고개를 끄덕였다.

"밀리티아는 그렇다 쳐도, 아베르니유인 사샤는 어떻게 알고 있는 건데?"

"마왕성 데르조게이드에 밀리티아가 전해두었을지도 모르지."

그렇다면 사샤와 파괴신 아베르니유의 연결은 완전히 끊어지지 않았다는 건가.

"단정할 수는 없지만 말이다. 시간이 있다면 따라와라. 너희도 내가 잃어버린 기억을 찾는 단서가 될지도 모르니까."

"응, 알았어. 제시아도 괜찮지?"

제시아는 폴짝, 힘차게 뛰었다.

"제시아의 동생은…… 불렀어요……. 분명 도와주면…… 태어날 거예요……!"

"응, 응. 태어날지도 모르겠네."

의욕적인 제시아를 엘레오노르는 따뜻하게 지켜보았다.

"어디로 가?"

미샤가 물었다.

"우선은——."

슬슬 때가 되었나. 어쩔 수 없지.

"일단 집에 돌아가자. 어머니가 요리를 마칠 시간이로군."

§4. 【아버지의 제자】

우리는 《가톰》 마법으로 다시 집으로 돌아왔다.

"——틀렸어! 그게 아니다! 이렇게 해야지!"

공방 쪽에서 아버지의 목소리가 들린다. 평소와 다르게 사뭇 진지한 어조다.

"아, 어서 오렴 아노스. 곧 식사 준비 끝날 거야."

부엌 쪽에서 어머니가 얼굴을 내민다.

"명심해, 잔기술이 아니야! 대장장이에게 중요한 건 마음! 영혼이다! 칼날을 벼리기 전에 자기 자신의 마음을 먼저 갈고 닦아야 해!"

열정이 담긴 아버지의 목소리가 문 너머에서 크게 울려 퍼졌다. 사샤 일행이 무슨 일인가 하며 그쪽으로 시선을 돌렸다.

"제자분이 오셨어. 첫날이라서 그런지 아빠가 의욕이 많이 넘치나 봐."

어머니가 기쁜 모습으로 말했다. 그러고 보니 그런 얘기를 했었지.

"그런데 이제 점심 먹을 건데, 엘레오노르랑 제시아도 같이 먹을래?"

"아, 저희는 별로 배가 안――."

"제시아는…… 배고파요……!"

제시아는 마법진을 그리더니 그 안에서 자기 전용 숟가락과 포크를 꺼냈다. 그 모습을 본 엘레오노르는 겸연쩍게 웃었다.

"음…… 제, 제시아 몫만이라도 차려주신다면, 감사하겠습니다……."

"오늘은 너무 많이 만들어버렸으니까, 괜찮다면 엘레오노르도 먹는 걸 도와주렴."

"아…… 네. 그럼 감사히 먹을게요."

"후후, 고마워. 조금만 기다리렴. 금방 끝나니까."

어머니는 부엌으로 돌아갔다.

"――좋아! 그래, 바로 그거야! 요령을 터득한 것 같군! 계속 그렇게 해!"

의욕이 넘치는 아버지의 목소리가 유난히 크게 울렸다. 사샤 일행은 공방 문을 쳐다보았다.

"……좀 궁금하네."

엘레오노르는 흥미진진한 표정으로 중얼거리자 미샤도 고개를 끄덕이며 동의했다.

"살짝 엿볼까?"

"……방해하는 건 좋지 않아."

"그러니까 엿보기만. 방해가 되지 않게 할 거야. 아노스 아버지에게 어떤 제자가 들어왔는지 미샤도 궁금하지?"

미샤는 잠시 생각하고서 고개를 끄덕였다.

"제시아도…… 궁금해요……!"

"그럼 몰래 보자, 몰래."

엘레오노르 일행은 살금살금 공방 문으로 다가갔다.

"자, 다음은 그걸 그대로 유지해. 이게 기초지만, 좋은 형태를 유지하려면 매일 훈련이 필요하거든."

아버지의 목소리가 울리는 가운데 엘레오노르는 열쇠구멍에 눈을 붙였다. 구조가 간단했기 때문에 실내를 볼 수 있었다.

"……보이나요……?"

"음, 보이긴 하는데, 역시 잘 모르겠네……."

그러자 그녀들 뒤에서 사샤가 우아하게 미소 지었다.

"내가 나설 차례인 것 같네."

사샤는 자신만만하게 걸어 나왔다. 엘레오노르와 교대하듯 그녀가 문 앞에 자리 잡았다.

"간다, 《파멸의 마안》!"

"부, 부수면 안 돼!"

사샤는 우아한 동작으로 손끝을 눈가에 가져갔다.

"나를 누구라고 생각하는 거야? 파괴의 질서를 관장하는 신, 아베르니유야. 무엇을 어떻게 부술지는 내가 눈을 한 번 깜빡이는 걸로 결정돼."

사샤의 눈동자에 마법진이 떠오른다.

"안이 잘 보이도록 열쇠구멍을 살짝 넓히면 되는 거지?"

"그렇긴 한데, 그렇게 취한 상태로 마안을 제어할 수 있을까?"

사샤는 오만하게 웃으며 앞을 매섭게 노려보았다.

"파괴신의 힘을 보여줄게."

투콰아아앙! 공방 문이 흔적도 없이 박살났다.

"아아아아앗?! 무슨 짓이야, 사샤?!"

"날아가버렸어……."

엘레오노르와 미샤가 사라져버린 문의 흔적을 멍하니 바라보았다. 사샤는 만족스럽게 숨을 휴우 내쉬었다.

"열쇠구멍이 이 정도로 넓으면 보기 편하겠지?"

"사샤, 이 바보!"

시야가 탁 트인 문을 통해 공방 내부가 아주 잘 보였다. 어안이 벙벙한 표정으로 아버지가 뭔가 싫어 이쪽을 쳐다보고 있었다. 당황한 엘레오노르가 허둥지둥 고개를 숙였다.

"죄, 죄송해요! 제자분께 가르치시는 걸 몰래 보려고 했는데, 실수로——."

고개를 든 그녀는 눈앞에 있는 아버지의 제자를 보고 눈을 동그랗게 떴다. 커다란 안대를 찬 외눈 마족이 대장간용 대형 망치를 어깨에 걸치고, 의자에 다리를 올린 채 평소의 아버지처럼 위풍당당한 포즈를 취하고 있었다.

"녀석들도 참. 그냥 보고 싶다고 했으면 얼마든지 보여줬을 텐데. 오히려 동네방네 소문 내고 싶을 정도거든."

하얗게 이를 드러내 보이며 웃은 아버지는 흡족한 표정으로 제자 앞에서 멋을 부리며 무릎을 꿇었다.

그리고 그 마족을 소개하듯 손으로 가리켰다.

"앞으로 우리 가게에서 제자로 일하게 된 이제스 코드라고 해. 아빠의 첫 번째 제자야."

제자가 생긴 게 아버지는 날아갈 듯 기쁜 듯했다.

"제자? 당신이?"

사샤가 성큼 앞으로 나서며 이제스를 손가락으로 가리켰다.

"무슨 음모를 꾸미는 거야, 명왕 이제스! 내 마안이 파멸하는 동안에는 아노스 집에서 멋대로 굴진 못할 거야!"

"사샤는 취했어."

미샤가 즉시 보충 설명을 해주었다.

"음모고 뭐고, 그저 어쩌다 보니 이렇게 되었다. 우연히 가르침을 받게 됐을 뿐이지."

이제스가 여전한 말투로 대꾸했다.

"믿을 수 없어! 우연히 가르침을 받게 되었다니, 그게 대체 무슨 우연이야?"

사샤가 추궁하자 아버지가 천천히 고개를 가로저으며 대신 대답했다.

"자고로 사나이는 오래 살다 보면 남에게 말 못할 과거 한두 개쯤은 있는 법이란다."

마치 경지에 오른 장인 같은 말투다.

"나쯤 되면 한두 개가 아니지. 아니, 스무 개도 훌쩍 넘을 정도라고."

부끄러운 인생이로군.

"우으…… 뭐야……. 그런 건 여자한테도 있는데."

그런 문제가 아니다.

"이제스. 그대로 자세를 유지해."

"알겠습니다."

이제스가 포즈를 똑바로 유지하고 있는지 확인한 후, 아버지는 우리와 함께 공방 구석으로 이동했다. 그리고 비밀 이야기라도 하는 것처럼 작은 목소리로 물었다.

"그래서 저 녀석이랑 아는 사이냐? 너희랑 무슨 일이 있었어?"

"그냥 일이 있던 정도가 아니에요! 엄청 큰일이라고요, 큰일!"

사샤가 심각한 표정으로 강조했다.

"큰일이라면 어떻게 큰일인데?"

"있잖아요…… 이제스는 얼핏 보면 고지식해 보이고 목적을 위해서는 수단 방법 안 가릴 것 같은 인상이지만, 그렇게 단순한 상대가 아니라고요."

"뭣…… 그런 거야?"

사샤는 고개를 끄덕이며 충고하듯 말을 이었다.

"저 녀석, 사실은 좋은 사람이에요……."

"……뭐라고?!"

아버지는 깜짝 놀랐다. 사샤의 분위기에 말려든 거겠지.

"역시 그랬구나……."

그리고 이제스 쪽을 슬쩍 바라보며 말했다.

"하지만 그렇다면 문제없을 것 같은데……."

아버지는 심각하게 생각하고 있지만 생각할 것도 없이 아무런 문제도 없다.

"아뇨, 분명히 속을 거예요. 나쁜 짓을 하는 척하면서 뭔가 좋은 일을 하려는 생각일걸요……. 이번에는 어떤 선행을 꾸미고 있는 걸까……."

경계심을 노골적으로 드러내는 사샤.

"언제든 고맙다고 말할 준비를 해두지 않으면, 그렇지 않으면 깜빡하고 말하는 걸 잊게 될 거예요."

"그건 확실히 조심해야겠구나……."

분위기다. 취한 사샤와 아버지는 이미 분위기만으로 대화하고 있다.

"죄책감이 엄청 심하겠어."

"사샤는 엄청 취했어."

미샤가 말하자 엘레오노르가 검지를 척 세우며 물었다.

"그런데 왜 이제스가 제자가 된 거죠?"

"음? 아, 뭐, 그게 말이다——."

아버지는 머리를 가볍게 긁었다.

"가입한 대장장이 길드에서 신출내기 대장장이들을 상대로 강의나 훈련 같은 걸 하곤 하거든."

아버지가 진지하게 강의하는 모습이 쉽게 상상되지 않는다. 한 번쯤 보고 싶군.

"거기에 이제스가 왔어."

"음, 왜 온 걸까?"

엘레오노르는 의아한 듯 고개를 비틀었고, 미샤는 내 쪽을 보았다.

"그게 맞다."

대답하자 그녀는 고개를 끄덕였다. 그러자 엘레오노르에게서 《리크스(사념통신)》가 날아왔다.

'이봐, 미샤는 안 것 같지만 우리는 전혀 모르겠거든?'

'편애……예요…….'

제시아가 불평했다.

'아버지가 내 친아버지 세리스 볼디고드였다고 이제스에게 알려줬다. 그래서 상황을 보러 갔던 거겠지.'

그렇게 《리크스》를 돌려보냈다.

"뭐, 초보 대장장이는 아직 제대로 할 줄 아는 게 없으니까, 자기 공방에서 수련하는 것 외에도 이런 식으로 이곳저곳 돌아다니며 배운다고 하더라고. 아제시온이랑은 살짝 다른가 봐."

엘레오노르의 의문을 오해하고 아버지는 그렇게 설명했다.

"그런데 강의가 끝난 후에도 이제스는 끝까지 남아서 물어보더라고. 대장장이 일은 어떠냐고 말이야."

과거의 스승이 이 평화로운 세상에서 어떻게 살고 있는지 이제스는 알고 싶었을 것이다.

"그래서 즐거운 일만 있는 건 아니지만, 멋진 작품을 만들어냈을 때는 그야말로 각별하다고 대답했지."

아버지의 미소가 머릿속에 떠오르는 것 같다.

"그리고 '너도 힘내라'라고 격려하며 어깨를 두드려줬는데, 고개를 숙이고 떨지 뭐야. 그때 이제스의 얼굴을 보고 퍼뜩 깨달았어."

방금 전 사샤와 얘기할 때와는 다르다. 진실에 다가간 듯한 심각한 어조로 아버지는 말했다.

"왜 그렇게 중대한 사실을 이제껏 까맣게 잊고 있었나 싶었지. 분명, 의심의 여지 없이 이제스는——."

진지한 얼굴로 아버지는 힘차게 말했다.

"——무직……!!"

엘레오노르는 입을 쩍 벌리고 멍하니 아버지를 바라보았다.

"강의를 들으러 오는 건 초보만이 아니라 실직한 대장장이도 있다는 걸 깜빡했거든. 이제스는 보다시피 눈이 하나밖에 없잖

아. 아마 처음 일한 공방에서 실수를 저지르고 해고당했을 거야. 가뜩이나 초보인데 눈까지 하나 잃었으니, 당연히 힘들 수밖에."

역시나 아버지의 오해는 종잡을 수 없는 방향으로 향하는군.

"하여간 뒤늦게 알아채고 '눈 때문에 고생이 많겠어'라고 말했더니, 그때 이제스가 울음을 삼키는 표정을 지어서 확신했지."

아버지에게 기억이 없다는 것은 이제스도 분명히 알고 있었지만, 그때 그의 심경이 어땠을지 충분히 짐작이 간다.

"애초에 초보의 눈을 다치게 하다니, 전적으로 가르친 대장장이 잘못인데 말이다. 그런데 해고하다니 너무하잖아. 그렇다고 나처럼 영세한 대장장이가 항의한답시고 길드가 움직여줄 리도 없고."

아버지가 의분에 떨며 말했다. 어쩌면 마음속 어딘가에서 이제스에 대해 무언가 느낀 바가 있었는지도 모르겠다.

"그래서 네가 독립할 만한 실력을 갖출 때까지 책임지고 돌봐줄 테니 내 제자가 되지 않겠냐, 이러고는 반강제로 데려온 거지. 하하, 아빠 좀 멋있지 않냐?"

마치 칭찬해달라는 것처럼 아버지가 자랑스러워하는 표정을 지었다.

"하여간 그런 사정으로 저렇게 하고 있는 거야. 일단 이제스가 눈이 하나뿐이라는 걸 약점으로 여기지 않게끔, 대장간 일은 기술만이 아니라 영혼을 연마하는 과정이라는 마음가짐부터 가르치고 있지."

아버지가 이제스를 돌아봤다. 이제스는 조금 전 아버지에게 배운 대로 망치를 어깨에 걸치고 당당한 포즈를 잡고 있었다. 나와 눈이 마주치자 그는 조금 멋쩍은 듯이 한마디 툭 내뱉었다.

"……앞서 말한 대로, 그저 어쩌다 보니 이렇게 된 거다……."

사사왕족(四邪王族)이라고까지 불리던 남자가 설마 대장간에서 일하게 될 줄이야. 비록 아버지의 착각에서 비롯된 일이라고 해도 이제스로서는 거절할 수도 없었겠지. 무슨 인연인지 2천 년의 시간을 넘어서 제자는 다시 스승의 곁으로 돌아온 것이다.

"음, 이제스. 폼이 영 아닌데. 알려준 건 그게 아니잖아?"

"……그럴 리가 없습니다. 지시대로 단 1밀리미터도 움직이지 않았는데……."

아버지는 모든 것을 꿰뚫어본 듯 웃으며 이제스의 가슴 부근을 가리켰다.

"여기가 흔들리고 있어. '나는 세계 최고의 대장장이다'라는 마음이 말이야."

"마, 마음……?!"

이번 수행은 망령이 되는 것보다 약간 더 고될지도 모르겠군.

§5. 【심연에서 울려 퍼지는 목소리】

식사 준비가 완료되어 우리는 커다란 식탁에 둘러앉았다.

"후후후, 오늘은 손님이 많이 와서 기쁘네. 아직 만들고 있는 요리도 있으니까 모두 많이들 먹으렴."

어머니는 가벼운 발걸음으로 명왕의 뒤편으로 향했다.

"이제스 군도 사양하지 말고 들어요."

"……네, 감사히 먹겠습니다."

어색한 표정으로 이제스가 고개를 숙였다.

"사과 파이……예요……."

제시아가 각 손에 나이프와 포크를 꽉 쥐고 초롱초롱한 눈으로 사과 파이 접시를 보았다. 그 표정은 흡사 먹잇감을 노리는 작은 동물 같았다.

"제시아, 그럼 못써. 디저트는 맨 마지막이야. 우선 밥부터 먹자. 처음엔 채소가 어때? 자, 샐러드가 있네."

엘레오노르가 볼에 담긴 샐러드를 가리키며 제시아의 관심을 돌리려 했다. 앳된 얼굴이 슬픔으로 물들었다.

"샐러드는…… 풀이에요……!"

"풀에 영양가가 얼마나 많고 맛있는데~."

제시아는 고개를 힘껏 도리도리 저으며 말했다.

"……제시아는…… 공부했어요……."

"음, 대견하네. 무슨 공부를 했어?"

"사과 파이 반죽은…… 밀가루예요……. 밀가루를 주물주물 반죽하고 치익치익 구우면…… 파이가 되는 거예요……. 정말 대단……해요……."

은근슬쩍 사과 파이를 먹고 싶다고 주장하고 있다.

"응, 응. 대단하지. 기특해라. 열심히 공부했구나. 그럼 상으로 샐러드를 아주 많이 줄게.”

엘레오노르는 제시아를 칭찬하면서 샐러드가 담긴 볼을 그녀 앞으로 밀었다. 눈앞을 가득 채운 풀더미에 시선을 고정한 제시아가 절망적인 표정을 지었다. 전장에서는 용맹하게 싸우는 그녀도, 샐러드 앞에서는 그럴 기운조차 일어나지 않는 듯했다.

“밀가루는…… 식물이에요…….”

제시아는 굴복하지 않고 다음 주장을 펼쳤다.

“식물은 채소예요……!”

좋은 생각이 떠올랐는지 눈동자를 반짝이며 말했다.

“……사과는…… 과일이에요. 채소와 과일은…… 샐러드……예요……!”

그녀는 눈에 힘을 담아 엘레오노르에게 호소했다.

“사과 파이는…… 샐러드예요……!”

“그래, 그래. 제시아는 샐러드를 좋아한다는 거지?”

“아주 좋아……해요!”

나이프와 포크를 꽉 쥔 제시아가 힘껏 고개를 끄덕였다.

“알았어. 그럼 많이 담아줄게.”

별처럼 눈동자를 반짝이는 제시아 앞에서 엘레오노르는 싱글벙글 웃으며 샐러드를 한가득 담아주었다. 순식간에 제시아의 눈동자가 빛을 잃고 탁하게 흐려졌다.

“자~ 제시아가 많이 좋아하는 샐러드야.”

“제시아가 좋아하는 음식이…… 풀로…… 바뀌었어요…….”

마지못한 기색으로 제시아가 샐러드를 먹기 시작했다. “기특해라"라고 엘레오노르가 칭찬했지만 제시아는 원망 서린 시선으로 그녀를 쳐다볼 뿐이었다.

"평화롭군."

이제스가 갓 구운 빵을 뜯어서 입에 넣었다. 호밀로 만든 빵이다. 살짝 딱딱하게 만들었지만 그만큼 씹는 맛이 있고, 씹으면 씹을수록 감칠맛이 난다. 풍요로운 토양, 대지의 맛을 느끼게 하는 어머니가 직접 만든 빵이다. 명왕은 커피가 든 잔을 들고 미간을 찌푸리며 그것을 마셨다.

"어, 뭐야. 이제스, 너 혹시 커피 못 마셔?"

베이컨을 나이프로 자르며 아버지가 말했다.

"아니요, 스승님. 그렇지 않습니다."

"그래? 그런 것치곤 마실 때 표정이 영 좋지 않던데."

아버지가 베이컨을 먹자 명왕은 커피를 단숨에 위장으로 흘려보냈다. 맛을 느낄 틈도 없이 마셔 없애버리겠다는 의지가 느껴지는 듯하다.

"크하하. 설마 명왕이라고 불리는 네가 편식을 다 할 줄이야."

내가 그렇게 웃어넘기자 이제스는 하나뿐인 눈으로 나를 노려봤다.

"편식이라니 과장이 심한걸. 단지 씁쓸해서 그런 것뿐이다. 그대야말로 여전히 버섯 그라탱을 탐닉하다니, 2천 년이 지났음에도 발전이 없군."

녹는 듯한 버섯 그라탱을 숟가락으로 떠서 천천히 입에 넣은 후, 그 감미로운 맛을 혀 전체로 충분히 음미했다. 숟가락을 테이블에 살짝 놓고서 나는 당당히 대답했다.

"시간이 흘러도 변하지 않는 것도 있다."

"태평한 소리를 하는군. 그대가 좋아하는 음식을 전혀 숨기지 않는 바람에 미드헤이즈 영지의 산에서 버섯이 씨가 마른 사실을 잊었나?"

2천 년 전의 이야기다. 내가 좋아하는 음식을 알게 된 일부 마족들이 버섯을 마구 채취했다. 어떤 이는 공물로 바치기 위해서, 어떤 이는 같은 것을 먹고 효능을 확인하기 위해서, 또 어떤 이는 마왕이 강한 비결이 거기에 있다고 보고 연구를 위해 버섯을 채취했다.

"좋아하는 것조차 멸하는 것이 그대의 숙명이다. 결코 잊지 말도록."

"멸했다고? 내가 버섯을? 그게 숙명이라고?"

크크크, 하고 뱃속 깊은 곳에서 웃음이 치밀어 올랐다.

"실없는 소리를 하는 그 입을 봉해줘야겠군."

나는 큰 접시에 담긴 버섯 그라탱을 작은 접시에 덜어낸 후 마력으로 날렸다. 그것은 이제스의 손에 살며시 안착했다.

"먹어라."

이제스는 불가해한 표정으로 나를 보았다. 하지만 곧 버섯 그라탱 향기에 이끌리듯 한 숟가락 떠서 천천히 입가로 가져갔다.

"먹을 것으로 낚으려 해도 소용없는——."

탱글, 포르치니 버섯이 그의 입속에서 춤을 추었다.

"이, 건……?!"

조용히 눈을 감고 그는 미각에 온 신경을 집중하며 그라탱을 음미했다. 탱글탱글, 버섯이 연이어 매혹적인 댄스를 추었다.

"……이 특유의 쫄깃한 식감, 농후한 감칠맛, 깔끔하면서도 진한 여운을 남기는 이 뒷맛은――."

이제스가 경악하는 표정을 지으며 그 외눈을 부릅떴다.

"――설마 멸종한 줄로만 알았던 미드헤이즈산 포르치니……인가."

"마구 채취한 정도로 내 버섯이 멸종할 줄 알았나."

"씨를 뿌려둔 건가. 자신의 후손만이 아니라 버섯의 씨까지."

2천 년 전, 버섯이 멸종할 위기에 처한 미드헤이즈 영지의 산에서 미량의 종균을 채취해 삼림이나 산악지대 등 버섯이 자라기 쉬운 곳에 그것을 뿌렸다. 식물이라는 것은 참 신기해서, 마법으로 창조하거나 급성장시키면 영양가가 충분하지 않고 무엇보다도 1급품에 비하면 맛이 나쁘다. 그래서 자연스럽게 번식하기를 기다린 것이다.

"마족조차 거의 찾지 않는 오지에 《베노 이에븐(사계장벽)》으로 벽을 만들었다. 1천 년이 지나자 사람들은 버섯이 미드헤이즈의 명물이었다는 것을 잊었지. 그곳은 버섯의 낙원이 되었다."

그렇게 해서 다시 수를 늘려 풍성하게 열린 버섯이 지금은 이 미드헤이즈 영지 곳곳에 넘쳐나고 있는 것이다.

"……그 대전 중에 사람들의 평화뿐만 아니라 버섯의 평화까지 지키고 있었다니……. 여전히 무서운 남자군."

명왕이 버섯 그라탱을 입에 넣었다. 아끼듯이 음미하는 표정을 보면 같은 취향을 가졌음을 한눈에 알 수 있다. 그만큼 버섯을 좋아했던 거겠지. 그래서 나에게 일침을 놓은 거다.

다시는 먹지 못할 줄 알았던 좋아하는 음식을, 그 평화의 맛을 그는 꼭꼭 씹어 삼켰다.

"그 혀에 감칠맛을 새기거라. 나는 마왕, 아노스 볼디고드다."

"온갖 폼을 잡으면서 말하고 있지만 요컨대 맛좋은 버섯을 보호한 것뿐이잖아."

검지를 세우며 엘레오노르가 지적했다. 평소 같았으면 사샤도 한마디 거들었을 텐데, 그녀는 아쉽게도 아직 취한 상태였다.

"으— 먹어도 먹어도 줄지를 않아."

"그건 모두의 몫이야."

사샤는 커다란 그릇에 가득 담긴 매시드 포테이토를 연신 입에 퍼넣고 있었다.

"왜 모두가 먹을 몫을 나 혼자 먹고 있는 거야?"

"내가 묻고 싶어."

미샤가 담담히 말했다.

"잔반 처리인 거야?!"

사샤는 딱히 듣고 있지 않는 것 같았다.

"으…… 모두가 먹을 몫인 것치고도 양이 많은 것 같은데……."

"아침 겸 점심이니까."

"무슨 얘기야?"

얼굴에 물음표를 띄우며 사샤가 내게 물었다.

"늦잠을 자는 바람에 아침을 걸렀다. 그래서 점심 먹는 김에 아침도 함께 먹기로 한 거지."

"그 논리는 이상하지 않아?!"

흠. 취기가 깨고 있나?

"그럼 난 성이 되어 있는 동안 아무것도 안 먹었으니까, 2천 년 분량을 먹어야겠네!"

착각이었군.

"미샤, 네 생각도 그렇지?"

미샤는 대답 대신 눈을 깜빡였다. 고개를 끄덕이면 당장이라도 사샤가 2천 년 분량 음식을 먹어댈 기세라서 그런지 약간 곤란한 표정을 짓고 있었다.

"……사샤는, 다이어트를 했어……."

"아, 그래? 그래서 성 크기에서 이렇게 작아질 수 있었던 거였구나. 그럼 먹으면 다시 성으로 돌아가겠네……."

무슨 논리인지 잘 모르겠지만 사샤는 납득한 것 같았다.

"이제스 군. 이거 마셔 볼래?"

어머니가 컵에 빨간 주스를 담아서 가져왔다.

"이것은……?"

"토마토와 레몬을 착즙하고 허브를 섞어서 주스를 만들어봤어. 샐러드를 많이 먹길래, 이건 입에 맞을 것 같았거든."

명왕이 커피를 선호하지 않는 것을 보고 만든 것이리라. 이제스는 말없이 손에 든 컵을 바라보았다. 아니, 보고 있다기보다는 허브에서 풍기는 향을 맡고 있는 건가? 하지만 그걸 즐기는 것처럼 느껴지진 않는다.

"토마토 주스, 싫어해?"

"……아니요……."

컵을 기울여 특제 토마토 주스를 마신 이제스는 외눈을 살짝 크게 뜨더니 컵을 내려놓았다.

"……부인……."

"응?"

"아…… 그게……."

이제스는 얼버무리듯 말했다.

"그, 이 허브는 여러 종류를 섞어서……?"

"응, 맞아! 알아 보겠어? 텃밭에서 키운 건데, 다 합쳐서 10종류를 써. 그중에는 들풀 같은 것도 있지만. 아, 하지만 야생초라고 해도 이렇게 주스나 허브티로 만들 수 있는 것도 있어."

어머니는 기쁘게 설명했다.

"맛은 어때?"

이제스는 고개를 끄덕이며 대답했다.

"무척, 맛있습니다……."

"다행이다. 꺼리는 게 있으면 사양하지 말고 얘기해."

그 말을 끝으로 어머니는 다시 부엌 쪽으로 돌아갔다. 그 뒷모습을 이제스는 그리움이 묻어나는 시선으로 좇았다.

그런 일도──.

"……."

"아노스?"

미샤가 내게 물었다.

뭐지? 이명이 울린다. 지지직, 노이즈 섞인 불쾌한 소리가 두개골에 울려 퍼진다.

'세상이 상냥하다고——.'

아니다. 소리의 출처는 이 몸의 심연이다. 근원의, 그 심연에서.

'세상이 상냥하다고——생각하는가?'

전혀 들어본 적 없는 노이즈가 섞인 목소리에서는 강한 마력이 느껴졌다.

'포학의 마왕, 아노스 볼디고드.'

두근, 심장이 요동치더니 한층 격렬한 이명이 울렸다.

'적합하지 않은, 세상의 이물질이여.'

정체를 알 수 없는 그 녀석이 조용히 내게 말을 걸었다.

'언젠가 선택할 때가 올 것이다. 이 세상의 톱니바퀴가 될 것인지, 아니면 이물질로서 제거당할 것인지——.'

지지직, 노이즈가 머릿속을 가득 채운다.

'——열심히 생각해보는게 좋을 거다.'

§6. 【겹쳐진 마안】

식사가 끝나자 어머니는 부지런히 뒷정리를 시작했고, 아버지와 이제스는 대장장이 훈련을 하러 공방으로 돌아갔다.

조금 전에 갑자기 들렸던 목소리는 이제 들리지 않는다. 이명도 멈췄다. 아마도 《리크스》의 응용인 듯한데, 어디서 보낸 목소리인지 내 마안으로도 전혀 포착할 수 없었다.

내 근원에 직접 울려 퍼진 기분마저 들 정도다.

두근, 두근, 심장이 뛰었다. 근원에서 넘쳐나는 마력에 격렬하게 흔들리는 것처럼.

"음, 그럼 이제부터 어떻게 할 거야?"

엘레오노르가 말했다.

"사샤의 술기운에 맡겨서 아베르니유의 기억을 떠올리게 하는 건 어때?"

"지금 당장은 그게 가장 확실할 것 같군. 술을 조금 더 늘려봐야겠어."

사샤를 보니 그녀는 "뭐야"라고 말하며 조금 부끄러워하듯 시선을 돌린다.

술을 창조하기 위해 나는 그 자리에 마법진을 그렸다.

"잠깐만."

그때 미샤가 나를 제지했다. 모두가 의아해하는 눈초리로 그녀를 보았다. 미샤는 마안으로 나를 빤히 응시했다.

"평소와 마력이 달라."

"음――?"

엘레오노르가 마안을 내게 고정하고 심연을 들여다보았다.

"……정말이네. 그런데 아노스, 또 좀 더 강해진 거 아냐?"

"뭐, 그레이엄의 근원을 흡수한 부산물일 뿐이다. 허무를 멸하기 위해 내 근원이 숨겨진 힘을 발휘하는 정도라고 할까."

"와우, 아직도 숨기고 있었어?"

농담조로 말한 엘레오노르는 곧바로 의문을 드러냈다.

“어…… 그런데…… 미샤, 그게 어떻다는 거야?”

“강해지는 건 좋지 않아.”

미샤가 담담하게 말했다.

“음? 왜? 강해지면 나쁜 놈들을 쉽게 날려버릴 수 있잖아.”

“제시아도…… 강해지고 싶어요……!”

손을 번쩍 들며 제시아가 힘껏 주장했다.

“아노스 마력의 심연은 아마도 이 세상이 허용할 수 있는 한계를 넘어서고 있으니까.”

엘레오노르는 아연실색한 표정으로 내 얼굴을 보았다.

“강해질수록 힘을 억제할 필요가 늘어날 뿐이야.”

미샤는 담담하게 말을 이었다.

“넘쳐나는 마력에 세상이 부서지지 않도록.”

흠. 대단하군. 미샤의 마안이 꽤나 성장했다. 처음 만났을 때부터 소질은 보통이 아니었지만, 그때와 비교해도 격이 다를 만큼 만물의 심연을 들여다볼 수 있게 되었다.

“너무 강해진 탓에 힘을 억제하지 못하고 있어.”

내 마음을 들여다보듯 그녀가 물었다.

“그렇지?”

그 질문에 나는 고개를 끄덕였다.

“예상보다 마력이 많이 증가해서 말이지. 제어에 다소 애를 먹고 있는 중이다만, 뭐, 조만간 익숙해질 거다.”

“지하에서는 근원이 엉망이었어.”

《에길 그로네 앙드로아(극옥계멸회신마포)》를 극복하고, 덕분에 내 근원은 어지럽게 흐트러졌다. 소멸을 극복하고 근원이 새로운 형태로 안정되기까지는 시간이 좀 필요한데, 지하에서는 그럴 여유가 없었다.

"지금은 안정적이다."

미샤는 고개를 끄덕이며 동의했다.

"근원의 형태는 깨끗해."

그리고 조용히 덧붙였다.

"그런데 그때보다도 불안정해."

호오. 거기까지 보고 있다니.

"갑자기 키가 자란 것과 같은 것이니까 말이다. 이제까지 닿지 않던 곳에 손이 닿아서 실수로 망가뜨릴 수도 있겠지."

마력을 마력으로 억제하여 길항시킨다. 힘의 총량이 변화하면 그 정합을 유지하는 것도 꽤 수고스럽다.

지금 당장은 완전히 억제하지 못해서 넘쳐나려는 마력을 나 자신의 근원으로 받아낼 수밖에 없다. 결과적으로 약간 상처를 입는 상황이라고 할 수 있다. 요즘 계속 이명이 울리는 것도 그 때문이다.

다만——그 목소리에 대해서는 짚이는 게 없지만 말이다.

"너무 강해지는 것도 참으로 곤란한 일이로군."

"또 도와줄게."

"이전에는 분명 도움이 되었지만, 이번엔 상황이 또 달라."

고개를 끄덕이는 미샤.

"그때는 일그러진 근원의 형태를 정리했어."

그녀는 망설임 없이 말했다.

"이번에는 마력이 억제될 수 있도록 보조할게."

"내 힘을 억제한다고?"

"응."

미샤는 시선을 돌리지 않고 가만히 내 심연을 들여다보고 있다. 물러설 생각은 없는 것 같군.

"못 믿겠어?"

그 질문에 나는 씨익 웃었다.

"맡기겠다."

미샤는 기쁜 표정으로 엘레오노르를 보았다.

"도와줘."

"물론이지."

"제시아도…… 도울……거예요……!"

두 주먹을 불끈 쥐며 그녀는 의욕을 드러냈다.

"아노스 방에서."

미샤는 그렇게 말하며 2층에 있는 내 방으로 이동했다.

"앉아."

미샤가 침대를 가리켜서 나는 그곳에 앉았다. 미샤도 침대로 걸어가 그 위에 얌전히 정좌했다. 그리고 내 머리에 손을 대더니 《프레스(비행)》로 몸을 둥실 띄운 후 천천히 눕혔다. 내 머리는 그대로 미샤의 무릎 위에 안착했다.

"아노스의 깊은 곳."

미샤는 부드러운 목소리로 말했다.

"보여줘."

근원의 반마법을 해제해서 그 자리에 드러냈다.

"음——?"

엘레오노르가 침대에 폴짝 뛰어올라 내 몸에 얼굴을 가까이 댔다. 그녀의 마안에 마력이 집중되어 빛을 발하고 있었다.

"엄청난 마력인 건 알겠는데, 뭐가 어떻게 되어 있는지 전혀 모르겠어."

엘레오노르의 마안으로는 설령 반마법을 해제한다 해도 내 근원의 심연까지는 아직 들여다볼 수 없는 모양이다.

"자연스럽게 넘쳐나려는 마력을 아노스가 조작하는 마력이 막고 있어."

미샤가 그렇게 설명했다. 물론 말처럼 단순한 일은 아니다. 밖으로 나가려는 마력이 있으면 안쪽에서 순환하는 마력이나 깊숙이 숨겨져 있는 마력 등, 크게 분류해도 100가지를 넘는 힘의 흐름이 있으며, 그것들은 끊임없이 뒤섞이고 변화하고 있는 것이다.

"……난 전혀 모르겠는데, 그래도 괜찮을까?"

미샤가 고개를 끄덕였다.

"아노스의 근원과 최대한 가까운 곳에 유사 근원을 만들어줘."

"알겠어. 아노스, 몸이 좀 젖을 테니 미리 사과할게."

엘레오노르 주위에 마법 문자가 떠오르고 그곳에서 성수가 넘쳐난다. 나와 미샤가 말려들지 않게 하기 위해, 그 물은 평소처럼 구체를 이루는 대신에 그녀의 몸을 따라 전개되었다.

"만질게."

내 가슴에 엘레오노르의 손이 살짝 닿았다. 가능한 한 근원과 가까운 곳에서 《엘레오노르》 마법을 사용하기 위해서다.

"정 어렵다 싶으면 관통해도 상관없다."

"그, 그럴 수는 없지. 반마법도 해제했고, 여기서도 할 수 있으니까."

마법진이 그려지고 내 몸 안쪽에 유사 근원이 출현한다. 하지만 그것은 순식간에 힘이 약해지기 시작했다.

"최대한 강하게. 아노스의 근원 곁에 있으면 금세 소멸돼."

"……알겠어……."

《아스크(성역)》의 빛이 엘레오노르에게 모인다. 제시아가 기운차게 손을 들었다.

"……제시아는…… 뭘 하면 되나요……?"

"응원해줘."

제시아가 고개를 끄덕이며 말했다.

"……파이팅……이에요……! 파이팅……이에요……!"

제시아의 응원을 받고 《아스크》의 빛이 조금 더 강해졌다.

"……효과가 있나요?!"

기뻐하는 표정으로 제시아가 묻는다.

"응, 응. 그렇게 하면 돼."

제시아가 의기양양한 표정으로 손을 크게 흔들며 응원을 시작했다.

"파이팅……이에요……! 파이팅……이에요……!"

"음~ 이게 한계야. 아마 잘 버텨야 사흘 정도겠네."

"괜찮아."

미샤는 《창조의 마안》을 띄우고 내 안을 들여다보았다. 그리고 그 마안의 힘으로 엘레오노르가 만들어낸 유사 근원을 재창조했다.

"아노스의 마력은 너무나도 방대해서 세밀하게 제어하려면 절차가 복잡해."

설령 10,000분의 1 이하 단위로 힘을 제어할 수 있다 해도, 기본이 너무 강하면 세밀한 마력제어를 할 수 없다. 단순하게 설명하면, 10의 힘이 근원에서 넘쳐나려 할 때, 나는 10의 힘을 그대로 만들어내지 못한다. 10,010과 10,000을 상쇄해서 남은 10의 힘으로 그것을 억제하는 것이다. 미샤 말마따나 절차가 좀 복잡하다. 그것이 한두 개 정도라면 몰라도, 방대하게 늘어나면 몇 개는 차라리 근원으로 받아내는 편이 리스크가 적다. 작은 힘이 새어나가는 것 자체는 해가 되지 않지만, 그곳이 돌파구가 되어 더욱 큰 힘이 누출될 위험성도 있다.

"세밀한 마력 제어를 담당하는 보조 근원을 만들었어."

미샤가 시선으로 내 심연을 어루만지며 보조 근원을 내 근원에 가까이 붙였다. 그것은 말 그대로 약한 힘을 상쇄하려 하는 내 마력을 보조하고 있다. 작은 마력을 더하거나 빼고, 혹은 새어 나가는 힘의 방파제가 된다. 조금 전 엘레오노르가 말한 것처럼 보조 근원 자체가 내 근원에서 비롯된 멸망의 힘에 노출되어 결국은 소멸되겠지만 말이다.

그때까지 이 힘을 제어할 수 있게 되면 그만이다.

"어때?"

"흠. 제법 편해졌다. 대단한 실력이군."

"다행이야."

미샤가 기쁘게 웃었다.

"보조 근원을 조금 더 조정할게."

"으으…… 미샤……. 내가 할 수 있는 게 없을까……?"

소외당한 사샤가 혼자 침대와 거리를 두고 서서 불만스러운 얼굴로 이쪽을 보았다. 미샤는 난처하다는 듯 고개를 갸웃했다.

"응원?"

"그래, 난 어차피 파괴신이니까. 부수는 것 말고는 할 줄 아는 게 없는……."

사샤는 떼쓰는 아이처럼 투덜거렸다.

"난 아노스보다 훨씬 약하니까 아노스에게 도움이——."

갑자기 입을 다무는 사샤.

"사샤?"

미샤가 불러도 그녀는 대꾸하지 않았다. 마치 무언가를 떠올리려는 것처럼 보였다.

"……아노스……."

사샤가 천천히 침대 쪽으로 걸어오더니, 내 얼굴에 자기 얼굴을 가까이 댔다. 그녀의 금색 머리카락이 스르륵 늘어지며 코끝을 간지럽혔다. 그녀의 눈동자에는 《파멸의 마안》이 떠올라 있었다.

"도움이 될 지도 몰라. 어쩌면…… 나도."

그 마안이 응시하는 내 눈동자에 저절로 마법진이 떠올랐다. 그것 역시 《파멸의 마안》이었다.

"흠. 사샤, 뭘 한 거지?"

"아노스의 《파멸의 마안》을 통해서 아노스의 근원 안에서 날뛰고 있는 힘이 스스로 무너지게 할 거야."

사샤의 《파멸의 마안》이 찬찬히 내 근원을, 그 심연을 들여다본다. 그녀가 말한 대로 마력이 정체되고, 거칠게 날뛰던 힘이 파괴되어가며 꼬여 있던 흐름이 부드러워졌다.

"……기억난 것 같아……. 아니, 확실하게 기억났어……."

사샤는 열에 들뜬 듯한 목소리로 말했다.

"아주 조금."

"과거가?"

고개를 끄덕인 그녀는 눈을 깜빡이더니 《리크스》 마법진을 그렸다.

"내 머릿속을 봐. 아베르니유의 마음이 여기에 있어."

그녀의 마안이, 마치 창성 에리얼처럼 창백하게 빛나고 있었다. 그리고 《리크스》를 통해 내 머리에 과거의 영상이 되살아났다——.

§7. 【파괴의 하늘】

신화의 시대. 그것은 어느 날의 숭고한 전투. 지배당하던 디르헤이드의 하늘을 되찾겠다는 일념으로 마족 병사들이 죽음조차 불사할 각오로 태양을 향해 나아갔던 순간.

푸른 하늘은 파괴의 암운에 뒤덮여 있었다.

"《지오 그레이즈(옥염섬멸포)》 발사 준비."

마족 병사의 목소리가 울린다.

"알겠습니다. 마법진 전개. 제1문부터 제10문, 전개 완료."

"제11문부터 제20문, 전개 완료."

"제21문부터 제30문, 그리고 제100문까지의 포문 전개 완료!"

지표 저 너머 창공을 가르는 것은 《아이리스(창조건축)》 마법으로 건조된 비공성함(飛空城艦) 제리드헤브누스——희대의 창조 마법 사용자, 창술가(創術家) 패리스 노인이 100년의 세월을 들여 완성한 거대 요새다. 그 성 앞에, 차례차례 마법진 포문이 전개되었다.

"제2진, 옵니다!"

경고의 외침보다 약간 늦게 어두운 그림자가 모습을 드러낸다. 비공성함 제리드헤브누스를 포위하듯이 날개를 가진 천사의 그림자가 무수히 떠올랐다. 파괴의 파수신 에구즈 드 라팡. 파괴의 질서를 수호하는 신이지만 이렇게 많은 개체가 동시에 지상에 나타나는 일은 드물다.

이유는 둘. 이 하늘이 신계의 입구에 가장 가깝다는 것. 또 하나는 패리스가 지휘하는 비공성함 제리드헤브누스에는 포학의 마왕이 타고 있다. 그 배는 이 세상에서 가장 거대한 파멸의 질서, 파괴신 아베르니유에게 다가가고 있었다.

"질서를 어지럽히는 행위, 용서하지 않겠다."

그림자 천사들이 날개를 펼친다.

"《도미오스(신파폭쇄)》."

그림자의 아지랑이가 일렁일렁 피어오른다. 요란한 소리가 울려 퍼지더니 비공성함 제리드헤브누스의 상부가 부서져 흩어졌다. 자동 복구 마법으로 대비한 덕분에 즉시 복구되었지만, 파괴의 파수신에 의한 《도미오스》는 연달아 이빨을 드러내며 제리드헤브누스를 부수었다. 격렬한 폭음이 하늘을 채우다 못해 지상마저 뒤흔들 정도였다.

"크, 크오오오오오오오오옷……!"

"대, 대장님, 이 이상 피탄당하면……!"

《도미오스》의 집중포화가 쏟아지자 마족 정예들도 견디지 못하고 비명을 질렀다. 하지만 조타실에서 키를 잡고 있는 남자는 태연하게 말했다.

"아름답군요. 과연 파괴의 신들이에요. 제 영혼을 담은 걸작, 비공성함 제리드헤브누스를 이토록 아름답게 부수다니."

패리스가 마안을 번뜩이며 말했다.

"정제된 것이란 무엇보다도 아름다운 법. 질서의 파수신이라면 그저 존재하는 것만으로도 눈부시겠지요. 그러나——."

희대의 창술가는 품위 있는 미소를 보였다.

“그 미려한 질서를 감히 파괴해야만 그릴 수 있는 그림도 있는 법. 제리드헤브누스는 제 생애 최고의 작품. 신비로 충만한 자연의 미——신과 비교해도 결코 밀리지 않습니다.”

쏟아지는 《도미오스》로 인한 피해를 마법으로 복구하는 속도가 따라잡지 못하게 되어 비공성함이 서서히 붕괴되기 시작했다. 하지만 그럼에도 제리드헤브누스는 힘차게 날았다. 장갑이라는 짐을 버림으로써 계속 가속해갔다.

“자, 날아오르세요, 제리드헤브누스. 이 하늘 저편을 향하여.”

“아, 알겠습니다. 다들 들었나! 대장님이 허락하셨다! 날려라아아!”

“““흐아아아아아아아아아아아아아아압!!”””

패리스의 《가이즈(마왕군)》을 통해 집단 마법을 행사하는 마족들은 신들에게 반격하지 않고, 《프레스》로 제리드헤브누스의 속력을 더욱 끌어올렸다. 마치 빛의 화살처럼, 비공성함은 하늘을 달리며 포위하고 있던 그림자 천사들을 순식간에 저 멀리 떼어냈다.

“제3진, 제4진을 돌파!”

“목, 목표 포착! 시인 가능 공역에 진입합니다!”

한 마족이 외쳤다. 진행 방향에, 불길하고도 거대한 태양의 그림자가 보였다.

“전방, 거리 8,000. 《파멸의 태양》 사지엘도나베입니다!”

“……아름다워…….”

패리스가 감탄하듯 중얼거렸다. 그 순간, 새까맣던 그 태양의 그림자가 더욱 진해지면서 불길한 어둠으로 하늘을 채색하기 시작했다.

"사지엘도나베의 변이를 확인. 완전 현현까지 대략 3분으로 예상됩니다."

"자, 드디어 피날레로군요. 흑양이 발사되기 전에 0거리로 접근. 아름답게 날아주세요."

"알겠습니다!!"

강대한 마력을 발하는 《파멸의 태양》을 향하여 제리드헤브누스는 돌격했다.

"제5진, 옵니다!"

전방을 가로막은 것은 또다시 그림자 천사. 파괴의 파수신 에구즈 드 라팡 무리다.

""""가지 못할 것이다.""""

섬뜩한 목소리와 함께, 그 공역에 그림자의 아지랑이가 일렁였다. 일제히 전개된 《도미오스》가 《파멸의 태양》으로 가는 길을 차단하듯 벽을 만들었다. 그것은 파괴로 가득한 결계였다.

"그리도록 하세요. 우리 불꽃의 아름다움을 신에게 보여줍시다."

"알겠습니다! 《지오 그레이즈》 일제 발사!"

그려진 100문의 마법진에서 칠흑의 태양이 모습을 드러낸다.

"아름다운 불꽃의 선율을."

"발사아아아아아——!!!"

《도미오스》의 결계를 향해 《지오 그레이즈》가 일제히 발사된다. 칠흑의 태양이 아지랑이의 결계에 충돌하여 차례차례 폭발하고, 하늘이 검은 불꽃으로 물들었다.

"보세요, 다리가 생겼군요. 치열하게 타오르는, 저 태양으로 향하는 다리가."

"대장님, 설마 저곳으로 진입하실 겁니까?"

부하 한 명이 마른침을 꼴깍 삼키며 묻자 패리스는 아름답게 웃으며 대답했다.

"아름다울지어다."

"아, 알겠습니다! 다들 들었나! 《지오 그레이즈》가 폭발하는 지점은 《도미오스》의 위력이 제일 약하다. 즉 구멍이란 뜻이다. 포격을 지속하며 돌진해라아아아!"

제리드헤브누스가 확 가속하는 동시에 《지오 그레이즈》를 퍼붓는다. 《도미오스》의 결계 안에서 끊임없이 폭발하는 《지오 그레이즈》는 그들에게 한 줄기 길을 만들어주었다. 그것은 패리스가 말한 것처럼 흡사 불꽃으로 된 다리였다. 검게 타오르는 그 불꽃 한복판을 향해 비공성함 제리드헤브누스는 돌진했다. 《도미오스》는 《지오 그레이즈》에 상쇄되었지만, 검은 불꽃이 제리드헤브누스를 직접 태웠다. 이미 반쯤 부서진 비공성함은 불꽃에 휩싸여서 붕괴되는 속도가 더욱 빨라지기 시작했다.

"건너세요. 파괴의 하늘에 걸린 험난한 불꽃의 다리를. 그 무엇보다도 아름답게!"

불꽃에 타오르면서도 하늘을 달리는 비공성함의 속도는 줄어들지 않는다. 검게 빛나는 그림자의 태양에 순식간에 접근하여 이제 곧 함체가 닿을 찰나였으나——그 직후, 제리드헤브누스는 급격히 감속했다.

"이것은……?! 설마……?!"

"사, 사지엘도나베의 흑양입니다!"

"말도 안 돼! 아직 완전 현현 전인데!"

패리스는 마안으로 그림자의 태양을 바라보았다.

"……아무래도 사지엘도나베에 가까워지면 완전 현현 전이라도 파멸의 빛의 영향을 받는 것 같군요……."

쿠쿠우우우웅! 요란한 소리가 울려 퍼지며 비공성함이 과격하게 흔들렸다. 어느새 흑양을 두른 파괴의 파수신 에구즈 드 라팡이 비공성함을 완전히 포위했다. 그림자 천사들은 신궁에 화살을 메겼다. 흑양을 촉으로 삼은 그 화살이 일제히 시위를 떠나 비공성함 제리드헤브누스의 견고한 반마법을 쉽게 돌파하고, 함체에 무수한 구멍을 뚫었다.

"보, 복구 마법이 효과가 없습니다!"

"참으로 눈부시군요. 사지엘도나베의 흑양 아래에서 파괴의 파수신은 더욱 아름다워지는 것 같습니다. 이것이야말로 자연의 미."

패리스가 그렇게 상황을 분석했다. 비공성함에 흑양의 화살이 빗발치듯 쏟아져서 꽂힌다. 이제는 진격은 고사하고 당장 추락해도 이상하지 않을 지경이었다.

""""크, 크아아아아아아아아아아아아아아아앗……!!""""

"서, 성함 하부 대파! 떨어져나갔습니다!"

"대, 대장님! 아무래도 이 이상은……!!"

"이대로는 개죽음입니다! 일단 퇴각하는 게……!!"

집단 마법에 의한 《프레스》로 마력을 아무리 쏟아부어도, 이제는 제리드헤브누스의 추락을 막는 게 고작이었다. 그 함체는 당장이라도 파괴되어 하늘에 흩어질 것만 같았다.

"흠. 수고했다, 패리스."

비공성함 제리드헤브누스의 조타실에 목소리가 울렸다. 신에게 도전하는 정예 마족들조차 경외심을 느끼게 하는 그 말은 혼란스럽던 조타실에 정적마저 가져다주었다. 그들의 후방, 옥좌에 앉아 있는 그 남자는 마왕 아노스 볼디고드. 그 곁에는 그의 오른팔 신 레그리아가 무릎을 꿇고 있었다.

"자부심을 가져라. 너희는 충분히 역할을 완수했다."

아노스가 일어서자 그 뒤를 신이 따랐다. 그런데 그의 걸음을 저지하려는 듯 패리스가 앞을 가로막았다.

"마왕 폐하, 지금 제게 붓질을 중단하라 이르시는 것입니까?"

반항하는 듯한 그의 행동에 신의 눈빛이 험악하게 변했다.

"폐하께서는 저 《파멸의 태양》까지 옥체를 모시라고 명하셨습니다. 사지엘도나베 중심에 있는 파괴신을 쓰러뜨리기 위해, 그 마력을 온존할 필요가 있으셨을 테니까요."

"말이 과하군요, 패리스. 주군의 자비를 사양하겠다면 이 자리에서 그 목을 벨 것입니다."

아노스는 날카롭게 살기를 뿜어내는 신을 손으로 제지했다. 마왕의 시선을, 패리스는 정면으로 받아냈다.

"죽을 생각인가?"

"외람되오나 폐하. 본디 이 전란의 세상에 저 같은 창술가가 살 길 따위는 없습니다. 하늘에 불꽃을 그리는 게 아니라, 바다에 얼음조각을 띄우는 게 아니라, 전쟁을 위한 비공성함을 만드는 게 아니라, 그저 한 장의 캔버스 위에서 붓을 놀리고 싶었습니다."

패리스는 손에 붓 한 자루를 들고 마력을 담았다.

"폐하께서 목표로 삼으신 아름다운 평화야말로 제가 유일하게 살 길이지요."

흑양의 화살을 맞고 제리드헤브누스가 심하게 요동쳤다.

"동력부에 피탄! 고정마법진 파손율 68퍼센트! 더 이상은 못 버팁니다!"

"제리드헤브누스를 이 공역으로 올리기 위해 많은 마족 병사들이 저 흑양에 타들어갔습니다. 모든 것은 폐하를 완벽한 상태로 파괴신 곁에 모셔다드리기 위해서였지요."

패리스는 부드러운 표정으로 말했다.

"전쟁은 끝나는 것이겠지요? 파괴신을 쓰러뜨리고 나면 평화로운 세상이 찾아오는 것이겠지요?"

"믿어도 된다."

창술가는 웃었다.

"옥좌에 앉으십시오. 그리고 부디 명을 내리소서. 이 파괴의 하늘에 평화의 그림을 그려내도록."

신은 돌아서서 등을 보였고 마왕은 다시금 옥좌에 앉았다.

"나를 데려가거라, 패리스. 너의 배는 디르헤이드에서 가장 아름답게 하늘을 달리리라 믿는다."

"똑똑히 보여드리겠습니다."

패리스는 마법의 붓을 휘둘러 마법진을 그렸다.

"마왕의 아름다운 병사들이여. 우리의 목적은 무엇입니까?"

패리스의 질문에 한 마족이 답했다.

"그건 바로 우리의 주군을…… 저 《파멸의 태양》까지 모셔다드리는 것……!"

"우리 동포는 이 전란 한복판에서 인간과 정령, 신들의 손에 의해 다치고 숨이 끊어지고 소멸되었습니다. 모든 것의 원흉인 파멸의 질서는 저 하늘에서 빛나는 불길한 태양, 사지엘도나베에 있습니다."

부하들을 고무하듯 패리스가 말을 이었다.

"그렇다면 무엇을 두려워할 필요가 있겠습니까. 저것을 떨어뜨리면 그때 구하지 못했던 이들의 목숨을 이번에는 구할 수 있습니다. 그 비참한 이별이 우리가 사랑하는 후손들에게 대물림되는 것을 막을 수 있는 겁니다."

그 목소리를 듣고 조타실에 있던 모든 이가 마음을 정했다.

"아름다운 마왕 폐하께서 명령하셨습니다. 당신의 옥체를 저곳까지 데려다 달라고. 그렇다면 그 그림을 우리가 그리지 못할 리 없지 않겠습니까!"

"옳소!"

"우리 마족의 비원을 위해!"

"아름다운 평화를 위해!"

"가자아아아아아아! 힘을 쥐어짜내라아아아아아!!!"

비공성함 제리드헤브누스가 거대한 마법진에 둘러싸였다.

"《아스트라스텔라(창조예술건축)》."

제리드헤브누스가 이윽고 거대한 날개를 펼쳤다. 집단 마법에 의한 《아스트라스텔라》로 비공성함의 모습을 새롭게 창조한 것이다. 그림자 천사들은 어김없이 흑양의 화살을 퍼부었다. 그것들은 모조리 직격하여 비공성함을 파괴했지만 제리드헤브누스는 순식간에 복구되었다.

아니, 새롭게 창조하고 있었다. 흑양의 화살에 파괴된 성함은 고칠 수 없다. 그래서 공격받을 때마다 패리스는 성함의 형태를 새로 창조해냈다. 전란의 세상 속에서 그럼에도 예술가를 꿈꾸었던 패리스 노인만의 창조마법이었다.

"사, 사지엘도나베, 곧 완전 현현합니다!"

"파수신들이 전방 진로를 차단……! 우회할 여유가 없습니다!"

패리스가 말했다.

"아름다울지어다."

"아, 알겠습니다! 돌격어어어어어어억!!!"

전방을 가로막은 그림자 천사들을 아랑곳하지 않고 제리드헤브누스는 돌진했다. 파괴의 파수신 에구즈 드 라팡을 박살내는 동시에 그 질서에 고스란히 노출되어 《아스트라스텔라》의 술식 자체가 파괴되어갔다.

""""크, 으오오오오오오오오오!!!""""

함체가 만신창이가 되는 와중에도 제리드헤브누스는 뱃머리를 칼날로 바꾸어 그림자의 벽을 헤쳐 나아갔다.

""""가라아아아아아아아아아아!!!""""

남은 포문에서 일제히 발사된 《지오 그레이즈》가 약간의 빈틈을 만들었고, 그 너머로 《파멸의 태양》이 보였다.

"지금――."

쿠콰아아아아앙! 비공성함이 크게 요동치며 양력을 급격히 잃었다. 에구즈 드 라팡 무리가 달라붙은 탓에 《아스트라스텔라》의 술식이 완전히 파괴된 것이다. 이제는 성함을 새롭게 창조할 수도 없다. 날개마저 잃은 제리드헤브누스는 파괴의 아지랑이에 삼켜진 채 추락하기 시작했다.

"폐하, 뒷일을――."

"수고했다."

마왕 아노스가 하늘에 떠 있었다. 그는 파괴의 파수신들이 구축한 벽을 넘어서 이미 사지엘도나베 앞에 있었다. 제리드헤브누스가 모든 것을 바쳐 뚫어낸 작은 빈틈으로, 그 찰나에 무엇보다도 빠르게 빠져나간 것이다.

"패리스, 네 소원을 이루어주마."

추락하는 제리드헤브누스를 등지고, 아노스는 곧장 《파멸의 태양》을 향해 날아갔다. 그 뒤를 신이 따라갔다.

"주군."

신의 목소리가 날카롭게 울렸다. 거대한 그림자가 반전하며 어두운 일륜이 모습을 드러냈다. 삼라만상에 평등하게 죽음과 파멸을 내리는 《파멸의 태양》 사지엘도나베가 차가운 빛을 발하기 시작했다.

"《아테네스(신체변이)》."

"알겠습니다."

신의 몸에 마법진이 그려지고 신체 자체가 변이하기 시작했다. 어두운 빛이 그의 몸을 뒤덮었고 그 윤곽이 흐물흐물 일그러졌다. 순식간에 응축된 어둠은 어떤 모습을 빚어내기 시작했다. 번뜩이는 외날, 곧게 뻗은 검신, 코등이가 없고 투박한 자루. 그것은 한 자루의 마검이었다.

"신살흉검(神殺凶劍) 신레그리아."

《파멸의 태양》 사지엘도나베가 파멸의 빛, 흑양을 발한다. 하늘이 어둠으로 뒤덮이고 지상에 파멸의 기운이 드리웠다. 그것을 베어 가르듯이 신살흉검이 번뜩였다. 한 호흡에 아노스의 검광이 어둠에 새긴 것은 마법진의 흔적이었다.

"《골도라 에골로노이아(흉인광참신살삼매)》."

일섬――검광으로 그려낸 마법진을 향해 내리쳐진 신살흉검은 육박하는 흑양을 둘로 양단하고 어둠을 쫓아냈다. 사지엘도나베가 몸을 숨기듯 다시 그림자로 돌아가기 시작한다.

"놓치지 않겠다."

하늘을 날아 《파멸의 태양》으로 돌진한 아노스는 그 거대한 일륜의 그림자에 손에 든 마검을 찔러넣었다. 끼기기기기기긱! 기괴한 소리를 내며 파멸의 질서가 거칠게 날뛰었다. 아노스는 마검을 놓고 자그마한 그 상처를 잡아서 억지로 비집어 열었다. 안쪽에는 깊은 어둠이 펼쳐져 있었고, 아노스의 마안으로도 한

치 앞을 볼 수 없을 정도였다. 파멸의 질서로 충만한 그곳에 몸을 던지면 모든 것이 순식간에 사라지리라. 그렇기에 완벽한 상태로 여기까지 올라올 필요가 있었던 것이다.

아노스는 거침없이 그 안에 뛰어들었다. 그를 멸하기 위해 밀려오는 파멸의 질서를 침침한 보랏빛으로 물든 마안으로 지워버리며, 아노스는 오로지 가장 깊은 곳을 향해 나아갔다. 나아가면 나아갈수록 방향 감각이 모호해지고 어둠은 끊임없이 깊어졌다. 그러나 중심에 자리잡은 강대한 마력만은 또렷하게 느껴졌기에, 아노스는 그곳을 향해 계속해서 나아갔다. 불현듯 무슨 소리가 들렸다. 흐릿한 목소리. 그것은 누군가의 울음소리처럼 느껴졌다. 심층부에 가까워질수록 그 목소리는 크고 뚜렷한 윤곽을 띠어갔다.

이윽고 아노스는 그곳에 도달했다. 암흑의 심층부에 앉아 있는 것은 무섭도록 강대한 마력. 이 세상의 파멸을 응축한 듯한 힘이 그곳에서 발산되고 있었다. 그 터무니없는 파괴의 힘과 정반대로, 어둠의 중심에 홀로 덩그러니 떠 있던 것은 자그마한 인영. 어둠보다도 더욱 어두운 새까만 그림자였다. 마왕이 더 가까이 다가가자 그림자가 반전되었고, 그것은 한 명의 소녀로 변화했다.

금색으로 물든 긴 머리카락이 어둠 속을 둥실둥실 떠다녔다. 다시 울음소리가 들린 것 같았다. 웅크리고 있는 소녀는 무릎에 얼굴을 묻고 오들오들 떨고 있었다. 아노스가 다가가도 그를 보려고도 하지 않았다.

"이름을 대라."

듣지 못한 것인지 소녀는 고개를 들지 않았다. 아노스는 손을 내밀어 그녀의 턱을 잡고 천천히 들어 올렸다. 소녀의 신안과 마왕의 마안이 교차했다.

"……아……."

그 신안에서 파멸의 힘이 넘쳐흐른다. 흉악한 마력이 미쳐 날뛰듯이 맹렬하게 아노스를 덮쳤다.

"눈싸움이라도 하고 싶나?"

아노스는 이빨을 드러낸 파멸의 시선을 똑바로 노려보며 파멸시켰다.

소녀의 눈이 휘둥그래졌다.

"묻겠다. 이름이 무엇이냐?"

순간적인 정적. 그 후에 소녀는 담담한 목소리로 대답했다.

"아베르니유."

아노스의 예상과 일치하는 대답이었다.

"파괴를 관장하는 질서. 나는 파괴신 아베르니유."

마치 울어서 부은 듯한 빨간 눈에 마법진을 띄우며 이번에는 아베르니유가 물었다.

"당신은, 누구야?"

§8. 【추억을 더듬는 방법】

"어라……?"

사샤가 문득 중얼거렸다. 창백하게 빛나던 그녀의 마안이 원래의 벽옥색으로 돌아왔다. 《리크스》를 통해 전달되던 과거의 영상이 홀연히 사라지고, 나를 들여다보는 소녀의 얼굴만이 그곳에 남았다.

"으음, 이상하네……. 더 기억날 것 같았는데……."

사샤가 고개를 갸웃거리며 낮게 신음한다. 하지만 그 이상은 기억나지 않는 모양이다.

"그래도 맞긴 하지? 그때 아노스가 아베르니유에게 한 것도 이런 거 아니었어?"

《파멸의 마안》을 빛내며 사샤는 내 마안을 들여다본다. 시선을 통해 내 근원의 가장 깊은 곳까지 그 파멸의 마력이 닿는다. 근원에 사샤의 《파멸의 마안》이 강하게 간섭하여 넘쳐흐르는 힘이 스스로 무너져 내리게 했다. 물론 지금 사샤의 힘으로 내 마력을 깎아낼 수는 없지만, 어느 정도 약해졌기 때문에 제어가 조금 편해졌다.

"나와 다르게 힘이 강대해서 제어가 안 되는 건 아닌 것 같았지만 말이다. 신족이 관장하는 질서에는 원래부터 자신이 제어할 수 없는 영역이 있어."

"음— 그게 무슨 말이야?"

엘레오노르의 질문에 나는 천천히 몸을 일으키며 설명했다.

"예를 들면 천부신은 질서를 낳는 질서다. 자신의 의지로 파수신 정도라면 낳을 수 있겠지만, 다른 질서를 관장하는 신을 자유롭게 낳을 수 있느냐 하면 그렇지는 않을 거다. 그런 일을 하면 질서가 쉽게 어지러워지기 때문이지."

"아베르니유는 파괴의 질서를 제어할 수 없었던 거야?"

미샤가 물었다.

"그렇지. 대부분의 신족은 제어할 수 없는 질서를 자신의 의지라고 인식하고 있지만, 아베르니유는 달랐을지도 몰라."

방금 전 사샤가 보여준 그 과거에서 아베르니유는 울고 있었다. 그것은 자신이 파괴의 질서인 것을 한탄했기 때문인가? 그것만으로는 단언할 수 없지만 그녀가 사샤라면 이상한 이야기도 아니다.

"아노스는 방금 본 거, 기억 안 나?"

"아베르니유와 제대로 이야기한 기억은 없다. 내가 잃은 기억인 거겠지."

밀리티아가 빼앗아서 앞뒤가 맞는 기억을 창조했을 테지만, 과연 무슨 목적이었을까? 여전히 밀리티아가 그 기억을 빼앗을 이유를 알 수 없다.

"……다음을 알고 싶어……."

혼잣말하는 사샤의 얼굴을 미샤가 말없이 들여다보았다.

"미샤? 왜 그래?"

사샤는 의아한 표정으로 미샤의 얼굴을 마주보았다.

"술이 깼어?"

"어? 아, 응……. 그러고 보니 좀 깬 것 같아……. 왠지 집을 나선 후의 기억이 흐릿한데, 혹시 이상한 소리 안 했어?"

미사는 약간 곤란해하는 표정으로 잠시 생각한 후에 대답했다.
"아베르니유 같은 느낌이었어."
"그럼 정말 술의 힘으로 기억이 돌아왔다고……? 그런 황당한 일이 있을까?"
사샤는 석연치 않은 듯했다.
"하지만 사샤는 실제로 떠올렸잖아."
엘레오노르가 끼어들었다.
"……술을 마시면 보통은 잊는 거 아닌가……? 어떻게 떠올린 거지……?"
"술의 힘만은 아닐 거다. 너는 방금 전 《파멸의 마안》으로 내 근원에서 넘쳐흐르려는 멸망의 힘을 스스로 무너지게 했다. 그 행위가 예전 아베르니유의 마음을 일깨운 걸지도 몰라."
생각에 잠기는 사샤. 그때 엘레오노르가 손가락 하나를 척 세웠다.
"딱 알겠다. 아베르니유가 소중히 여겼던 추억과 비슷한 일을 하다 보면 기억나지 않을까?"
"밀리티아도 마음을 따라서 기억해낼 거라는 말을 했었지."
사샤가 손으로 머리를 눌렀다.
"으음— 그럼 그건 그렇다 치고 이제 뭘 어떻게 해야 할까? 애초에 그 추억이 뭔지도 모르는 거잖아."
"요컨대 이게 가장 빠른 방법이다."
나는 일어나서 마법진을 그렸다. 그 중심에 손을 넣어 조금 전에 생성한 포도주 병을 꺼내고, 함께 창조한 유리잔에 술을 따랐다.

"마셔라."

"왠지 낮부터 계속 술을 마시니까 나쁜 짓을 하는 기분이야."

잔을 건네받은 사샤는 포도주를 단숨에 들이키고 나른한 표정으로 말했다.

"한 잔 더."

"너무 많이 마시진 말아라."

다시 술을 따라주었다.

"어머? 약속하긴. 많이 마시면 나에 대해서 그만큼 많이 떠오를지도 모르는데."

"음— 누구 시점에서 한 말이지?"

"사샤와 아베르니유가 반반?"

엘레오노르와 미샤가 의문스러운 표정을 주고받았다. 그러자 제시아가 번쩍 손을 들더니 의기양양하게 외쳤다.

"사샤베르……예요……!"

다시 포도주를 단숨에 들이킨 사샤가 이마에 손을 짚었다.

"아……!"

"사샤, 기억날 것 같아?"

"……머리가 아파."

사샤는 몸을 휘청이며 내게 잔을 내밀었다.

"일단 술로 치료해야겠어."

"사샤베르에서 그냥 주정뱅이가 되어버렸는데."

생각처럼 쉽게 풀리진 않는군. 일단 사샤의 잔에는 마왕주를 따라주었다. 그녀는 기쁜 듯 그것을 마셨다.

"있잖아, 밖에 나가도 돼?"

"그래."

사샤는 불안한 발걸음으로 방을 나가 계단을 내려갔다. 그녀 뒤를 따라 우리도 집을 나섰다. 무턱대고 돌아다니는 사샤를 지켜보며 미드헤이즈 시가지를 걸었다.

"음~ 이렇게 무작정 돌아다닌다고 해서 우연히 아베르니유의 추억을 찾게 될 것 같진 않은데."

엘레오노르가 정론을 말하자 제시아가 두 주먹을 불끈 쥐며 끼어들었다.

"제시아는…… 생각해냈어요……!"

"오? 뭘 생각해냈는데?"

"우연히 추억에 도달하는 마법을 쓰는 거예요."

"제시아는 똑똑하구나. 그럼 아노스가 나설 차례야!"

엘레오노르가 농담조로 말했다. 미샤가 고개를 갸웃하며 내 얼굴을 올려다봤다.

"있어?"

"사샤에게 기억이 있다면 말이지."

기억조차 확실하지 않은데 추억에 도달할 수 있는 편리한 마법은 존재하지 않는다.

"……흠, 그래. 직접적으로는 안 되더라도 비슷한 건 할 수 있을지도 모르겠군."

아무것도 없는 길에서 발을 헛디뎌 넘어질 뻔한 사샤의 손을 잡으며 말했다.

"사샤. 레노를 만나러 갈 건데 괜찮겠나?"

"대정령 레노……?"

아베르니유의 마음이 섞여있는 건지 사샤가 멍한 표정을 지었다. 하지만 곧 기뻐하며 웃었다.

"응, 괜찮아. 오랜만이네."

나는 《가톰》 마법진을 그렸다.

"아, 그래, 정령. 추억의 정령 같은 게 있나 레노에게 물어보려는 거구나?"

떠올린 듯 엘레오노르가 말했다.

"소문과 전승에 좌우되는 정령의 능력은 불가사의하다. 사샤의 추억을 더듬는 데 도움되는 정령이 있을지도 모르지."

설령 기억을 되살리는 정령이 있다 해도, 나와 사샤의 기억이 돌아오지는 않을 것이다.

그렇게 되살릴 수 있는 기억이라면 《에뷔》 마법으로도 충분히 가능하다. 하지만 찾는 물건을 쉽게 찾을 수 있게 해주거나 운을 좋게 해주는 정령이라면 어떻게든 도움이 될지도 모른다.

"가자."

모두 손을 잡고 《가톰》을 사용했다. 새하얗게 물든 시야가 원래대로 돌아오자 자연이 풍요로운 미드헤이즈 외곽에 도착했다. 나무들이 울창하고 풀과 꽃이 우거진 깊숙한 곳에 집채만 한 크기의 거목이 서 있었다. 대정령 레노가 미드헤이즈에 만든 저택이다. 레노, 신, 미사 세 명이 그곳에서 살고 있다.

때때로 아하르트헤른으로 돌아가는 것 같지만, 지금은 이곳에서 그녀의 마력이 느껴졌다.

"누군가 있어."

미샤가 거목 저택 방향을 가리켰다. 그곳에는 남녀 한 쌍이 있었다. 한 명은 흰 머리에 옅은 푸른 눈을 지닌 중성적인 인상의 소년. 다른 한 명은 곱슬거리는 밤색 머리 소녀. 다름 아닌 레이와 미사였다. 두 사람은 미사의 집인 거목 저택을 바라보고 있었다.

"조금 긴장되네."

"괘, 괜찮아요. 아버지는 오늘 일이 있다고 하셨으니 어머니만 계실 거예요."

레이의 긴장을 풀어주려는 듯 미사가 말했다.

"그리고 어머니는 제 편이에요. 그냥 간단히 차만 마실 거고요. 일이 생기면 제가 어떻게든 할 테니까 레이 씨는 전혀 부담 가질 필요 없어요!"

레이가 상쾌하게 후훗 미소 지었다.

"든든한걸."

그렇게 대답한 후, 레이는 미사와 함께 거목 저택 안으로 들어갔다.

사샤가 몸을 쭉 내밀어 그 모습을 끝까지 지켜본 후에 내 쪽을 돌아보았다.

"인사하러 왔구나!!"

§9. 【레그리아 가문의 접대】

나는 두 사람이 들어간 거목 저택을 흘끗 본 다음 말했다.

"나중에 다시 오는 게 낫겠군. 레이와 미사를 방해할 수는 없으니까."

옆에서 미샤가 말없이 고개를 끄덕였다.

"나도 그게 좋을 것 같아. 물론 어떤 얘기를 할지 궁금하긴 한데……."

"제시아도 방해…… 안 해요……. 참을성이 있는 아이……예요……!"

제시아가 그렇게 어필하자 미샤가 기특해하는 표정으로 그녀의 머리를 쓰다듬었다. 제시아가 만족스럽게 웃었다.

"사샤. 레노는 나중에 만나는 게 좋겠다. 우선 네가 가고 싶은 곳에 가도록 하지."

"알겠어!"

그렇게 대답한 사샤는 곧장 거목 저택 쪽으로 걸어갔다.

"사샤, 그쪽으로 가면 안 된다니까?!"

"……교활……해요……!"

엘레오노르와 제시아가 소리쳤다. 나는 사샤 옆에 나란히 서서 손을 잡았다.

"레노는 나중에 만나자니까."

"하지만 레이와 미사가 걱정되는 걸 어떡해. 혹시 실수하지 않나 옆에서 지켜봐야 해."

사샤는 거목 저택을 향해 발을 움직였지만, 내가 손을 잡고 있는 탓에 조금도 앞으로 나아가지 못했다.

"머네……."

멀지 않다.

"인사할 상대가 원수인 것도 아니잖아."

"우으…… 뭐야. 아노스는 걱정 안 돼?"

"무슨 걱정 말이지?"

"생각해 봐. 레노가 레이를 인정하지 않으면 둘의 사랑이 끝나게 돼. 그건 너무 슬프잖아. 사랑은 꼭 보답받아야 한다고!"

흠. 판단하기 어려운 말을 하는군. 과연 이건 2천 년 전의 마음일까, 아니면 사샤가 술주정에 불과할까? 어쩌면 둘 다일수도 있겠다만.

"글쎄, 레노가 레이를 인정하지 않는 일은 결코 없을 거다."

"우…… 마왕님, 너무 매정해……."

사샤는 눈동자에 마법진을 띄우고 나를 째려봤다. 공격적인 그 마안을 같은 마안으로 깔끔하게 상쇄했다.

"어쩔 수 없군. 네 마음대로 해라."

"응, 마음대로 할 거야!"

손을 놓아주자 사샤는 기세 좋게, 하지만 휘청이는 발걸음으로 거목 저택에 다가갔다. 문 앞에 도착한 그녀는 천천히 문을 두드리려다가 그대로 멈춰버렸다. 무언가 고민하는 것 같았다.

"저기, 미샤. 안에 들어가면 방해가 되겠지?"

사샤는 뒤로 돌아서서 미샤에게 물었다.

"응."

"안을 들여다볼까?"

나는 거목 안쪽을 마안으로 주시했다. 하지만 시야가 안개로 뒤덮인 것처럼 아무것도 보이지 않았다. 정령의 힘인가.

"흠. 역시 대정령 레노의 거처로군. 내 마안으로도 안을 꿰뚫어 볼 수 없어."

"으음— 그럼 어디 빈틈 같은 거 없으려나?"

거목 둘레를 따라서 빙빙 원을 그리듯 걷는 사샤. 대충 본 바로는 창문이 몇 개 있긴 한데, 거기서 엿보면 순식간에 눈치챌 것이다. 《라이넬(환영의태)》과 《나지라(비닉마력)》이라도 써 볼까?

"곤란해?"

문득 귀에 익은 목소리가 들렸다. 눈앞에 안개가 피어오르더니 작은 요정의 형태를 빚어갔다.

"엿보기?"

"하고 싶어?"

"인사, 인사."

"흥미진진."

나타난 것은 장난을 좋아하는 요정, 티티였다. 그녀들은 즐거운 듯 사샤 주위를 날아다녔다.

"엿보고 싶어!"

당당하게 대답하는 사샤. 킥킥, 킥킥 하고 티티들이 웃었다.

"이리 와."

"이리 와, 이리 와."

"엿볼 수 있어."

"특기 분야야——."

티티들은 하늘을 날아서 거목 저택 위로 올라갔다. 우리도《프레스》 마법으로 날아올라 무성한 나뭇잎과 가지를 뚫고 그 뒤를 쫓았다.

"구멍 뚫기 시작——."

"나쁜 짓, 나쁜 짓."

"두두두두두."

"구구구구구."

티티들은 즐겁게 재잘거리며 못 여러 개를 거목에 박고 조그만 막대기로 툭탁툭탁 두드리기 시작했다. 그 모습을 바라보며 사샤가 물었다.

"그래봤자 못이 나무에 박히는 것뿐이잖아?"

키득키득 웃는 요정들.

"그런데 말야."

"못을 나무에 박으면."

"그러면, 그러면."

"짜잔——!"

원을 그리듯이 박은 못 안쪽에 물이 고였다.

"이게 뭐야?"

"웅덩이 창문!"

"물속에 얼굴을 담그면 안을 엿볼 수 있어——."

"봐봐."

"이런 식으로──."

티티들이 나무에 생긴 수면에 얼굴을 담갔다. 사샤도 따라서 물에 얼굴을 담갔는데, 갑자기 발을 버둥거리더니 그 웅덩이 창문이라는 것에 몸이 통째로 빠져버렸다.

"제시아도…… 할래요……!"

초롱초롱 눈을 빛내며 제시아는 나무의 수면에 얼굴을 담갔다. 그리고 사샤처럼 물속에 풍덩 빠졌다.

"가볼까."

나와 미샤, 엘레오노르는 차례로 나무의 수면에 얼굴을 담그고 물속에 빠졌다. 무슨 원리인지는 몰라도 내부는 넓었다. 사샤가 바닥에 달라붙어 있는 모습이 보였다.

'아, 레이랑 미사다.'

엘레오노르가 내게 《리크스》를 보냈다. 바닥은 유리처럼 투명한 막으로 되어 있었는데, 거기서 집안 상황을 엿볼 수 있는 듯했다.

'저쪽에서는 안 보여?'

미샤가 티티에게 물었다.

"괜찮아!"

"아마도──."

"아마도?"

"숨는 건 특기야."

티티들이 그렇게 대답했다. 뭐, 레이가 이쪽을 눈치챈 기색은 없다. 문제만 일으키지 않는다면 괜찮겠지. 나는 사샤 옆으로 이동해서 바닥을 통해 저택 내부를 살펴보았다.

나무 벽면에서 자란 수많은 화초들이 실내를 아름답게 장식했다. 고치처럼 생긴 침대와 시간을 정확하게 가리키는 불시계, 수정 선반 등, 디르헤이드에서 보기 드문 가구들이 가득했다. 그리고 커다란 나무 탁자와 그루터기 의자가 있었는데, 거기에 레이와 미사가 앉아 있었다.

"저기…… 그, 금방 올 거라고 하셨는데, 늦으시네요……."

미사는 아까부터 다른 방 쪽을 자꾸 힐끔거렸다. 다리를 떨고 깍지를 꼈다가 다시 풀기를 반복하는 등 안절부절 못한 모습이었다.

"불안해?"

레이가 묻자 미사는 "아……" 하고 신음하며 고개를 숙였다.

"미, 미안해요……. 아까는 그렇게 큰소리 쳤는데, 막상 닥치니까 제가 더 긴장하고 있네요……."

힘없이 아하하 웃는 미사를 보며 사샤가 주먹을 꽉 쥐었다.

'힘내, 미사. 내가 있잖아.'

아무래도 감정을 이입하고 있는 것 같다.

'안 되겠다 싶으면 내가 《파멸의 마안》으로 어떻게든 할게.'

파괴해서 어쩌려는 거지?

"덕분에 난 긴장이 완전히 풀렸어."

"……네?"

미사는 의아한 표정으로 그의 얼굴을 보았다.

"미사가 보여주는 모습이 너무 귀엽거든."

레이는 빙그레 시원스러운 미소를 지었다.

"그……."

미사는 얼굴을 새빨갛게 붉히며 다시 고개를 숙였다.

"……어, 어떡할 거예요……. 이런 얼굴을 어머니에게 보여줄 수는 없는데……."

"평상시 우리 모습을 그대로 보여드리자."

탁자 위에 있는 미사의 손에 레이는 살며시 자기 손을 포갰다.

"일부러 꾸미지 않아도 괜찮아."

"아…… 저기…… 그게……."

천천히 고개를 든 미사의 시선이 레이의 눈동자에 빨려들어갔다.

"네."

긴장이 좀 풀렸는지 미사는 생긋 웃었다.

"신기해요. 레이 씨가 말하면 뭐든지 괜찮을 것 같은 기분이 들어요."

"나도 너와 함께라면, 아무것도 무섭지 않아."

"아하하…… 살짝…… 부끄럽긴 하지만…… 기뻐요……."

미사는 빨갛게 달아오른 얼굴로 말하며 그의 손을 양손으로 잡았다.

'그렇지, 그거야, 레이. 미사의 긴장을 잘 풀어줬어. 약간 멋부린 감이 있긴 한데, 오늘은 특별히 봐줄게.'

평가하는 듯한 태도로 사샤가 소감을 말했다.

"좋아해."

레이의 솔직한 말에 미사는 수줍어하며 그저 말없이 고개를 끄덕였다.

"어머어머, 거기 청년? 우리 귀여운 딸을 너무 꼬드기진 말아 주겠어?"

그때 누군가의 목소리가 끼어들었고, 미사는 엄청난 기세로 레이의 손을 놓았다.

목소리가 들려온 방향을 보았더니 드레스 차림의 소녀가 서 있었다. 머리카락은 호수처럼 푸르고 눈동자는 호박처럼 반짝거렸다. 미사의 친어머니이자 신의 아내, 대정령 레노였다.

'시작됐구나……. 갑작스레 선제공격이라니…… 견뎌야 해, 레이…….'

사샤의 머릿속에서는 인사라는 이름의 전투가 벌어지고 있는 듯했다.

"아, 아, 아니에요. 이건, 그, 아니에요. 제가 심하게 긴장해서 그걸 어떻게든 해주려고 했을 뿐이고 레이 씨는 딱히 그런……."

벌떡 일어난 미사는 레노에게 필사적으로 변명하려 했다.

"그렇게 당황하지 마. 그냥 농담이니까."

"아…… 네, 네……. 그렇죠, 그렇겠죠…… 아하하."

어색하게 웃는 미사.

'쉽게 믿으면 안 돼, 미사. 농담인 척하면서 비수를 찌를지도 몰라……. 레이의 방패가 될 수 있는 건 너밖에 없어.'

사샤는 손에 땀을 쥐며 그렇게 말했다.

"안녕."
자리에서 일어나서 인사하는 레이를 보며 레노는 미소로 화답했다.
"오랜만이야. 시간 나면 좀 놀러 오고 그러지, 예나 지금이나 용건이 없으면 안 오는구나. 하긴, 카논은 원래 그런 사람이니까."
"마왕 재림의 식전 때 만났잖아."
"그걸 변명이라고 하는 거야? 그땐 바빠서 얘기도 제대로 못했는데."
레이가 쓴웃음을 지으니 레노는 온화한 미소를 돌려주었다. 그 사이에서 미사가 의아한 표정으로 둘의 얼굴을 번갈아 보았다.
"어? 어라? 엄마랑 레이 씨, 서로 구면이었어요?"
"응. 2천 년 전에 정령과 인간은 함께 마왕군과 싸웠으니까. 아하르트헤른의 정령들에게 협력을 부탁하러 온 게 인간의 대표, 용사 카논이었어. 그때 나랑 얘기했지."
"아노스를 상대로 함께 싸운 적도 있어."
레이가 말했다.
"그때는 정말 다 끝인 줄 알았는데."
미사는 말없이 멍한 표정으로 레노를 바라보았다.
"어머나? 인간과 정령이 협력했던 건 너도 아는 사실이니까, 당연히 아는 줄 알았는데……."
"확실히 잘 생각해보면 그렇긴 하지만……. 그, 그럼, 왜 긴장된다는 말을……."
레이는 난처하게 웃으며 어머니 대정령 쪽을 보았다.

"옛 지인에게 당신 딸과 교제 중이라는 얘기를 정식으로 하는 건 역시 좀 그렇잖아."

"고생 끝에 귀여운 미사와 재회하게 됐는데 벌써 빼앗겨서 상심했어. 게다가 그 상대가 카논이라니. 용사가 그렇게 잽싼 줄은 몰랐다니까?"

레노는 지그시 레이를 째려보았다. 그는 어색하게 쓴웃음을 지을 수밖에 없었다.

"아하하. 그래도 잘 모르는 이상한 사람이 아니라 카논이라 다행이야. 신 같은 사람을 만났다면 고생했을 테고, 그런 면에서 카논은 안심할 수 있으니까."

"어휴, 뭐예요 그게……. 긴장해서 손해 봤네요."

미사는 긴장과 동시에 몸의 힘도 풀리는 기분이었다. 레노와 레이가 따스한 시선으로 그녀를 바라보았다. 무척 온화한 공기가 대정령의 저택을 감쌌다. 그런 평화로운 한 장면을 웅덩이 창문으로 훔쳐보던 소녀가 불쑥 입을 열었다.

'뭐야, 이게…….'

사샤는 주먹으로 웅덩이를 후려치며 《리크스》로 외쳤다.

'서로 미리 짠 거 아냐……?! 이런 포장된 길을 가는 듯한 연인 소개 자리가 말이 돼?!'

괜히 응원했다는 듯이 그녀는 불만을 토로했다.

"자, 다들 편히 앉아. 차 마실래? 아참, 카논. 그거 알아? 미사가 누군가를 데려오는 건 처음이야. 친구를 데려오라고 해도 통 데려오질 않았거든. 맨 처음으로 특별히 데려오고 싶은 사람이라도 있었던 걸까?"

"가, 갑자기 무슨 말을 하는 거예요, 엄마. 그, 그런 건 굳이 얘기할 필요 없잖아요."

"그냥, 미사의 귀여운 점을 어필하고 싶었거든."

레노는 딸을 놀리듯 미소 지었다. 미사는 쑥스러워하며 몸을 웅크렸다.

"나눌 얘기가 많을 테니 어서 앉아."

레이는 웃으며 고개를 끄덕이고 미사에게 앉으라고 권했다. 그리고 두 사람이 다시 그루터기 의자에 앉으려던 찰나——.

"가끔은 제가 차를 준비하겠습니다. 레노, 당신도 앉아 있어요."

화기애애한 분위기를 베어내는 듯한 차가운 목소리와 함께 한 남자가 모습을 드러냈다. 미사의 아버지, 레노의 남편이자 한때 용사 카논과 사투를 벌였던 마왕의 오른팔——그 이름은 신 레그리아.

"어라? 신, 오늘은 일이 있다고 하지 않았어?"

"네. 마왕께 대적하는 자의 정보를 입수했습니다만, 조금 불길한 예감이——아니, 3초 만에 처리하고 왔습니다."

그는 레이 쪽을 바라보며 차가운 표정을 유지한 채 말했다.

"딸이 데려온 첫 번째 손님이니, 가장으로서 정성을 다해 대접해야겠군요."

§10.【2천 년 전의 혼인 교섭】

터질 듯 팽팽하게 긴장된 공기가 실내를 뒤덮고 있다.

그루터기 의자에 얕게 걸터앉은 미사는 어색하게 옆의 레이를 바라보았다. 그는 괜찮다는 듯 웃어 보였지만, 평소보다 몇 배나 표정이 굳어 있었다.

"다행이네, 신의 일이 빨리 끝나서. 모처럼 카논이 와줬으니 다 모이는 게 좋잖아."

레노가 온화하게 말했다.

"아, 아하하, 그러게요……."

어색하게 웃으며 미사가 동의했다. 먼저 레노와 레이의 사이를 잘 다져서 기반 공사를 충분히 마친 후에 진짜 목표인 신을 공략. 이후 아하르트헤른의 정령들에게 소개할 생각이었는데, 미사가 구상한 계획은 시작도 못해본 채 맥없이 무너지고 말았다.

"늦어서 미안합니다."

자기 집인데도 불구하고 신은 틈이 보이지 않는 자세로 걸어왔다. 그의 주위에는 날개 달린 찻잔 네 개가 떠 있었다. 둥실둥실 허공을 날아온 찻잔은 탁자에 착지하자 날개를 쏙 집어넣었다. 그런 정령인 모양이다.

"홍차의 정령, 티르뭉크입니다. 잔에 뜨거운 물을 부으면 홍차로 변하죠."

주전자를 기울여 티르뭉크에 뜨거운 물을 부으니 선명한 색으로 물들며 홍차 향이 퍼지기 시작했다.

"드세요."

레이는 살짝 고개를 숙이고 찻잔을 들었다.

"그런데 신이 홍차를 준비한 건 처음이네."

레노가 기분 좋게 말하자 홍차를 마시려던 레이가 손을 딱 멈췄다. 그는 말없이 진한 빛을 띤 그 액체로 시선을 옮겼다.

"평소에 집에서는 당신에게만 모든 걸 맡기고 있으니까요."

"아, 음. 그건 괜찮은데. 내가 하고 싶어서 하는 거니까."

레노가 조금 당황한 듯 대답했다.

"그런 얘기가 아니라, 이렇게 미사가 카논을 데려온 날에 일을 빨리 마치고 돌아오고 홍차도 준비해줘서 기쁘다는 거야."

신은 조용히 고개를 끄덕였다.

"대접을 해야 하니까요."

그 대답에 레노는 온화하게 웃었다. 하지만 레이를 꿰뚫는 신의 시선은 그것만으로도 몸을 베어낼 수 있을 것처럼 예리하다. 분위기에 맞춰 레이도 따라 웃었지만 그 눈동자 깊숙한 곳에서는 심각한 빛이 보였다.

"왜 그러죠? 레이 그랑즈드리."

표정을 무너뜨리지 않고 신이 말했다.

"독 같은 건 들어 있지 않습니다."

레이는 마치 목에 칼날이 닿은 사람처럼 침을 꼴깍 삼켰다.

"아하하, 신이 그런 농담을 하다니 별일이네."

레노는 재미있어 했지만 레이는 어색하게 웃을 수밖에 없었다. 입에서는 '정말 농담 맞아?'라는 말이 당장에라도 튀어나올 것 같았다.

"카논도 티르뭉크 홍차는 마셔본 적 없지? 정말 맛있어. 마시는 사람의 심경에 가장 어울리는 맛과 향으로 바뀐다는 소문과 전승이 있거든. 차분한 기분으로 마실수록 맛있으니까 긴장 풀도록 해."

"……헤에."

레이가 감탄한 듯 탄성을 흘렸다. 그는 일단 향을 즐기듯 코에 잔을 가까이 댔다.

신이 자연스럽게 손을 슥 들더니 부드럽게 허공을 잡는 듯한 동작을 보였다. 레이가 들고 있는 찻잔의 수면이 동요한 듯 흔들렸다.

"신, 왜 그래?"

"아, 신경 쓰지 마세요."

"후후, 신은 참 별나다니까. 있잖아, 카논. 신은 가끔 영문 모를 행동을 하곤 해. 고지식하고 융통성 없는 사람처럼 보이지만 사실은 살짝 어리숙하거든."

레노에게는 어리숙해 보였을지 모르지만, 검에 정통한 레이는 신이 보인 동작이 무엇인지 분명히 알았을 것이다. 세련된 동작은 마법진에서 순식간에 검을 뽑기 위한 기술. 그가 그럴 마음을 먹었다면 순식간에 마검이 레이를 겨누었을 것이다.

어떤 상황, 환경을 불문하고 신속하게 검을 뽑는 것은 검사가 반드시 익혀야 할 기술이다. 레이라고 해서 수련이 부족한 건 결코 아니다. 그러나 신이 방금 선보인 기술은 너무나도 정교했다. 저 의자에 앉아, 저 탁자를 사이에 둔 상황에 특화되어 있다. 마치 이 만남의 순간에 대비하고 있던 것만 같았다.

'레이, 저 상황에서 맛을 제대로 느낄 수나 있을까?'

웅덩이 창문으로 상황을 지켜보던 엘레오노르가 말했다.

'……긴장한 기분으로 마시면 어떻게 될까?'

사샤가 흥미진진한 표정을 지었다.

'책의 요정 리란에 관련 내용이 있었지. 긴장했을 때는 상쾌한 향이 느껴지고, 적의나 의심을 품고 있을 때는 달콤한 맛이 난다. 차분할 때는 신맛과 단맛, 쓴맛이 절묘하게 섞인 최고의 맛이 난다는군.'

'대, 대위기잖아. 저걸 마시고 맛에 대한 소감을 들으면 레이의 지금 심경을 알 수 있게 되니까!'

엘레오노르가 걱정스럽게 목소리를 높였다.

'대접을 하면서 레이의 인품을 파악하려는 심산인가. 신 녀석도 제법 아비다운 마음을 갖게 되었군.'

정말이지 흐뭇한 일이다

'하지만 신은 레이에게 딸을 빼앗기고 싶지 않은 거지?'

사샤가 말한다.

'응, 맞아. 내 생각도 그래.'

'그럼 예를 들어서, 독까지는 안 타더라도 설탕 같은 걸 몰래 넣진 않았을까?'

'아, 그래서 레이가 달다고 하면 레노는 적의나 의혹이 있다고 착각하겠구나!'

'미사, 제발 눈치채야 해……. 함정이야…….'

사샤가 기도하듯 손을 모았다.

'뭐, 그건 걱정할 것 없다.'

'왜?'

사샤가 되물었다.

'부모이니 심경이 복잡하긴 하겠지. 딸을 빼앗기는 느낌도 들 테고. 그래도 신이 미사의 행복을 바라고 있다는 건 의심할 여지가 없어.'

내 옆에 있던 미샤가 고개를 끄덕이며 동의했다.

'신은 내 오른팔이다. 그런 옹졸한 수작 따위는 부리지 않아. 정면 승부하는 마음가짐으로 접대하며 레이의 심연을 간파할 생각일 테지.'

'음— 하지만 이제까지 보아온 신 선생님을 생각하면 레이와 미사 사이를 축복하는 것 같지는 않은데.'

'미사가 레이가 아닌 다른 사람을 데려왔다면, 어쩌면 신도 고집을 굽히고 미사를 위해 순순히 축복했을지도 몰라.'

엘레오노르가 잘 이해가 되지 않는 듯 고개를 갸우뚱했다.

'무슨 뜻이야?'

나는 피식 웃었다.

'저래 보여도 신 녀석 역시 적잖이 기대하고 있다는 거다. 자신이 전력으로 가로막는다 해도 레이라면 그것을 뛰어넘을 것이라고. 어쨌거나 저 남자는 단 한 번이긴 하지만 검술로 신을 쓰러뜨린 유일한 인간이니까.'

어쩌면 신도 기뻤을지 모른다. 미사가 사랑에 빠진 상대가 레이라는 사실이.

'어디까지 자각하고 있는지는 모르겠지만 말이다. 레이가 진심으로 딸의 행복을 맡길 수 있는 남자가 되기를 신도 바라고 있다고 할까.'

어차피 할 거라면 자기 자신을 속이지 않고 진심으로 축복하며 보내주고 싶다. 그런 부모의 욕심을 받아줄 수 있을지도 모르는 남자로 보고 있다는 뜻이다.

'아~ 그럼 그거구나. 레이를 제법 고평가하고 있기 때문에 허들이 높아진 거네.'

'레이도 미사의 아버지에게 진심으로 인정받고 싶을 거다. 그러니 신이 자신의 마음을 따라 전력으로 인정하지 않는 것이야말로 레이에 대한 최대의 접대가 되는 것이지.'

엘레오노르가 그제야 알겠다는 것처럼 고개를 끄덕거렸다.

'……미샤, 세상은 기대받는 사람이 더 힘든 거야? 그래도 되는 거야?'

사샤가 그렇게 투덜거리자 미샤가 말했다.

'……시련?'

'으…… 나는 더 간단한 게 좋은데…….'

'사샤는 괜찮을 거야.'

'정말?'

'응.'

사샤는 기쁘게 웃었지만 '어? 그럼 난 기대받지 못한다는 뜻인가……?' 하고 의문을 품었다.

'뭐, 레이도 여기까지 온 마당에 마음의 준비는 했겠지. 설령 신이 나타난 게 예기치 못한 일이라 해도, 나중에 다시 오겠다는 식으로 대처하진 않을 거다.'

'그럼, 설마?'

엘레오노르의 질문에 나는 확신을 품고 말했다.

'물론 이 자리에서 끝을 볼 작정이겠지.'

'레이의 인사가 통할지 신의 접대가 막을지, 대결하는 거구나!'

사샤는 긴박한 말투로 말하며 그들의 모습을 유심히 지켜봤다.

'제시아도…… 하고 싶은 말이…… 있어요……!'

이제까지 대화에 끼지 못했던 제시아가 손을 들며 발언을 요청했다.

'저 홍차……입니다……!'

'……홍차가 왜? 뭔가 특이한 점이라도 있었어?'

사샤가 눈을 동그랗게 뜨며 레이가 들고 있는 찻잔을 보았다.

'……제시아도, 마실 수 있을까요……?!'

사샤는 뒤통수를 맞은 듯한 표정을 지었다.

'흠. 나중에 받아오도록 하자.'

'약속……이에요……!'

제시아는 기쁘게 웃었다.

'아, 다들 봐. 미사가 움직였어!'

엘레오노르가 외쳤다. 미사는 찻잔에 든 홍차를 화상도 마다하지 않을 기세로 벌컥벌컥 마셔버리고 탁자에 놓았다. 레이는 그런 그녀를 조금 놀란 눈초리로 보며 말했다.

"그렇게 목이 말랐어?"

"그, 그랬나 봐요. 괜찮다면 레이 씨 것도 마셔도 될까요?"

신의 속셈을 빠르게 눈치챈 미사가 기지를 발휘했다. 레이가 홍차를 마시는 걸 막으면 그의 심경이 알려질 우려도 없다.

"떽. 예의없게 그러면 못써. 새로 가져다줄 테니까 참으렴."

"……네, 죄송해요……."

레노의 꾸지람에 풀이 죽는 미사. 이러지도 저러지도 못하는 그녀를 레이는 다정한 눈빛으로 보았다. 그리고 찻잔을 기울여 목으로 넘겼다.

"맛있네."

"다행이다. 종종 티르뭉크의 홍차가 맛없다는 사람이 있거든. 아마도 마음가짐 탓일 거야. 하지만 카논에게는 그럴 걱정이 없겠지."

레이는 한 모금 더 홍차를 넘긴 후에 잔을 탁자에 놓았다.

"그런데――."

그 순간 살기가 담긴 듯한 날카로운 눈빛으로 신이 물었다.

"어떤 맛이 났습니까?"

레이가 미소 띤 얼굴로 신을 보았다. 두 사람 사이에서 심상치 않은 긴장감이 흘렀다.

"아, 왜 물어보는 거냐면요, 티르뭉크 홍차는 마음가짐에 따라서――."

미사가 입을 뻐끔뻐끔 여닫았다. 어째서인지 목소리가 나오지 않았다.

"미사? 왜 그래?"

레노가 물었다.

"아, 어라? 으음— 이상하네요. 티르——."

보인다. 미사가 티르뭉크 홍차에 대해서 레이에게 은근슬쩍 조언하려는 순간, 약탈검으로 그 말을 베어버리는 신의 모습이. 순간적으로 마법진을 전개하고, 칼을 뽑는 동시에 검격을 날려서 베어버리기가 무섭게 마법진에 약탈검을 수납하고 있다. 보아하니 일련의 동작을 제법 열심히 수련한 것 같았다.

"어떤 맛이 났습니까? 레이 그랑즈드리."

귀기 서린 표정으로 다시 물어보는 신. 도저히 홍차 맛을 물어보는 사람이 보일 만한 모습이 아니다.

"적당히 달콤하고——."

"달콤?"

신의 한쪽 눈썹이 씰룩거렸다. 허공에서 움찔거리는 손이 금방이라도 검을 뽑을 것만 같았다.

"적당한 산미가 느껴지고——."

신의 손이 딱 멈췄다.

"그러면서도 알싸한 쓴맛도 있는 게 참 오묘한 홍차네. 정말 맛있어."

"……."

이를 악물어서 으득거리는 소리가 들렸다.

"그렇다면 다행이군요."

손을 내리는 신. 이런 상황에서 레이는 편안하게 홍차를 마셨다. 보통 담력이 아니다. 아니면 그것은 각오 덕분일까. 연인의 부모에게 의심을 품느니 차라리 죽어도 상관없다는 강한 마음이 엿보인다.

'신의 접대를 정면으로 받아냈어…….'

사샤가 감탄했다.

'그러게. 연인의 부모님께 인사하러 와서 저렇게 엄청난 평정심을 보이다니. 저 정도면 신 선생님도 인정할 수밖에 없겠는걸?'

'봐.'

미샤가 가리켰다. 레이를 보니 그는 앉은 자세를 완벽하게 가다듬었다.

"신, 레노."

두 사람을 향해 레이가 입을 열었다.

"오늘은 너희에게 꼭 하고 싶은 말이 있어서 온 거야."

흠잡을 데 없는 성의가 담긴 말에 신의 표정이 험악하게 변했다.

"난 미사와 교제하고 있어."

따스한 표정을 짓는 레노와는 정반대로 신은 마치 눈보라가 휘몰아치는 듯한 냉랭한 시선을 돌려주었다.

'마, 말했어! 신의 살기를 개의치 않고 말했다고!'

'훌륭해, 레이! 남자라면 응당 그래야지!'

엘레오노르와 사샤가 야단법석을 떨었다.

'아직이야.'

미샤가 담담히 지작했다. 레이는 양손을 탁자에 대고 있었다.

‘설마 이대로 단숨에……?!’

머리를 숙이는 듯한 자세로 레이는 이어서 말했다.

“진심이야. 나는 너희처럼――.”

“레이 그랑즈드리.”

신이 무뚝뚝하게 말하며 일어섰다. 그리고 마법진을 하나 그리더니 안에서 종이 한 장을 꺼냈다. 그것을 손끝으로 툭 튕겨서 레이 쪽으로 날렸다. 레이는 거기에 적힌 마법 문자에 시선을 집중했다.

‘음, 저 종이는 뭘까? 마법구(魔法具) 같은데.’

엘레오노르가 내게 물었다.

‘흠. 이거 또 그리운 물건을 꺼내들었군. 혈연장이다.’

미샤가 고개를 갸우뚱했다.

‘처음 들어.’

‘2천 년 전, 약혼은 주로 《젝트(계약)》로 이루어졌다. 혼인은 각 집안의 존속을 위한 것이라는 이유가 우세하던 시대였으니까. 하지만 사랑에 빠지는 자들도 있었다. 사랑에 빠지긴 했지만 이미 집안에서 정한 약혼자가 있는 경우도 많았지.’

힘이 있는 일족끼리 혹은 서로 약점을 보완할 수 있는 일족끼리 손을 잡기 위해 자식들을 결혼시키는 것은 매우 일반적인 일이었다. 지금으로서는 생각하기 어려울 정도로.

‘그럴 때 사용된 게 혈연장이다. 저 마법 종이는 《젝트》와 거의 같은 효과를 가진다. 한 가지 다른 점은, 마족을 죽였을 때 남는 피로써 서명해야 한다는 거지.’

'와우, 엄청 안 좋은 예감이 들기 시작했어.'

'요컨대 연애 결혼에 반대하는 부모들이 자신을 죽일 수 있다면 혼인을 인정하겠다며 혈연장을 꺼내는 거다. 이를 혼인교섭이라고 하는데, 쉽게 말해 혼인과 목숨을 건 결투다.'

연인과 가약을 맺기 위해 그 부모를 죽여야 한다는 것은 참으로 부조리한 이야기다.

'주로 근본을 알 수 없는 불한당을 대놓고 처리하기 위해 쓰였던 것 같지만 말이야.'

'엄청난 애정 살인이네…….'

사샤가 투덜거린다.

"2천 년 전의 빚을, 아직 못 갚았었죠."

혈연장을 바라보는 레이에게 신이 차갑게 말했다. 카논에게 한 번 패했을 때 얘기일 거다.

"어떻습니까? 지금부터 한 번 진지하게 목숨을 걸고 싸워보는 것은."

이제 와서 새삼스레 2천 년 전의 패배에 연연하는 것은 아닐 터다. 오히려 반대라고 할까. 그 대결의 결과가 요행이 아니었음을 확실하게 확인하고 싶은 거다. 도무지 결심이 서지 않는다. 그러므로 힘으로라도 미사를 데려가주기를 바란다. 딸을 맡길 수 있는 건, 자신보다 강한 남자——. 그것은 일평생 한 자루 검으로써 살아온 신 레그리아라는 남자가 부모로서 드러내는 서투르기 그지없는 사랑일지도 모른다. 물론 신화 시대라면 모를까, 지금 시대에 그 마음은 좀 고리타분한 면이 있기는 하다.

그러나——.
"난 상관없어."
그 서투른 마음에 정면으로 응하겠다는 듯이 레이가 일어섰다. 사실 마음과 뜻을 다하여 머리를 숙인다면 레노도 미사도 있는 자리인 이상 제아무리 신이라고 해도 완강하게 반대할 수는 없었을 것이다.
그럼에도 레이는 딸을 가진 아버지인 그의 마음을 헤아렸다. 그 서투른 마음을 받아들이기로 선택했다. 남자들 사이에서는 입밖으로 내지 않아도 마음이 통할 때가 있는 법이다.
"집을 어지르면 안 되니까 뒤뜰에서 할까?"
신이 이례적으로 표정을 부드럽게 풀었다. 그리고——.
"괜찮습니다."
레이가 마안을 떴다. 그조차도 뽑는 순간을 보지 못했을 만큼 신속하게, 신의 손에는 아름다운 무늬가 일렁이는 마검이 쥐어져 있었다. 유붕검(流崩劍) 알트코르아스터. 마검신(魔劍神)의 힘이 깃든 일섬이 가차없이 레이를 향했다.
그 순간 시냇물 소리가 울리고 신과 레이 사이에 얇은 물거울이 나타났다. 퐁당, 물방울이 떨어지더니 거기에 비친 레이의 몸에 일곱 개의 파문이 일어났다.
찰나지간에 레이는 영신인검(靈神人劍) 에반스마나를 소환했다. 그럼에도 그의 표정은 초조했다. 물거울에 떠오르는 파문. 귀에 울리는 작은 시냇물 소리. 단 한 치의 틈도 없는 신의 자세와 강대한 마력. 설령 영신인검으로 100의 숙명을 끊어낸다 해도 소멸의 운명은 피할 수 없다. 유붕검의 오의는 일곱 개의 근원을 가진 레이조차 단 한 번에 베어 멸할 것이다. 그런 냄새를 레이는 맡아낸 것이리라.

무엇보다도 위협적인 것은 살기다. 절대로 딸을 주지 않겠다는 신의 살기. 반드시 죽이겠다고 선언하는 듯한 그 기세가 레이에게 절망적인 죽음의 예감을 선사했다. 어쩌면 그것은 마왕인 나와 대치했을 때 이상일지도 모른다.

'저, 저걸 어떻게 이겨. 신 선생님, 역시 딸을 줄 생각이 전혀 없는 거 아냐……?!'

'……그, 그래도 괜찮겠지? 극단적인 짓까지는 안 하겠지?'

사샤가 내게 애원하듯 물었다.

'흠.'

'흠은 무슨 흠이야! 괜찮은 거 맞아?!'

엘레오노르와 사샤는 두 사람의 일거수일투족에 신경을 쓴다.

"유붕검, 오의 일──《파문》. 아시겠지요. 검을 맞댈 필요조차 없습니다."

"……아니."

승리를 확신하고 검을 거두려는 신에게 레이가 말했다. 이 목숨을 건 사랑 대결에서 승산은 제로에 가깝다. 그 사실을 알면서도 용사는 성검을 꽉 움켜쥐었다.

"난 언제나 절망적인 싸움에 도전해왔어."

"훌륭합니다. 용사라면 응당──으윽……!"

철써어어어어어억! 갑자기 어디선가 쏟아진 대량의 물이 신의 발밑을 휩쓸고 순식간에 그의 머리까지 집어삼켰다.

"바보! 바보오오! 신은 바보야!"

레노는 볼을 부풀리고 눈을 세모꼴로 뜨며 버럭 소리쳤다. 여덟 머리 수룡 리니욘의 힘으로 저택 창문을 통해 신을 뒤뜰로 쓸어 보냈다.

"카논이 큰맘 먹고 놀러 왔는데 왜 검 얘기만 하는 거야! 모처럼 미사랑 사이도 가까워졌는데, 신이 자꾸 그런 태도를 보이면 멀어지게 될 거야. 그러면 미사한테도 미움받게 될걸!"

잔뜩 화가 난 레노는 물의 용 위에 앉아서 떠내려가는 신을 쫓아갔다.

"……아니, 레노. 이건 혼인교, 부그르르르르르……!"

대답하려는 신의 입속에 레노는 물을 마구 퍼부었다.

"세상에 이런 혼인교섭이 어디 있어! 정말 바보, 바보라니까! 카논이 화나서 없던 얘기로 하자고 하면 어쩌려고 그래? 책임질 수 있어? 미사한테 뭐라고 변명할 거야?"

변명을 허락하지 않는 기세에 신은 입을 다물었다. 그녀는 마족의 문화에 어둡다. 혈연장도 혼인교섭도 잘 모를 것이다.

"……그는 그렇게 그릇이 작은 남자가 아니……."

"그, 러, 니, 까! 자꾸 그렇게 카논의 호의에 기대면 언젠가는 결국 정나미가 떨어지게 될 거라는 얘기야!"

"하지만……."

"하지만이 아니라, 대답은 네! 이건 훈계야, 훈계. 아까부터 은근슬쩍 미사가 하는 말을 베던데 내가 모를 줄 알았어?"

입을 다무는 신. 그러나 레노는 눈을 번뜩이며 추궁했다.
“더 빨리 검을 뽑을 수 있게 수련해야겠다고 생각했지?”
“……아니, 그렇지는…….”
“신에 대해서는 모르는 게 없다고. 아무리 거짓말해도 소용없어. 반성! 자, 반성하자!”
두 사람의 목소리가 점점 멀어진다. 그렇게 그들과 함께 물은 어디까지고 흘러가버렸다.
“아하하…… 가버렸네요…….”
“곤란하네.”
레이와 미사는 반쯤 멍하니 두 사람이 떠내려간 방향을 바라보았다.
“첫 인사인데, 너무 성급하게 굴었나?”
그렇게 말하며 레이는 에반스마나를 마법진 안에 수납했다.
“저기, 무, 무슨 말을 하려고 했어요……?”
미사가 수줍게 물었다.
“알잖아?”
“모, 몰라요, 그런 거. 레이 씨가 직접 말해주지 않으면, 저는 아무것도 몰라요…….”
얼굴을 붉히며 고개를 돌리는 미사.
“이쪽을 보면 가르쳐줄게.”
“정말이——…….”
미사가 돌아보자 바로 눈앞에 레이의 얼굴이 있었다. 조금만 더 가까우면 입술이 포개질 만한 거리였다.

"아까워라."

"……뭐, 뭘 하려던 거예요……?"

"모르겠어?"

미사는 부끄러워하며 대답했다.

"말해주지 않으면, 몰라요……."

미사는 고개를 푹 숙이고 눈만 치떠서 레이를 보았다. 두 사람의 입술이 금방이라도 포개질 것만 같았다.

'와우, 대담도 하네. 그치, 사샤――.'

"아―――――――――――――――――――――――!!!"

사샤가 무언가를 깨달은 것처럼 크게 소리지르자 눈에 《파멸의 마안》이 나타났다. 쩌저적 웅덩이 창문에 균열이 생기더니 레이와 미사가 딱 멈췄다. 목소리를 들었는지 두 사람은 신기해하는 표정으로 천장을 올려다보았다.

'사, 사샤? 갑자기 왜 그래?'

엘레오노르가 물었다.

'기억이…… 나는 것 같아…….'

'뭐?'

그 눈동자는 다시 창백하게 빛나고 있었다.

'언젠가…… 어디선가…… 이런 일이 있었던 것 같아…….'

사샤는 기억을 더듬는 듯한 표정으로 《리크스》 마법진을 그렸다.

'먼 옛날…… 2천 년 전에…….'

되살아난 과거의 영상이 우리의 머리를 스쳐 지나간다――.

§11. 【마음을, 일깨우는, 마왕의 강탈】

언젠가 두 사람이 잃어버린 기억이었다——.

《파멸의 태양》 사지엘도나베의 중심. 파괴로 충만한 깊은 암흑이 펼쳐진 그 장소에서, 파괴신 아베르니유는 무릎을 끌어안고 있었다. 눈 깜빡임 한 번에 지상을 황무지로 바꿔버릴 정도의 마력을 가진 그녀는, 그러나 마치 길 잃은 아이처럼 떨고 있었다.

"당신은, 누구야?"

"마왕 아노스다."

아베르니유의 질문에 아노스가 답했다.

"마왕…… 아노스……?"

그 이름을 소녀의 모습을 한 신이 되뇌었다.

"……어떻게?"

천진한 목소리로 소녀는 의문을 드러냈다. 감정이 희박한 신은, 모순적이게도 몹시 순진해 보였다.

"무엇이?"

"당신은 어떻게 내 신안을 바라볼 수 있는 거야?"

아베르니유는 신기해하며 물었다. 그 눈동자에 그려진 마법진이 어둠의 일륜으로 변했다. 《파멸의 태양》 사지엘도나베와 똑 닮은 신안을 아노스는 정면으로 바라보았다.

파괴신 아베르니유는 조용히 일어섰다. 그러자 온통 암흑이던 그 장소에 새까만 지면이 나타났다.

"……이 눈은 끝을 비추는《종멸의 신안》. 내가 바라보는 게 허락된 것은 모든 것의 종말뿐. 파괴신 아베르니유의 눈앞에서 삼라만상은 파멸로부터 벗어날 수 없어. 그것이, 섭리야……."

소녀는 고개를 숙이고 힘없는 목소리로 말했다.

"종말을 초래하는 신의 힘이라고 해서 멸하지 않을 줄 알았나."

아노스가 그렇게 말하자 아베르니유는 조용히 고개를 들었다. 그녀가 바라보는 것은 침침한 보랏빛으로 물든 마왕의 마안. 심연을 들여다보자 그 깊은 곳에 어둠의 십자가가 그려져 있었다.

"……있을 수 없는 일이야……."

아베르니유가 말했다.

"모든 것의 끝, 즉 파멸은 파괴신의 질서를 따르는 것. 그것이 이 세상의 이치고 세상의 섭리. 살아 있는 모든 존재는 어떠한 예외도 없이 동일한 질서를 따르고 있어. 그 틀에서는 결코 벗어날 수 없지. 파괴신 눈앞에서 종말에 이르는 것은 뒤바꿀 수 없는 운명인데……."

"그렇다면 이치는 간단하다."

아노스의 대답하자 파괴신의 표정에 의문이 서렸다.

"그 운명을 멸한 것뿐이지."

아베르니유는 입을 다물었다. 그녀의 신안은 똑바로 아노스의 마안을 응시하고 있었다.

"저기…… 마왕…… 아노스?"

소녀가 물었다.

"아니면, 마왕님? 뭐라고 불러야 할까?"

"편한 대로 불러라."

"그럼, 마왕님."

아베르니유는 가벼운 어조로 아노스를 불렀다.

"여기엔 뭘 하러 온 거야?"

"이 세상에서 파괴신의 질서를 빼앗으러 왔다."

파괴신은 입꼬리를 올리고 눈을 가늘게 떴다.

"아핫――."

그리고 갑작스럽게 웃음을 터뜨렸다. 가학적으로. 아주 약간 자학적으로.

"――아하하하핫, 아하하하하하하하핫. 그래? 그렇구나. 나를 멸하러 온 거야? 파괴신 아베르니유를?"

"뭐가 우습지?"

《종멸의 신안》이 어둡게 빛난다.

"왜냐하면 기다리고 있었거든. 언젠가 이런 날이 오는 것을."

주위에 솟아오르는 잿빛 입자. 엄청난 양의 회색 빛줄기가 어둠을 밝히고 파괴의 힘이 더욱 충만해진다. 그 무자비한 질서는 마왕 아노스조차 단지 그 자리에 있는 것만으로도 마력 소모를 피할 수 없을 정도였다.

"저기, 조금만 더 얘기해도 될까? 아니면 더는 못 기다리겠어?"

사지엘도나베가 다시 흑양을 방출하기까지는 아직 어느 정도 시간이 남아 있다. 아노스는 관대하게 답했다.

"허락한다."

"많이 파멸시켰어. 마족도 인간도 정령도, 때로는 신조차 나는 파멸시켜 왔어. 이 세상 모든 종말은 내 손바닥 위에서 일어난 일이야."

아베르니유는 밝은 목소리로 얘기하기 시작했다.

"그도 그럴게, 생명이 파멸하고 근원이 사라지는 것은 파괴신의 질서가 있기 때문이니까."

파괴라는 질서가 있기에 생명은 영원히 지속되지 않는다. 모든 죽음의 원인을 더듬어 올라가면 반드시 아베르니유에게 도달한다.

"《파멸의 태양》도 그래. 그것을 하늘에 빛나게 해서 그 파멸의 빛이 당신의 동료를 태웠어. 수십 명을, 수백 명을. 어쩌면 훨씬 더 많이."

아노스는 그저 묵묵히 귀를 기울였다.

"그 시체를 넘어서 마왕님은 여기까지 온 거구나."

아베르니유가 아노스에게 한 발짝 다가갔다.

"내가 미워? 이 파괴신의 질서가?"

"그렇다."

아노스는 짧게 대답했다. 그의 뇌리에는 수많은 부하들의 죽음과 파멸이, 구하지 못한 많은 생명이 스쳤을 것이다.

"용서할 수 없다."

마왕이 그렇게 답하자 아베르니유는 기쁘게 웃었다. 그리고 그녀는 뒤로 휙 돌아섰다.

"아까도 말했듯이 줄곧 기다리고 있었어. 누군가가 여기에 와주기를 바라고 있었어. 파멸시키고, 파멸시키고, 파멸시키다 보면 나를 미워하는 사람이 오지 않을까 하고. 사지엘도나베를 베어 가르고, 내 눈앞에 나타나지 않을까 하고. 몇 번이고 몇 번이고, 포기하면서."

천천히 걸음을 옮기며 그녀는 계속해서 말했다.

"왜냐하면 재미가 없거든. 계속 혼자서, 이런 어두운 빛밖에 없는 태양 안에서 누구와도 대화할 수 없으니까. 그렇다고 밖으로 나간들 아무것도 달라지지 않지만."

아베르니유는 코웃음 치듯이 말했다.

"내 신안에 비치는 것은 오로지 절망과 슬픔. 파괴신의 눈앞에는 그저 종말만 놓여 있을 뿐이야. 지상을 걸으면, 하룻밤 사이에 세상이 파멸하게 되지."

솟아오르는 잿빛 입자를 가지고 노는 것처럼 소녀는 양팔을 크게 벌렸다.

"있잖아, 마왕님. 밉다고 했지?"

아베르니유는 묻고, 이어서 말했다.

"밉다는 건 어떤 기분이야?"

조소하듯 묻는 그녀. 하지만 그 표정은 천진난만한 소녀를 연상하게 했다.

"미움 앞에는 기쁨과 즐거움이 있는 걸까? 난 그것도 몰라. 기쁨과 즐거움이 분노로 바뀌고, 거기에서 증오가 태어난다는 건 어렴풋이 알겠지만——."

그녀는 뒷짐을 지고 돌아서며 아노스를 보았다.

"나는, 전부 다 몰라."

미소를 머금고 그녀는 말했다.

"왜냐하면 전부 파멸하니까. 꽃이 아름답다고 하던데 어떤 모양을 하고 있는 걸까?"

아베르니유가 손을 뻗자 잿빛 입자가 꽃을 닮은 형태를 갖추었다.

"산은 웅대하다고 하던데 크기가 얼마나 될까?"

이번에는 잿빛 입자가 우뚝 솟은 산과 비슷한 형태로 뭉쳤다.

"집은? 침대는? 의자는? 책은?"

그녀가 입에 담은 것들의 형태를 잿빛 입자가 잇따라 모방했다. 하지만 그 모든 것이 어딘가 망가지고 뒤틀려 있었다.

"키스는 어떤 식으로 하는 걸까?"

잿빛 입자가 두 남녀의 실루엣을 만들었다. 다정하게 가까워지던 두 그림자는 결국 무너져 내렸다.

"아무것도 몰라. 그저 아주 강한 사람들이 싸우는 모습만이 내 신안에 간신히 비쳐. 피와 눈물과 다툼과 비명. 그것도, 금방 끝나지만."

싸늘한 목소리와 표정으로 그녀는 말했다.

"있잖아, 마왕님. 가르쳐줄래? 사람은 왜 사는 거야? 끝나지 않는 것은 어디에도 없어. 언젠가 반드시 끝나지. 그렇다면 오늘 끝나든 내일 끝나든, 100년 뒤에 끝나든 똑같은 거잖아."

아베르니유가 그 자리를 한 번 노려보자 일그러진 산과 꽃이 산산이 부서지며 잿빛 입자로 돌아갔다.

"희망이 있다고 생각하는 걸까? 계속 이어질 거라고 생각하는 걸까? 그렇다면 정말 우스운 일이네. 아무것도 남지 않는데. 그런 줄도 모르고 필사적으로 살고 있다니, 바보 같아."

파괴신이 손을 옆으로 크게 휘두르자 잿빛 입자들이 흩날렸다.

"세상은 웃고 있지 않아. 왜냐하면 내가 보고 있으니까. 이 신안에 비치는 건 끝뿐이야. 그곳엔 늘 슬픔밖에 없지. 항상, 언제나, 이 세상에는 눈물만 남게 돼. 그게 진실이야."

도발적인 시선을 보내며 그녀가 말했다.

"있잖아, 마왕님. 당신은 그걸 뒤집을 수 있을까? 이 나를, 파괴신 아베르니유를 멸할 수 있을까?"

아노스는 물끄러미 노려보는 소녀의 시선을 받아내며 대답했다.

"쉬운 일이지."

순간 허를 찔린 표정으로 아베르니유가 실눈을 떴다.

"오만하구나, 마왕님."

"너야말로 제법이군, 역시 밀리티아의 동생이야."

아베르니유가 흥미로운 표정을 지었다.

"무슨 뜻이야?"

"파괴의 질서는 끝을 가져온다. 네 말대로라면 모든 것은 언젠가 반드시 종말을 맞이할 숙명이다. 세상은 웃지 않고 슬픔만이 그곳에 있지. 하지만 모든 것이 끝을 맞이한다면, 그곳엔 무(無)만 남아야 하는 것이 아닌가?"

아베르니유가 멍한 얼굴로 마왕을 바라보았다.

"왜 눈물이 남아 있는 거지?"

마왕 아노스는 오만하게 웃으며 단언했다.

"답은 간단하다. 세상을 바라보는 네가 그 끝에서 눈물을 흘리고 있기 때문이지."

"아핫, 내가? 파괴의 원흉인 내가? 사실은 부수고 싶지 않다는 거야? 아하하."

배를 부여잡고 파괴신 아베르니유가 크게 웃음을 터뜨렸다.

"후후, 후후후, 아하하하하하하하하하하하하!!!"

기쁘게, 즐겁게. 마치 구원받기라도 한 것처럼. 어느새 그 웃음소리에 근심이 섞이며 흐느낌으로 변해갔다.

웃는 듯하면서도 우는 듯한 목소리로 아베르니유가 말했다.

"……어쩐지 오늘은 정말 꿈 같아……."

그녀는 조용히 아노스 쪽으로 걸음을 옮겼다.

"있잖아, 사랑이 뭔지 알아?"

"단어로는."

"알고 싶은 게 많았어. 꽃의 생김새나 산의 웅대함, 기쁨과 즐거움을. 하지만 이 신안에는 결코 비치지 않았지."

담담하게 읊조리는 소녀는, 그러나 역시 울고 있는 것처럼 보였다.

"하지만 말야, 아주 강한 사람이 있다면, 어쩌면 그 사람의 모습은 볼 수 있을지도 모른다고 생각했어."

아노스의 모습을 시야에 담으며 소녀가 눈매를 좁혔다.

"얘기할 수 있으리라 생각했어. 그 사람은 분명 나를 원망할 테고 파괴신의 질서를 파멸시키기 위해 찾아올 거라고. 세상의 슬픔을 멈추기 위해 찾아올 거라고 생각했지."

강렬한 눈빛으로 몇 번이고 몇 번이고 그녀는 마왕을 바라보았다. 바라볼 때마다 파괴신은 미소 지었다.

《종멸의 신안》으로 바라보아도 파멸하지 않는 남자가 그곳에 서 있었다. 종말 이외의 무언가가 분명히 그곳에 존재했다. 그것은 그녀에게 있어 틀림없는 기적이었으리라.

"나는 그 사람을 사랑하게 될 거야. 왜냐하면 그런 사람이 정말로 존재한다 해도 한 명뿐일 테니까. 내 상대는 그 사람 외에는 있을 수 없어."

아베르니유가 마왕 곁에서 멈춰 섰다.

"많이, 아주 많이 기다렸어. 정신이 아득해질 정도로 기다렸어. 많이, 아주 많이 파멸시켰어."

그녀가 아노스를 가만히 올려다봤다.

"그리고 당신이 찾아온 거야."

"사랑은 아니겠지."

"그럴까?"

"사랑을 동경하고 있는 것뿐이다."

아베르니유는 자조하듯 웃었다.

"그럴지도 모르겠네."

짧게 한숨을 토해내며 그녀가 말했다.

"그래도 사랑이야. 이게 나의, 무엇과도 바꿀 수 없는, 최선을 다한."

아베르니유는 그 가녀린 손끝으로 아노스의 얼굴을 만졌다.

"파멸시키고 파멸시키고 파멸시켜 왔어. 태어난 순간부터 줄곧, 그게 나의 질서였어. 이제 나는 아무것도 파멸시키지 않아도 돼."

그 신안이 붉디붉게 빛을 발한다.

"그렇지?"

깊은 어둠 속에서 넘쳐나는 잿빛 입자. 그곳에 붉고 막대한 빛이 내리쬐었다.

"아아— 이제 시간이 되었어. 《파멸의 태양》이 다시 지상을 비출 거야. 미안해, 나도 멈출 수 없어. 이건 세상의 질서이니까."

아베르니유는 두 팔을 축 늘어뜨리면서 무방비하게 몸을 드러냈다.

"끝내줘."

그녀는 눈을 감고 저항하지 않겠다는 의지를 드러냈다. 그러나 아노스는 말없이 그녀를 응시하며 움직이려 하지 않았다.

"왜 그래? 시간이 없어."

아베르니유의 질문을 무시하듯이 아노스는 여전히 미동도 하지 않았다.

"저기…… 듣고 있어? 나를 멸하러 온 거잖아?"

"파괴신의 질서를 빼앗으러 왔다는 말은 했다만, 너를 멸할 거라고 한 적은 없다."

"그게 무슨 말이야? 멸하지 않고서 어떻게……."

그 순간 어둠이 반전되듯 사라지고 아노스와 아베르니유 주위에 하늘이 비쳤다. 밖에서는 《파멸의 태양》이 그림자 형태에서 어둠의 일륜으로 변화한 것을 알 수 있었으리라.

"실컷 종말을 흩뿌린 주제에 편히 갈 수 있으리라 생각하지 마. 그 책임을 져라."

암흑이 깜빡이기 시작한다. 파멸의 빛, 흑양이 금방이라도 지상을 향해 쏟아지려 하고 있었다.

"책임을 지라니……."

"종멸을 다스려라."

"……불가능해. 신은 질서. 섭리에 거역할 수는 없어……."

"변명은 듣지 않겠다. 해라."

아베르니유의 말문이 막혔다.

"하잘 것 없는 멍에에 불과하다, 아베르니유. 어째서 질서다, 섭리다 하는 그런 부조리에 끌려다녀야 하는 거지?"

강한 분노를 속에 품고서 아노스는 말했다.

"조금이라도 좋다. 저항해 보아라. 그것을 계기로 삼아 너의 족쇄를 풀어주겠다."

"하지만……."

"단 한 명을 그 신안에 담은 정도로 만족하는 거냐?"

흑양이 사지엘도나베의 테두리를 가득 채웠다. 파멸의 빛이 불길하게 일렁이기 시작했다.

"아름다운 꽃을, 웅대한 산을, 상점과 민가가 늘어선 도시를, 가게 처마 밑에 진열된 다양한 물건들을 구경하며 지상을 걷고, 진정한 사랑을 하고 싶다면 그런 하찮은 질서 따위는 밀어내 보아라."

주먹을 꽉 쥐며 아노스는 힘차게 말했다.

"네가 그 눈으로 웃는 얼굴을 볼 수 있게 해주마."

"나는――."

《파멸의 태양》에 마력이 가득 차올랐다. 만물을 파멸시키는 흑양이 하늘을 검게 물들였다.

"………………아……."

지상은 불타지 않았다. 그 파멸의 빛은 사지엘도나베 내부로 쏟아져 마왕을 비추었다.

"……크하하. 하려면 할 수 있지 않은가……."

흑양에 타오르면서도 마왕은 아베르니유에게 손을 뻗었다.

"지금 여기서도 너에게 보여줄 수 있는 게 하나 있다."

"마왕님――."

호흡이 멎었다. 소녀의 입술을 마왕이 빼앗았다.

"나를 잘 봐라."

"……음………………?"

"이것이 키스다."

"……음……음…… 아……."

아베르니유는 입맞춤을 나누며 그 신안을 크게 부릅떴다. 눈동자 깊은 곳에 깃든 일륜에서 그녀의 감정이 배어 나왔다.

"《가가 교니요르(인연계기마력강탈)》."

두 사람의 몸을 뒤덮듯이 마법진이 전개되었다. 마력과 사고를 자신에게 집중시키는 것을 계기로 마력을 강탈하는 《가가 교니요르》. 마왕은 입맞춤으로 그 계기를 만들어 아베르니유가 지닌 파멸의 힘의 일부를 자신의 몸에 떠안았다. 질서가 흐트러지는 것에 반발하듯이 흑양이 날뛰며 마왕의 몸을 태우고는 그 근원에 종멸을 안겨주려고 했다.

마왕의 피가 배어나오면서 흑양의 기세가 차츰 약해지기 시작했다. 멸망의 근원과 파괴의 질서. 같은 파멸의 힘이 길항하며 막대한 파괴가 그 자리에 넘쳐난다. 그것은 지상을 모조리 쓸어버리고도 남을 정도로 강대한 힘이었다.

"원해라. 마음이 너를 자유케 할 것이다."

신안과 마안으로 서로를 바라보며 멸망과 파괴가 교차한다.

"……으음……."

아베르니유의 입술에서 천천히 마력이 흘러나가며《가가 교니요르》에 이끌리듯 파괴의 질서가 가라앉는다.

두근, 두근――그 대신 소녀의 심장 소리가 크게 울렸다. 흑양이 약해짐에 따라 고동은 점점 격렬해지더니 그녀의 귓가에 크게 울려 퍼졌다. 그렇게 얼마나 지났을까.

《파멸의 태양》이 다시 그림자로 돌아갈 즈음, 파괴신의 심장은 사랑을 외치듯이 거친 선율을 연주하고 있었다.

"……아……."

마왕 아노스는 천천히 얼굴을 떼더니 살짝 미소를 머금으며 입을 열었다.

"봐라. 부조리한 족쇄를 멸해버렸다."

얼굴이 붉게 달아오른 아베르니유는 고개를 숙이며 시선을 피했다.

"강제로 빼앗다니…… 부조리해……."

§12. 【기묘한 균열】

2천 년 전의 영상이 머릿속에서 사라져 간다. 사샤 쪽으로 시선을 돌리자 그녀는 엄청난 기세로 등을 돌렸다. 아무래도 이 이상은 떠올릴 수 없는 모양이다.

'흠. 사랑을 동경하던 파괴신 아베르니유의 감정을 일깨워서 그 질서를 제어하게 했다는 것인가.'

그러자 미샤가 말했다.

'마음이 싹튼 파괴신은 파괴의 질서에 거스를 수 있었던 거야?'

나는 고개를 끄덕였다. 사랑과 자상함은 신족의 약점이다. 그것을 신 자신이 손에 넣음으로써, 자신의 질서를 다스리는 힘으로 이용한다는 게 아주 틀린 이야기도 아닐 터다.

'이미 그 시점에서 아베르니유에게 마음이 싹트기 시작했던 것 같다만. 나는 마지막에 등을 살짝 밀어준 것에 지나지 않아.'

싹튼 마음에 더하여 《가가 교니요르》로 질서의 힘이 약화된 파괴신은 그것에 어떻게든 저항할 수 있었다는 뜻이다. 아베르니유는 파괴를 관장하는 신이다. 멸하려고 하면 더욱 강한 힘을 발휘할지도 모른다. 자칫하면 그것이 계기가 되어 파괴의 질서가 더욱 강해질 수도 있다. 그래서 그때 나는 파괴신을 멸하는 대신 아군으로 삼기를 선택했을 거다. 그녀가 소멸을 거부했다는 게 가장 큰 이유였을 테지만.

'음— 그 후에 어떻게 되었는지 속편이 궁금하네. 사샤, 기억 안 나?'

엘레오노르가 말했다.

'속, 속편 같은 건 없어……! 그걸로 끝이야, 그걸로 끝이라고!'

사샤가 빨갛게 달아오른 얼굴로 외쳤다. 미샤가 의아한 표정으로 고개를 갸웃했고, 엘레오노르는 무언가 깨달은 듯 검지를 척 세웠다.

'키스 다음 장면 얘기가 아니었는데?'

사샤의 얼굴이 더욱 빨갛게 물들었다. 으으…… 하고 신음하며 그녀는 눈동자에 《파멸의 마안》을 띄우고 엘레오노르를 원망스럽게 노려보았다.

'와앗! 장난, 장난이야. 농담이라니까. 내 반마법은 아노스처럼 강하지 않아.'

당황한 엘레오노르는 급하게 사샤를 달래려 했다. 그런데 그녀에게는 그 목소리가 전혀 들리지 않는 것 같았다. 수치심이 가득한 표정으로 사샤는 마안을 번뜩 빛냈다.

'……와우, 사샤. 아직 술이 안 깼구나…….'

'으…….'

사샤의 감정이 폭발하기 직전, 엘레오노르는 등을 돌리고 도망쳤다.

'빼앗긴 거야! 빼앗긴 거라고! 키스를 한 게 아니라 《가가 교니요르》였다니까!'

'아파! 아파! 사샤의 시선이 날 찌르고 있어!'

물속을 헤엄치듯 도망치는 엘레오노르와 그 뒤를 쫓는 사샤. 따끔따끔 찔러대는 《파멸의 마안》을 견디지 못하고 엘레오노르는 자기 주위에 마법 문자를 전개했다. 성수를 둘러치고 발동한 《아스크》를 방패 삼아 그녀는 사샤의 시선을 간신히 막아냈다.

'방어막……이에요…….'

제시아가 즐거운 목소리로 말했다.

'그리고 전생한 후에 되찾았단 말야.'

'음— 뭘 되찾았다는 거야?'

사샤의 마안에 깃든 파멸의 힘이 점점 더 강해진다. 엘레오노르는 '실수했다'라는 표정을 지었다. 더는 못 배기겠다는 듯이 그녀가 눈을 돌린 순간, 그 시선이 스친 웅덩이에 균열이 쫙 생겼다. 이미 금이 가 있던 웅덩이 창문은 내구력의 한계를 넘은 것처럼 쩌저저적 불길한 소리를 내며 균열을 넓혀갔다.

"또 소리가 나네."

레이가 천장을 향해 마안을 고정했다.

"……아까보다 더 큰 소리였죠……?"

미사가 말했다. 《파멸의 마안》 탓에 티티의 엿보기 창문이 약화된 거겠지.

"저기에 누가 숨어 있나?"

"신경 쓰지 마라. 티티의 장난이다."

나는 그렇게 대답해두었다. 레이는 순간적으로 굳은 후, 천천히 미사 쪽을 보고 웃으며 말했다.

"티티의 장난인가 봐."

"이, 이상하지 않나요? 방금 아노스 님 목소리, 아노스 님 목소리가 들린 것 같은데요?"

그러자 내 얼굴 앞에 티티들이 휙 나타났다.

"들켰어—."

"발각됐어, 발각됐어—."

"장난 끝."

"끝이야~."

고여 있던 물이 순식간에 전부 안개로 변하며 웅덩이 창문이 홀연히 사라졌다. 우리의 몸은 천장에 내던져져서 그대로 추락했다. 《프레스》로 자세를 제어하고 바닥에 발을 쿵 디뎠다.

"소란을 피워서 미안하다."

당황한 표정으로 우리 모두를 바라보는 미사.

"……아, 저기……."

미사가 주뼛주뼛 입을 열었다.

"여러분, 혹시 보고 계셨나요? 전부 다?"

"다, 다는 아니야. 살짝봤어, 살짝. 미샤, 그렇지?"

여러 번 눈을 깜빡인 후 미샤는 고개를 끄덕였다. 흉내내듯 고개를 끄덕이며 사샤가 입을 열었다.

"맞아. 정말 조금밖에 안 봤어. 레이와 미사가 함께 집에 들어가는 모습부터 키스하려는 모습까지만 봤어!"

"그, 그럼 처음부터 다 본 거잖아요오오오오오오오오——!"

미사의 절규가 집안에 쩌렁쩌렁 울려 퍼졌다. 두 손으로 달아

오른 얼굴을 가리더니 그녀는 부끄러워하며 고개를 숙였다. 그런 미사의 어깨를 부드럽게 어루만지며 레이는 내 쪽을 보았다.

"또 무슨 일이 있었어?"

"사샤가 파괴신 아베르니유였다는 사실을 알게 되었다. 하지만 기억이 완전하지 않아서 말이지. 그녀의 추억을 따라가고 있는 중이다."

"헤에."

레이가 사샤를 보았다. 그녀는 어째선지 미사를 달래듯 머리를 쓰다듬고 있었다.

"정령의 힘을 빌릴 수 있다면 마음을 따라가기 쉬울지도 몰라."

"아, 그럼 날 만나러 온 거구나."

목소리가 들려온 방향을 돌아보니 물에 떠내려갔던 신과 레노가 하늘을 날아 창문으로 들어왔다. 레노는 반갑다는 듯이 우리에게 손을 흔들었다.

"마침 잘됐네, 신. 아까 일을 아노스에게 얘기하는 게 어때?"

레노는 신에게 말했다.

"주군의 말씀이 우선입니다."

"흠. 무슨 일이 있었지?"

내가 묻자 신은 송구하다는 듯 대답했다.

"조금 전에 칠마황로(七魔皇老)가 저에게 《리크스》를 보냈습니다. 네피우스 고원에 기묘한 공간의 균열이 생긴 것을 확인했다고 합니다."

미샤와 엘레오노르가 서로 얼굴을 마주봤다.

"심연을 들여다볼 수 없다고 하더군요."

그 공간의 균열이 무엇인지 모르겠다는 뜻이다.

"어떤 마법으로도 닫히지 않으며, 칠마황로가 마법으로 집중 포화를 가했음에도 아무런 영향을 주지 못했다고 합니다."

"호오."

"공간의 균열은 시간이 지남에 따라 넓어지고 있다고 합니다. 발견 초기에는 약 100미터 수준이었는데, 지금은 4킬로미터에 달한다는군요."

확실히 기묘하군.

"4킬로미터면 꽤 크네?"

"응."

엘레오노르의 말에 미샤가 고개를 끄덕이며 수긍했다.

"칠마황로는 어떻게 대처 중이지?"

"사역마를 남겨두고 일단 네피우스 고원에서 이탈했습니다. 공간의 균열 분석과 파괴 방법을 모색하고 있었는데, 손 쓸 방법이 없어서 저에게 연락했습니다."

칠마황로조차 감당할 수 없는 현상이라면 신화급 마법이 작용 중이라고 봐도 틀림없을 것이다. 그것도 신화 시대 기준으로도 상위 마법이.

"지시를 내려주십시오."

"일임하겠다. 엘드메드와 함께――."

그때였다. 지지직, 이명이 들렸다.

"……아노스?"

미샤가 내 얼굴을 들여다봤다. 걱정할 것 없다는 뜻으로 손을 살짝 들었다. 의식을 내면에 집중하니 다시 지지직 하고 두개골에 노이즈가 울렸다.

지지직……지지직……. 근원의 밑바닥에서, 그 노이즈에 섞여 불쾌한 목소리가 메아리쳤다.

'——괜찮겠나?'

머리 안쪽을 끈적하게 핥는 듯한 목소리.

'정말로, 맡겨도, 괜찮겠나?'

"흠. 넌 누구냐? 아까부터 무슨 짓이지?"

내가 질문을 던지자 레이 일행이 긴장한 표정을 지으며 나를 바라봤다.

'곧 문이 열린다. 절망의 문이. 손에 넣은 평화의 대가를 치러야 할 때가 다가올 것이다.'

녀석은 내 말에 대답하지 않고 그저 일방적으로 말을 계속했다. 들리지 않는 건가? 아니면 들을 생각이 없는 건가?

'곧, 정말 머지않아——모든 문이 열리고 너희 마왕군은 지켜야 할 것들과 함께 전화에 삼켜질 것이다.'

지지직……지지직……. 한층 큰 노이즈가 머릿속에서 반향하다가 뚝 멎었다. 귀를 기울여도 더는 아무것도 들리지 않았다. 머릿속에서 울리던 불쾌한 소리는 깨끗하게 사라졌다.

"마음이 바뀌었다."

나를 바라보는 부하들에게 말했다.

"요즘 계속 이명이 들려서 말이다. 정체 모를 놈이 알 수 없는 소리를 지껄이는군. 세상이 상냥하지 않다느니, 우리가 전화에 삼켜질 것이라느니 하는 헛소리를 말이지."

그들은 조용히 내 말에 귀를 기울였다.

"아무래도 네피우스 고원에 생겼다는 기묘한 균열과 관련이 있는 것 같다."

이 자리에 《가톰》 마법진을 그렸다.

"함께 가자. 누가 어떤 계략을 꾸미고 있는지 모르겠지만, 그 정체를 폭로하고——."

나는 오만하게 웃으며 말했다.

"——마왕군에 맞서면 어떻게 되는지 두개골에 새겨주겠다."

§13. 【전화의 봉화】

눈길 닿는 곳마다 펼쳐진 녹음과 사방에 화사하게 만개한 노란 꽃. 바람에 하늘하늘 흔들리며 하늘을 떠도는 꽃잎들은 희미한 마력을 머금고 있다. 네피우스 꽃이 자라기 적합한 이 땅을 마족들은 예로부터 네피우스 고원이라 불러왔다.

고원 상공에는 부엉이 몇 마리가 선회하고 있다. 칠마황로의 일원인 메르헤이스의 사역마다.

그것을 표식으로 삼은 것처럼 네피우스 고원에 마법진 여러 개가 나타났다. 《가톰》 마법으로 내가 그 자리에 모습을 드러내자 레이와 신, 미샤 일행도 차례로 전이해왔다.

"……저게…… 공간의 균열인가요……?"

고원을 쭉 둘러본 미사가 놀란 목소리로 물었다. 풀과 꽃으로 채색된 완만한 언덕 너머에 쩍 벌어진 균열이 보였다. 높이는 나란히 늘어선 나무들과 버금갔고 너비는 상당한 넓다. 오기 전에 4킬로미터 남짓이라고 들었는데, 이제는 5킬로미터쯤 될 것 같다.

"직접 보면 뭐든 알아낼 수 있을 줄 알았는데, 예상 이상으로 평범한 균열이 아닌 것 같네. 분명 안쪽에 뭔가 있을 텐데, 마력조차 보이지 않아."

레이가 나를 돌아보며 말했다.

"어떤 마법인지 모르겠지만, 이 거리에서 아무것도 보이지 않는다면 아직 완성되지 않은 거겠지. 무엇을 할 작정이든, 마법의 효과를 발휘하려고 하면 저절로 그 힘이 드러날 거다."

"그 전에 부수는 게 나을까?"

엘레오노르가 물었다. 그 노이즈 낀 목소리는 우리가 전화에 삼켜질 거라고 했는데 과연 어떨까?

"해로운 것이라면 한가롭게 기다릴 필요가 없지만, 그렇다고 바보처럼 정직하게 믿기도 그렇지. 오히려 저것을 부수기를 바라는 누군가가 있어도 이상하지 않아."

"균열 안으로 들어가볼까?"

미샤가 제안했다. 확실히 그만큼 가까이 가면 뭔가 보일지도 모르겠군.

"그렇게 하지."

《프레스》로 날아오르려고 하자 사샤가 내 소매를 잡았다.

"있잖아, 마왕님. 아까부터 다들 무슨 얘기를 하는 거야?"

사샤가 이해가 안 된다는 표정을 지었다. 그러고 보니 아직 취한 상태였던가.

"저기 있는 공간의 균열 말이다."

"공간의 균열?"

사샤는 고원 저편으로 시선을 옮겼다. 그 사이에 《이스》 마법진을 그려 그녀의 취기를 깨우려고 했는데──.

"마왕님, 저건 균열이 아니야. 문이지."

손을 딱 멈추고 구축한 술식을 파기했다.

"뭔지 아나?"

"응. 신들의 창궁에 있던 건데 신의 문이라고 해. 옛날에 《베노이에븐》으로 막은 입구……. 으음── 그게 뭐더라? 신계의…… 문? 응, 그래, 신계의 문과 비슷할 거야……. 아마도……."

마음을 따라가며 기억을 떠올리고 있는 것인지 사샤는 더듬더듬 설명했다.

"신들의 창궁?"

미샤가 고개를 갸웃했다.

"신계의 별명입니다."

신이 짧게 대답했다.

"흠. 그렇다면 저건 창궁과 연결된 문이라는 건가."

"응. 신의 문은 일방통행이라서, 그쪽에서 지상으로 오는 것밖에 할 수 없어."

신족의 소행인가. 그렇다면 내 몸에 직접 울려 퍼지는 목소리는 어떤 신의 목소리였나? 어찌 됐든 지상에서 이렇게 요란하게 움직이는 건 드문 일인데.

"저렇게 큰 문을 만들어야 통과할 수 있는 신이 내려온다는 뜻일까?"

레이는 미소를 띤 채 거대한 공간의 균열을 응시했다.

"아니면 그만큼 많은 신족들이 오려는 것일지도 모르죠."

신이 말하자 미사가 "아하하……" 하고 메마른 웃음소리를 흘렸다.

"……어느 쪽이든 별로 좋은 일은 아닐 것 같네요……."

"사샤. 저 문은 언제 열려?"

미샤의 질문에 사샤는 "으음—" 하고 신음하며 생각했다.

"아직 며칠은 더 걸릴 것 같은데……?"

그녀는 말하다 말고 의아해하는 표정으로 내 쪽을 보았다. 내가 전방에 거대한 마법진을 그리고 있었기 때문이다.

"미약하지만 저 안쪽에서 마력이 어른거리는 것 같아서 말이다. 조금 확인하려는 것뿐이다."

마법진의 포문에서 거대한 칠흑의 태양이 모습을 드러냈다.

"《지오 그레이즈》."

혜성처럼 발사된 칠흑의 태양은 검은 불꽃의 꼬리를 남기며 순식간에 가속했다. 고오오오오오오오오오 하는 소리를 내며 신의 문 중심으로 날아가던 《지오 그레이즈》는 찰나, 그 빛을 잃고 거대한 돌로 변화했다. 그리고 돌이 되어버린 《지오 그레이즈》는 무언가에 절단당한 듯 무수한 조각으로 나뉘어 땅에 떨어졌다.

"어떠한 포격도 우리 앞에서는 돌멩이에 지나지 않으니――."

마안으로 응시하자 그 공간의 균열에 인영이 하나 비쳤다.

"――죽음을 재촉하지 마라, 마족의 왕."

냉철한 목소리에 대기가 진동했다. 신의 문에 가려져 있지만, 그럼에도 불구하고 그 인영에서는 막대한 마력이 넘쳐흘렀다.

"흠. 네놈은 신족인가?"

"전화의 질서, 즉 질서의 군세를 지휘하는 전쟁의 신. 나는 군신 펠페드로다."

"무엇이 목적이냐?"

"전쟁의 불길."

군신이 짧게 대답했다.

"부적합자. 네가 어지럽힌 질서를 바로잡기 위해 세상을 전화로 집어삼킬 것이다."

"어지럽혀? 흠. 신족들이 걸핏하면 들먹이는, 파괴신의 질서를 빼앗은 것 말이냐?"

"그렇다. 하지만 그것만이 아니다."

딱딱한 어조로 군신 펠페드로가 목소리를 높였다.

"세상은 평화에 지나치게 찌들었다."

펠페드로가 스윽 손을 들었다. 그러자 수백의 인영이 공간의 균열 좌익에 나타났다.

"따라서 신의 군세는 그것을 숙청할 것이다."

수백의 인영이 이번에는 우익에 나타났다.

"일어나야 할 전쟁의 싹을 모조리 짓밟은 마족의 왕. 부적합자 아노스여. 세상에 피어나야 할 전화의 꽃을 네가 흩뜨렸다."

"사람을 죽이는 독을 품은 꽃이 있다면 미리 꺾는 것이 인지상정이라고 생각한다만?"

"그러나 세상은 그것을 허용하지 않는다."

그 말을 비웃으며 나는 말했다.

"과연 그럴까? 의외로 세상은 그것을 바랄지도 모른다. 이봐, 군신을 칭하는 자여. 그저 네가 그렇게 믿고 있는 것뿐 아닌가?"

"아니. 신의 군세는 질서. 믿음의 여부는 논할 가치가 없다. 다시 말해 이 결정은 뒤집을 수 없는 섭리인 것이다."

나는 다시 크하하 웃었다.

"또 꽤나 틀에 박힌 말을 늘어놓는 신이 나타났군. 최근에는 말이 제법 통하는 신족도 많아서 말이지. 너 같은 자는 오히려 신선하다."

군신 펠페드로는 입을 다물고 나를 노려보았다.

"천부신 노우스갈리아 이후로 처음인가? 녀석의 말로를 모를 리가 없을 텐데."

그 말을 아랑곳하지 않고 군신은 딱딱한 목소리로 말했다.

"선전포고하겠다."

"호오. 마왕군에게 말이냐?"

"아니. 신의 군세는 살아 있는 모든 것에 평등하게 전화를 가져다준다. 우리의 전쟁은 필연이다. 결코 피할 수 없는 전쟁의 불길에 모든 인간, 모든 정령, 모든 마족이 삼켜질 것이다."

과연 그렇군.

"싸울 수 없는 자라도 예외 없이 전장에 세운다는 말인가?"

"전화의 봉화는 이미 올랐다. 질서의 군세 앞에서 모든 저항은 무의미하며, 신의 불꽃은 반드시 전 세계를 태울 것이다. 부적합자. 네놈들 마왕군이 막으려 해도, 신의 진군을 멈추는 것은 불가능하다."

신의 문, 그 순백의 공간에서 두 배 이상의 인영이 추가로 나타났다.

"우리는 개체가 아닌 총체. 즉 질서의 군세로다."

구구구, 쿠르르르릉——. 불길한 소리가 울리며 공간의 균열이 점점 확장된다. 신의 문이 열리고 있는 것이다. 그 사이에서 다닥다닥 붙은 무수한 인영이 모습을 드러냈다.

"아득한 신들의 창궁에서 그의 땅으로 향하는 문이 열리고, 군홧발 소리가 울려 퍼지는 전쟁의 다리가 놓이리라. 이제 곧 우리 신의 군세는 지상에 도달할 것이다. 그때야말로 세상이 전화에 타오르는 날이다, 부적합자 아노스 볼디고드."

미사가 날카로운 눈초리로 신의 문을 응시했다.

"……100이나 200 수준이 아니네요……. 저만한 신족이 지상을 공격하면……."

"큰일이 날 거야!"

엘레오노르가 언성을 높였다.

"이상이다. 잠깐의 평화를 즐기도록 해라. 군화 소리가 들리는 그날까지."

선전포고가 끝났다고 말하는 듯이 무수한 인영이 안쪽에서 흐릿하게 사라졌다.

"어디로 갈 생각이지, 군신."

펠페드로가 발걸음을 멈췄다. 나는 양손으로 다중 마법진을 그렸다.

"질서의 군세라는 무리들은 적군 앞에서 꼬리를 말고 도망치는 걸 당연히 여기는 거냐?"

"선전포고라고 했을 것이다. 네놈들은 아직 우리 군세 앞에 서 있지도 않다."

내 도발에도 그는 의연하게 대꾸했다.

"우리는 지금 아득한 저편, 신들의 창궁에 있다. 너희에게는 희소식일 테지만 질서의 군세의 힘으로도 지상으로 내려오는 문을 완전히 열려면 아직 어느 정도 시간이 필요하다."

군신은 신의 문 너머에서 나를 지그시 노려보았다.

"어디 한번 열심히 대비해보거라, 마족의 왕. 곧 네놈들 앞에 이 세상의 절망이라는 이름의 전화가 쏟아질 것이니."

그는 당당하게 뒤로 돌아섰다. 그리고 그 인영도 흐릿하게 사라졌다.

"아하. 잘 알겠다."

다중 마법진에 팔을 넣자 양손이 빛에 감싸인다. 창백한 《이그네아스(삼라만장)》가 깃든 손으로 고원 안쪽에 있는 공간의 균열, 그 위아래를 꽉 잡았다. 쿠구구구구구구궁――. 불길한 소리가 울려 퍼진다. 마치 신의 문이 비명을 지르는 것 같았다.

"…………무슨 짓을, 하는 것이냐……?"

군신이 놀란 듯 이쪽을 돌아보며 물었다.

"뭐, 너희도 얼른 세상에 전화를 퍼붓고 싶은 눈치라서 말이지. 나로서도 언제 올지 모르는 군세를 무작정 기다리고 싶진 않다."

신의 문을 단단히 잡고 위아래로 찢어발기려는 것처럼 힘을 주었다. 키이이이이잉 하고 대기가 파열하는 듯한 소리가 고원 전체에 울려 퍼진다.

"강제로 열어주마."

"……뭣……………………?!"

《이 그네아스》가 깃든 오른손을 위로, 왼손을 아래로. 혼신의 힘과 마력을 담아 벌렸다. 순백의 빛을 흩뿌리며 공간의 균열이 찢어지듯 확장되면서 폭발적으로 흩어졌다.

서서히 빛이 잦아든다. 마안으로 확인하니 인영에 불과했던 신들의 모습이 선명하게 드러났다. 문이 완전히 열려서 신의 군세가 이곳에 현현한 것이다.

"흠. 얼추 2천 정도인가."

무장한 그 군세를 향해 나는 가볍게 손짓했다.

"덤벼라. 모조리 쓸어주마."

§14. 【마왕군 VS 신의 군세】

네피우스 고원에 도열한 신의 군세. 그 선두에 서 있는 것은 적동색 전신 갑주를 몸에 두른 신족, 군신 펠페드로였다. 금색이 섞인 붉은 망토를 바람에 나부끼며, 얼굴을 완전히 가리는 투구 너머의 눈으로 이쪽을 바라보고 있다.

"신의 문을 힘으로 비집어 열다니……."

작게 중얼거린 군신의 말이 마력을 타고 멀리 떨어져 있는 내 귀에까지 들어왔다.

"네놈은 세상의 이물질. 틀림없는 부적합자다, 아노스 볼디고드. 그 오만한 성정이 우리를 이 땅에 끌어들이고, 그리하여 세상을 전화에 휩싸이게 하는 것이다."

세상의 이물질이라. 내 심연에 말을 건 자도 그런 소리를 했었지.

"세상을 전화에 휩싸이게 한다고? 하는 말은 거창하다만, 너희는 결국 아베르니유의 대체품 아니냐? 저 하늘에 떠 있던 《파멸의 태양》의 말로를 모를 리 없을 텐데."

"우리는 개체였던 파괴신과 다르다. 전화를 퍼붓는 군세다."

군신 펠페드로가 한쪽 손을 스윽 들었다.

"검병신(劍兵神) 가름군드."

흐트러짐 없는 대형을 유지한 채 검을 든 병사들이 일사불란하게 전진한다. 창백한 갑주는 검 같은 모양새였고, 오른손에는 투명한 신검을 들고 있다.

"창병신(槍兵神) 슈네르데."

우익에 있던 병사들이 전진한다. 창백한 갑주는 창을 연상하게 했고, 빛나는 신창을 손에 들고 있다.

"궁병신(弓兵神) 아미슈우스."

말에 올라탄 병사들이 전진한다. 창백한 갑주는 활처럼 생겼고, 거대한 신궁을 들고 있다.

"술병신(術兵神) 도르조크."

최후미에 있던 병사들이 전진한다. 창백한 갑주는 그 자체가 마법진을 이루었고, 양손에 신장(神杖)을 쥐고 있다.

"우리 군은 질서 그 자체다. 어느 누구라 해도 그 진군을 막을 수 없다."

"흠. 파괴신을 수호하던 파수신들과는 격이 다르다는 말을 하고 싶은 거냐?"

"그렇다."

군신 펠페드로는 간결하게 말했다.

"전군, 전진. 적은 고작 여덟 명이다. 짓밟아라."

펠페드로가 호령하자 함성 같은 소리가 울려 퍼지고, 신의 군세가 천천히 진군을 개시했다. 전원의 보폭은 완벽하게 조화를 이루었으며, 발걸음마다 대지가 진동했다. 네피우스 고원이 신의 힘을 지닌 군세의 전진으로 요동치고 있는 것이다.

"조금 전까지 저 문을 어떻게 닫을까 생각하고 있었는데……."

"나도 아노스가 신의 문이라고 해서 열 줄 알았나, 같은 말을 할 거라고 기대했는데……."

미사와 엘레오노르가 어이없는 목소리로 중얼거렸다.

"고름은 빠르게 짜내는 게 좋다."

"그건 그렇지만 마음의 준비가 안 되어서요……."

나는 불안하게 군세를 바라보는 미사에게 말했다.

"고작 2천에 불과하다. 한 명당 250명씩 쓰러뜨리면 끝나지."

"음— 내 힘으로 250명이나 쓰러뜨릴 수 있을까? 공격은 내 특기가 아닌데."

엘레오노르가 긴장감 없는 목소리로 의문을 표했다.

"저도 할 수 있을까요? 진체(眞體) 상태라면 가능할지도 모르지만……."

미사가 불안한 목소리로 중얼거렸다. 진체를 드러낸 순간 전혀 반대되는 말을 할 것 같지만 말이다.

"걱정하지 마."

레이는 그렇게 말하며 그녀 옆에서 미소 지었다. 눈부신 빛과 함께 그의 손에 영신인검이 모습을 드러냈다.

"정말 위태로우면 내가 네 몫까지 쓰러뜨릴 테니까."

"그럼 내 몫 200명도 줄게."

엘레오노르가 검지를 들고 장난스럽게 말했다.

"제시아의 250명도 줄게요!"

두 사람의 농담에 레이가 쓴웃음을 지었다.

"그렇다면 그쪽은 제가 맡겠습니다."

신의 군세가 구축하는 진형을 유심히 주시하며 신이 말했다.

"다만——."

신은 몇 걸음 앞으로 전진하며 등 뒤에 있는 레이에게 고했다.

"고작 750명의 신도 못 쓰러뜨리는 남자에게 딸을 맡길 부모가 과연 있겠습니까. 어디까지나 일반론입니다만."

거목 저택에서 하던 이야기를 이어서 하듯이 신은 냉랭한 목소리로 말했다. 지금은 레노가 없다고, 그 등이 말하고 있었다.

"그럼 1천 명을 쓰러뜨려야겠네."

기꺼이 받아들이겠다는 양 레이가 대꾸하며 앞으로 나섰다.

"과연 가능할까요?"

신은 조용히 말하며 옆에 나란히 선 레이를 곁눈질했다.

"당신 몫이 1천 명이나 남아 있을지는 장담할 수 없으니까요."

먼저 1,001명을 쓰러뜨리겠다는 선언이나 다름없었다.

"그건 해봐야 아는 거지."

순간적으로 교차한 레이와 신의 시선이 불꽃을 튀긴다.

"흠. 재미있을 듯한 여흥이로군. 그렇다면 대결 신호는 내가 내리도록 할까."

그리고 나는 허공에 손을 뻗었다. 파지지직, 하고 보랏빛 번개가 튀면서 그것이 구체(球體) 마법진을 구축했다. 오른손을 거기에 찌르고 꽉 움켜쥐었다. 손바닥 안에서 응축된 보랏빛 번개는 막강한 파괴의 힘을 품고 고원에 빛을 흩뿌렸다. 오른손을 하늘로 치켜든 뒤, 거기에서 흘러 떨어지는 번개로 열 개의 마법진을 그렸다. 거기에서도 번개가 튀어오르고 마법진과 마법진이 연결되더니 내 눈앞에서 하나의 거대한 마법진이 완성되었다.

"《라비아 기그 가벨리즈드(회신자멸뇌화전계)》."

연결된 마법진이 고원을 진군하는 신의 군세를 향해 격렬하게 방출되었다. 보랏빛 번개가 순식간에 퍼져나가며 산개하는 신들을 뒤덮었다. 마법진 안쪽은 견고한 결계를 이룬다. 이제 놈들이 할 수 있는 것은 그 압도적인 파괴의 번개를 버티는 것뿐.

고원 일대가 보라색으로 물들고, 대기가 터지는 듯한 뇌명이 울려 퍼졌다. 날뛰는 보랏빛 번개는 맹위를 떨치며 낮보다도 더욱 밝게 주위를 비추었다. 종말을 떠오르게 하는 불길한 소리와 함께 신의 군세는 불타버렸다.

빛이 걷히고 선명해진 시야에 들어온 것은 엄청난 양의 회색 잿가루였다.

"어라……."

엘레오노르가 그 광경을 멍하니 보며 입을 떡 벌렸다.

"신호를 내리겠다더니 그냥 전멸했잖아요……."

미샤가 기가 막히다는 투로 말했다. 그 찰나——그녀의 눈앞에 무언가가 날아왔다.

"앗……?"

미사의 코를 노린 거대한 화살촉은 꽂히기 직전에 멈췄다. 신궁으로 쏜 화살을 신이 왼손으로 잡아낸 것이다.

"마법이 돌로 변했어."

미샤가 말했다. 다음 순간, 잿가루가 피어 오르더니 그 안에서 신의 군세가 나타났다.

"전군 진격. 마왕군을 분단하여 각개격파한다."

군신 펠페드로가 명령했다. 놈들은 네 부대로 나뉘어 우리를 포위하는 진형을 만들기 시작했다.

"신의 군세를 자처할 능력은 되나 보군. 《라비아 기그 가벨리즈드》조차 8할을 돌로 바꾸다니.”

저 잿가루 대부분은 돌로 변한 번개다. 소멸된 것은 대략 200명 정도인가. 확실히 이만한 병력이 시가지에 나타난다면 심각한 피해를 입게 될 것이다.

“신은 우익을, 레이는 좌익을 맡아라. 각개격파를 원한다면 원하는 대로 판을 깔아줘야겠지.”

“알겠습니다.”

“그래.”

신과 레이는 땅을 박차고, 우리를 향해 진격하는 병사들을 향해 달렸다. 그들이라면 눈 깜빡할 사이에 거리를 좁힐 수도 있겠지만, 그것은 저쪽 또한 마찬가지.

천천히 거리를 좁히는 동시에 진형을 조정하며 이쪽을 견제하고 있다. 심연을 들여다보니 군세가 구축하는 진형에서 강한 마력이 방출되고 있었다. 무언가 꾸미고 있다고 보아도 무방할 터다. 놈들의 움직임에 맞춰서 레이와 신도 완만한 속도로 달리며 진형을 무너뜨릴 틈을 찾고 있다.

“미샤, 사샤, 미사, 엘레오노르, 제시아는 이 자리에서 신과 레이를 지원해라. 서로 흩어지지 마라.”

미사가 손을 머리 위로 올리자 그곳에서 암흑이 흘러 넘치며 그녀의 몸을 감쌌다. 뒤이어 무수한 번개가 그녀를 뒤덮은 암흑 위를 달렸다. 번개가 어둠을 몰아내는 것처럼 그녀의 진체가 드러났다. 검푸른 드레스, 여섯 장의 정령의 날개. 깊은 바다를 연상케 하는 머리카락을 우아하게 쓸어올리며 미사가 말했다.

"아노스 님은 어떻게 하시겠어요?"

"뻔하지 않나."

우회하지 않고 곧장 접근하는 두 부대를 바라보았다. 약 800명의 병사들을 향해, 마법진을 100문 그렸다. 순간, 중앙의 병사에게서 칠흑의 태양과 신궁의 화살이 무수히 방출되었다.

"어림없어!"

엘레오노르가 《데 이제리아(사속결계봉)》로 그 자리에 방패를 구축했다.

"《레갈로이미틴(복제마법경)》……!"

제시아는 《데 이제리아》를 사이에 끼우듯이 바깥쪽에 커다란 마법 거울을 두 장 전개했다.

"마주 보는…… 거울……이에요……."

《레갈로이미틴》에 비친 마법은 복제된다. 마주 보는 거울에 의해 무수히 늘어난 《데 이제리아》는 그 자리에 견고한 결계를 구축했다.

"신의 군세 따위가 감히 내 마왕님을 건드리려고 해?"

날아오는 신궁의 화살과 《지오 그레이즈》를 사샤가 《파멸의 마안》으로 노려보며 스스로 무너지게 했다. 약화된 그 공격은 엘레오노르와 제시아의 《데 이제리아》에 허무하게 봉쇄되었다.

"답례다."

나는 100개의 포문에서 《지오 그레이즈》를 난사했다. 신의 군세에 쏟아진 칠흑의 태양은, 그러나 술병신 도르조크가 구축한 결계에 침입한 순간 모조리 돌덩이로 변했다. 그리고 검병신 가름군드가 신검을 휘둘러 그 돌을 작게 조각냈다.

"그렇다면 이건 어떨까요?"

미사가 《지라스도(마흑뇌제)》를 방출한다. 하지만 그 검은 번개도 술병신들의 결계에 막혀 순식간에 바위로 변했다. 돌은 즉시 절단되어 땅에 후두둑 떨어졌다.

"원거리에서 날아오는 마법 포격을 돌로 바꾸는 술식인 것 같네요. 하지만——."

미사가 살풋 미소 지었다. 다음 순간, 최전열의 병사가 검은 불꽃에 휩싸인 채 허공으로 날아갔다.

"근거리의 마법은, 막을 수 없어요."

"《아비아스탄 지알라(초사소멸찬화분염)》."

미사가 검은 번개로 틈을 만든 사이, 나는 한 번의 도약으로 중앙 부대에 접근해서 검병신 가름군드를 튕겨 날렸다. 돌로 변한 《지오 그레이즈》와는 별개로 《베네지알라(파신개연현현)》으로 방출한 《지오 그레이즈》를 마법진 삼아 내 오른손에 빛나는 검은 불꽃을 둘렀다.

"비켜라."

땅을 박차고 내 몸은 마치 섬광처럼 달렸다. 신의 병사가 밀집한 중앙 부대를 그대로 가뿐하게 뚫어버렸다. 수십 명의 검병신, 창병신이 모조리 튕겨나가고, 부러진 신검과 신창이 하늘을 수놓는다. 아무리 《라비아 기그 가벨리즈드》를 돌로 만들어서 버텼다고 해도, 그 멸망의 보랏빛 번개에 조금이라도 닿았다면 몸이 멀쩡하진 않을 것이다. 피폐한 신의 병사를 가볍게 베어넘기고 그 중심에 자리잡은 적동색 전신 갑주를 두른 군신에게 육박했다.

"대장이 단신으로 돌격하다니, 어리석군."

내가 내뻗은 《아비아스탄 지알라》를 머금은 손끝을 군신 펠페드로는 그 적동의 손으로 정면으로 받아냈다. 고오오오오오오오오옷 하고 빛나는 흑염이 날뛰었지만, 소용돌이치는 신의 반마법으로 그것을 억눌렀다.

"다수로 소수를 제압한다. 이것이야말로 병법이다. 어떠한 힘도, 올바른 질서에는 맞설 수 없는 것이다."

"고루한 질서다. 다시 써라."

그대로 군신을 쭉 밀며 놈의 몸과 함께 주위의 군세까지 밀어붙였다. 펠페드로는 혼신의 힘을 다해 땅에 발을 굳게 딛고 내 돌격을 멈추려 하고 있다. 내 발이 멈추면, 그 순간을 노리고 군세가 일제히 신의 칼날을 들이댈 것이다. 그러나 군신은 나를 멈추지 못했다.

"크으으으……!!"

놈의 신안과 내 마안이 교차하며 격렬히 불꽃을 튀겼다.

"마왕으로 다수를 유린한다. 내가 곧 병법이다, 군신."

§15. 【마왕의 병법】

투콰아아아아아아앙! 굉음이 울려 퍼지며 고원에 포진한 중앙 부대가 둘로 나뉘었다.

군신 펠페드로를 밀어내며 군세의 최후미까지 뚫어버린 것이다. 마왕의 진격을 막지 못한 신족들이 요란하게 튕겨 날아가 땅에 처박힌다. 《아비아스탄 지알라》가 복부에 꽂힌 펠페드로는 불꽃에 휩싸인 채 멀리 튕겨서 완만한 언덕에 몸이 처박혔다.

"호오."

녀석이 벌떡 일어났다. 그 적동색 갑옷에 다소 그을린 자국이 남아 있긴 했지만 큰 대미지를 입지는 않았다.

"진형 마법인가."

이 고원을 높은 곳에서 내려다보면 신의 병사들은 내게 튕겨나가면서도 일정한 규칙에 따른 진형을 유지하고 있다. 나를 포위하고는 있지만, 한편으로는 전혀 관계없는 장소에도 진을 치고 있다. 언뜻 보기에 무의미한 듯한 그 진형의 정체는 마법진이다. 각각 마법진의 일부가 됨으로써 마법을 발동하여 부대 전체에 강력한 가호를 내리고 있다.

"《알네스트(공위질서법진)》."

진형 마법진이 적동색으로 빛난다. 그 힘은 군신 펠페드로의 질서일 것이다.

"부적합자여. 아무리 네놈이 강하다 해도 신의 포위는 개인의 힘으로 돌파할 수 없다. 《알네스트》는 병법만을 받아들이고 그 외는 섬멸한다. 즉, 다수로 소수를 제압한다. 이것이 전쟁의 질서이다."

흠. 그렇군. 무작정 인원만 계산하고 힘의 차이를 무시한 게 아니라는 것인가.

이 진형 마법진 안쪽에서는, 저 신의 군세에 대적하는 개인의 공격 위력이 감쇠되는 질서가 작용하고 있다.

"고작 여덟 명밖에 없는 네놈들은 승리할 수 없다."

궁병신 아미슈우스 부대가 화살을 메기고, 나를 겨냥해 일제히 쏘아냈다. 상공에서 비처럼 쏟아지는 신의 화살에 대해 《베노이에븐》을 전개했다. 하지만 신궁의 화살은 그 어둠의 오로라를 쉽게 뚫고 내 머리를 노렸다. 《아비아스탄 지알라》를 휘감은 손으로 그것을 태워 멸했지만, 그것마저 빠져나간 화살 하나가 내 왼팔을 관통했다.

"방어의 가호만이 아닌 것 같군."

박힌 화살을 뽑고 꺾어서 불태웠다. 진형 마법 《알네스트》 안쪽에서, 놈들은 개인에 대해 막강한 힘을 발휘하는 건가. 같거나, 그 이상 가는 규모의 군세를 준비하면 어렵지 않게 대항할 수 있을 테지만, 노골적이로군. 놈의 목적은 전쟁의 불길. 나를 유도하는 것일지도 모른다.

"네놈의 부하 둘도 이미 《알네스트》에 삼켜졌다. 질서 앞에서 힘 따위는 무력함을 깨달아라."

군신 펠페드로가 오만한 태도로 말했다. 레이와 신 쪽으로 시선을 돌리자 그들도 신의 군세에 포위되어 있었다.

"그렇다면 시험해볼까."

나는 손을 펼쳐서 하늘을 향해 마력을 날려 허공에 거대한 마법진을 그렸다. 거기에서 무수한 검은 마석이 모습을 드러내고 무서운 기세로 떨어지기 시작했다. 《기아 그레아스(마암추성탄)》가 마구잡이로 고원에 떨어지며 신의 병사를 짓뭉개고 땅에 깊은 구멍을 뚫었다.

"소용없다."

군신의 말과 동시에 구멍에서 기어나온 검병신 가름군드들이 신검을 치켜들었다. 나를 향해 돌진해오는 놈들은 상처 하나 입지 않았다.

"《지라스도》."

검은 번개가 폭풍처럼 날뛰며 뇌명과 함께 신들을 쓸어버렸다. 그럼에도 육박한 검병신의 신검을 피한 후, 빛나는 흑염의 손으로 그 가슴을 쥐어뜯었다. 근원을 단단히 잡고 《베브즈도(근원사살)》를 겹쳐서 걸자 가름군드는 털컥 무릎을 꿇었다. 나는 그것을 번쩍 들어서 배후로 다가온 창병신에게 가볍게 던졌다. 갑옷과 갑옷이 충돌하며 사방으로 흩어졌다.

튕겨나간 두 명의 신 중에 근원을 관통당한 가름군드는 일어나지 못하고 소멸됐다. 다른 창병신 한 명에게는 타격을 주었지만, 《지라스도》로 쓸어버렸던 검병신들은 거의 멀쩡한 상태로 일어났다.

"흠. 대강 알겠군."

《알네스트》 안에서는 질보다 양이 우위에 선다. 개인이 다수를 공격하면 뚜렷한 성과를 거둘 수 없지만, 개인 대 개인이라면 어렵잖게 해치울 수 있다.

양을 판정하는 기준은 근원의 숫자라고 보면 될까. 그렇다면 한 놈씩 처리하면 되지만, 그러다간 날이 저물 것이다.

"신, 레이, 교란해라."

두 사람에게 《리크스》를 보내고 나는 달려나갔다.

'알겠습니다.'

신의 시야를 들여다보니 사방팔방에서 신창이 육박하는 중이었다. 한 번의 찌르기로 산조차 산산이 분쇄하는 창날이, 도망갈 틈도 주지 않고 쏟아지며 폭풍을 일으켰다. 모래먼지가 휘날리는 가운데 신창 한 자루가 바스라지고, 그것을 손에 들고 있던 창병신 슈네르데의 갑옷에 구멍이 뚫렸다. 피가 분수처럼 솟구쳤다.

그 자리에 신이 힘없이 쓰러지고, 창병신들의 포위를 뚫고 나온 신이 뒤에 서 있었다. 손에는 아름다운 파문이 일렁이는 마검, 유붕검 알트코르아스터를 들고 있다.

"《알네스트》였습니까. 그 진형을 무참하게 베어드리죠."

신이 눈에도 비치지 않는 속도로 달려나갔다. 신들의 진형 마법은 그의 발걸음마저 감속시켰지만, 그럼에도 불구하고 무섭도록 빠른 속도로 신은 전진했다.

"소용없다. 우리는 질서의 군세. 완전하게 질서 잡힌 군대이기에, 어떤 수를 동원하든 개인의 힘으로 진을 타파하는 것은 불가능하다."

그가 빠르고 멀리 움직일수록 포위하는 진형에 흐트러짐이 생기므로, 보통이라면 《알네스트》는 무너지는 게 정상이다. 하지만 신의 군세는 군신 펠페드로가 말한 대로 완전하게 질서 잡힌 움직임을 보이며 그 포위를 계속 유지했다. 놈들은 진형을 어지럽히려는 신의 의도를 파악하고 진로를 차단하려고 했다. 신은 알트코르아스터로 그런 방해를 베어버리고 계속해서 달렸다.

신검과 신창, 신궁이 날아오지만, 신은 모두 간발의 차이로 회피하며 치명상을 피했다. 신의 군세가 벽을 만들고 있어도 한 명이라면 그의 검으로 뚫을 수 있다. 섬멸할 수는 없더라도 신의 실력이라면 쉽게 돌파할 수 있다. 그렇게 길을 열어가며 신은 고원 중앙으로 향했다.

그 반대편——좌익에 있던 레이도 신처럼 중앙을 향해 돌진했다. 술병신 도르조크가 《지오 그레이즈》로 집중포화를 날리지만, 그의 등 뒤에서 빛나는 분홍색 코스모스가 하늘하늘 춤을 추며 그 칠흑의 태양을 막아냈다. 《러블 아스크(애세계)》. 그것을 발동한 레이는 사랑의 힘으로 《알네스트》에 대항하며, 바람보다 빠르게 달려 좌익의 진형을 베어나갔다. 그의 근원은 일곱 개. 따라서 혼자서도 《알네스트》를 상대로 일곱 명까지는 우위를 점할 수 있다.

"자, 언제까지 포위를 유지할 수 있을까?"

나는 양손에 《아비아스탄 지알라》를 둘러서 중앙의 부대를 쓸어버린 후 뒤로 물러났다. 우리의 포위를 유지하기 위해 우익과 좌익, 중앙의 두 부대는 한 지점으로 빠르게 가까워졌다. 놈들의 각 부대를 네 개의 직선으로 연결한 그 중앙으로.

"아무리 기를 써도 《알네스트》를 무너뜨리는 것은 불가능하다. 신의 포진은 완벽하다."

군세 안쪽에서 군신 펠페드로의 목소리가 울린다.

"헛된 발버둥이다, 부적합자."

"뻔한 얘기지만, 완전히 질서 잡힌 군세만큼 무너지기 쉬운 것은 없다."

"우리에게는 어떤 전술도 통하지 않는다. 하물며 이런 진부한 전술 따위는 어림도 없지."

"그렇다면 시험해 보도록 할까."

우리의 포위를 유지한 채, 네 부대로 나뉘어 있던 신의 군세가 고원의 한 지점을 향해 육박했다. 즉 두세 방향에서 부대가 맹렬하게 돌진하는 것이다. 서로 충돌하는 상황을 피하려고 멈춘다면 우리 셋 중에 누군가는 《알네스트》 밖으로 나갈 수 있다. 멈추지 않고 충돌을 피한다 해도, 그 순간 진행 방향이 어긋나는 각 부대가 진로를 방해하게 된다.

"네놈의 머릿속은 다 파악하고 있다, 부적합자. 완전히 질서 잡힌 군세는 유도하기 쉽지. 아군이 아군의 진로를 가로막게 해서, 진형에 약간이라도 틈이 생기면 그곳을 돌파하려는 책략일 테지만——."

신의 군세가 교차하기 직전——우익 일부가 좌익이 되고, 좌익 일부는 중앙이 되었다. 그리고 중앙 일부는 우익이 되어 아무런 혼란도 일으키지 않고 《알네스트》를 유지했다. 마치 군대가 하나의 생물인 것처럼.

"말했을 것이다. 우리는 전화의 질서, 다시 말해 질서의 군세를 이끄는 전쟁의 신이다!"

멈춰 선 내 등 뒤에 군신 펠페드로가 서 있었다.

"신의 포위에서 벗어나는 병법 따위는 없다."

놈의 손에 빛이 모이며 적동색 빛을 발하는 신검이 모습을 드러냈다.

나는 있는 힘껏 휘둘러진 그 신검을《아비아스탄 지알라》를 두른 손으로 받아냈다. 지지지지지지지지지직, 마력과 마력이 힘을 겨루며 나와 놈의 주위에 광풍을 일으켰다.

"방법이 다 떨어진 것 같군, 부적합자. 네놈의 부하 둘도 발이 멈췄다."

"무슨 소리를 하는 거지?"

오만하게 웃으며 나는 오른손에《베브즈도》를 겹쳤다.

"똑똑히 잘 보아라. 네놈들이 취한 포진은 내 전술을 완성시켰다."

"전술이라고……?"

《지라스도》를 중첩해서 걸고 신검을 밀어내자 그에 대항하듯 군신 펠페드로는 온 힘을 다해 버텼다.

"그런 허풍이 우리에게 통할 줄 아느냐……!!"

놈은 왼손으로 내 어깨를 잡았다.

"쏘아라아아!!"

펠페드로의 명령에 따라 술병신 도르조크가《지오 그레이즈》의 집중포화를 퍼부었다. 함께 재가 될 각오인지 군신은 내 어깨를 단단히 잡고 놓지 않았다. 칠흑의 불꽃은 요란한 굉음을 내며 나와 펠페드로를 삼켰다.

"미지근하군."

《파멸의 마안》으로 《지오 그레이즈》를 꺼버린 직후, 나는 놈에게 발을 걸어 자세를 무너뜨렸다.

"으윽……!"

"질서의 군세를 이끄는 신이라며 큰소리를 친 주제에 내 전술을 못 알아차릴 줄이야."

쥐고 있던 신검을 놈의 팔째로 비틀어 눌러주었다.

"……나를 쓰러뜨리려 하는 건 헛짓이다. 우리는 개체가 아닌 군세다."

"전혀 이해를 못한 것 같군. 답을 가르쳐주마."

나는 신검을 빼앗아 내던졌다.

"당구다."

"……당구…………………… 라고……………………?"

전혀 예상하지 못했다는 모습으로 반문하는 군신 펠페드로를 향해 나는 손바닥을 내밀어서 《베노 이에븐》으로 감쌌다.

"……무슨, 짓을…………?"

"네가 공이다, 군신. 네놈들이 말이다."

구형의 《베노 이에븐》으로 감싼 군신을 바라보며 손을 들어 올렸다.

"가라."

《베노 이에븐》으로 만든 공을 힘껏 밀어내자 군신 펠페드로는 빛보다 빠르게 튕겨 나갔다. 펠페드로는 바로 곁에서 나를 포위하고 있던 신의 병사와 충돌해서 궤도가 바뀌었다. 그와 충돌한 신의 병사는 마찬가지로 기세 좋게 튕겨 나가며 또 다른 신에게 충돌했다. 그런 식으로 신의 병사들은 당구공처럼 차례차례 다른 신의 병사와 충돌했다. 개인 대 개인이라면 《알네스트》의 영향이 경미해지므로 공격이 통하게 된다. 그리고 근원으로 숫자를 판정하기 때문에, 튕겨 나간 신에 의한 충돌은 그 신의 공격으로 판정된다.

물론 충돌은 한 번으로 끝나는 게 아니다. 튕겨 나간 신은 또 다른 신과 충돌하고, 그 여파로 자신도 함께 튕겨 나간다. 그런 식으로 서로 끊임없이 부딪치는 소리가 고원이라는 당구대에 요란하게 울려 퍼졌다. 그렇게 복잡한 궤도로 움직이던 녀석들은 이윽고 조금 전에 내가 《기아 그레아스》로 뚫어 놓은 구멍에 차례차례 떨어졌다.

고원에 있던 신들의 군세는 순식간에 소탕되었고, 마지막으로 군신 펠페드로가 그 구멍에 쿵 떨어졌다. 진형이 완전히 무너져서 《알네스트》의 효과도 사라졌다.

"완전히 질서 잡힌 군세. 항상 최선의 포진을 펼치는 네놈들은 분명히 전쟁에는 강할 테지. 그런데——."

씨익 웃으며 구멍에 떨어진 군신을 내려다보았다.

"당구를 하기에도 딱 좋군."

엉망으로 찌그러진 투구 안에서 펠페드로의 마안이 빛났다.

"양동 작전이다."

군신은 힘겹게 손을 들어 올리며 하늘을 보았다. 마안을 그쪽으로 돌리자 이 네피우스 고원의 저 먼 상공에 그림자가 무수히 떠 있었다. 백마를 탄 신의 군세다. 지상의 부대를 모조리 미끼로 쓰고, 별동대를 하늘로 날려 보내 둔 것이리라.

"우리의 목적은 전쟁의 불길을 퍼뜨리는 것. 하늘에서 진형을 정비한 항공 부대는 마족의 도시를 불사를 것이다. 이제 와서 알아차린들——."

"——늦었다고 생각하나?"

손가락을 가볍게 튕기자 마력이 번뜩였다. 저 먼 상공에 포진한 신족들보다 더 높은 곳에서 말이다.

모습을 드러낸 것은 마왕성 데르조게이드. 그 성 하부에는 베누즈도노아가 어두운 색으로 빛나고 있었다.

"……쏘아라!"

데르조게이드를 표적으로 궁병신, 술병신이 화살과 마법 포격을 퍼부었다. 공격이 잇따라 명중했지만 그 성은 꿈쩍도 하지 않았다.

"네놈들의 포진이 베누즈도노아에 얼마나 통할지 한번 시험해 볼까?"

나는 마왕성을 바라보며 《가톰》 마법진을 그렸다. 그곳으로 전이하려 한 그 순간——데르조게이드 앞을 한 인영이 스쳐 지나갔다.

금색 머리카락을 휘날리며 천천히 내려오는 그 인영의 정체는 사샤였다.

흠. 뭘 하려는 거지?

"저기, 마왕님."

그녀는 공중에 떠 있는 이멸검에 살며시 손을 대고 우아하게 미소 지었다.

"잠시만 돌려받아도 될까? 내 사지엘도나베를."

§16. 【파괴의 질서】

하늘에 떠 있는 신족들은 질서 잡힌 움직임으로 진형을 순식간에 바꾸었다. 진군 속도를 올리기 위한 것이었는지 그들의 몸에 《프레스》 마법진이 그려지며 마력이 기세 좋게 흘러넘쳤다.

베누즈도노아의 유효 범위 밖으로 이탈할 생각이리라. 그들의 진형 마법진이 완성된 순간, 사샤는 눈 아래에 있는 신족들을 한 번 노려보았다. 기선을 제압당한 신의 군세가 그 자리에 얼어 붙었다. 뱀과 눈이 마주친 개구리처럼 놈들은 두려움에 떨며 꼼짝도 하지 못했다.

"있잖아, 그래도 되지?"

술에 취한 탓에 아베르니유의 마음과 기억이 되살아나기라도 한 것인지, 사샤는 즐거운 듯한 모습으로 베누즈도노아를 손끝으로 톡톡 건드렸다. 허락할 가치는 있을 듯하군.

"다른 것들을 말려들게 하지 않는다면 상관없다."

"알았어."

사샤가 이멸검 베누즈도노아를 쥐었다. 그녀를 따르도록 나는 그 검에 힘을 가했다.

"마왕님이 허락했어. 원래 모습으로 돌아가렴, 사지엘도나베."

사샤는 검신을 빙글 회전시켜서 칼끝이 저 먼 하늘로 향하게 했다. 그녀가 손을 놓자 베누즈도노아는 더욱 높은 곳으로 날아갔고, 이어서 검은 입자들이 하늘에 피어오르기 시작했다. 그것은 서서히 어둠의 장검을 구 형태로 뒤덮었다. 암흑에 덧칠되듯 이멸검의 모습이 사라지더니 그곳에 그림자 태양이 떠올랐다.

"있잖아. 그거 알아?"

하늘하늘 춤추듯 공중으로 떠오른 사샤는 양갈래 머리를 휘날리며 《파멸의 태양》 앞에 자리잡았다.

"아무리 눈을 감아도 눈꺼풀 뒷면에 비치는 내 시야를 모두가 파괴의 하늘이라고 불렀어."

《파멸의 태양》은 여전히 그림자인 채다. 하지만 그 공역에 있는 한 파괴의 질서는 힘을 발휘한다.

"《네위알라다(사방질서퇴진)》."

사샤가 하늘로 올라간 것을 확인한 후, 신의 군세는 절호의 기회라고 판단하여 즉시 사방으로 흩어졌다. 진형 마법 《네위알라다》의 효과는 퇴각 시의 속도를 극한까지 높이는 것이리라.

신의 군세는 보유한 마력을 훨씬 초월하는 속도로 하늘을 달려 그림자 태양의 지배하에서 탈출하려고 했다. 또한 그것은 마족의 도시와 마을 침공을 동시에 노린 행동이었다. 저 속도로 공역을 벗어나면 목적지까지 불과 수 초도 걸리지 않는다.

놈들의 목적은 세상을 전화로 휩쓰는 것. 싸울 능력이 없는 마족 백성마저도 무자비하게 태워버릴 것이다.

그러나——아무리 나아가도 놈들은 벗어나지 못했다. 이미 세상을 한 바퀴 돌고도 남을 거리를 비행했음에도 불구하고 밑에는 여전히 네피우스 고원이 펼쳐져 있었고, 그림자 태양이 머리 위에 떠 있었다.

"그런 왜소한 날개로는《파멸의 태양》에서 벗어날 수 없어. 왜냐하면 이 하늘의 질서는 파괴되어 있거든. 자유롭게 날 수 있는 건 내 마왕님과 그 부하가 만들었던 제리드헤브누스뿐이야."

어두운 빛이 하늘을 비추고, 그것은 순식간에 신의 군세를 집어삼켰다.

"어째서?"

"어째서 거스르는 거냐?"

"파괴신 아베르니유."

"대답해라!"

검병신이, 창병신이, 궁병신이, 술병신이, 입을 모아 사샤를 다그쳤다.

"어째서 질서를 거스르는 거냐, 파괴신! 파괴의 질서인 네가! 왜 세상의 질서를 어지럽히려 하는 거지?!"

저 멀리 지상에서 군신 펠페드로가 악을 쓰듯 말했다.

"부적합자가 어떠한 족쇄라도 채운 것이냐?!"

"아아…… 그래. 생각났어. 난 말야, 그걸 싫어했어."

"……뭐라고?"

사샤는 미소 지었다. 마치 파괴신 아베르니유처럼.

"나는 옛날부터 질서 따위는 엄청 싫어했다고. 오히려 질서 쪽이 족쇄였어. 마왕님은 그 제약으로부터 나를 해방해주었지.”

사샤는 눈동자에 《파멸의 마안》을 띄우며 지상의 군신을 노려보았다.

“있잖아, 군신 씨. 당신은 그걸로 만족해? 군세의 질서로서 세상을 전화로 불태우겠다고 계속 주장하는데, 그게 정말 자기 의지가 맞는 거야?”

“우리에게 의지는 없으며 있는 것은 오로지 질서뿐이다.”

“흐음— 그래. 가엽기도 하지.”

어둠의 빛이 하늘을 뒤덮었다. 파괴신은 마왕성 데르조게이드로 변화했다. 사샤 본인은 파괴의 질서를 갖고 있지 않아서인지 《파멸의 태양》은 그림자인 채였으며, 그 힘도 원래 모습에 비할 바가 아니었다. 그러나 불완전하더라도 그것은 틀림없는 사지엘도나베의 파멸의 빛, 흑양이었다.

“눈을 뜨면 내 신안에는 언제나 절망이 비쳤어.”

어둠으로 물든 공역에서, 신의 군세는 방어 진형을 펼쳐 간신히 흑양의 빛을 견디고 있었다.

“네……이놈…….”

“전화조차 삼키는 것이냐, 파괴신…….”

생물이 죽어 사라지는 그 파괴의 하늘을 사샤는 날아 올라, 저 높은 곳에 떠 있는 《파멸의 태양》 사지엘도나베 곁에 이르렀다.

“하지만 지금은 달라.”

사샤는 엄숙하게 두 팔을 벌렸다. 그 몸이 사지엘도나베에 빨려들어가기 시작했고, 마침내 그녀는 그림자 속으로 완전히 사라졌다.

"나는 마족으로 다시 태어났어. 마왕님이 나에게 생명을 주었거든."

"파괴신…… 아베르……니유……."

"그건 이제 옛날 이름이야. 나는 사샤 네크론. 파멸의 마녀이자 마왕님의 부하야."

그림자 태양이 점점 작아지더니 금발 소녀가 그곳에 모습을 드러냈다. 극한까지 응축되어 작아진 《파멸의 태양》 사지엘도나베는 사샤의 왼쪽 눈에 깃들어 있었다.

"디르헤이드는 내 고향이야. 나는 여기서 태어나고 자랐어. 즐거운 일만 있는 건 아니지만, 멋진 곳이야. 학원에 다니거나, 장사를 하거나, 농사를 짓거나, 사냥을 하면서, 다들 그렇게 살고 있어. 모두 웃고 있어. 그러니까 신의 군세건 질서건 알 바 아니지만, 이 나라를 전화로 휩쓸 생각이라면——."

사샤는 그 공역 전체를 시야에 담아 매섭게 노려보았다.

"너희에게 진정한 절망을 보여주겠어!"

왼쪽 마안에 깃든 그림자 태양이 반전하여 어둠의 일륜으로 변했다. 그것은 그야말로 《파멸의 태양》이 완전히 현현한 모습이었다——.

"포위하라!"

도망칠 수 없음을 깨달은 신의 군세가 이번에는 사샤를 향해 날아갔다. 하지만 결과는 조금 전과 동일했다. 아무리 하늘을 날아도 그녀 곁에 다다를 수 없었다. 능력의 차이를 보여주는 것처럼 군세의 위치는 항상 그녀의 눈 아래였으며, 포위는 고사하고 접근조차 불가능했다. 그렇게 하늘 저 높은 곳에서 사샤가 신들의 군세를 한눈에 담은 순간, 그들의 몸만이 암흑 속에 삼켜졌다.

원래는 무차별적으로 쏟아지는 흑양을 완전히 제어해서 특정한 표적만을 멸하고 있는 것이다.

"……사라진다……."

"육체가……."

"신의 군세가……."

방어 진형으로 구축한 반마법도 파괴의 시선을 막아내지 못했고, 신의 군세는 순식간에 하늘에 흩어졌다.

"《종멸의 신안》을…… 어째서 파괴의 질서를…… 우리에게 향하는가…… 아베르니유……."

고원의 구멍에 빠져 있던 나머지 군세도 흑양의 빛을 받아 사라지기 시작했다. 군신 펠페드로의 적동색 갑옷마저 이미 절반 이상이 어둠의 빛에 잠식당했다.

"아무리 파괴하려 해도 벗어날 수 없다. 너도 그것을 모르지는 않을 터다."

"안타깝게도 그런 건 깡그리 잊어버렸어."

"그렇다면 떠올려라. 살아 숨 쉬는 모든 것은 분쟁을 일으킨다. 그것이 세상의 질서이자 이치이며 섭리. 즉 운명인 것이다. 아무리 문을 막는들, 파괴한들 바뀌는 것은 없다. 다시 문은 열리고 군홧발 소리가 들릴 것이다. 그것을 시작으로——."

흑양이 펠페드로의 모든 것을 어둡게 비추어 종멸을 선사하려는 그 찰나.

"——세상은 전쟁의 불길에 휩싸이리라."

군신은 마지막에 그런 말을 남겼다.

"아직도 모르겠어?"

그러나 사샤는 미소 지으며 대답했다.

"운명 같은 건 박살내면 그만이야."

그리고 그녀는 뒤를 돌아보았다.

"그렇지? 아노스."

그 시선 끝에는 《가톰》으로 전이한 내가 있었다. 어둠이 훅 사라지며 하늘은 푸르름을 되찾았다. 사샤는 둥실둥실 내 쪽으로 날아왔다.

"흠. 그 눈은 파괴신의 신안인가?"

"맞아, 《종멸의 신안》이야. 사지엘도나베를 통해 데르조게이드에서 힘을 빌렸어."

어둠의 일륜으로 변했던 그 신안이 그림자 태양으로 돌아갔다.

"지금은 원래 힘의 절반 정도밖에 못 쓰고, 유지할 수 있는 것도 몇 초 수준이지만."

사샤가 눈앞을 부드럽게 노려보자 그곳에 그림자의 검이 떠올랐다. 그녀의 눈동자에서 그림자 태양이 사라지고, 그 대신에 이멸검 베누즈도노아가 눈앞에 나타났다. 《종멸의 신안》은 평소의 《파멸의 마안》으로 돌아갔다.

"기억이 떠올랐나?"

"으음— 이번에도 약간만."

"제법 아베르니유다운 말투로 얘기하던데."

사샤는 으음 하고 고개를 갸웃거리며 이마에 손을 짚었다. 여느 때의 그녀다운 모습이었다.

"왜일까? 왠지 모르게 그런 기분이 들었어. 신의 군세가 보인 행동이 파괴신을 닮아서 과거의 내가 느낀 바가 있었던 걸까?"

그녀는 곰곰이 생각하는 모습이었다.

"그래도 이 마안에 대해서는 기억났어."

사샤가 앉은 자세로 둥둥 떠다니며 내 마안을 바라보았다.

"어째서 내가 아노스와 같은 《파멸의 마안》을 갖고 있는지 같은 거."

"호오. 어째서지?"

사샤는 《리크스》로 내 머릿속에 영상을 보냈다. 마법선을 경유해서 그것을 신을 비롯한 부하들에게도 전송했다.

"슬픔밖에 보이지 않던 내 신안에 아노스가 작은 미소를 보여줬거든."

사샤는 빙그레 웃으며 놀림조로 말했다.

"내 마왕님이 말이야."

그녀가 떠올린 기억이 《리크스》를 통해 전달되었다.

2천 년 전의 영상이 내 머릿속에 되살아났다——.

§17. 【마왕의 신안과 파괴신의 마안】

2천 년 전. 《파멸의 태양》 사지엘도나베 중심부.

금발 소녀가 무릎을 끌어안고 웅크린 채 어둠 속을 둥둥 부유하고 있었다. 위아래가 불분명한 그 공간에서, 마치 바람에 떠밀리듯 머리와 발의 위치가 몇 번씩 빙글빙글 뒤바뀌었다. 그녀는 이따금 눈을 뜨고 암흑에 시선을 던졌다가 하아, 하고 작게 한숨을 쉬었다. 몹시 지루해보였다.

"……왜 이렇게 안 오는 거야…… 정말……. 설마 잊은 건 아니겠지……?"

작게 투덜거린 그녀는 다시 무릎에 얼굴을 묻었다.

"……빨리 안 오면 멸해버릴 거야……. 후회해도 몰라……."

바로 그때, 짙은 어둠이 일렁이는 중심에 한 줄기 빛이 내리쬐었다. 힘차게 고개를 든 소녀——파괴신 아베르니유의 표정이 눈에 띄게 밝아졌다. 그리고 어둠 속에 검은 대지가 형성되기 시작했다.

쏟아지는 빛 속에서 칠흑의 의복을 두른 남자가 모습을 드러냈다. 포학의 마왕, 아노스 볼디고드. 어둠 속에 착지한 그는 곧장 아베르니유 곁으로 다가갔다.

무심코 기쁜 표정으로 뛰어가려던 파괴신은 갑자기 고개를 저으며 멈춰 서더니 시큰둥하게 돌아섰다. 그녀는 쌀쌀한 표정을 짓고 따분한 척을 하며, 아노스가 곁에 다가오기를 애타게 기다렸다. 이윽고 그가 도착하자——.

"흐음— 몇 번씩 《파멸의 태양》 안에 들어오다니, 마왕님은 취향도 참 별나구나."

그녀는 아노스를 등진 채 관심 없다는 태도로 말했다.

"허세나 별난 취향으로 만나러 오는 게 아니다."

아노스의 대답에 아베르니유는 고개를 숙이고 몰래 기뻐했다.

"너를 내버려둘 수는 없으니까 말이지."

"그래? 딱히 만나러 와달라고 부탁한 적 없는데."

파괴신은 냉담한 말투로 말했다. 아노스는 소녀의 심연을 들여다보려는 것처럼 마안을 빛냈다.

"흠. 파괴의 질서를 제법 제어할 수 있게 되었군. 사지엘도나베도 흑양을 발하지 않고 그림자 상태를 유지하고 있다. 이제 내 도움은 필요 없겠어."

"누군가가 억지로 입술을 빼앗은 덕분인가 보네."

"미안하다. 《가가 교니요르》를 발동하려면 내게 주의를 집중하게 해야 했다."

아베르니유는 입술을 삐죽하게 내밀고 퉁명스럽게 대답했다.

"딱히 사과할 건 없어. 키스 같은 건, 신에게는 개에게 물린 거나 마찬가지이니까."

"그렇다면 다행이군."

정말로 대수롭지 않게 여겼다면 《가가 교니요르》가 발동하지 않았을 테지만, 아노스는 그 사실을 입밖으로 내지 않았다.

"그러고 보니 전에 마왕님이 얘기한 편지를 썼어."

아베르니유가 마법진을 그리자 손바닥에 편지 한 통이 나타났다. 아노스는 그것을 건네받았다.

"좋은 선물이 되겠군."

"그런데 밀리티아는 어떤 신이야?"

흥미진진한 표정으로 물어보는 아베르니유를 보며 아노스는 살짝 미소 지었다.

"글쎄, 어떤 신일까?"

"모르는 거야?"

그녀는 약간 놀란 것 같았다.

"알고 싶다고 생각한다."

"흐음— 그래? 그럼 나랑 똑같네."

아베르니유의 표정이 부드럽게 풀렸다.

"밀리티아를 만나보고 싶어."

그렇게 말하며 그녀는 빙글 돌아섰다.

"이상해. 이렇게 가까이 있는데 질서라는 이유로 만날 수도 없다니. 그렇다면 우리는 왜 자매인 걸까?"

아베르니유는 어둠 속을 천천히 걸었다.

"뭐, 마왕님한테 푸념해도 소용없지만."

"아베르니유. 오늘은 할 말이 있어서 왔다."

아노스의 말에 그녀는 걸음을 멈췄다. 그를 등진 채로 파괴신 소녀는 고개만 돌렸다.

"뭔데?"

"너를 원한다."

그녀의 뺨이 발갛게 물들고 눈동자가 동그랗게 커졌다.

"……뭐?"

마왕은 진지한 표정으로 그녀에게 당당히 말했다.

"네 몸을, 그 근원을, 질서를, 파괴신 아베르니유를 나에게 넘겨라."

살짝 상기된 표정으로 파괴신은 아노스를 향해 몸을 돌렸다.

"대신에 네 소원을 이루어주마."

아베르니유는 그를 바라보며 곰곰이 생각한 후 입을 열었다.

"……《파멸의 태양》만으로는 부족한 거구나."

그녀는 가만히 자신의 가슴에 손가락을 댔다.

"마왕님은 이 파괴신의 질서를 빼앗고 싶은 거지? 세상이 바뀔 정도로 완전히."

아노스가 고개를 끄덕였다.

"너는 질서를 다룰 수 있게 되었다. 하지만 신족인 까닭인지, 이 세상에 파괴가 존재한다는 질서의 근간까지는 건드릴 수 없지. 네가 바라든 바라지 않든 세상에는 변함없이 파멸이 존재하며 그 신안은 절망을 비출 것이다."

아베르니유는 《파멸의 태양》이 발하는 흑양을 제어할 수 있게 되었다. 그럼에도 그 신안이 지상을 바라보면 시야에 들어오는 것들은 평등하게 파멸한다. 무엇보다도 사람이 쉽게 죽는다는 이 세상의 질서는 아무것도 바뀌지 않았다. 사지엘도나베 대신에 다른 것이 마족과 정령, 인간을 파멸시킬 뿐이다.

"하지만 신이 아닌 내가 지금의 너를 얻는다면, 그 질서의 근간을 빼앗을 수 있다. 《파멸의 태양》과 파괴신을 타락시킨다면,

세상 곳곳에서 일어나는 파멸을 최소한으로 막을 수 있지. 부당한 죽음이 사라질 것이며, 그 후에 반드시 평화가 찾아올 거다."

"평화를 위해서 나를 원하는 거야?"

"목구멍에서 손이 나올 정도로 말이지."

흐음 하고 그녀는 시큰둥하게 반응하며 마왕을 응시했다.

"준비는 거의 다 끝났다. 남은 것은 네 대답뿐이야."

"싫다고 하면?"

"허락하지 않겠다."

후후, 하고 아베르니유가 웃었다.

"어쩔 수 없는 마왕님이네."

"공교롭게도 욕심이 많아서 말이다."

그녀는 고민하듯 입술에 손끝을 대고 톡톡 가볍게 두드렸다.

"알았어. 그런데 그냥 주긴 아까우니까 대결하자. 마왕님이 이기면 내가 가진 것 중에 하나를 줄게. 어때?"

"상관없다."

아베르니유가 눈을 가늘게 떴다.

"어떤 대결이지?"

"글쎄. 내가 원하는 걸 마왕님이 가져오면, 마왕님이 이긴 걸로 해줄게."

"호오. 무엇을 원하나?"

아베르니유가 아노스의 오른쪽 눈을 가리켰다.

"마안을 갖고 싶어. 당신의 아름다운 마안을."

심술궂은 말투로 파괴신이 말했다.

"어때?"

"주겠다."

아베르니유의 눈이 휘둥그래졌다.

"괜찮겠어?"

"원한다고 하지 않았나?"

"그렇긴 하지만……."

가벼운 장난이었다. 파괴신이 가진 《종멸의 신안》조차 봉쇄하는 마왕의 마안은, 그가 결코 내어줄 수 없는 힘일 것이라고 아베르니유는 생각했다. 그렇기에 요구했다. 그녀는 마왕이 난처해하는 모습을 보고 싶었던 것이다.

"나는 두말을 하지 않는다."

아베르니유를 마법으로 띄운 아노스는 그녀의 목 뒤에 손을 댄 다음 침침한 보라색으로 물든 마안을 드러냈다. 눈동자의 심연에는 어둠의 십자가가 그려져 있었다.

"이것을 주면 내 승리라고 했지. 네 오른쪽 눈을 받아가마."

파괴신의 두 눈에 《종멸의 신안》이 떠올랐다. 그 눈동자는 어둠의 일륜을 형상화한 것처럼 검은 광채를 발했다.

"……있잖아, 마왕님의 마안은 뭐라고 불러?"

문득 생각났다는 듯 아베르니유가 물었다.

"이름을 들어서 어떻게 하려고?"

"그냥 궁금해서 그래."

"《혼멸(混滅)의 마안》이라고 이름 지었다."

"흐음, 뜻이 뭔데?"

"혼돈스러운 멸망이다. 이 마안이 지닌 힘의 본질은 멸망이다만 어째서인지 혼돈스러워서 말이지. 아무리 들여다봐도 나조차 바닥을 볼 수 없다. 확인하려 해도 눈을 뜨면 세상이 버티지를 못하지."

멸망하지 않는 것조차 멸망시키는 힘. 그것조차 《혼멸의 마안》에서 흘러나온 여파에 불과하다. 진정한 힘을 확인하려고 해도, 마안을 뜨는 순간 세상이 무너지며 혼돈에 빠지기 시작한다. 완전히 개안하면 대체 무슨 일이 일어날까. 포학의 마왕이라 불리는 그조차 확인할 마음이 들지 않았다.

때문에 그 힘을 극한까지 억눌러서 방출했다. 그렇게 함으로써 《혼멸의 마안》은 질서를 멸하는 힘을 발휘했다.

"무시무시한 마안이구나."

"자신이 없다면 그만두겠나?"

"설마. 모처럼 마왕님이 주는 건데 받아야지."

천천히 얼굴을 가까이 하며 파괴신과 마왕은 서로 오른쪽 눈을 살며시 포갰다. 침침한 보라색 빛과 어둠의 광채가 뒤섞이며 마력 입자가 솟아올랐다.

"있잖아, 마왕님."

온화한 목소리로 아베르니유가 말했다.

"당신이 처음으로 나를 바라봐주었을 때부터 여기에서 여러 감정이 넘쳐나는 기분이 들어."

그녀는 가녀린 손가락 끝을 왼쪽 가슴에 댔다.

"여러 감정을, 몰랐던 기분을 알게 된 것 같아. 이 신안에는 늘

절망만 보였기 때문에 세상은 슬프고 항상 눈물로 가득하다고 생각했어."

뒤섞인 빛이 서로의 몸에 흡수되었다. 둘은 천천히 몸을 떼었다. 아노스의 오른쪽 눈에는 검은 신안이, 아베르니유의 오른쪽 눈에는 보라색으로 물든 마안이 있었다.

"하지만 사실은 아니었던 걸까? 당신의 마안에는 다른 게 보이는 거야? 나는 잘 모르겠어. 그렇지만 내 소원을 이뤄주겠다고 했지?"

"크하하, 대결에서 졌는데 소원까지 이뤄달라고 하다니."

아베르니유가 어리둥절한 표정을 지으며 순진한 목소리로 물었다.

"그게 이상해?"

"아니, 솔직해서 좋군."

아베르니유는 여러 차례 눈을 깜빡이며 마안을 조절했다. 마력이 오른쪽 눈에서 왼쪽 눈으로 이동하면서 그녀의 양쪽 눈이 침침한 보라색으로 물들었다. 하지만 눈동자의 심연에 어둠의 십자가가 떠오르지는 않았다.

"어라……? 마왕님이랑 같은 마안이, 되지 않네……."

"둘로 나눠서 그런 거다. 일시적이라면 본래의 힘도 낼 수 있을지 모르겠다만, 너에게서 받은 《종멸의 신안》도 거의 질서를 잃었군."

오른쪽 눈에 있던 신안의 마력이 왼쪽 눈으로 이동하여 《종멸의 신안》의 상징인 어둠의 일륜이 사라졌다.

대신에 아노스의 두 눈에는 마법진이 그려져 있었다. 그는 손에 《그레스데(魔炎)》를 피우고 그것을 노려봐서 지워버렸다.

"흠. 멸하는 힘은 약해졌지만, 반마법으로는 대단히 뛰어나군. 제어하기 쉽고 편리해 보여."

"《혼멸의 마안》에 비하면 말이지?"

아노스가 긍정하듯 웃었다.

"《파멸의 마안》이라고 부르도록 할까."

"이쪽은?"

아베르니유가 침침한 보라색으로 물든 자신의 마안을 가리켰다.

"《멸자(滅紫)의 마안》이면 되겠지."

"이름 그대로네."

눈을 연신 깜빡이며 파괴신은 마안을 바꿨다. 보라색으로 물들었던 눈동자가 원래 색으로 돌아가고, 이번에는 거기에 마법진이 그려졌다. 《파멸의 마안》이었다. 후훗 하고 웃음소리가 새어 나왔다.

"똑같네."

아베르니유가 기쁜 듯 미소 지었다.

"아, 맞다. 아까 하던 이야기 말인데…… 내 소원이 뭐냐면——."

문득 생각난 듯 그녀가 말했다.

"——지상을 걸으면서 마왕님의 마안으로 이번에는 슬픔 말고 다른 걸 보고 싶어."

활짝 꽃처럼 화사하게 웃으며 그녀는 희망을 바라보았다.

"이 세상이 웃는 모습을."

§18. 【상사(相似) 정령】

네피우스 고원에 있던 신의 문이 사라진 것을 확인한 후, 우리는 다시 레그리아 저택을 방문했다.

"……음…… 역시 이 이상은 기억나지 않아……."

머리를 손으로 누르면서 사샤가 말했다. 술도 어느 정도 깬 듯했다.

"또 술의 힘을 빌려야 할까?"

"후후후. 사샤, 그거 완전히 주정뱅이가 할 법한 말이야."

엘레오노르가 놀리듯 말했다.

"그럼 어떡해? 술 마시는 것 말고 뾰족한 방법이 없잖아."

"그건 그렇고, 아노스의 《파멸의 마안》이 사샤한테 넘겨받은 거였다니 깜짝 놀랐어."

태평한 표정으로 말하며 엘레오노르가 검지를 세웠다.

"영락없이 아노스에게서 유전된 줄 알았는데."

"뭐, 사샤가 지금 가지고 있는 《파멸의 마안》은 거의 나에게서 유전된 것으로 봐도 무방하다."

내가 그렇게 말하자, 엘레오노르의 표정이 어리둥절하게 변했다.

"어? 파괴신 아베르니유가 《종멸의 신안》의 반을 아노스에게 줘서 힘이 약해진 게 《파멸의 마안》인 거 아냐?"

"과거를 본 바로는 내가 가진 《파멸의 마안》은 파괴신의 오른쪽 눈이다. 하지만 왼쪽 눈은 사샤가 가지고 있는 게 아니라 데르조게이드로 변해버렸지. 《혼멸의 마안》의 오른쪽 눈과 함께 말이다."

"아~ 그렇구나. 지금 사샤는 기억하지 못할 뿐만 아니라 파괴신의 질서도 갖고 있지 않은 거지?"

"……그런 것 같아. 아까처럼 이멸검을 통하면 데르조게이드에서 일시적으로 원래 힘을 빌릴 수 있긴 하지만……?"

그것도 원래 힘과는 거리가 멀다. 진가를 발휘하려면 파괴의 질서를 이 세상에 되살려야 한다. 다시 말해 데르조게이드의 봉인을 풀고 파괴신을 원래 모습으로 되돌려야 한다는 뜻이다. 하지만 그런 짓을 하면 또다시 세상에 죽음과 파멸이 만연하게 되리라.

"신의 군세는."

미샤가 조심스럽게 손을 들었다.

"멸망하지 않았어?"

"……아마도 그럴 거야. 아노스가 억지로 문을 연 거였으니까, 그게 총 전력이 아니었을지도 몰라."

레이가 그렇게 답했다.

"아니면 파수신처럼 끝없이 솟아나는 건지도 모르겠습니다."

신이 조용히 덧붙였다. 군신 펠페드로는 군세를 이끌고 있었다. 다른 질서를 관장하는 신과는 성질이 조금 다르다. 파수신에 가까운 특성을 지녔다는 가설도 마냥 틀리지는 않을 것이다.

"세상이 전화에 휩싸일 거라고 했었죠……."

마족 모습으로 돌아온 미사가 불안한 표정을 지었다.

"이번에는 아노스 님이 직접 움직이신 덕분에 쉽게 쓰러뜨렸지만, 만약 도시나 마을이 그 군세에 공격당한다면……."

"피해가 걷잡을 수 없이 커질 거야!"

엘레오노르가 큰 소리로 동의하고, 사샤가 이어서 말했다.

"그 녀석들, 《라비아 기그 가벨리즈드》에도 전멸하지 않았잖아……."

마법 포격을 돌로 바꾸는 술식이나, 소수보다 무조건 다수가 우세하다는 질서를 가지고 있다. 다른 이들이 놈들을 물리치려면, 싸우는 자의 수를 늘려서 다수에는 다수로 대항하는 수밖에 없다. 그만큼 사망자가 늘어나고, 전화도 확대될 것이다.

"디르헤이드의 모든 마황에게 신의 문을 찾게 하겠다. 아제시온, 아가하, 지오르달, 가데이시오라에도 알려야겠군."

신족이 지상 침공을 계획하고 있다면, 신의 문은 그것 하나만이 아닐 터다. 그 군세는 선견대일 뿐이고 본대는 따로 있을 가능성도 있다. 특히 마안이 닿지 않는 용역(龍域)이나, 뇌운화산처럼 마력장이 어지러워 천연 결계나 다름없는 지역 등은 경계 구역으로 지정하는 게 좋을 것이다. 그런 내용을 칠마황로에게 《리크스》로 보냈다.

"아하르트헤른도 경계하는 게 좋겠군."

레노에게 말하자 그녀는 고개를 끄덕였다.

"모두에게 조심하라고 말해둘게. 그런 걸 찾는 게 특기인 아이들도 있으니까, 괜찮을 거야."

"신의 문을 발견하는 대로 억지로 열어서 군세를 쓸어버리겠다. 하지만 신의 가설처럼 녀석들이 무한히 솟아나온다면, 그것과는 별도로 대책을 강구해야 하겠지."

"대책이라니, 뭘 어떻게 하게?"

사샤가 묻는다.

"예를 들면, 신계에 뛰어들어서 질서의 군세를 낳는 마력원을 찾은 다음 그것을 끊는 수가 있겠지."

"와우…… 대책이라기보다는 그냥 실력 행사잖아……."

어이없다는 투로 엘레오노르가 중얼거렸다.

"뭐, 당장은 신의 문을 찾을 거다."

"그럼 우리가 직접 찾는 거야?"

"아니, 다른 자들에게 맡길 거다. 우리는 사샤의 기억을 찾아보자고."

질서의 군세는 파괴신의 대역이라고도 할 수 있다. 2천 년 전의 아베르니유에 대해 알아내는 것이 곧 놈들의 정보로 이어질지도 모른다. 파멸해야 할 것이 파멸하지 않았고, 따라서 군신은 세상을 전쟁의 불길로 쓸어버리려고 했다. 그 부분을 어떻게든 해결하면 신은 더 이상 지상을 침공하지 않을 터다.

"아무튼 얘기를 되돌리자면, 과거에 파괴신 아베르니유였을 때의 추억이 사샤에게 기억을 떠올리게 하는 것 같아서 말이다. 무언가 도움이 될 만한 정령이 있나 싶어서 찾아온 건데, 레노, 그런 게 있나?"

"기억과 추억이라……. 잠깐 생각 좀 해볼게……."

레노는 다양한 정령의 이름을 중얼거리며 곰곰이 생각했다.

"아…… 있는 것 같기도 한데……? 그런데 실제로는 어떨지 모르겠어……."

"상관없다. 어떤 정령이지?"

"상사 정령 펜탄이라고 해. 펜탄은 좀 특이해서, 누가 봐도 예전에 만난 적이 있다고 생각하거든."

별 특이한 정령도 다 있군.

"어디에든 있고 누구든 만날 수 있는 정령이니까, 나랑 같이 있으면 바로 만날 수 있어. 따라와."

레노 뒤를 따라 우리는 레그리아 저택 밖으로 나왔다. 그대로 나무가 무성한 산책로를 따라 걸었다.

"펜탄의 소문과 전승은 역시 조금 특이해."

걷는 동안 레노가 설명했다.

"함께 있으면, 분명 처음인데 낯설지 않은 경험을 하게 된다고 해. 그런 현상을 표현하는 말이 있었는데, 뭐였더라……?"

"데자뷔?"

미샤가 대답했다.

"그래, 그거. 데자뷔. 데자뷔는 처음인데도 본 적이 있거나 체험한 적이 있는 것 같은 기분이 드는 거잖아. 왜 그런 것 같아?"

미샤는 눈을 깜빡이며 고개를 갸웃했다.

"왜일까?"

"그냥 착각하는 거겠지."

내가 말하자 레노는 고개를 끄덕였다.

"응, 그래. 아노스 말이 맞아. 아마 그냥 착각일 거야. 그런데 말야, 데자뷔에는 이런 소문이 있어. 자신이 기억하지 못하는 전생에 했던 경험을 했을 때 느낀다는 거야."

과연 그렇군.

"물론 그건 데자뷔 얘기고 펜탄의 소문과 전승이 아니니까 거리가 좀 있고, 확실하지도 않아. 하지만 소문은 정령에게 힘을 주니까. 어쩌면 펜탄과 함께 있을 때 느끼는 데자뷔 중 어떤 것은 진짜로 전생에 경험했던 일일지도 몰라."

"시도해볼 가치는 있을 것 같군."

"그렇지?"

레노가 풀과 꽃이 우거진 곳을 가리켰다.

"봐, 저 아이가 펜탄이야."

거기에는 장화가 놓여 있었다. 오른쪽 한 짝만 덩그러니 있고 왼쪽은 보이지 않았다.

"음— 저게 정령인가?"

"……장화로…… 보여요……!"

엘레오노르와 제시아가 흥미로운 표정으로 장화에 다가갔다. 그때 장화에서 새끼 호랑이가 얼굴을 빼꼼 내밀었다.

"호랑이……예요……!"

제시아가 활짝 웃으며 말했다.

"흠. 신기하군. 확실히 어디선가 만난 듯한 기분이 든다."

온몸으로 장화를 신은 아기 호랑이 펜탄이 앞발을 벌리며 허공을 긁는다. 의문의 동작이지만, 그것조차도 묘하게 본 적이 있는 것만 같았다.

"사샤."

그녀는 고개를 끄덕였다. 엘레오노르와 제시아가 한 발짝 물러나고 사샤가 펜탄에게 다가갔다. 그러자 장화가 폴짝폴짝 뛰기 시작하더니 순식간에 사샤에게서 멀어졌다.

"어? 자, 잠깐만, 왜 도망가는 거야?"

사샤는 당황하며 쫓아갔다.

"아마 데자뷔를 느끼는 곳으로 데려다줄 거야."

"그럼 우리끼리 다방면으로 시도해보겠다. 신, 너는 레노와 함께 아하르트헤른으로 가라. 정령계에도 신의 문이 있을 수도 있으니까."

내 앞에서 무릎을 꿇고 머리를 숙이며 신이 말했다.

"주군의 관대한 마음에 감사를."

"뭔가 궁금한 게 있으면《리크스》보내."

손을 흔드는 레노, 그리고 신과 헤어진 우리는 사샤 뒤를 쫓았다. 너무 가까이 붙으면 나와 미샤 등의 데자뷔에 영향을 받을 수도 있으니 거리를 두고 지켜보면서 따라갔다. 이윽고 펜탄은 마왕학원에 도착했다. 장화 신은 호랑이는 성 안으로 계속해서 나아갔다. 그러다가 제2 교련장 앞에서 멈췄기 때문에 사샤는 문을 열어주었다.

"꺄……."

안에서 목소리가 울린다. 엘레오노르가 문에서 실내를 들여다봤다.

"어? 잔류 아가씨잖아?"

교련장에는 나야가 있었다. 갑자기 사샤와 펜탄이 들어와서 놀란 것 같았다.

그녀의 품에 안겨 있는 토모구이가 큐르르르, 하고 소리를 내며 장화 신은 호랑이를 유심히 보았다. 먹어도 되는지, 안 되는지 망설이는 것처럼 보인다.

"쉬는 날인데 여기서 뭐 해?"

사샤가 묻는다.

"치사왕 선생님이 시간이 날 때는 공부를 가르쳐주신다고 했거든요. 아, 하지만 약속한 건 아니고요……. 바쁠 때는 못 오시니까, 오늘은 안 오실지도 모르겠어요……."

나야는 그렇게 말하며 당황한 기색으로 칠판에 빽빽하게 적힌 글자를 지웠다.

"흐음—."

그러자 펜탄의 움직임이 딱 멈췄다. 나야는 어째선지 도망치듯이 제2 교련장을 떠났다.

"실례했습니다. 앗, 아노스 님?!"

교련장에서 나온 순간, 나야는 내 얼굴을 보고 깜짝 놀란 듯 소리를 질렀다.

"실, 실례했습니다!"

머리를 꾸벅 숙이고 그녀는 그대로 달려가버렸다.

"어라? 엘드메드 선생님을 기다리던 게 아니었나……?"

의아해하며 자문하는 사샤. 펜탄 쪽을 보니 그 정령은 여전히 꼼짝도 하지 않았다. 목적이 사라지기라도 한 듯했다.

"흠. 저 칠판에 적혀 있던 내용에 뭔가 있을 것 같군."

나는 교실 밖에서 칠판에 《레바이드(시간조작)》 마법진을 그려서 칠판의 시간을 되돌렸다.

"음— 저건 어제 수업 내용인데?"

칠판을 바라보며 엘레오노르가 말했다.

"아……."

사샤가 소리를 냈다. 칠판에는 수업에서 가르친 마법 문자와는 별도로 엘드메드와 나야의 이름이 적혀 있었는데, 그것을 뒤덮듯이 낯선 술식이 그려져 있었다.

"처음 보는데. 저건 뭐지?"

"동반 우산 마법진."

미샤가 담담하게 대답했다.

"특이하지만 조잡한 술식이로군. 보기에는 마법을 발동할 수 없을 것 같다만?"

미샤를 슬쩍 보자 그녀는 고개를 끄덕였다.

"사랑의 주술."

"호오."

"이름이 적힌 두 사람이 맺어진다고 해."

그러자 엘레오노르가 돌아서며 손가락을 세웠다.

"하지만 사이좋은 두 사람이 놀림받을 때가 더 많지."

"그럼 어제 방과 후에 친구가 몰래 그걸 그리고 놀린 건가. 그리고 지우는 걸 깜빡했다가 오늘 생각이 났나 보군."

"아하하, 그래서 허겁지겁 학원까지 온 걸까요?"

미사가 말했다.

"아~ 엄청 말 되네. 엘렌 같은 애들이 할 법한 장난이야."

"……그렇겠네요……."

뭐, 저 동반 우산 마법진의 필적은 나야 것이지만 말이다. 오늘, 이 교련장에서 그린 것이겠지. 그건 그렇고 주술이라. 훈훈한 일이다.

그때 내 어깨를 레이가 툭 두드렸다.

"펜탄이 사라진 것 같아."

그의 말처럼 역할을 완수했다는 양 장화 신은 정령의 모습이 어느새 사라져 있었다.

"이거…… 본 적이 있어……."

사샤가 작게 중얼거렸다. 나는 교련장에 들어가 물어봤다.

"그 동반 우산 말인가?"

"응. 이걸 맨 처음으로 그린 건 나야……. 장난으로…… 2천 년 전에……."

사샤는 그렇게 말하고 갑자기 뛰쳐나갔다.

"따라와."

우리는 교련장을 벗어나 전력으로 달리는 사샤 뒤를 쫓아갔다. 그녀가 멈춘 곳은 지하 던전 입구였다. 벽에 설치된 칠판에는 던전 관련 주의사항 등이 쓰여 있다. 사샤는 《파멸의 마안》으로 그 칠판을 노려보았다.

순식간에 칠판이 산산이 부서지더니 뒤에 가려져 있던 낡은 벽이 드러났다. 거기에는 마치 낙서처럼 동반 우산 마법진이 새겨져 있었다. 딱 봐도 꽤나 오래 전에 그려진 것이라는 걸 알 수 있었다.

"역시…… 이건, 내가…… 아베르니유가 그린 게 맞아……."

"칠판을 설치하기 전부터 이 벽에 새겨져 있던 동반 우산 기호가 사랑의 주술로 퍼져나갔다는 건가."

동반 우산의 문자는 닳아서 지워진 탓에 뭐라고 적혀 있었는지 확인할 수 없었다. 나는 거기에 《레바이드》 마법을 걸었다.

"자, 잠깐, 아노스! 무무무, 무슨 짓이야?!"

"내용을 확인하면 네 기억을 되찾는 단서가 될 거다."

"그, 그건 그렇긴 한데…… 하지만, 이건, 이건, 그러니까…… 나랑――!"

벽의 시간이 과거로 돌아가며 아베르니유의 이름이 새겨졌다. 그리고 다른 이름 하나는――.

"나랑…… 어라……?"

――밀리티아라고 적혀 있었다. 사샤는 진심으로 이해가 안 된다는 표정으로 동반 우산에 적혀 있는 이름 두 개를 보았다. 미샤가 눈을 깜빡이며 조용히 말했다.

"아베르니유는 밀리티아를 좋아했던 거야?"

"이럴 리가 없는데?!"

§19. 【파괴신의 낙서】

벽에 다시 《레바이드》를 걸어서 시간을 더욱 되감아 봤지만 동반 우산 마법진 외의 각인은 없었다.

"음— 아베르니유는 왜 이런 낙서를 했을까?"

엘레오노르는 의문스러운 표정으로 사샤에게 물었다.

"나한테 물어봐도 모르지……. 기억이 안 나는걸……."

"사샤베르가…… 나설…… 차례예요……!"

제시아가 의기양양하게 말했다.

"……그게 뭐야?"

"이것 말이다."

마법진에서 포도주를 꺼내고 《아이리스》로 만든 유리잔을 마력으로 공중에 띄운 후 술을 따라 주었다.

"결국 또 술의 힘을 빌리는구나……."

사샤는 잔을 들고는 포도주를 단숨에 마셨다. 그리고 다음 순간——.

"——적이야!"

휙 돌아선 사샤는 허공에 《파멸의 마안》을 발산했다.

"커엉, 끼이이이이이이이잉!"

때마침 그 자리를 지나가던 젤 형태 몸을 가진 개가 반마법을 펼치면서도 낑낑 비명을 지르며 바닥을 굴렀다.

"끈질긴 녀석이네."

확실하게 끝장내기 위해 사샤는 눈동자에 마력을 담았다.

"되었다, 사샤. 그건 적이라고 할 수도 없어."

"우으…… 하지만 이 녀석, 아노스한테 시비를 걸었는데?"

혀가 꼬인 말투로 사샤가 말했다.

"잘 봐라. 이미 그냥 개일 뿐이다."

내 말대로 사샤는 젤 형태의 개를 빤히 응시했다.

"낑, 끼이잉, 끼이잉."

그 개는 애교를 부리는 것 같은 소리를 내며 사샤에게 달라붙었고――.

"징그러워!"

"커엉, 커엉, 끼이이이이이이이이이잉……!!"

《파멸의 마안》을 정통으로 맞은 젤 형태 개는 바닥을 나뒹굴며 버둥거렸다. 바탕이 바탕이다 보니 제법 튼튼하군.

"어― 저건 비비왕(緋碑王) 기리실로스인가?"

"……그러네요. 여기 있다는 건……?"

엘레오노르와 미사가 얼굴을 마주보자 "캬캬캬캬!" 하고 유쾌한 웃음소리가 들려왔다. 탁, 탁, 지팡이 짚는 소리가 울리며 실크햇을 쓴 교사가 모습을 드러냈다.

"산책이다, 산책, 개 산책이 아닌가! 저번 싸움에서 참으로 진귀한 개를 손에 넣어서 말이지. 목줄이 얼마나 유효한지 교내에서 검증하고 있었다."

치사왕 엘드메드는 무척 기분이 좋아 보였다. 마안으로 보니 그가 들고 있는 지팡이에서 마력의 목줄이 뻗어나와 젤 형태 개, 기리실로스와 연결되어 있었다.

"역시 개를 기른다면 완전히 예속시키는 것보다는 훈련시키는 게 재미있다고 생각하지 않는가?"

쿵, 하고 지팡이를 찍자 젤 형태 개, 기리실로스가 제자리에 앉았다. 말 그대로 제법 훈련이 잘 된 것 같군.

"……와우…… 갑자기 쉽지 않은 걸 물어보시네……!"

"……아하하…… 엘드메드 선생님이니까요……."

엘레오노르와 미사는 그렇게 못 본 척하기로 결심했는데, 제시아가 거침없이 손을 들었다.

엘드메드가 그녀를 지팡이로 척 가리켰다.

"들어보도록 할까."

"제시아는…… 고양이가 좋아요……!"

옆에서 미샤가 동의하듯 고개를 끄덕였다. 캬캬캬 하고 웃으며 엘드메드가 지팡이를 슬쩍 당기자, 기리실로스 개는 마력의 실에 끌려가듯 순종적으로 그에게 달려왔다.

"못 만들 것도 없지, 고양이로."

엘드메드가 히죽 웃으며 지팡이로 기리실로스 개를 가리켰다.

"……싫어……요……!"

제시아는 힘껏 거부했다.

"확실히, 확실히 이놈은 고양이라기에는 귀엽지가 않구나."

그렇게 말하며 엘드메드는 내 쪽으로 걸어왔다.

"아, 마침 잘 됐군. 질서의 군세와 신의 문이었던가. 또다시 재미있는 일이 일어났지 않은가. 아니, 아니, 역시 마왕이라 해야 할까. 쉴 틈도 없이 끊임없이 유쾌한 것들을 끌어오는군."

녀석은 내 앞에 멈춰 서며 쿵 하고 지팡이를 짚었다.

"일단, 네 귀에 넣어두는 게 좋을 듯한 일이 있는데, 들을 텐가? 바쁘다면 내가 처리해 두겠다만?"

"말해라."

유쾌하게 입술을 비틀어 올리며 치사왕은 설명을 시작했다.

"메르헤이스가 디르헤이드 각지의 마황에게 신의 문 건을 전파했다. 또한 지하 세계의 3대국에 알렸더니 지오르달 교단, 아가하 용기사단이 즉시 조사에 나서겠다고 하는군. 가데이시오라에는 우연히 마왕의 여동생이 있었나 보던데, 패군(覇軍)의 금병(禁兵)들과 함께 신의 문을 찾으러 나라를 출발했다고 한다."

전부 우수한 자들이고 마안의 힘도 더할 나위 없다. 어디선가 신의 문이 구축되고 있다면 곧 찾아낼 것이다.

"그렇다면 문제는 물론 옛 숙적, 아제시온이다. 그 나라는 마도왕(魔導王) 문제도 포함해서 좀 소란스러운 것 같더군. 있는지 없는지도 확실하지 않은 신의 문 찾기에 귀중한 인재를 할당하기는 어렵다, 라는 식으로 대답했다는 모양이다. 중대 규모의 병력을 조사에 보낼 수는 있는 것 같지만. 그런데 문제는 말이야――."

트러블을 즐기는 것처럼 엘드메드는 킥킥 웃었다.

"안타깝게도 마안이 좋다고는 할 수 없다, 이건가?"

지팡이로 나를 가리키며 치사왕은 크게 고개를 주억거렸다.

"바로 그거야."

네피우스 고원에 생겼던 5킬로미터 남짓한 신의 문조차 보통 사람은 정체를 파악할 수 없다.

마안이 나쁜 자를 아무리 동원한다고 해도 성과를 거두지 못할 것이다.

"에밀리아는 뭘 하고 있지?"

"캬캬캬, 곤란하게도 그 여자도 용의회(勇義會)에서 중요한 심의를 진행하는 중이라 정신없는 것 같아서 말이지. 전쟁이나 재해 상황에서 각국의 군대, 용사학원의 역할이나 지휘 계통에 대해 논의하고 있다. 그것을 뒷전으로 미뤄도 상관없다면 당장 움직이겠다고 한 것 같다만."

눈에 보이는 위협이 아닌 한 움직이지 않는다, 라는 건가. 그 중에는 제대로 된 생각을 가진 자도 있겠지만, 용의회의 판단은 다수결로 결정된다. 국가 운영에 관련된 중요한 심의를 지연시키면서까지 신의 문을 찾을 필요는 없다고 판단한 자가 더 많았다는 얘기다.

에밀리아가 빠지면 남은 자들이 전쟁이나 재해 시의 대응 방법을 결정한다. 그리고 그 대부분은 신의 문을 찾는 노력을 할애할 필요가 없다고 판단한 자들이다.

"불쾌한 농담 같지 않은가."

내 속을 꿰뚫어 본 듯 엘드메드는 그렇게 말했다. 외적에 대해 생각할 여유가 없을 만큼 소란스러운 건가. 기존 국가 체제를 바꾸는 일이니 조직이 어느 정도 자리를 잡을 때까지는 어쩔 수 없겠지.

"내가 가볼게."

레이가 말했다. 그게 가장 타당하다. 용사 카논이 직접 찾아가면 힘을 빌려주는 자도 있을 것이다.

"미사와 함께 가라. 이쪽은 기억만 탐색하면 되니까."

레이가 고개를 끄덕였다.

"그럼 다녀올게요. 진체라면 아제시온 전체를 샅샅이 뒤지더라도 시간이 많이 걸리진 않을 거예요."

"일일이 우리가 움직이는 것엔 한계가 있으니, 유망해 보이는 자들에게 찾는 방법을 가르쳐 둬."

"그렇게 할게."

레이는 웃으며 대답하고 미사와 손을 잡은 후 전이했다.

"그럼 사샤. 그 낙서를 보고 무언가 떠오른 게 없나?"

"……으음……."

사샤는 동반 우산 마법진이 새겨진 벽을 빤히 보았다. 그리고 다시 으음, 하고 신음하며 고개를 기울였다.

"……많이, 그렸던 것 같아……. 많이…… 성이 된다면, 하고 생각하면서……. 그래서……."

중얼거리는 동안 무언가 퍼뜩 깨달은 것처럼 사샤는 벽을 가리켰다.

"저기, 이건 지도가 아닐까?"

사샤가 가리킨 부분에는 아무것도 그려져 있지 않았다. 마안으로 투시했지만 증축된 부분이 따로 있는 것 같지도 않다.

"아무것도 안 그려져 있는데?"

엘레오노르가 마안으로 벽을 보며 반문했다.

"그렇지 않아. 거기를 잘 보라니까."

"음— 정확히 어딘데?"

엘레오노르가 벽에 얼굴을 가까이 가져갔다. 그때, 콰콰콰콰콰콰 하고 엄청난 기세로 벽이 깎이기 시작했다. 사샤의 눈동자에 《파멸의 마안》이 떠올라 벽을 파내고 있었다. 그 파괴 흔적은 점차 지도를 그려나갔다.

"이제 알겠지?"

"이제 알겠지? 가 아니지! 사샤, 지금 네가 직접 그리고 있잖아! 지금! 마안을 보라고!"

"자기 마안은 볼 수 없어. 이상한 말을 하는구나."

"그럼 내가 이상한 사람 같잖아!"

엘레오노르의 타박도 아랑곳하지 않고 사샤는 꿋꿋하게 벽에 지도를 그렸다.

"……던전?"

미샤가 말했다.

"그런 것 같군."

사샤는 빙글 돌아서 이쪽을 보았다.

"아베르니유가 그린 이 지도에 대해 추리해 볼게."

사샤가 진지한 표정으로 운을 띄우자 제시아가 눈을 초롱초롱 빛내며 기대하는 모습을 보였다.

"명탐정 사샤베르……예요……!"

제시아의 칭찬이 사샤는 만족스러운 눈치다.

"2천 년 전에도 그렇게 불리던 때가 있었을지도 모르겠네."

"절대 없었을 것 같은데……?"

엘레오노르가 나직하게 비꼬았다.

"조용히 해주겠어? 지금 막 이 사건의 전모를 다 파악했거든."

그리고 사샤는 마안을 번뜩 빛내며 선언했다.

"범인은, 바로 나야!"

"무슨 말인지 모르겠어!"

"이 지도대로 마왕성의 던전을 재구축하면, 2천 년 전에 내가 장난으로 쓴 낙서를 찾을 수 있어. 난 나중에 마왕님이 발견했을 때 깜짝 놀라게 해주고 싶어서 범행을 저질렀던 거야."

사샤는 던전 입구 쪽으로 시선을 옮겼다.

"이렇게 던전을 재구축하면……."

사샤는 엄숙하게 두 팔을 벌린 뒤, 천천히 들어 올렸다. 그리고——.

"…………."

아무 일도 일어나지 않았다.

"……이렇게 던전을 재구축하면……."

사샤는 다시 말하며 재차 두 팔을 벌렸다. 하지만 던전은 꿈쩍도 하지 않았다.

"으으…… 아노스, 이 던전은 내 건데, 전혀 말을 안 들어……. 내 건데, 내 건데에……."

눈앞의 던전을 계속 노려보는 사샤. 하지만 당연히 아무 일도 일어나지 않는다.

"당연하다. 이제 내 것이니까."

내가 가볍게 바닥을 발로 찍자 쿠르르르르르르릉, 하는 요란한 소음과 함께 마왕성이 흔들리기 시작했다. 사샤가 그린 지도대로 던전을 재구축하고 있는 것이다. 약 1분이 지나자 진동이 멈췄다.

"가자. 그 낙서라는 것을 보면 또 기억나는 게 있을지도 몰라."

발을 내딛자 지지직 하고 이명이 들렸다. 근원의 밑바닥에서 불쾌한 목소리가 울려 퍼졌다.

'알게 되면――.'

노이즈와 함께 그 녀석이 말했다.

'――알게 되면, 후회하게 될 것이다.'

"흠. 또 너냐."

'너는 구할 수 없다. 여기서 되돌아가는 것만이 최선의 길이다. 모르는 것이야말로 그녀에게 주어진 유일무이한 행복이다.'

"그녀라는 건 아베르니유를 가리키는 거냐?"

'빼앗고 싶다면 나아가라. 하지만 결코 잊지 마라.'

지지직, 노이즈가 섞인 목소리로 녀석이 말했다.

'이 앞에서, 그녀는 다시 현실을 알게 될 것이다.'

직, 지직, 지지직――. 머릿속에 울리는 노이즈가 마치 나를 조롱하는 것처럼 들렸다.

'세상은 결코, 웃고 있지 않으니까.'

§20. 【치사왕의 가설】

근원 깊은 곳에서 울리던 불쾌한 목소리가 멀어져 가고, 이윽고 노이즈도 사라졌다.

"캬캬캬, 지금 목소리는 그레이엄의 작별 선물인가?"

양손으로 지팡이를 잡고 치사왕이 유쾌하게 입가를 비틀어 올렸다. 천부신의 신안으로 내 심연을 들여다보고 울려 퍼진 목소리를 들었을 것이다.

"아니, 아니, 하지만 말이야. 내가 본 바로는 그 남자의 허무의 근원은, 마왕의 근원에 의해 지금도 계속 소멸되고 있다. 허무마저도 멸해버리다니, 캬캬캬! 그야말로 마왕이 아닌가! 끝을 알 수 없는 심연, 끝을 알 수 없는 힘. 이 천부신의 신안으로도 네 모든 것을 볼 수 없구나."

탕, 하고 지팡이를 짚으며 녀석은 말했다.

"포학, 포학, 포학하지 않은가! 세상의 질서인 신 앞에서도, 너는 여전히 포학한 존재로 군림하고 있다."

캬캬캬, 하고 치사왕은 기쁘게 웃었다. 마왕이 가진 힘의 끝을 알 수 없다는 것에 대해서가 아니다. 그런 건 진즉 알고 있었을 테니까.

"그럼에도 불구하고 말이지. 네 근원에 목소리가 울린다는 건 어떻게 된 일일까?"

"글쎄. 지금 알고 있는 건 이 녀석이 신족과 관련이 있다는 것 정도다."

창조신 밀리티아, 파괴신 아베르니유, 군신 펠페드로. 녀석은 신이 관련되었을 때만 말을 걸었다.

"어쩌면 질서의 군세에 진군 명령을 내린 자일지도 모르지."

"그, 렇, 군."

위험한 냄새를 맡았는지 치사왕은 무척 기쁜 듯 입꼬리를 치켜 올렸다.

"다시 말해서, 그 목소리의 주인이 신족의 왕이라는 뜻이로구나. 캬캬캬, 아아! 정말 멋지지 아니한가!"

두 팔을 활짝 벌리고 과장된 몸짓으로 엘드메드가 말했다.

"마왕에게 철저히 질서를 유린당한 끝에, 결국 신계의 지배자마저도 모습을 드러낼 수밖에 없게 되었다는 뜻이니까!"

"아직 몰라. 애초에 신족에게는 왕이 없었을 거다. 세상을 창조한 창조신 밀리티아조차 다른 신에게 명령을 내릴 입장이 아니었다. 천부신 노우스갈리아도 질서를 낳는 질서라는, 질서의 톱니바퀴에 불과했지."

신족은 단지 이 세상의 질서를 구축하고 있을 뿐이고, 마족이나 인간처럼 지배자를 갖지 않는다. 각자 맡은 질서에 따라 행동할 뿐이다.

"확실히 노우스갈리아도 신의 왕에 대해서는 입에 올린 적이 없지."

"음— 그럼 최근에 태어난 건 아닐까? 노우스갈리아를 멸한 후라든가."

엘레오노르가 추측했다.

"가능성은 있다만, 그런 것치고 파괴신을 예전부터 아는 듯한 말투였다. 밀리티아에 대해서도 그렇고."

"왕의 질서라서 다른 신들을 아는 걸까?"

미샤가 그렇게 말했다. 태어날 때부터 다른 신의 정보를 갖고 있을지도 모른다는 건가.

과연 어떨까.

"과거에 태어나지 않았던 질서가 지금 태어났다면 세상에 어떠한 영향이 있을 거다. 신의 왕이자 질서의 지배자라면 더욱 그렇겠지. 어쩌면 천부신의 질서를 가진 엘드메드라면 그것을 감지할 수도 있을 것 같은데?"

치사왕이 어깨를 크게 으쓱했다. 천부신의 질서에는 아무런 영향도 느껴지지 않는 모양이다.

"그렇다면 천부신도 창조신도 몰랐을 뿐이라는 건 어떨까?"

엘드메드가 자신의 생각을 말했다.

"세상을 창조한 창조신과 질서를 낳는 천부신이 몰랐다고? 말은 되지만, 과연 그런 놈을 지배자라고 할 수 있을까."

"그 신족의 왕이 창조신과 천부신에게서 기억을 빼앗았다면?"

"흠. 무슨 목적으로 말이냐?"

"캬캬캬. 우문이다, 우문, 우문이 아닌가. 당연히 무시무시한 신족의 적, 포학의 마왕 아노스 볼디고드에게 정체를 들키지 않기 위해서다!"

노우스갈리아도 그렇고 펠페드로도 그렇고, 확실히 신족은 질서를 어지럽히는 나를 적시하고 있다.

"그동안 정체를 숨기고 있었다면, 왜 이제 와서 내게 접촉한 거지?"

"요컨대 정체를 드러낼 수밖에 없는 상황이 되었다는 게 아니겠나?"

"나를 직접 처리할 작정이라는 거냐?"

엘드메드가 히죽 웃었다.

"이 치사왕이 보기에는 그레이엄이 그 신족의 왕을 알고 있었을 지도 모른다."

무슨 말을 하려는지 대충 예상이 간다.

"알고 있었기 때문에 선정 심판을 개조해서 《전능한 광휘》 에쿠에스를 만들겠다는 말을 한 거라고?"

"그래, 그래, 바로 그렇다. 그레이엄은 신족의 왕을 네게서 숨기려 했던 것이지. 광란신(狂亂神) 아간존을 자기 편으로 만든 적도 있다. 놈이 신족을 이용해서 불온한 계획을 꾸미고 있었다 해도 이상하지 않아."

"정리하자면, 그 신족의 왕과 손을 잡고 있었다는 뜻인가."

지팡이 끝을 나에게 향하며 엘드메드가 말했다.

"바로 그거야."

치사왕은 다시 지팡이를 짚고는 바닥을 쿵쿵 짚으면서 걷기 시작했다.

"《전능한 광휘》 에쿠에스를 만들어내면 신족의 왕이 하는 일은 모두 에쿠에스의 소행처럼 보이지. 신족의 왕은 그레이엄과 에쿠에스를 방패 삼아 포학의 마왕을 궁지에 몰아넣으려 했다. 물론 그레이엄은 그레이엄대로 신족의 왕을 이용해서 출구를 찾으려고 했겠지."

"그레이엄이 내게 패하면서 그 계획이 틀어졌다는 거로군."

방패를 잃은 정도로 나를 멸하겠다는 목적이 바뀔 것 같지는 않다. 신족이라는 것들은 대체로 융통성이 없는 법이다.

"캬캬캬, 꽤나 수상한 얘기가 되어가지 않는가! 신족의 왕이, 질서의 지배자가 존재한다면, 보이는 적만 조심하면 되는 이야기도 아니야. 그놈은 신에게 명령할 권능을 가졌을 가능성이 있으니까!"

치사왕이 멈춰 서며 말했다.

"즉 배신자가 나올 가능성이 있다는 뜻이다."

지팡이에서 손을 놓고 공중에서 빙글빙글 돌리며 녀석이 이어서 말했다.

"파괴신 아베르니유, 창조신 밀리티아, 미래신 나프타, 대행자인 아르카나가 그 후보겠지. 질서인 그녀들은 자신의 의사와는 별개로 신족 편에 설 가능성이 높다. 그리고 물론——."

지팡이가 탁 멈추고 그 끝이 치사왕을 가리켰다.

"가장 유력한 후보는 천부신의 질서를 찬탈한 이 치사왕이다!"

"가설에 불과하다."

논할 가치도 없다는 듯 일축하자 녀석은 "그런가?" 하고 대답했다. 뭐, 치사왕이라면 신족의 왕이라는 놈이 존재하지 않더라도, 기회가 있으면 유쾌하게 배신해주겠지.

"네 녀석이 하는 말은 반 정도만 들어야겠군. 나와의 《젝트》를 지키면서 배신할 수단을 준비해두지 않았으리라는 보장이 없으니까."

"신족의 왕이 존재한다는 연막을 펼치고, 이 치사왕이 배신을 꾀하고 있다고? 아니, 아니, 설마, 설마. 그런 거창한 계획은 발상조차 못 해봤는데."

엘드메드는 말도 안 된다는 의심이라는 듯 너스레를 떨었다. 정말로 배신할 생각이어도 이렇게 말할 것이고, 그렇지 않아도 이렇게 말할 것이다. 믿을 수 없는 남자다.

"내 배신 같은 사소한 얘기는 넘어가고, 하지만 그렇다면 밀리티아가 네 기억을 빼앗은 것도 납득이 가지 않는가? 응?"

"밀리티아 이외의 의사가 개입했다는 것은 말이 되는 이야기다."

현재로서는 밀리티아가 내게서 아베르니유의 기억을 빼앗을 이유가 없다. 비단 신족의 왕이 아닌 다른 누군가가 창조신의 힘에 간섭한 거라면 납득할 수 있다.

내 아버지, 세리스 볼디고드의 유언을 듣고 밀리티아는 나에게서 그 기억을 빼앗으려 했다. 그 순간에 개입해서 그녀가 의도하지 않은 기억까지 빼앗아 간 거다. 그 사실을 나중에 알게 된 밀리티아가 창성에 기억의 힌트를 남겼다면 아귀가 맞아 떨어진다.

"……밀리티아랑 싸우게 되는 거야……?"

미샤가 중얼거렸다.

"치사왕의 가설이 사실이라 해도 그런 일은 없을 거다."

술에 취한 사샤의 말이 사실이라면 미샤는 창조신이 다시 태어난 모습이다. 불안해 하는 것도 당연하겠지.

"안심해라. 무슨 일이 있어도 너는 내 부하다. 네가 떠나고 싶어 하지 않는 한은 말이다."

미샤가 희미하게 미소 지으며 일말의 망설임도 없이 대답했다.

"근원이 소멸하더라도, 나는 아노스 곁에 있을 거야."

"좋은 대답이다."

나는 그렇게 말하고 그녀에게 미소를 보냈다.

"자, 그럼 출발할까. 이 앞에서 현실을 깨닫게 될 거라던데, 시답잖은 소리다. 당장 진상을 밝혀내서 웃음거리로 만들어주마."

우리는 지하 던전으로 걸음을 내디뎠다.

"아, 엘드메드. 너는 안 와도 된다. 메르헤이스와 함께 신의 문 탐색 지휘에 집중해라."

"던전에서도 할 수 있는 일이 아닌가?"

"개와 산책하는 것도 중요하지만, 명색이 마왕학원 교사라면 자습하러 온 제자들 정도는 돌봐주는 게 좋지 않겠나."

엘드메드가 캬캬캬 웃었다.

"모르겠구나, 모르겠어, 속을 전혀 모르겠다. 이 상황에서 이 치사왕에게 내리는 명령이 교육에 힘쓰라는 것이라니? 무슨 생각을 하는 거지? 지하 던전에 들어가면 빨리 돌아오지 못할 우려가 있어서 여기에 전력을 남겨두고 싶은가? 아니면 이 안쪽에 내게 보이면 곤란한 것이라도 있는 건가?"

"글쎄, 나야가 너를 기다리고 있더군."

내 대답을 들은 순간 엘드메드가 눈을 동그랗게 떴다. 그리고 자못 유쾌하게 웃었다.

"대수롭지 않은 상황이란 뜻인가! 훌륭하군, 훌륭해! 포학의 마왕이라면, 포학의 마왕이라면 응당 그래야지! 너는 언제나 내 기대에 부응하는군!"

어깨를 들썩거리며 웃던 녀석은 걸음을 멈췄다.

"아, 그런데 질서의 군세, 그것은 상당히 위험하군."

내 등을 향해 치사왕이 그렇게 말했다.

"그 목적이 마왕이 아니라 이 세상을 전화의 불길로 휩쓰는 것이라는 게 실로 걸작이야. 자신을 노리는 적이라면 단숨에 쓸어버릴 수 있지만, 세상을 노린다면 지키는 것도 고생스럽지 않겠나."

엘드메드는 뒤로 빙글 돌아서며 말을 이었다.

"가령 질서의 군세가 세계 곳곳에 진군했을 때, 네 부하 중에 배신자가 있다면 순식간에 전화가 퍼질 테지. 무수한 백성의 죽음, 부하의 죽음을 앞에 두고, 그때 마왕은 대체 어떤 힘을 보여줄 것인가? 생각만 해도 가슴이 뛰――으으으으윽……!"

엘드메드는 가슴이 너무 설렌 나머지 호흡 곤란을 일으켰다.

"캬캬캬…… 그렇게 되지 않도록 힘써야겠군. 그렇지 않나? 부적합자."

내가 뒤를 돌아보자, 녀석은 나를 등진 채 지팡이를 들어 내 얼굴을 가리켰다.

"그렇게 무서운 표정 짓지 말게. 그냥 농담이니까."

그리고 치사왕은 지하 던전 입구 쪽으로 나갔다.

"이거 참, 앞으로 무슨 일이 일어날까. 참으로 위험, 위험, 위험하구나."

§21. 【꿈과 기억에 떠오르는 성】

데르조게이드의 지하 던전. 우리는 벽에 걸린 마법 횃불로 은은하게 밝혀진 통로를 나아가고 있었다. 선두는 사샤. 그녀는 여전히 휘청이는 발걸음으로 저쪽으로 갔다가 돌아오고, 이쪽으로 왔다가 다시 돌아서며 정처없이 돌아다녔다.

"이 근처였던 것 같은데……."

혀가 꼬인 말투로 몇 번째인지 모를 말을 중얼거리며, 사샤는 마구 헤매면서 던전을 계속 나아갔다.

"아, 찾았다!"

무언가를 발견했는지 사샤는 곧장 달려간다.

"사샤."

미샤가 걱정스럽게 부른 순간, 쿠웅! 소리와 함께 그녀는 막다른 벽에 충돌했다.

"으으…… 벽 주제에 왜 나를 가로막는 거야……?"

사샤는 벽에게 존재 의의를 물었다. 눈물이 핑 도는 눈으로 앞을 노려보는 사샤의 얼굴을 엘레오노르가 들여다봤다.

"그런데 사샤, 뭘 찾은 거야?"

"찾다니……?"

어찌 된 영문인지 사샤가 의아한 표정으로 되물었다.

"'찾았다'라고 했잖아?"

사샤는 머리에 손을 짚었다.

"……나는 파괴신이야……."

"응, 그건 알아."

"파괴신은 파괴의 질서를 따르는 존재야."

"그것도 알아."

"……머리를 부딪쳐서, 기억이 파괴됐어……."

"……와우……."

엘레오노르가 난처한 듯 쓴웃음을 지었다.

"찾았……어요……!"

제시아가 제자리에서 폴짝폴짝 뛰었다. 모두가 그쪽으로 시선을 돌리자 당당하게 가슴을 펴고 벽 한쪽을 가리켰다. 그곳에는 작은 글자가 새겨져 있었다.

——마족으로 다시 태어나면 꼭 당신을 만나러 갈 거야.

——이 마안을 보면, 분명 알아차려 주겠지.

——설령 기억이 없다고 해도, 나는 당신에게 닿겠어.

——내가 준 그 마안으로 다정하게 노려봐 줘.

——이 마음을, 반드시 다시 떠올릴 테니까.

"연애편지인가?"

엘레오노르가 장난스럽게 말하자 사샤는 얼굴을 빨갛게 물들이며 송곳니를 드러냈다.

“아, 아니야, 아니라고! 그런 거 아니야!”

“하지만 아베르니유는 마왕님을 사랑했으니까, 연애편지라고 해도 이상하지 않잖아?”

사샤의 얼굴이 더욱 빨개지는가 싶더니 그녀는 갑자기 달려나갔다.

“아니라고오오오오오오오오오오── 아윽……!”

쿵! 하고 그녀는 또다시 벽에 부딪쳤다.

“……사, 사샤, 괜찮아?”

“그냥 낙서일 뿐이야……. 깊은 뜻은 없어……. 변덕으로 쓴 거라고……. 보면 안 돼…….”

벽에 얼굴을 붙인 채 사샤는 혼자 중얼거렸다.

“그렇지만 사샤가 여기로 데려온 거잖아…….”

“으으…… 엘레오노르가 날 괴롭혀……. 파괴신 괴롭히기야, 파괴신 괴롭히기……. 내가 이것저것 파멸시킨 걸 원망하는 거지? 그렇지?”

“아이고— 알았어, 알았다고. 살다 보면 아무렇게나 낙서하고 싶을 때도 있긴 하지.”

가벼운 어조로 말하며 엘레오노르는 사샤를 달랬다.

“그런데 아베르니유는 보여주기 싫은 낙서를 왜 굳이 남긴 걸까……?”

엘레오노르는 의문스러운 표정으로 벽에 새겨진 글자를 보며 고개를 갸웃거렸다.

“수치심이 없었을까?”

미샤가 말했다.

“그렇겠지. 신족은 감정이 희박하다. 파괴신에게는 마음이 싹텄지만 그래도 마족이나 인간만큼은 아니었지. 게다가 사랑을 동경하고 있었으니 수치심과 연이 없었을지도 모르겠군.”

내가 그렇게 말하자 사샤가 원망스러운 눈초리로 노려보았다.

“그렇게 신경 쓰지 마라, 사샤. 전생은 전생이다. 파괴신의 과거에 얽매이지 말고, 너는 현재를 살면 된다.”

“살, 살고 있어!”

“그럼 됐다.”

그러자 사샤는 나를 척 가리켰다.

“마왕님은 너무 둔감해!”

한순간 지하 던전이 정적에 휩싸였다.

“호오. 내가 둔감하다고? 그렇군.”

“……뭐, 뭐야? 겁줘도 소용없어! 둔감해서 둔감하다고 한 거니까!”

“뭐, 꾸짖지는 않으마. 나도 내가 제대로 된 감성을 가졌다고 생각하진 않으니까. 그렇지 않았다면 아무리 신념을 관철했다고 해도 포악의 마왕이라고 불리지는 않았을 테지.”

“으으…….”

사샤는 나를 빤히 노려보았다.

“아니! 그런 뜻이 아니야! 마왕님은 둔감하지만, 좋은 쪽으로 둔감해!"
"음……?"
이해가 잘 안 된다는 것처럼 엘레오노르가 고개를 갸웃거렸다.
"……좋은 쪽으로 둔감한 게…… 무슨 뜻인가요……?"
제시아가 두 눈에 물음표를 띄웠다.
내가 시선을 보내자 미샤는 곰곰이 생각한 후 말했다.
"아노스는 순수해."
나는 무심코 눈을 동그랗게 떴다.
"큭. 크크큭. 크하하하하! 우스운 말을 다 하는구나, 미샤. 내가 순수하다면 세상에는 청정한 것밖에 없을 거다."
"나는 그렇게 생각해."
올곧은 눈동자로 미샤는 재차 말했다.
"사샤도."
"좋은 쪽으로 둔감하다는 게 순수하다는 뜻이라고?"
사샤를 슬쩍 보았더니 그녀는 눈을 치뜨며 째려보았다.
"아노스가 순수해서, 조금 답답하게 느꼈을 뿐."
"흠. 표현하기 나름이로군. 뭐, 네 관점을 부정하는 건 아니다만, 과장이 좀 지나친 것 아니냐?"
"적절해."
단박에 대답이 돌아와 허를 찔린 기분이 들었다. 그녀가 순수한 까닭에 내 마음에 있는 그것을 볼 수 있는 것일지도 모르겠군. 그건 그렇고 순수하다니. 참으로 걸작이다.
"낯간지럽지만 미샤의 평가가 그렇다면 고맙게 받아들이마."

그렇게 전하자 미샤는 고개를 끄덕이며 미소 지었다.

"으으…… 뭐야, 너무해. 미샤한테만 잘 해주고……. 내 평가는 안 받아주는 거야?"

"사샤, 대체 무슨 말을 하려고?!"

엘레오노르가 놀란 듯 소리쳤다.

"크하하. 알았다, 사샤. 네 평가도 고맙게 받아들이마."

사샤는 확 밝아진 표정으로 나를 가리켰다.

"좋은 쪽으로 둔감해!"

빙글 앞으로 돌아서며 그녀는 다시 걷기 시작했다.

"계속 가자. 이것저것 많이 낙서했던 것 같── 아윽……."

쿵! 하고 사샤는 다시 벽에 부딪쳤다.

"사샤, 아까부터 자꾸 왜 그래?!"

"……충돌 놀이……예요……!"

엘레오노르와 제시아가 말했다.

"사샤, 혹시 이 너머로 가고 싶은 거냐?"

"너머?"

미샤가 고개를 갸우뚱했다.

"전에 언젠가 보여준 적이 있지. 이렇게 말이다."

나는 발을 내딛어 온몸으로 벽에 돌진했다. 그대로 밀어붙이자 콰르르 하는 소리를 내며 벽이 부서졌다.

"저기─ 아노스? 지금 뭐 하는 거야?"

"비밀 통로다."

"전혀 의미를 모르겠는데!"

엘레오노르는 그런 말을 하면서도 거침없이 벽을 뚫으며 전진하는 내 뒤를 따라왔다. 순식간에 벽 여러 개를 뚫고 다른 통로로 나왔다.

"봐."

미샤가 가리킨 벽에 다양한 낙서가 새겨져 있다.

——다시 태어나면 뭘 할까?

——역시 술을 마셔야겠어.

신족은 취할 수 없으니까 흠뻑 취해볼래.

——실컷 늦잠을 자고, 침대에서 게으름을 피우고 싶어.

——그리고 친구를 많이 만들어야지.

마족이니까, 강하면 분명 다들 친하게 지내줄 거야.

——마왕님은 평화가 익숙하지 않을 테니, 아무래도 내가 도와줄 수밖에 없겠지.

——그러고 보니 이 낙서, 과연 마왕님이 찾을 수 있을까?

——열심히 낙서했는데 못 보면 허무할 거야.

"뭔가 두서없는 내용이 많이 적혀 있네."

통로 벽에 새겨진 글자를 보면서 걷던 엘레오노르가 말했다.

"아노스도 처음 봐?"

미샤의 질문에 나는 고개를 끄덕였다.

"지하 던전을 이 형태로 만들었을 때만 새겨진 글자가 하나로 합쳐져서 읽을 수 있게 되는 구조인 것 같다. 다른 형태일 때는 그냥 흠집에 불과했겠지."

마력 장치가 있는 것도 아니니까 마안으로 봐도 쉽게 알아차릴 수 없다. 사샤가 말한 대로 그냥 장난으로 한 낙서다.

"사샤, 뭔가 떠오르는 게 있나?"

"음…… 글쎄…… 떠오를 것 같기도……?"

사샤는 벽에 새겨진 수많은 낙서를 이리저리 살펴보며 앞장서서 걸어갔다.

"아──."

다시 막다른 곳에 도착했다.

"길이 없네."

옆쪽 벽에는 지금까지 본 것과 마찬가지로 장난 낙서가 새겨져 있었다.

──있잖아, 마왕님.

──마지막으로 할 말이 하나 있어.

──고마워.

──다시 태어나서 어떤 결말을 맞이하더라도, 이 말만은 꼭 할 거야.

──나는.

"응?"

엘레오노르가 벽을 이리저리 살펴보았다. 하지만 어디에도 그 다음 내용이 없었다. 낙서는 그렇게 끊어져 있었다.

“이렇게 끝난다고?”

턱에 손가락을 대고 엘레오노르는 의문을 떠올린다.

“또 비밀 통로인가?”

“……비밀 통로가…… 아니에요……!”

눈동자를 반짝반짝 빛내며 제시아가 말했다.

“제시아는…… 알고 있어요……!”

“응——? 제시아가 어떻게 알아?”

“꿈에서…… 보았어요! 제시아의 여동생…… 꿈이에요……!”

기대감에 들뜬 모습으로 그녀는 두 손을 꽉 쥐었다.

“아, 그렇구나. 제시아 꿈에서는 어떻게 되는데?”

놀이에 어울려주겠다는 것처럼 엘레오노르가 다정하게 물었다. 제시아가 머리 위를 가리켰다.

“이 다음은…… 하늘에서 계속돼요……! 성이 하늘을 날고…… 거기에서 제시아는 동생을 만나게 돼요……!”

“아하, 그렇구나. 하지만 이 성은 데르조게이드이니까 제시아가 꾼 꿈과는 조금 다를지도 몰라.”

“아니.”

내가 부정하자 엘레오노르가 돌아보았다.

“제시아가 꿈에서 만났다는 그 동생은 실존할지도 모른다.”

“뭐?”

나는 그 자리에 마법진을 그렸다. 검은 입자가 던전 안에 피어오르며 마법 문자가 빽빽하게 새겨졌다. 입체 마법진으로서의 데르조게이드가 모습을 드러내려 하고 있는 것이다.

"날아라."

쿠, 구, 구, 구, 구——. 무거운 소리가 울려 퍼지고 데르조게이드가 격렬하게 흔들렸다. 《가톰》 마법이 발동하는 것처럼 눈앞이 순간적으로 새하얗게 물들었다가 다음 순간, 막다른 길이었던 벽 너머가 하늘로 바뀌어 있었다.

"하늘……이에요……!"

제시아가 즐거운 목소리로 말했다.

"전이했어?"

"그래. 미드헤이즈에는 대체 마왕성을 남기고 데르조게이드를 하늘로 띄웠다. 원래 이것이 있어야 할 장소로 말이야."

손가락을 뻗어 데르조게이드에 마력을 보내자 상공을 향해 성이 빠르게 가속했다.

2천 년 전 마족도 맨몸으로는 그리 쉽게 닿을 수 없는 장소. 일찍이 비공성함 제리드헤브누스로 겨우 도달했던 그 아득한 하늘 저편을 향해 마왕성은 일직선으로 비행했다. 구름을 뚫고 푸른 하늘을 벗어나자 이윽고 시야가 검게 물들었다.

"여기는 흑궁(黑穹)이라 불리는 곳이다."

미샤 일행은 눈앞에 펼쳐진 광경에 숨을 죽였다. 검은 하늘을 수놓은 별들이 영롱하게 빛나고 있었다. 그 하늘을 더욱 나아갔다. 이윽고 속도가 줄이자 눈앞에 데르조게이드와 같은 재질로 된 건축물이 보였다.

"저게 뭐야?"

"데르조게이드의 하부다. 저기에는 신들의 창궁으로 통하는 신계의 문이 있어서 말이다. 2천 년 전《베노 이에븐》으로 그것을 막기 위해 데르조게이드의 심층부를 이 하늘에 남겨두었다."

그렇게 하면《베노 이에븐》은 더욱 오래 유지되고, 벽이 사라진 후에도 신족을 견제할 수가 있다.

미샤가 나를 돌아보았다.

"낙서의 다음 내용이 있는 거야?"

"그래, 저곳에 있을 거다."

데르조게이드가 천천히 하강하기 시작하며 흑궁에 떠 있는 거대한 건축물에 우리가 있는 지하 던전 부분을 도킹했다. 벽 여러 개가 눈앞을 스쳐 지나가고 잠시 후 마왕성의 하강이 멈췄다. 검은 입자가 사라지자 새로운 통로가 나타났다.

"흠, 이거다."

나는 벽을 가리켰다.

——웃고 있을 거야.

——설령, 세상이 웃고 있지 않다고 해도.

나는, 분명히, 웃고 있을 거야.

——그것만은 기억해줘.

"……마왕님……."

그 낙서를 보고 사샤가 불쑥 중얼거렸다.

"……아노스……."

아베르니유와 사샤, 두 개의 마음과 기억이 섞인 것처럼 그녀는 창백한 눈동자로 벽을 물끄러미 바라보았다.

"분명 그날 썼을 거야."

《리크스》를 사용해서 과거의 영상을 우리에게 보내는 동시에 그녀는 말했다.

"당신이 약속해준 그날에."

§22. 【데르조게이드 탄생】

먼 과거의 기억——.

어둡디 어둡게 피어오르는 어둠. 그곳은 멸망을 응축한 듯한 암흑의 중심, 《파멸의 태양》 사지엘도나베의 심연. 그 안에서 두 남녀의 그림자가 보였다.

"저게, 마왕님이 말했던 데르조게이드?"

파괴신 소녀가 마왕에게 물었다. 《파멸의 태양》 바깥쪽에는 어둠에 뒤덮인 하늘이 보였다. 밤이 아니었다. 흑궁이라 불리는, 지상의 생명이 발을 들일 수 없는 공역이다. 그곳에 마왕성 데르조게이드가 떠 있었다. 전체적인 형태는 마름모꼴이었는데, 중앙을 기점으로 상부를 보면 평범한 성처럼 생겼지만 하부를 보면 포문과 고정 마법진이 무수히 설치되어 있어서 흡사 요새 같았다.

"그릇일 뿐이다. 중요한 내용물이 없으면 요새로써도, 입체 마법진으로써도 역할을 하지 못한다. 기껏해야 신계의 문을 막고,

신족을 견제하는 정도일 것이다."

데르조게이드 하부는 신계의 문을 막도록 구축되어 있다. 신들의 창궁에서 신이 지상에 강림할 때, 대부분은 흑궁에 떠 있는 그 문을 통한다. 마왕은 그 신계의 문에 반마법과 마법 장벽을 둘러쳐서 신들의 지상 침입을 막고 있었다. 다만 입구는 여기에만 있는 것이 아니거니와, 강대한 마력을 가진 신족이라면 능히 뚫고 지나갈 수도 있지만.

"그래서? 저 성을, 내 새로운 몸으로 만들겠다는 거야?"

마왕이 고개를 끄덕였다.

"저 그릇이 너의 근원과 신체로 채워지면 우리 사이에 마법 계약이 성사된다. 파괴신의 질서를 비틀어서 《파멸의 태양》 사지엘도나베를 이치를 멸하는 마법, 《이멸검》으로 바꿀 거다. 그렇게 네가 가진 파괴의 질서를 이 세상에서 완전히 빼앗는 것이지."

"흐음, 그래. 성이라. 성으로 변한단 말이지……."

아베르니유는 흑궁에 떠 있는 데르조게이드를 멍하니 바라보았다. 어딘가 내키지 않는 표정이다.

"마왕님은, 성을 사랑할 수 있어?"

파괴신이 물었다.

"글쎄. 경험이 없는데."

마왕이 대답했다.

그런 그를 빤히 쳐다보며 아베르니유가 웃었다.

"그런데 말야, 파괴신 아베르니유를 저 성으로 바꾸려면 내가 동의해야 하는 거잖아. 아직, 내 전부가 마왕님 것인 건 아냐."

"흠. 얼추 다 받은 줄 알았는데."

고개를 비틀며 마왕이 시선으로 물었다. 《혼멸의 마안》과 《종멸의 신안》을 교환한 후, 마왕은 아베르니유와 여러 차례 대결하며 그녀의 몸에 깃든 것을 하나씩 빼앗았다.

"아직 하나가, 마음이 남아 있어."

우아한 미소를 지으며 아베르니유가 말했다.

"마지막 대결을 하자. 마왕님이 이기면, 몸도 마음도 전부 당신 것이 될 거야. 성으로 만들고 싶으면, 마음대로 해."

마왕은 파괴신을 응시하며 느긋하게 입을 열었다.

"어떤 대결을 원하나?"

"사랑을 줘."

미리 생각해뒀는지 파괴신이 즉답했다.

"마왕님은, 내가 사랑을 동경하는 거라면서 무시했잖아?"

"무시하진 않았다."

"그래도 비슷한 뉘앙스로 말했잖아. 그런데, 나는 진짜 사랑이 무엇인지 몰라. 이 마음이 거짓인지 진짜인지도 모르겠어. 왜냐하면, 모르거든. 진짜 사랑 같은 건 본 적이 없으니까."

새침한 말투로, 그렇지만 어딘가 즐거움이 묻어나는 목소리로 아베르니유가 말했다.

"그러니까, 그게 이번 대결 종목이야. 내게 진짜 사랑을 가르쳐줘."

"진짜 사랑이라. 제법 난제로군. 내게도 썩 쉬운 일이 아니야."

“그래? 무리라면 어쩔 수 없지.”

아베르니유는 빙글 돌아서며 어둠의 땅을 걸었다.

“대신에 마왕님의 마음을 줘. 내 마음을 주는 대신에 당신의 마음을 준다면, 데르조게이드가 되어줄게.”

통통 튀는 듯한 발걸음으로 걸으며, 그녀는 마왕의 얼굴을 바라보았다.

“사랑을 동경하는 것도 괜찮은 것 같지 않아?”

아노스는 아베르니유의 시선을 똑바로 받아들이며 되받아 보았다.

“가짜면 뭐 어때.”

그녀가 말했다.

“내 세상에, 오직 당신 한 사람만 있을 수 있다면, 세상에서 제일 좋아한다고 할 수 있는 거니까.”

아노스는 부드럽게 그녀를 보았다. 눈을 마주치는 것에 익숙하지 않아서 그런지 아베르니유가 수줍게 시선을 떨구었다.

“뭐, 뭐라고 말 좀 해봐…….”

그녀는 고개를 숙인 채 중얼거렸다. 마왕이 침묵을 고수하자 그 침묵을 견딜 수 없었는지 그녀는 눈만 위로 치떠서 그의 얼굴을 보았다.

“……안 돼……?”

“가짜여도 상관없다는 시시한 말은 하지 마라.”

마왕이 천천히 그녀를 향해 걸음을 옮겼다.

“보고 싶은 게 아니었나? 이 세상이 웃는 모습을. 네 소원을,

이루어주겠다고 했을 텐데."

아베르니유는 의아해하는 표정으로 아노스를 보았다.

"아베르니유. 너는 신으로서 이 세상의 질서를 유지하는 게 아니라, 마족이나 인간처럼 지상을 돌아다니고 싶었던 것이지? 꽃의 아름다움을, 산의 웅대함을, 기쁨을, 즐거움을, 그 눈으로 보고 싶었을 거다."

"맞아. 그러니까 성으로 변한 후에 마음껏 보면 된다는 뜻 아니야?"

"아니다."

마왕은 단호하게 말했다.

"너를 마족으로 전생시켜주겠다."

그 순간 파괴신은 충격 받은 표정을 지었다.

"하지만, 그런 게……."

가능할 리가 없다. 그녀의 표정이 그렇게 말했다.

"앞서 말한 대로, 데르조게이드가 된 파괴신의 질서를 이치를 멸하는 마법으로 바꿀 거다. 그 《이멸검》을 사용해서 너의 족쇄를 풀어주마. 그렇게 질서와 의식이 분단되고, 너는 그 발로 자유롭게 디르헤이드를 걸으며, 그 마안으로 세상을 바라볼 수 있게 되는 거다."

"……파괴의 질서에 사로잡히는 일 없이?"

반쯤 넋을 잃은 듯한 표정으로 아베르니유가 묻자 마왕은 확실하게 고개를 끄덕였다.

"나도 너와 마찬가지로 사랑은 모른다. 진짜 사랑은 줄 수 없다만, 희망 정도는 손이 닿지."

아노스가 《젝트》 마법진을 그렸다.

"내 마음을 빼앗는 계약이다. 단 평화는 양보할 수 없다. 내 마음과 진짜 사랑을 전부 다 줄 수는 없지만, 반씩이라면 주겠다. 이 정도로 타협해라."

아베르니유는 가녀린 손끝을 《젝트》 마법진에 대고 그것을 부드럽게 파기했다. 마왕의 눈에 약간 놀란 빛이 떠오르자 파괴신 소녀는 부드럽게 미소 지었다.

"계약 같은 건 필요 없어. 대신에 약속해 줘."

"약속 같은 건 쉽게 깨지는 법이다."

"그래서 좋은 거야. 약하고 부서지기 쉬울수록 좋아. 그것이 깨지지 않도록 소중하게 지키고 파멸하지 않도록 소중히 바라보고 싶어. 바보 같은 짓이라고 생각할지도 모르지만 말야."

파괴신이 눈을 가늘게 뜨며, 약간 긴장한 목소리로 말했다.

"내 마왕님."

"……흠. 의도를 알 수 없군."

"나는 마족으로 다시 태어나는 거지? 그러니까, 당신은 내 마왕님이 되어줘."

아베르니유의 의중을 파악하지 못했는지 아노스가 의아한 눈빛을 던졌다.

"마왕님도 모른다면 딱 좋아. 내가 다시 태어나면, 만나러 와 줘. 그리고 함께 평화로운 나날을 보내자. 꿈같이 즐거운 일상 속에서 사랑을 공부하고, 가르치거나, 배우거나 하는 거야."

아직 오지 않은 이상적인 미래에 대해 생각의 나래를 펼치는 아베르니유를, 마왕은 부드러운 표정으로 바라보았다.

"멋진 꿈이다. 평화는 아직 멀었지만 말이다."

"약속해 줄 거야?"

"반드시 지키마."

"그럼 대결은 마왕님의 승리네."

그렇게 대답하며 아베르니유가 두 팔을 벌리자 그녀의 신체가 약하게 빛나기 시작했다.

"아직 설명이 안 끝났다. 신족에서 마족으로 전생하는 건 간단한 일이 아니야. 전생하면 기억이 남지 않는다. 그뿐만이 아니라——."

"무슨 일이 있어도, 책임져줄 거지?"

"당연하다."

그러자 파괴신이 만족스러운 표정을 보였다.

"그럼 됐어. 이제까지 내 투정에 맞춰줬잖아. 마음 같아서는 더 일찍 파괴신의 질서를 빼앗고 싶었을 텐데."

그녀의 신체에서 발산되는 빛이 강해지는가 싶더니 《파멸의 태양》 안에서 잿빛 입자가 솟아올랐다. 그것은 흑궁에 떠 있는 마왕성 데르조게이드로 날아가서 마법선을 몇 개 연결했다. 그 신체를, 그 근원을, 거대한 그릇으로 이동시키려 하고 있는 것이다.

"있잖아, 내 마왕님."

그녀는 눈동자에 《파멸의 마안》을 띄우며 말했다.

"나는, 항상, 절망 같은 게 되고 싶지 않았어."

그 목소리는 슬픔을 토로하는 듯했다.

"파멸을 바라보는 질서로 존재하는 건 이제 지긋지긋해. 하지만 눈을 뜨면 언제나, 언제든, 무언가가 부서져가는 순간이 보였어."

또르르 흘러내린 눈물방울이 암흑의 대지에 떨어져서 빛을 발했다.

"무언가가 나를 다그치고 있어. 부수라고, 부수라고, 부수라고. 모든 것을 파멸시키라며 또 다른 내가 끊임없이 호소하고 있어. 하지만 이건 내가 아니야. 내가 아니라고 믿고 싶어. 분명, 그럴 거야."

희망을 품듯이 그녀가 말했다.

"모든 것이 부서지는 이 파괴의 하늘에서, 오직 당신만이 내 신안을 똑바로 바라봐줬어."

파괴신이라고 생각할 수 없을 만큼 가냘프고 연약한 표정으로, 소녀는 눈물을 흘렸다.

"부서지지 않았어. 나는 처음으로 나를 알게 된 것만 같았어. 진짜 나 자신을."

마안에 눈물을 가득 담고서, 그녀는 떨리는 입술로 말을 이어갔다.

"세상은 웃고 있지 않다고, 줄곧, 그렇게 생각했어."

하지만, 이라고 그녀가 덧붙였다.

"당신이 희망을 보여주었어. 어쩌면 다른 답이 있을지도 몰라.

그러니까, 나는, 다시 태어나면 그것을 찾을 거야. 기억이 없어지더라도 분명, 찾으러 갈 거야."

울어서 충혈된 것만 같은 붉은 마안으로 파괴신은 미소 지었다.

"고마워. 나는 그냥 사랑을 동경하는 것이라며 당신은 웃었지만——."

마법선을 따라서 그녀의 신체와 근원이 빛과 함께 사라져간다.

"——그래도 이것은, 당신이 준, 무엇과도 바꿀 수 없는 마음이었어."

잿빛 입자가 일제히 마법선을 따라 데르조게이드로 이동한다. 어둠보다 깊은 흑궁이 그녀가 발하는 빛을 받아 마치 한낮처럼 밝아졌다. 마왕의 눈앞에서 아베르니유가 완전히 사라지고, 그에게 쏟아지던 파괴의 질서는 흔적도 없이 소멸되었다.

목소리가 울려 퍼졌다.

——만약에 다음이 있다면.

아베르니유의 목소리가 반짝반짝 빛나는 것처럼 울려 퍼졌다.

——만약에, 이 자그마한 사랑이 진짜 사랑과 이어져 있다면.

파괴의 하늘을 마치 희망으로 덧칠하듯이.

——나는 그 미래를 보고 싶어.

§23. 【질서의 마음】

《리크스》가 끊어지고, 내 머릿속에서 과거의 영상이 사라져간다. 현실로 돌아와 주위를 둘러보니 눈앞에서 사샤가 고개를 숙이고 있었다. 떠올린 기억은 이게 전부인가 하고 시선으로 물어봤는데, 그녀는 고개를 더욱 깊이 숙일 뿐이었다.

"뭘 부끄러워 하는 거지?"

내가 묻자 얼굴이 새빨갛게 달아오른 그녀는 대답하지 못하고 입만 뻐끔거렸다.

"……알겠……어요……!"

제시아가 기쁜 듯이 사샤의 얼굴을 가리키며 의기양양하게 말했다.

"……작은 연못의…… 물고기……인가요……?!"

"내가 무슨 잉어야……?!"

정신을 차렸는지 사샤가 득달같이 쏘아붙였다.

"……혼났……어요……."

시무룩하게 어깨를 떨구는 제시아. 미샤가 머리를 쓰다듬으며 "혼난 게 아니야"라고 달래주었다.

"그리고 어떻게 보면 잉어라고 할 수도 있어."

엘레오노르가 손가락을 세우며 한마디 거들었다.

"사샤. 2천 년 전의 마음이 머릿속에 남아 있나?"

"어…… 으음…… 그건, 있는 것 같긴 한데……?"

"지금과 차이가 있나?"

사샤는 다시 쑥스러운 듯 고개를 숙이고 눈만 치떠서 나를 보았다.

"차, 차이라니……. 그게…… 저기, 그러니까……."

"지금 본 과거는 내 기억에 없는 것이었다. 허나 어쩌면, 나는 당시 네 말을 가볍게 받아들인 것일지도 모르겠다고 생각해서 말이지."

"……뭐……?"

"어떠냐?"

진지하게 묻자 그녀는 내 눈동자를 똑바로 들여다보았다.

"여, 여기서 말하라는 거야?"

사샤는 주위에 있는 엘레오노르와 미샤를 힐끗 보았다.

"……아하. 남들 앞에서는 말할 수 없다는 건가……."

그렇다면——.

"아, 아니야……!"

사샤가 당황한 듯 변명했다.

"아니라면?"

"그러니까, 그건…… 마, 말하면 되잖아……."

입술을 질끈 깨물고 숨을 깊이 들이마신 후 사샤는 눈동자에 각오를 담았다. 그리고 조심스럽게 입을 열었다.

"……변하지 않았어……."

긴장한 표정으로 떨리는 손을 꽉 움켜쥐며, 사샤는 똑바로 나를 보며 말했다.

"2천 년 전에도 지금도, 내 마음은 그대로야. 전생했다고 해도, 기억이 없어졌다고 해도, 나는 다시 똑같은 마음을 손에 넣었어."

인생에서 단 한 번뿐인 고백을 하는 것처럼 사샤는 말했다.

"나는 다시 같은 사랑에 빠졌어."

"사랑 얘기가 아니다."

사샤가 뒤통수를 한 대 맞은 듯한 표정으로 나를 보았다. 눈을 깜빡이는 것마저 잊은 채, 그녀는 멍하니 나를 응시했다.

"……………………………………………뭐……?"

"크하하. 사샤. 아무리 나라고 해도 파괴신이 아니게 된 너에게 다짜고짜 진짜 사랑을 알게 되었냐고 물어볼 만큼 눈치가 없지는 않다. 연애란 숨기는 것이니 물어본다고 해서 솔직하게 대답하진 못하겠지."

"뭐…… 아……."

사샤의 얼굴이 수치심으로 화끈 달아올랐다. 그녀는 기세에 몸을 맡겨 버럭 소리질렀다.

"왜 하필 이럴 때만 그런 상식적인 소리를 하는 거야?!"

"나도 이 시대에 어느 정도 배웠다. 방금 본 2천 년 전 기억처럼 사랑 공부를 하고 있었다고나 할까."

사샤는 다시 무슨 말을 해야 할지 모르겠다는 듯한 모습으로 그저 입만 뻐끔거렸다.

"잉어……예요……!"

제시아가 작은 목소리로 중얼거렸다. 그 말도 지금 사샤 귀에는 들어가지 않는 것 같다.

"머리가 제대로 안 도는 모양이군. 취기를 없애줄까?"

"괘, 괜찮아! 술은 완전히 깼어!"

미샤와 엘레오노르가 서로 마주보았다.

"이런 상황에서는 아무리 심하게 취하더라도 깰 수밖에 없을 거야."

엘레오노르가 귓속말하자 미샤가 고개를 끄덕이며 동의했다.

"그리고 다른 쪽 말인데."

"다른 쪽…… 다른 쪽……? 아, 그 얘기야……?"

"그래, 그 얘기다."

"……그러니까, 그거지…… 그거……."

"그거다."

"그건…… 그러니까, 그게, 어, 그러니까…… 아, 알아. 무슨 얘기인지 아는데……."

이건 전혀 모르는 눈치로군. 유난히 동요하고 있어서 그런 것을 신경 쓸 겨를조차 없어 보인다. 2천 년 전 기억을 떠올린 것 때문에 살짝 혼란스러운 것일까.

"또 다른 네가 끊임없이 호소한다고 하지 않았나? '부숴라, 부숴라, 부숴라, 모든 것을 파멸시켜라'라고."

"아……."

그제야 알았다는 듯 사샤가 목소리를 흘렸다.

"그때의 마음이 지금도 남아 있나?"

사샤는 조용히 눈을 감고 자신의 마음에 의식을 기울이는 듯한 모습으로 입을 열었다.

"……아니. 그런 생각을 한 적은 한 번도 없어. 내가 마족으로 태어난 이후로는……."

사샤의 말을 듣고 엘레오노르가 자기 생각을 말했다.

"그건 사샤가 파괴신이라서 그랬던 거 아닐까? 그 뭐야, 신족들은 걸핏하면 자기가 무슨무슨 질서이니까 이러이러하겠다는 말을 하잖아."

"사샤가 가지고 있던 파괴신의 질서는 이 데르조게이드로 변했지만, 그 의식의 모든 것은 사샤가 가지고 있다. 기억을 잃었어도 그 마음은 전부 파괴신 아베르니유 것이지."

"……파괴신의 질서가 당시 내 마음을 좌우하고 있었다는 뜻이야?"

"어쩌면 정말로 또 다른 네가 있었을지도 모른다. 질서라는 이름의 네가."

"……어려워."

미샤가 말했다. 비약이 너무 심한 결론이라 이해가 잘 안 되는 것이리라.

"신족은 질서를 따른다. 대다수는 마음이란 게 없이 자신의 질서를 실행하기만 하는 인형 같지. 천부신 노우스갈리아가 그랬고 군신 펠페드로가 그랬듯이 말이다."

미샤가 고개를 끄덕이며 동조했다.

"그런데 드물게 밀리티아, 아베르니유, 나프타처럼 마음을 가진 신족이 있다. 대개는 질서와 마음 사이에서 번민하게 되지. 그 차이가 약간 의문이 들어서 말이다. 마족이나 인간과는 마음의 구조가 크게 달라서 그런 것이겠지만."

"어떤 식으로 달라?"

미샤가 물었다.

"이건 어디까지나 가정인데…… 신족은 질서로서의 마음, 그리고 극히 희박한 인간적인 마음을 갖는다. 사랑이나 다정함이 강해지면 질서로서의 마음은 자취를 감추게 되지. 하지만 대부분의 신에게 사랑이나 다정함은 싹트지 않아. 즉 사랑, 다정함을 가진 신과 갖지 않은 신이 있다고 할 수 있지."

미샤는 고개를 끄덕이며 질문했다.

"질서로서의 마음만 가진 신과 두 번째 마음——인간적인 마음을 가진 신이 있다는 거야?"

"그렇다. 그리고 신족은 본디 질서로서의 마음만 가진 존재일지도 몰라."

엘레오노르가 의문스러운 표정을 지었다.

"음— 왜 그런 걸까?"

"……내가…… 밀리티아일지도 모르니까?"

미샤의 말에 나는 고개를 끄덕였다.

"밀리티아는 신족이 마족으로 전생할 수 없다고 말했었지. 아베르니유에게는 이멸검을 사용했다. 하지만 밀리티아에게 사용할 기회는 없었을 거다. 그녀가 만약 미샤로 전생했다면, 그건 근원에 인간적인 마음을 가지고 있었기 때문이라고 볼 수도 있겠지.”
밀리티아는 그 점을 눈치챈 것일까. 어쨌든 다 추측에 불과하지만 말이다.
“그럼 그게 뭘 의미하는 걸까? 아르카나처럼 대행자라는 거야?”
“아직 모르겠군. 묻겠다, 사샤. 2천 년 전의 또 다른 자신이라는 말을 했는데, 그게 정말로 너였나?”
내 질문에 사샤는 대답하지 못했다. 어색한 침묵이 그 자리를 뒤덮었다.
“군신은 내가 쓸데없는 족쇄를 채웠다는 말을 했는데, 의외로 다른 누군가가 그런 짓을 했을 가능성도 있다. 질서의 마음이라는 족쇄를, 아베르니유나 밀리티아에게 채운 것이지.”
“……잠깐 기다려 봐. 그럼 뭐야? 누군가가 신족을 창조했다는 얘기야?”
사샤가 물었다.
“글쎄다. 하지만 그렇게 생각하면, 어째서 신족 중에 인간적인 마음을 가지고 자신의 질서마저 거스르는 자가 있는지 이해할 수 있다. 완벽한 질서라면 그런 일은 있을 수 없겠지.”
“인간적인 마음을 갖지 않은 신족이 있는 이유는?”
미샤가 물었다.
“이것도 결국 예상일뿐이지만, 신족은 원래 인간이었던 거다.”
“와우…… 그건, 놀라운 가설인데…….”
엘레오노르가 긴장감이 부족한 놀라움을 표했다.
“인간이거나, 마족이거나, 아니면 이미 멸망한 종족일지도 모르지. 질서라는 힘이 그들에게 심어지며 마음이 사라졌고, 그 근원은 신으로 변화했다. 하지만 사랑과 다정함을 가진 강한 마음만은 완전히 사라지지 않은 것이지."

"그게 밀리티아와 아베르니유, 나프타라는 거구나."

어쩌면 내가 잃은 기억에는 이 가설을 뒷받침하는 근거가 있었을지도 모른다. 아베르니유의 기억을 수차례 본 덕분에 내 기억이 되살아나고, 그리하여 이런 가설을 떠올리게 된 것이라고 해도 이상하지 않다.

"가자."

나는 연결된 데르조게이드의 하부를 향해 걷기 시작했다.

"뭐야, 어디 가려고?"

사샤가 내 옆에 나란히 서서 걸으며 물었다.

"아베르니유는 이곳에도 낙서를 남겼을 거다. 그걸 보면 기억이 또 떠오르겠지. 그리고——."

종종종 달려서 신나게 나를 앞지르는 작은 소녀에게 눈길을 주었다.

"제시아의 꿈 얘기도 있고."

"아~ 그러고 보니 그건 어떻게 연관된 걸까? 제시아……라기보다는 엘레오노르가, 데르조게이드랑 관계가 있다는 거지?"

"아니면 신족과 관계된 걸지도 모르지."

사샤가 고개를 갸웃했다.

"이 너머에는 신들의 창궁과 연결된 신계의 문이 있다. 거기로 오라는 것일지도 몰라."

통로를 따라 나아가자 역시나 벽에 문자가 새겨져 있었다.

——그러고 보니 밀리티아에게는 신족 친구가 있는 것 같아.
——생탄신(生誕神). 자신들은 서로 닮았다는 말을 했어.
——생탄의 질서와 창조의 질서는 비슷한 걸까?
——나도, 비슷한 질서의 신족을 만나면 친구가 될 수 있을까?

두서없는, 정말 단순한 낙서다. 그 뒤로도 비슷한 낙서가 쭉 새겨져 있었다. 사샤는 모든 낙서를 확인하며 기억을 떠올리려고, 끙끙거렸다. 신족을 중심에 둔 여러 사건들이 내 주위에 흩어져 있다. 창조신 밀리티아. 파괴신 아베르니유. 엘레오노르의 딸이자 제시아의 여동생. 근원의 밑바닥에서 울려 퍼지는 수수께끼의 목소리.

그것들을 모조리 주워 모으면, 이 세상에 얽힌 무언가를 알아낼 수 있을 듯한 느낌이 들었다.

§24. 【꿈속의 소녀】

데르조게이드 가장 깊은 곳을 향해서 우리는 느긋하게 걷고 있었다.

벽 곳곳에 아베르니유가 남긴 낙서가 있었고, 그것을 쉴 새 없이 확인하던 사샤가 문득 통로 안쪽으로 고개를 돌렸다. 그녀는 유심히 그쪽을 바라보며 입을 열었다.

"……저기, 있잖아, 아노스. 저 너머가 왠지 굉장히 낯익은 느낌이야."

사샤는 나를 돌아보며 물었다.

"저기엔 뭐가 있어?"

"신계의 문이다."

미샤가 눈을 깜빡이며 나를 올려다보았다.

"《베노 이에븐》은?"

"다른 벽과 마찬가지로, 진작 사라졌겠지."

"음, 그럼 지금까지 신족이 내려올 때는 이곳을 통해서 왔다는 거야?"

검지와 고개를 기울이며 엘레오노르가 물었다.

"내가 전생하기 전이면 몰라도, 그 후로는 여기를 이용하진 않은 것 같군. 뭐, 굳이 내 품에 뛰어드는 거나 다름없는 짓을 하진 않겠지."

"군신 펠페드로였나? 그 녀석처럼 신의 문을 사용했다는 거야?"

사샤의 물음에 나는 고개를 끄덕였다.

"다른 수단도 있긴 할 거다. 하지만 이 너머에 있는 신계의 문은 신족에게 제일 편리한 출입구라서 말이지. 막혀서 아주 불편했을 거다."

펠페드로가 사용하려고 했던 신의 문도 열리기까지 시간이 걸렸다. 이 흑궁에 데르조게이드를 구축함으로써 신족들이 지상에 내려오는 것을 억제할 수 있었으리라.

"……잠깐…… 기다려 봐……."

기억을 떠올리려는 것처럼 사샤가 머리를 손으로 감쌌다. 그녀의 표정이 어딘가 심각해 보였다.

"신계의 문 근처에, 뭔가 써서 남겼던 것 같아……."

"중요해?"

미샤가 담담하게 물었다.

"……응…… 아마도…… 정말, 중요한 내용이야……. 그런 기분이 들어……."

때마침 통로를 벗어나 탁 트인 공간에 다다랐다. 실내는 구형으로 되어 있으며, 데르조게이드의 입체 마법진이 작동 중이다. 검은 입자가 그 장소를 가득 채우고 있었는데, 중앙에는 신성하게 빛나는 거대한 문이 떠 있었다. 문에서 방출되는 눈부신 빛이 데르조게이드가 뿜어내는 암흑과 격돌하여 격렬하게 불꽃을 튀기고 있다.

"도착했다. 저것이 신계의 문이다만——."

나는 사샤를 돌아보며 물었다.

"어디에 낙서를 했지?"

그녀는 약간 난감한 표정으로 실내를 한 바퀴 둘러보았다. 그리고——.

"마땅한 곳이 없어."

미샤가 말했다. 실내에는 셀 수 없이 많은 마법진이 그려져 있으며, 벽은 마력을 띤 그림자로 뒤덮여 있다. 낙서를 할 만한 곳은 보이지 않는다.

"분명, 어……."

사샤가 내 얼굴을 보았다가 멋쩍게 시선을 돌렸다.

"……분명 아노스를 곤란하게 만들려고 쓴 것 같은데……. 다른 낙서를 발견하면 찾아보고 싶어질 테니까, 알아채기 힘든 곳에……."

"어쩔 수 없는 녀석이로군."

"아니, 2천 년 전 일인 걸 어떡해! 난 그때 신이었다고!"

"탓하는 게 아니야. 덕분에 대충 짐작이 간다."

나는 일직선으로 나아가 그대로 허공에 발을 내디뎠다. 그러자 검은 입자가 모이기 시작하며 그림자 다리를 놓았다. 그것은 실내 중앙에 자리한 신계의 문까지 뻗어 있었다.

"이 데르조게이드에 있는 것들 중에서 신계의 문만이 내 지배하에 있지 않다. 숨기기에 이만큼 알맞은 곳도 없겠지."

그림자 다리를 건너 신계의 문 앞에 도달했다.

"음, 문에도 낙서는 딱히 없는데?"

등 뒤에서 엘레오노르가 말했다. 옆에서 제시아가 열심히 살펴보았지만 역시 낙서는 찾지 못한 모양이다.

"자, 사샤. 나를 곤란하게 하고 싶다면 이 문 어디에 쓰겠나?"

"아, 그렇구나. 사샤는 기억이 없을 뿐이지 아베르니유니까, 생각하면 같은 걸 떠올릴 거야!"

엘레오노르 일행의 시선이 사샤에게 집중되었다.

"저기— 화내지 말고 들어줄래? 아마, 아마도……."

사샤는 그렇게 뜸을 들이더니, 무척 난처한 표정으로 입을 열었다.

"문 뒤쪽인 것 같거든……?"

"와우! 아노스가 목숨을 걸고 《베노 이에븐》으로 막은 문의 뒤쪽에 써두다니! 진짜 심했다!"

엘레오노르는 익살스럽게 두 팔을 들어 올리며 상체를 젖혔다. 사샤를 바라보며 나는 입을 열었다.

"내가 열고 싶지 않은 문을 열지 않으면 낙서에 도달할 수 없다는 건가."

미샤가 눈을 깜빡이며 사샤를 보았다.

"……사샤……."

"으으…… 눈초리가 따가워, 따가워……."

사샤는 그렇게 중얼거리며 양팔로 우리의 시선을 막았다.

"뭐, 이걸 연다고 해서 당장 신들이 몰려드는 것도 아니고, 귀여운 장난이긴 하군."

"그럼 진작 그렇게 말하지……."

사샤는 가슴을 쓸어내리며 안도하는 한편, 야속하다는 눈길로 나를 쳐다보았다. 나는 두 팔을 다중 마법진에 집어넣고 창백한 《이 그네아스》가 깃든 손을 신계의 문에 댔다. 그대로 꾹 밀어내자 안에서 새하얀 빛이 새어나오며 문이 천천히 열려갔다. 문 너머로 하얀 석판이 깔린 통로가 보였다. 벽도 천장도 없는 검은 하늘에 떠 있는 석판은 끝이 보이지 않을 정도로 멀리까지 이어져 있었다.

"와, 뭔가 신기한 공간이야."

엘레오노르의 말을 들으며 나는 하얀 석판에 발을 내딛은 후 다시 신계의 문을 돌아보았다. 문 뒤쪽을 보기 위해 《이 그네아스》의 손으로 그것을 닫으려 하자 사샤가 당황한 듯 소리쳤다.

"자, 잠깐만. 닫아도 괜찮은 거야?"

"안심해라. 갇히는 일은 없다."

안쪽에서 신계의 문을 천천히 닫았다. 그런 다음 눈으로 문을 쭉 훑어보았다.

"흠……."

"어……라……?"

사샤가 당황한 목소리를 냈다.

"낙서가 없는데?"

엘레오노르가 말하자 미샤가 문 상단을 가리켰다.

"저기."

그녀가 가리킨 위치에 둥근 구멍이 뚫려 있었다. 반대쪽 문짝에는 같은 위치에 마법진이 그려진 석판이 붙어 있었다.

"신계의 문은 좌우대칭. 저기만 비대칭이야."

"누군가가 가져간 거겠지."

사샤의 표정이 험악해졌다.

"누군가라니, 누구야?"

"이곳은 신의 영역이니 뻔하지 않나."

"어— 그럼 원래 저기에 있던 석판에 아베르니유가 낙서를 했는데, 그걸 나중에 신족 중 누군가가 가져갔다는 거야?"

엘레오노르가 정리하자 사샤는 의문을 떠올렸다.

"왜 그런 짓을……?"

「알려줄게.」

갑자기 낯선 목소리가 울려 퍼졌다. 사샤가 재빨리 뒤를 돌아보았다.

조금 전까지 아무도 없던 하얀 석판 위에 어린 소녀가 서 있었다. 겉으로 보이는 나이는 대략 예닐곱 살 정도. 신족이 즐겨 입는 차림새를 하고 있었다. 은은한 분홍색 머리카락을 지녔으며, 머리에는 앙증맞은 날개도 달려 있다. 배꼽 언저리가 희미하게 빛나며 마법선이 뻗어 나와 있었는데, 그 선의 끝은 어디와도 연결되어 있는 것 같지 않았다.

"……앗——……!!"

제일 먼저 반응한 사람은 제시아였다. 그녀는 생기가 넘치는 목소리로 소리쳤다.

"제시아의 동생……이에요……!"

제시아가 소녀를 가리키며 기쁜 표정으로 말했다.

「엔네스오네.」

청아하고 가녀린 목소리로 그 소녀가 입을 열었다.

「——그것이 이 몸을 나타내는 이름이야.」

그녀는 그렇게 말하면서 생긋 웃었다. 입이 움직이긴 했지만 목소리는 나지 않았고, 말은 《리크스》처럼 직접 머릿속에 울려 퍼졌다. 사샤가 경계하듯이 자세를 가다듬으며 미샤와 곁눈질로 시선을 교환했다. 엘레오노르도 긴장한 표정으로 숨을 들이켰다.

"귀여운…… 이름……이에요……!"

단 한 명, 제시아만이 전혀 경계하지 않고 소녀의 이름을 칭찬했다.

「고마워.」

엔네스오네가 희미하게 웃었다.

「따라와. 엔네스오네는 기다리고 있었어. 계속, 계속 말이야. 여기에서 모두가 오기만을 기다리고 있었어.」

빙그르 돌아서서 엔네스오네는 하얀 석판 위를 달려갔다.

"……따라가요……!"

제시아는 신이 나서 그 아이 뒤를 따라 달려갔다.

"어? 아니, 잠깐, 제시아! 기다려! 이 앞은 신계인데……! 모르는 애를 따라가면 안 돼!"

엘레오노르가 황급히 제시아를 쫓아갔다.

"제시아의…… 동생이에요……! 엄마의…… 딸이에요……!"

"그, 그건 꿈 얘기잖아! 나는 낳은 기억이 없다고!"

"숨겨둔 자식……인가요……?"

"수, 숨기고 자시고 할 것도 없어! 됐으니까 좀 기다리래도, 제시아!"

천진난만하게 엔네스오네를 따라 달리는 제시아를 엘레오노르가 필사적으로 쫓아갔다.

"어떻게 할까……?"

사샤가 내게 물었다.

"뭐, 신들의 창궁은 한참 멀리 있으니 걱정할 것 없다. 가자."

나는 사샤, 미샤와 함께 세 사람 뒤를 쫓았다.

§25. 【아궁신도(芽宮神都)】

허공에 떠 있는 하얀 석판 위를 어린 엔네스오네가 달려간다. 그 바로 뒤를 제시아가 쫓아가고, 엘레오노르가 그 뒤를 좇는다. 그리고 나와 미샤 일행은 약간 거리를 두고 뒤따랐다.

이윽고 석판 끝이 새하얀 광채에 뒤덮에 있는 모습이 눈에 들어왔다. 마안으로 응시해도 빛 너머에 무엇이 있는지 알 수 없었다. 엔네스오네가 그 빛 속에 뛰어들고, 제시아도 거침없이 뒤를 따랐다. 우리 눈앞으로 그 순백의 빛이 다가왔다.

"저기, 이거 괜찮은 거지? 못 돌아가게 되는 거 아냐?"

사샤가 당황한 목소리로 물었다.

"크하하. 너무 걱정하지는 마라. 설령 몇 억의 차원을 넘어서 신계 저 깊은 곳에 도달한다 해도 못 돌아가게 되는 일은 없으니까."

"그렇게 말하니까 오히려 걱정되는데?!"

평소처럼 사샤가 격렬하게 트집을 잡았다. 술은 완전히 술은 깬 모양이군.

"이미 제시아가 먼저 들어갔으니 갈 수밖에 없어."

엘레오노르가 그렇게 말하며 제시아 뒤를 쫓아갔다. 그대로 우리도 석판을 달려 순백의 빛 속으로 뛰어들었다. 물감에 덧칠되는 것처럼 풍경이 확 바뀌더니 이윽고 시야에 나타난 것은 시가지였다. 낯선 건물들이 늘어서 있었고, 저 멀리 커다란 궁전이 보였다.

"음——? 뭔가 희한하네. 저 건물은 지붕이 없어."

엘레오노르의 시선 끝에는 커다란 저택이 있었다. 호화로웠지만 지붕이 없었다.

"정말이네. 저쪽 가게는 입구가 없는 거 맞지……?"

사샤가 신기해하는 눈초리로 거리에 줄지어 있는 상점들을 가리켰다. 잡화점, 서점, 무기점, 여관 등등 다양한 간판이 걸려 있는데, 그중에 문이 없는 가게가 있었다. 주위에서 사람의 기척은 느껴지지 않았다. 물론 이곳에 신족 말고 있을 리가 없으니 당연하다면 당연하다.

"태양."

미샤가 머리 위를 올려다보고 손으로 빛을 가리면서 말했다.

"……저게 뭐야……?"

"엄청나네."

사샤와 엘레오노르도 하늘을 보며 한마디씩 했다. 그곳은 광대한 바다였다. 출렁거리는 수면이 하늘처럼 펼쳐져 있고, 그 너머에서 분명히 태양 같은 형체가 보였다.

"하늘이 바다라니, 이건 또 별난 장소로군."

"그 신계의 문이 이 이계와 연결되어 있었다는 거지……?"

사샤가 확인하듯 중얼거렸다.

「어서 와. 제시아, 엘레오노르. 그리고 마왕 아노스.」

엔네스오네가 우리를 돌아보며 환영하듯 말했다. 소녀의 머리에 달린 자그마한 날개가 파닥 움직였다.

「여기는 아궁신도 포스로널리프.」

앳된 목소리로 그녀가 말했다.

「신들의 창궁과 이어진 신역(神域) 중 하나야.」

"흠. 신계의 문과 신들의 창궁에는 틈이 있다고 들었는데, 이 도시가 그것인가?"

「응. 이 신도의 심층부에도 신계의 문이 있어. 그곳이 신들의 창궁과 연결되어 있지.」

아궁신도 포스로널리프……. 신계의 문을 지나자마자 도착하는 곳이라면 알고 있을 법도 한데, 들어본 기억이 없다. 잊은 건가? 아니면 내가 전생한 후에 생긴 곳인가?

"엔네스오네……!"

제시아가 기쁜 표정으로 그 이름을 불렀다. 그러자 기분 탓인지 그 어린 소녀도 기쁘게 웃은 것 같았다.

"……엔네스오네가…… 제시아를 불렀나요……?"

「응. 엔네스오네는 제시아의 꿈속에서 제시아를 불렀어.」

"……역시 불렀군요……!"

제시아는 꽃처럼 활짝 웃으며 엔네스오네에게 다가갔다. 그리고 그녀의 양손을 잡고 위아래로 붕붕 흔들었다.

「부른 건 제시아와 엘레오노르. 그리고 마왕 아노스. 여기에, 이 신도에 모두를 데려오고 싶었어.」

엔네스오네는 그렇게 설명했다.

“제시아는…… 데려왔어요……. 기특한 아이……예요……!”

제시아는 자랑스럽게 가슴을 폈다.

“……엔네스오네는…… 제시아의 동생인가요……?!”

엔네스오네가 부드럽게 미소 지었다.

「응.」

“……제시아가…… 언니예요……!!”

엔네스오네의 양손을 잡은 제시아는 반짝반짝 빛나는 눈으로 우리를 돌아보았다.

“음, 질문 하나 해도 될까――? 나는 너를 낳은 기억이 없는데, 어떻게 된 거야?”

검지를 세우며 엘레오노르가 의문을 표했다.

“아, 대답하는 김에 신계의 문 뒤에 있던 낙서에 대해서도 알려주겠어?”

사샤가 이어서 질문했다.

「미안해. 두 질문 다, 아직 대답할 수 없어.」

엔네스오네는 안타까운 듯한 말투로 대답했다.

“……음, 그게 무슨 뜻이야?”

“아까는 알려주겠다더니……?”

엘레오노르가 의아하다는 표정으로 되묻고, 사샤가 불신의 눈초리를 날렸다.

「……미안해…….」

엔네스오네가 겁에 질린 듯이 고개를 숙였다. 그러자 제시아가 그녀를 지키려는 것처럼 두 팔을 벌렸다.

"……괴롭히면…… 안 돼요……!"
"아, 제시아……. 이건 괴롭히는 게 아닌데……?"
엘레오노르가 오해를 풀려고 다가가자, 제시아는 엔네스오네를 넘겨주지 않겠다는 듯 날개 달린 머리를 꼭 껴안았다.
"……안 돼요……!"
엘레오노르가 난처해하며 고개를 기울였다.
"안심해라, 제시아. 네 동생에게 심한 짓을 하진 않을 거다."
"……약속하는…… 건가요……?"
"그래."
그러자 제시아가 안심한 듯 웃었다.
"네가 엔네스오네에게 사정을 물어봐 주겠나? 언니에게라면 말하기 편할 테니까."
제시아는 자신만만하게 고개를 끄덕이고 엔네스오네의 얼굴을 들여다봤다.
"엔네스오네……. 제시아에게…… 알려줄래요……?"
그러자 그녀가 고개를 끄덕였다.
「엔네스오네는 아직 태어나지 않았어.」
"……태어나지 않았는데…… 엔네스오네는…… 어떻게 여기에 있는 건가요……?"
제시아가 이해가 잘 안 된다는 듯 물어보았다.
엔네스오네가 고개를 저었다. 그 움직임을 따라 머리의 날개가 파닥파닥 움직였다.
「잘 모르겠어. 알기도 하고, 모르기도 해. 엔네스오네는 불안정하거든. 아직 태어나지 않았어. 앞으로 태어나게 될, 새로운 질서야.」

"그럼, 엔네스오네는 신족인 거야?"

엘레오노르의 질문에 그녀가 고개를 끄덕였다.

「엔네스오네는 아직 신이 되기 전의 존재야. 근원 태아. 태어나지 않은, 근원의 아기. 그게 지금의 엔네스오네야.」

"아~ 그렇구나. 그래서 근원이 그렇게 쪼그만 거야?"

그녀는 마안으로 엔네스오네의 심연을 응시했다.

"쪼그매?"

미샤가 물었다.

"응, 쪼그매."

엘레오노르는 근원을 직접 볼 수 있다. 마력을 보는 것에 관해서는 미샤만큼 뛰어나진 않지만, 보통은 마력을 통해 간접적으로 유추할 수밖에 없는 근원의 크기를 직접 파악할 수 있는 것이다.

「엔네스오네는 제시아와 엘레오노르 편이야. 이 세상이 상냥해지도록, 창조신 밀리티아가 소원을 담아 창조한 질서야. 하지만 아직 완전하지 않아. 기억이 안 나. 엔네스오네는 세상을 위해 만들어졌지만, 자신이 어떤 질서인지 기억하지 못해.」

엔네스오네가 마음 아파하며 말했다.

"네가 근원 태아라서인가?"

「응. 창조신은 원래 질서를 만드는 신이 아니니까. 엔네스오네는 다른 신에게 탄생을 빼앗겼어.」

"음, 탄생을 빼앗겼다는 게 무슨 뜻이야?"
엘레오노르가 물었다.
「……태어나기 위해 필요한 것을 빼앗겼어……. 이 거리 어딘가에 있을 텐데, 엔네스오네의 힘으로는 찾을 수가 없어. 그래서 제시아에게 꿈을 보여주고, 여기로 부른 거야.」
"왜 굳이 제시아에게 꿈을 보여준 거냐?"
「엔네스오네의 힘이 닿는 건, 제시아와 엘레오노르뿐이었으니까.」
그러자 제시아가 기뻐하며 말했다.
"……제시아는…… 언니이니까요……!"
「응.」
엔네스오네도 웃으며 말했다.
"아~ 그럼 혹시 그런 건가? 나한테는 꿈을 보여줘도 전혀 믿을 것 같지 않아서 제시아에게 보여준 거야?"
엔네스오네가 미안한 듯 고개를 숙였다.
「……미안해…….」
"……괴롭히면…… 안 돼요……."
엔네스오네를 감싸는 것처럼, 제시아가 엘레오노르를 노려보았다.
"아니, 괴, 괴롭히는 게 아닌데. 나는 그렇게 무서운 사람이 아니라고?"
"……거짓말……이에요……! 제시아에게 항상, 풀을…… 먹게 하잖아요……!"

제시아의 말에는 오랜 원한이 담겨 있었다.

"그, 그건 채소를 먹어야 무럭무럭 자라기 때문이야. 알겠지?"

어떻게든 어르려고 하는 엘레오노르를 제시아가 의심 가득한 눈초리로 째려보았다. 세 사람이 미소가 절로 나오는 대화를 나누는 동안 사샤가 《리크스》를 보냈다.

'……나쁜 신족 같진 않기는 한데, 덜컥 믿어도 될까? 여기는 일단 신족의 영역이잖아. 조금만 더 가면 신계인 거고…….'

'밀리티아가 세상을 위해 만들었다는 게 사실이라면 무시할 수 없지. 다른 신족이 질서의 탄생을 방해한다는 것도 있을 수 있는 일이다.'

'하지만 다른 신족이 아노스를 함정에 빠뜨리려고 꾸민 일일지도 모르는데? 아보스 디르헤비아 때처럼, 마왕을 멸하는 질서 같은 걸 낳으려는 꿍꿍이일 수도 있잖아.'

'엔네스오네와 밀리티아 사이에 연결점이 없는 건 아니다.'

'연결점? 그런 게 있던가?'

'술에 취한 사샤가, 엘레오노르와 제시아를 데르조게이드에서 기다렸어.'

미샤가 대화에 끼어들었다.

'어? 으음…… 그러고 보니 그런 일이…… 있었던 것 같기도 하고…….'

사샤가 머리를 쥐어짰다. 취해 있던 탓에 기억이 모호한 것이리라.

'제시아는 꿈에서 엔네스오네를 보고, 엘레오노르와 함께 그곳에 왔다. 네가 그때 아베르니유의 마음으로부터 모종의 기억을 떠올렸다면, 그건 밀리티아에게서 전해진 것일지도 몰라.'

'그건 말이 되는 것 같긴 한데……. 그럼 어떻게 할 거야?'

그때 엔네스오네가 우리를 바라보며 불안한 목소리로 말했다.

'……역시, 믿어줄 수, 없는 거야……?'

제시아가 엄청난 기세로 고개를 도리도리 저었다.

"……믿어……요……. 엔네는 제시아의 동생이에요……!"

제시아는 엔네스오네의 두 손을 꽉 쥐었다.

"……엄마가 엔네를 낳을 수 있게…… 제시아는 최선을 다할 거예요……!"

"저기— 제시아? 무턱대고 약속하면 못써. 나도 할 수 있는 일이랑 할 수 없는 일이 있거든?"

"안 되나요……?"

제시아가 슬픈 표정으로 애원했다.

"……안 된다기보다는, 그 뭐야, 신족을 내가 낳는다는 얘기 자체가 전혀 이해가 안 되거든?"

"동생을…… 갖고 싶어요……. 낳아……주세요……."

"마음은 알겠지만 나 혼자 결정할 수 있는 문제도 아니고…… 애초에 낳을 수 있는지조차 모르겠는데……?"

엘레오노르가 난처한 표정으로 나를 보았다.

"뭐, 일단 낳고 생각하면 되지 않겠나."

"와! 문제 있는 부모가 할 법한 말을 다 하네!"

엘레오노르가 기막혀하며 소리쳤다. 제시아는 기쁜 표정으로 엔네스오네를 꼭 껴안았다.

"해냈어요……! 조르는 게…… 특기예요……. 언니이니까……!"

"그런데 엔네스오네. 네가 세상을 상냥하게 만들기 위한 질서라면 꼭 태어나 주었으면 하는데, 그 빼앗긴 것에 대한 기억은 있나?"

「마음 없는 인형.」

진지한 표정으로 엔네스오네가 대답했다.

「마력 없는 그릇.」

무척이나 중요한 것을 전하듯이.

「몸을 갖지 못한 혼백.」

그녀는 잠시 말을 끊었다가 다시 입을 열었다.

「이 세 가지를 갖추면, 엔네스오네는 불완전한 상태로 태어날 수 있어.」

"호오. 또 묘한 이야기군. 완전한 상태로 태어나려면?"

그녀가 고개를 천천히 좌우로 흔들었다.

「엔네스오네는 불완전한 상태로만 태어날 수 있어. 그것이 섭리이고, 그것이 질서이니까.」

"……흠."

밀리티아가 세상을 상냥하게 만들고자 창조한 질서. 그것이 태어났다 해도 질서는 불완전했다는 말인가. 뒤집어 생각하면, 이 세상을 상냥하게 바꾸려고 해도 불완전할 수밖에 없다는 이야기다.

"엔네스오네, 그 세 가지를 찾기 위한 단서는 있나?"

「여러모로 어려워서…… 엔네스오네는 잘 설명할 수 없어……. 하지만 웬제르라면 잘 설명할 수 있을 거야. 먼저 웬제르를 구하러 가야 해.」

엔네스오네는 그렇게 말하고 갑자기 달리기 시작했다.

「따라와.」

"기다려요……! 갑자기 뛰면…… 위험해요……!"

제시아가 곧바로 그녀를 쫓아가 손을 잡았다. 엔네스오네가 돌아보며 웃었다.

두 사람은 손을 잡고, 사람이 없는 아궁신도 포스로널리프를 달려갔다.

§26. 【긴박신(緊縛神)과 사로잡힌 신】

"엔네스오네."

앞장서서 달리는 엔네스오네와 나란히 달리며 나는 물었다.

"방금 언급한 웬제르라는 자는 누구지?"

엔네스오네는 머리의 날개를 작게 파닥이며 내 쪽을 보았다.

「생명과 탄생의 질서를 관장하는, 생탄신 웬제르야. 엔네스오네는, 원래는 태어날 리가 없었어. 하지만 웬제르가 생탄신의 권능을 써준 덕분에 태어나려는 질서가 될 수 있었지.」

"어? 생탄신이라니, 어디선가 들어본 것 같은데……?"

엘레오노르가 기억을 더듬는 것처럼 시선을 위로 올렸다. 그러자 사샤가 말했다.

"밀리티아의 친구야. 데르조게이드의 낙서에서도 언급했고, 왠지 그랬던 것 같은 기분이 들어."

"아~ 맞네. 나도 오는 길에 봤어."

"웬제르는 어떤 신이야?"

미샤가 묻자 엔네스오네가 말했다.

「웬제르는 상냥해. 늘 엔네스오네를 지켜주고, 엔네스오네가 태어나려는 걸 도와줘. 엔네스오네는 밀리티아가 맡긴 중요한 존재고, 자신의 소중한 아이라고 웬제르는 말해줬어.」

미샤가 눈을 두 번 깜빡였다.

"웬제르도 엔네스오네의 엄마?"

엔네스오네가 방긋 웃으며 기쁘게 고개를 끄덕였다.

「엔네스오네는 태어나기 힘든 생명이라서, 밀리티아가 창조의 질서를, 웬제르가 생탄의 질서를 줬어. 그래서 엔네스오네의 엄마는 한 명이 아니야.」

"아, 그렇구나. 이제야 알겠네."

엘레오노르는 드디어 이해했다는 듯이 입을 열었다.

"엔네가 제시아의 동생이라는 얘기는, 제시아를 여기로 데려오기 위해 보여준 꿈이었을 뿐이라는 거지?"

마음의 짐을 던 듯한 엘레오노르와 대조적으로 제시아는 절망한 것 같았다.

"엔네의 엄마는…… 제시아의 엄마가…… 아닌가요……?"

울음을 터뜨릴 것 같은 목소리로 제시아가 물었다.

"……엔네는…… 제시아의 동생이…… 아닌가요? 거짓말……인가요?"

그러자 엔네스오네가 웃었다.

「걱정 마. 엔네스오네는 엘레오노르의 아이이기도 해. 그러니까 엄마는 세 명이야.」

"그럼 제시아의 동생……이에요……!"

「응.」

그녀의 대답을 듣고 제시아가 기뻐하며 웃었다. 엘레오노르가 슬금슬금 엔네스오네 곁으로 다가가 귓속말로 물었다.

"엔네, 실제로는 어떤 건데?"

「……아직 잘 모르겠어. 하지만 엔네스오네의 목소리가 닿는 사람은 엘레오노르와 제시아뿐이니까……. 그렇다고 생각했고…… 그러면 좋겠다 싶어서…….」

"음— 그렇구나……. 그건 뭘 의미하는 걸까? 엄마에게만 닿는 건가?"

엔네스오네가 시무룩하게 고개를 숙이자 머리의 날개도 따라서 축 늘어졌다.

「……모르겠어…… 미안해…….」

그러자 어느 틈에 엘레오노르 옆에 선 제시아가 그녀를 빤히 노려보았다.

"무슨 이야기를…… 하고 있나요……?"

"아, 아무것도 아니야. 그러고 보니, 엔네의 엄마인 웬제르를 구하러 가야 한댔잖아. 무슨 일 있어?"

제시아의 의심 가득한 눈초리를 피하며 엘레오노르는 화제를 바꿨다.

「웬제르는 엔네스오네를 도우려다가 잡혀버렸어.」

엔네스오네는 어두운 표정으로 대답했다.

"흠. 누구에게?"

「엔네스오네는 신족에게 미움받고 있어. 그래서 타태신(墮胎神) 앙데르크가 찾아왔어. 앙데르크는 엔네스오네가 태어나기 전에 멸하려 하고 있다고, 웬제르가 말했어.」

"이 아궁신도에 있는 거냐?"

「응. 타태신 앙데르크는 엔네스오네를 멸할 기회를 노리고 있어. 웬제르는 엔네스오네를 지키려고 앙데르크와 싸웠어. 하지만 져서, 저 궁전에 갇혀 있는 거야.」

엔네스오네가 걸음을 멈췄다. 그녀의 시선 끝에는 거대한 궁전이 있었다.

「타태신은 혼자가 아니야. 타태의 파수신을 거느리고 있고, 긴박신 웨즈네라를 자기 편으로 만들었어. 웨즈네라는 그 권능으로, 저 궁전 안에 긴박뇌옥을 만들었어. 그렇게 생탄신 웬제르를 가둔 거야.」

엔네스오네는 돌아서서 나를 보았다.

「엔네스오네의 힘으로는 긴박뇌옥을 부술 수 없어. 긴박신에게도 이길 수 없어서, 계속 숨어 있었어. 부탁해, 마왕 아노스, 웬제르를 도와줘. 엔네스오네가 태어나려면 웬제르가 필요해.」

엔네스오네가 간절한 표정으로 호소했다. 태어나기 전의 질서라 함은 그녀 또한 신족이라는 뜻이다. 하지만 믿기지 않을 만큼 풍부한 감정을 가지고 있다.

"물론, 웬제르가 밀리티아의 친구라면 못 본 체할 수는 없지."

내 대답을 듣고 안심했는지 엔네스오네의 표정이 밝아졌다.

"그런데 신족끼리 다투다니 희한하군. 어느 쪽이든 소멸되면 질서의 정합성이 무너진다. 서로 상반되는 질서라고 해도, 원래는 직접 서로를 공격하거나 하지는 않는 법이다."

2천 년 전에는 신과 신이 다투는 광경을 본 적이 없다. 모든 질서는 서로 간섭하면서도, 그저 각자 맡은 역할을 담담히 수행할 뿐이었다.

"그럼 신족 입장에서, 엔네스오네는 어떻게든 탄생을 막아야 하는 질서라는 뜻일까?"

사샤가 자신의 생각을 말했다.

"달리 말하자면, 엔네가 태어나면 세상이 평화로워지는 거 아냐? 어쩌면 더는 이상한 신족이 디르헤이드에 쳐들어오는 일이 없어질지도 몰라."

태평한 어조로 엘레오노르가 말했다.

"그렇게 되었으면 좋겠군."

나는 눈앞의 궁전을 다시 쳐다본 뒤에 걸음을 옮겼다. 엔네스오네 일행도 그런 내 뒤를 따랐다. 우리는 마침내 입구에 다다랐다.

"이 안이 긴박뇌옥인 거지?"

사샤가 묻자 미샤는 궁전 내부를 마안으로 유심히 살폈다.

"궁전 전체가 강한 마력을 띠고 있어. 신족 것이야."

침을 꼴깍 삼키며 사샤가 나를 보았다.

"……어떻게 할 거야?"

"아까도 말했지만, 질서와 질서가 서로 공격하는 일은 거의 없다. 타태신 앙데르크가 생탄신 웬제르를 멸하지 않고 가두기만 한 것도 그 때문이겠지. 다소 난폭하게 굴더라도 웬제르의 몸에 위기가 미칠 일은 없을 거다."

"……그 말인 즉슨?"

"정면으로 당당히 들어가면 된다."

"……그럴 줄 알았어……."

나쁜 예감이 적중했다는 듯한 표정을 짓는 사샤를 보고 웃으며, 나는 거침없이 궁전 안에 진입했다. 그 순간 끈적한 공기가 피부를 어루만졌다. 긴박신의 질서 때문인지, 온몸에 사슬이 채워진 듯한 묵직함이 느껴졌다.

「……아…….」

엔네스오네의 다리가 털컥 풀렸다.

"엔네……?!"

제시아가 걱정스럽게 엔네스오네의 얼굴을 확인했다. 그녀는 양손을 바닥에 대고, 비지땀을 흘리며 숨을 거칠게 헐떡였다. 그녀에게는 아직 이 긴박뇌옥에 대한 저항력이 없는 것이리라.

"도와주마."

내가 부축하려고 하자 제시아가 갑자기 소매를 걷어붙이고 주먹을 쥐락펴락 하며 팔뚝을 강조했다.

"……어떤……가요……?"

"갑자기 뭐 하는 거야?"

사샤가 그 모습을 의아한 표정으로 보았다.

"음, 아마도 근육을 어필하는 것 같아."

엘레오노르의 대답을 듣고 사샤는 더욱 알쏭달쏭한 표정을 지었다.

"근육이라니, 팔뚝의?"

"말랑말랑."

미샤가 솔직한 소감을 말했다.

"어떤……가요……?!"

말랑말랑한 팔뚝을 내게 과시하며 제시아가 진지한 표정으로 물어보았다. 동생에게 멋진 모습을 보이고 싶은 것이겠지. 귀여운 녀석이다.

"알았다. 엔네스오네는 네게 맡기마. 잘 지키도록."

"알겠……습니다……!"

제시아는 의젓한 목소리로 대답하고 엔네스오네 앞에 쪼그리고 앉아 등에 업히라고 재촉했다.

「……그, 그래도 돼?」

"언니……이니까요……!"

엔네스오네가 천천히 제시아의 등에 업혔다. 제시아는 순수한 근력은 아직 그리 대단하지 않았지만, 마력으로 대폭 강화하고 엔네스오네를 지키는 작은 마법 결계를 펼쳤다. 그리고 그녀를 업은 채 힘차게 걸어나갔다.

"후후후, 완전히 언니가 다 됐구나."

"원래부터…… 언니였어요……!"

제시아는 볼을 부풀리면서 불만스럽다는 듯이 엘레오노르를 돌아보았다.

"그래, 그래. 알고 있어. 제시아는 훌륭한 언니야."

고개를 끄덕인 제시아는 다시 앞장서서 나아갔다. 궁전 내부에는 창살이 여러 겹으로 설치되어 있었는데, 그것이 미로 같은 길을 구축했다.

우리는 그 창살 미로를 안쪽으로 쭉 전진했다. 얼마 후 제시아의 등에 업힌 엔네스오네가 입을 열었다.

「……저기…….」

살짝 수줍어하는 기색으로 엔네스오네는 머리의 날개를 움츠렸다.

「……제시아 언니라고, 불러도, 될까……?」

그러자 제시아는 고개를 도리도리 저었다.

「어? 아, 안 돼……?」

"제시아 언니야를…… 추천……해요……!"

불리고 싶은 호칭을 맹렬하게 어필했다.

「그럼, 음…… 제시아 언니야…….」

제시아는 어지간히 기뻤는지 엔네스오네를 업은 채 깡총깡총 뛰었다.

"언니야……예요……!!"

"음~ 엔네가 태어나면, 우리 가족으로 삼아야 한다고 떼를 부릴 것 같네."

흠. 그 광경이 눈에 선하군.

"1만 명이나 있으니, 이제 와서 한 명 더 늘어난다고 달라질 것도 없지 않나."

"어어~? 그런 식으로 나오면 엔네도 아노스한테 책임지게 할 거다?"

엘레오노르는 장난스럽게 웃으며 어깨 너머로 내 볼을 찔렀다.

"잠깐."

나는 걸음을 멈췄다.

"응? 천하의 마왕님이 그 정도도 못 해주는 거야? 별일이네?"

그렇게 말하며 내 앞으로 나서려 하는 엘레오노르를 팔로 가로막았다.

"내가 한 말은 당연히 책임 지겠지만——."

나는 턱짓으로 앞에 주의를 기울이라고 지시했다. 그녀는 의아한 표정으로 전방에 마안을 집중했다.

그 안쪽에는 유독 견고해 보이는 마법 감옥이 있었다. 안에는 젊은 여성이 앉아 있었는데, 기다란 천을 몸에 느슨하게 감은 듯한 특이한 차림새였다. 곧게 뻗은 긴 머리카락과 연녹색 신안. 백옥 같은 피부가 신성한 빛을 발하고 있었다. 신족임에 틀림없다.

「웬제르!」

엔네스오네가 소리치자 그 신족이 우리를 알아차렸다. 그녀는 깜짝 놀란 것 같았다.

"가까이…… 갑니다……."

제시아는 힘차게 마법 감옥으로 달려갔다.

「웬제르, 지금 구해줄게.」

"……안 돼……!"

웬제르가 당황한 목소리로 말했다.

"오면 안 됩니다, 엔네스오네. 여기에는 긴박신이……!"

그녀의 경고와 동시에 천장에서 뻗어 내린 사슬이 생물처럼 꿈틀거리며 제시아와 엔네스오네를 덮쳤다.

"맡겨……주세요……."

제시아가 빛의 성검 엔하레를 뽑아 그 사슬을 내리쳤다. 끼리리릭 하고 날카로운 소리가 울려 퍼진다. 그러나 사슬은 끊어지지 않고 제시아와 엔네스오네 주위를 뒤덮듯 빙글빙글 소용돌이를 만들었다. 그것은 흡사 사슬의 토네이도다.

"……지지 않겠어요……!"

제시아가 엔하레를 내뻗었지만 사슬의 토네이도에 맥없이 휘말렸다.

"……앗……!"

키이이이잉! 금속성 굉음이 울려 퍼지고, 제시아가 놓친 성검이 멀리 날아갔다. 끝장을 내려는 것처럼 그 사슬 토네이도는 빠르게 범위가 줄어들면서 중심에 있는 제시아와 엔네스오네를 삼키려고 했지만——그 직전에 뚝 멈췄다.

"흠. 네 녀석이 긴박신인가?"

나는 토네이도 안에 아무렇게나 손을 찔러넣어서 사슬을 붙잡았다.

"……그래. 나는 긴박신 웨즈네라……."

대답이 돌아오는 동시에 사슬에서 마력이 방출되어 내 팔을 휘감으려고 했다. 그것을 가볍게 바닥에 내던지자 요란한 굉음과 함께 분진이 피어올랐다. 철그럭 철그럭 쇳소리를 내며 꿈틀거리는 사슬이 인간형으로 뭉치기 시작했다. 바람이 일어나 분진이 흩어지는가 싶더니, 어느새 그 자리에는 전신에 사슬을 휘감은 남자가 서 있었다. 신족에 걸맞은 강한 마력이 느껴졌다.

"그럼 웨즈네라. 제안을 하겠다. 거기 갇힌 생탄신 웬제르와 할 얘기가 있어서 말이다. 지금 당장 풀어주면 난폭한 짓은 하지 않으마. 어떤가?"

"……풀어줘……?"

웨즈네라가 인상을 찌푸렸다.

"웬제르를 풀어주면 너는 봐주겠다. 웬제르를 풀어주지 않으면 너의 질서는 위기에 처할 것이고, 웬제르는 당연히 이곳에서 나가게 될 거다. 뭐가 이득인지 생각할 필요도 없겠지."

짧은 침묵 후, 녀석은 히죽히죽 웃었다.

"……안 돼…… 안 돼……. 절대로 그렇게 할 수는 없어……!"

입을 여는 동시에 긴박신에게서 마력의 입자가 솟아오르고, 미샤 일행이 임전 태세를 갖추었다.

"왜냐하면, 엄마는, 내 것이니까. 나와 영원히 여기 있어야 해! 엄마는, 엄마는 엄마는――."

웨즈네라의 몸에서 사방을 향해 사슬이 무수히 뻗어나오기 시작했다.

다음 순간, 그것이 맹렬하게 달려들었다.

"내 엄마는, 아무데도 가면 안 된다고오오오……!!"

§27. 【신의 모자(母子)】

긴박신 웨즈네라가 방출한 사슬은 뱀처럼 구불구불 움직이며 절반은 우리의 도주로를 차단했고, 나머지 절반은 눈앞으로 육박했다.

"《베브즈도》."

두 개의 마법진에 팔을 통과시켜 양손을 검게 물들이고, 다가온 사슬 두 개를 가볍게 양단했다.

순간── 절단 자국에서 작은 사슬들이 무수히 나타나 내 양팔을 휘감았다.

"호오."

팔을 힘껏 당겨보았지만 웨즈네라의 몸과 연결된 사슬의 길이가 늘어날 뿐이라서 힘싸움도 불가능했다. 마음대로 신축하는 건가.

"어휴, 진짜 끈질기네!"

엘레오노르 일행은 첫 공격을 회피했지만, 그녀들이 피한 방향으로 사슬이 다시 쫓아갔다. 속도는 빠른 편이 아니었으나 유도력이 뛰어났다.

"《데 이제리아》!"

엘레오노르는 지, 수, 화, 풍, 네 개의 마법진으로 결계를 만들어 긴박신의 사슬을 막았다. 그런데 그 결계 자체를 사슬이 칭칭 감기 시작했다.

"와우, 결계까지 통째로 묶으려고?"

"이게!"

사샤가 《파멸의 마안》으로 《데 이제리아》에 얽힌 긴박신의 사슬을 노려보았다. 그것이 조각조각 끊어지면서 금속 파편이 사방으로 흩어졌다. 하지만 그 파편에서 이번에도 작은 사슬이 튀어나와 그녀들을 지키는 결계를 또다시 묶어버렸다.

《데 이제리아》에서 삐걱대는 소리가 나며 결계의 범위가 조금 줄어들었다.

"얼음 결정."

미샤는 《창조의 마안》으로 작은 사슬을 얼음 결정으로 바꾸었다. 과연 다른 물질로 변해버리면 새로운 사슬을 뽑아낼 수 없는 것인지 주위에 결정이 흩날렸다.

"소용없는 짓이야! 내 앞에서는 자유로워질 수 없어……!"

긴박신 웨즈네라가 우쭐하게 소리쳤다. 그와 동시에 긴박뇌옥의 창살이 날아와 미샤 일행을 둘러싸기 시작했다. 창살은 철컹, 철컹, 상하좌우를 벽처럼 차단하며 조잡한 감옥을 형성하기 시작했다.

"갇히고…… 말았어요……!"

제시아는 엔네스오네를 업은 채 주위를 둘러보았다. 창살이 추가될 때마다 마력이 증가하며 감옥에서 무수한 붉은 사슬이 사출되었다.

《데 이제리아》를 칭칭 휘감는 붉은 사슬을 미샤가 《창조의 마안》으로 바라보았지만 성질을 바꾸는 것에 실패했다.

"효과가 없어……."

미샤가 마안에 더욱 마력을 쏟았다. 은백의 빛이 그녀의 눈동자에 집중되었다.

"긴박의 붉은 사슬은 마력을 속박하는 권능입니다!"

감옥에 갇힌 생탄신 웬제르가 소리쳤다.

"웬만한 마법은 사슬에 닿는 순간 속박당해서 그 힘을 발휘할 없을 거예요."

"미샤."

사샤가 뻗은 손을 미샤가 맞잡았다. 둘은 각각 반원 마법진을 그렸다. 《디노 지쿠세스(분리융합전생)》로 아이샤가 되면 그 안에서 탈출할 수 있을 것이다.

"되었다."

내가 제지하자 두 사람은 마법을 중단했다.

"결국 단순히 묶어놓기만 하는 마법이다. 거기서 느긋하게 보고 있어라."

"음— 하지만 《데 이제리아》가 짜부라지면 아플 것 같은데?"

엘레오노르가 검지를 세우며 말했다.

"뭐, 그 전까지 끝내마."

나는 속박당한 양손에서 기원마법 《지라스도》를 방출했다. 칠흑의 번개는 파지지직 요란한 소리를 내며 사슬을 타고 긴박신 웨즈네라를 관통했다.

"……크윽…… 크아아악……!!"

웨즈네라는 한순간 중심을 잃었지만 다리에 힘을 주고 견뎌냈다. 생탄신 웬제르가 침통한 표정으로 아랫입술을 깨무는 모습이 시야 구석에 들어왔다.

"크하하. 자, 어떻게 할 거냐? 나를 속박하고 있는 한 《지라스도》를 피할 수는 없다."

나는 생탄신 웬제르 쪽으로 시선을 옮기며 제안했다.

"소멸되기 전에 그녀를 풀어주는 게 어떻겠나?"

"안 돼, 안 돼 안 돼, 그건 안 돼! 나는, 긴박의 질서……. 아무도, 내 앞에서는 자유로워질 수 없어……. 내 엄마는, 계속 내 곁에 있어야 해. 내 엄마, 내 엄마는……."

《지라스도》에 반마법이 엉망으로 망가져서 검은 전류에 끊임없이 지져지면서도 웨즈네라는 크게 부르짖었다.

"내가 여기에, 영원히 묶어둘 거야! 내 것이라고오오오오!!!"

"마마보이였구나아아!!"

엘레오노르가 버럭 소리지른 순간. 긴박뇌옥의 창살이 이번에는 내 주위를 차단하기 시작했다. 엘레오노르 일행 때보다 훨씬 많은 창살로 투박하고 거대한 감옥을 구축해갔다. 감옥이 완성되자 감옥 네 귀퉁이에서 사출된 붉은 사슬이 《지라스도》를 흘려보내는 사슬에 감겼다. 그 직후, 칠흑의 번개는 앞으로 나아가지 못하고 붉은 사슬이 감긴 지점에서 부자연스럽게 멈췄다.

"사슬에 닿으면 안 됩니다! 그 아이는 구속과 정체를 관장하는 긴박신. 만물은 질서의 사슬에 속박당하여 정체될 수밖에 없습니다!"

웬제르가 경고하자 긴박신 웨즈네라가 건방진 미소를 보였다.

"엄마 말이 맞아. 내가 묶지 못하는 건 없어."

"그렇다면 이것도 묶어보아라."

전방에 마법진을 10문 그려서 《지오 그레이즈》를 발사했다. 빛의 꼬리를 남기며 힘차게 방출된 칠흑의 태양에 붉은 사슬이 휘감기며 그것을 구속했다.

"봤지? 아무도 내 앞에서는 자유로울 수 없어. 아무도 내게서 도망가지 못해. 결계든, 번개든, 불이든, 난 뭐든지 묶어버린다고. 대단하지?"

"놀랄 정도는 아니로군."

"뭐라고? 센 척 하기는. 아무튼 이제 너희는 돌아갈 수 없어. 우리와 평생 여기서 사는 거야. 그러면 떠들썩해져서 엄마도 기뻐하겠지!"

긴박신 웨즈네라가 깔깔깔 웃었다.

"웨즈네라. 저는 그런 걸 바라지 않습니다. 그들을 풀어주세요."

웬제르가 타이르듯 말하자 긴박신이 그녀를 돌아보며 이해가 안 된다는 반응을 보였다.

"어째서? 엄마는 여기 있고 싶은 거잖아? 엄마는 내 엄마라고, 내게 속박당하고 싶다고 했잖아."

"사랑스러운 웨즈네라. 차분하게 제 말을 잘 들어보세요. 당신에게는 이제 그럴 수 있는 능력이 있을 것입니다."
"물론 듣고 있어. 나는 착한 아이니까. 엄마가 기뻐하도록 똑바로 행동할 거야."
녀석이 다시 깔깔깔 웃었다.
"흠. 어머니를 많이 사랑하는 것 같군, 웨즈네라."
"당연하지. 나만큼 엄마를 사랑하는 애는 없어. 그래서 엄마가 계속 곁에 있을 수 있도록 이렇게 가둬두고 있는 거야."
검은 《베브즈도》로 물든 양손으로 사슬을 찢고 《파멸의 마안》으로 그것을 멸했다.
"유치한 사랑이다. 진실로 어머니를 아낀다면, 슬슬 품에서 떠나는 게 어떻겠나?"
감옥을 사이에 두고 그 너머에 있는 긴박신에게 나는 발을 내디뎠다.
"……유치하다고? 내 어디가 유치하다는 거야?! 엄마는 나와 함께 있고 싶어해! 내게 보호받기를 원한다고……!!"
"망상도 정도껏 해라."
감옥 네 귀퉁이에서 긴 사슬이 하나씩 나타나 그것이 마법진을 구축했다.
"너 뭐야! 내 앞에서 감히 그딴 태도를 보이다니!! 두 번 다시 건방지게 못 굴도록 묶어버릴 테다!"
긴박신 웨즈네라가 막대한 마력을 발하자 적색, 청색, 황색, 녹색 사슬이 각각 마법진에서 튀어나왔다.
"《에겔루츠 엔그도메라(긴박함쇄승뇌옥)》!!"

《파멸의 마안》으로 그것을 노려보려 하자 붉은 사슬이 거대하게 팽창하며 내 시야를 덮었다. 다음 순간, 네 개의 사슬은 내 몸에 감겨 있었다.

"자, 이제 너는 달아날 수 없어. 붉은 사슬은 마력을 묶고, 푸른 사슬은 몸을 묶고, 노란 사슬은 오감을 묶고, 녹색 사슬은 사고를 묶지. 《에겔루츠 엔그도메라》에 묶이면 마법을 쓰는 것도, 걷는 것도, 보는 것도, 생각조차도 제대로 할 수 없다고!"

《에겔루츠 엔그도메라》의 사슬이 나를 단단히 속박했다. 오감이 묶여 보는 것이 불가능하고 촉감조차 느껴지지 않는다. 탈출 방법은 있다. 하지만 녹색 사슬에 의해 사고가 묶인 것인지, 알고 있을 탈출 방법 중 몇 가지를 떠올릴 수 없었다.

"넌 이제부터 내 잡담 인형이야. 이 감옥에서 나와 엄마와 즐겁게 잡담하며 살 거야. 아, 물론 내 목소리만은 들리게 해줄게. 안 그러면 대화할 수 없으니까."

깔깔깔깔, 하고 경련하는 듯한 웃음소리가 들렸다.

"건방지게 굴어서 미안하다고 사과하면 좀 더 자유롭게 해줄 수도 있어."

"흐음, 제법 강력한 힘이긴 하다만, 자유를 속박한다는 게 말처럼 만만한 일은 아니지. 아무리 속박의 힘을 가졌다고 해도, 묶어야 할 사고를 제대로 파악하지 못하면 돼지 목에 진주 목걸이다."

"뭐라는 거야? 패배를 인정 못하겠어?"

"내 말을 이해 못하겠나?"

나는 다 이긴 것처럼 구는 긴박신에게 말했다.

"네가 묶지 못한 게 있다는 뜻이다."

나는 입을 열고 뱃속 깊은 곳에서부터 목소리를 끄집어냈다. 그 모습을 보고 녀석은 깔깔 웃었다.

"그게 뭐 하는 거야? 바보처럼 입만 벌린다고, 뭐가 달── 커허억……!"

녀석의 몸이 요란하게 흔들리고 전신에서 피가 터져나왔다.

"신족치고는 귀가 나쁘군. 이 음역대의 목소리가 들리지 않는 건가."

──죽어라.

보통 사람에게는 들리지 않는 말을 응축된 초음파로 방출해서 녀석의 몸을 맹렬히 뒤흔들었다.

"원리를 알면 이 정도쯤은……!"

녀석은 마법 장벽을 전개해서 소리의 진동을 막았다.

"거 봐. 묶지 못한 사고가 있었던 게 아니라, 어차피 빠져나오지 못하니까 묶지 않았을 뿐이야. 그렇게 발악하다가── 으어어억……!!"

마법 장벽이 부서지며 웨즈네라는 튕겨 날아갔다.

"묶지 못한 게 하나뿐이라고 한 적은 없다."

바닥에 손을 짚고 비틀비틀 일어나려 하면서 녀석은 경악에 물든 얼굴로 나를 보았다.

"……설, 마…… 말도 안 돼……. 어떻게 나를 튕겨 날릴 만한 힘을……. 마법이 아니야……. 목소리도 아니야……. 이런 짓이

가능할── 크아악……!!"

다시 튕겨 날아간 웨즈네라가 바닥을 나뒹굴었다.

"모르겠나? 그럼 힌트를 하나 주지."

손가락을 세 개 세워서 긴박신에게 보여주었다.

"……뭔……데…………?"

"3초다. 3초 이내라면 나는 그것을 자유롭게 몸에서 꺼내고 집어넣을 수 있다."

"…………몸에서……? 3초……?"

웨즈네라는 퍼뜩 놀라며 그런 게 가능할 리가 없다는 듯한 표정을 지었다.

"눈치챘나. 내 근원이다."

즉시 일어선 웨즈네라는 나와 거리를 벌리기 위해 달려나갔다.

"……가능할 리 없어……. 아무리 3초 이내라고 해도 몸에서 근원을 꺼내고, 심지어 그걸로 공격하다니……?! 그런 건 아무리 생각해도 질서에 반하는…… 흐어어억……?!"

찰나지간에 내 몸에서 튀어나온 근원의 몸통박치기에 당한 웨즈네라가 다시 튕겨 날아가 이쪽으로 돌아왔다. 녀석은 힘겹게 일어서며 나를 노려보았다.

"아아……아아, 그렇구나……!! 알겠어, 네가 보통 상대가 아니라는 건……! 그럼, 한 번 더 꺼내보시지……! 그 근원을 묶고 3초가 지나면 너도 무사하지 못할 거야……. 나는 긴박신……묶지 못하는 것은──."

"크하하."

웨즈네라가 눈을 부릅떴다. 나를 속박하던 《에겔루츠 엔그도메라》에 균열이 생긴 것이다.

"뭐……?"

"장난은 끝이다."

적색, 청색, 황색, 녹색, 네 개의 사슬에 묶인 상태로 나는 느긋하게 발을 내디뎠다.

"……어떻……게…… 무슨 수로……?!"

"고작 몸과 마력을 묶은 정도로 내 자유를 속박할 수 있을 줄 알았나?"

눈앞을 가로막은 창살을 양손으로 잡고 마력을 주입해서 구겨버렸다.

"큭…… 젠장……!"

녀석이 태세를 바꿔 등을 돌리고 도주── 하려는 그 찰나에, 나는 녀석의 손목을 낚아챘다.

"오감을 묶었다고 해서 너를 지각하지 못할 줄 알았나?"

《멸자의 마안》으로 긴박의 질서를 거스르며 《베브즈도》가 깃든 손으로 《에겔루츠 엔그도메라》의 사슬을 끊어버렸다.

"그렇다면, 이번에는──."

긴박신의 몸 전체에서 막대한 마력이 솟구쳤다.

"──아예 꼼짝도 못할 정도로 꽁꽁 묶어주마아아아앗!!"

다시 사슬 마법진에서 적색, 청색, 황색, 녹색 사슬이 뻗어 나온다. 방금 전보다 수가 많다. 그 무수한 《에겔루츠 엔그도메라》의 사슬은 나를 묶으려고 일직선으로 덮쳐왔다. 그 중에서 하나

── 붉은 사슬만 맨손으로 잡고 나머지 사슬들을 피했다.

"묶지 못하는 것이 없다고 했지? 그렇다면 너는 그 질서에 따라야 할 것이다."

나는 팔을 휘둘러서 마력을 묶는 붉은 사슬을 강제로 조작해서 《에겔루츠 엔그도메라》의 나머지 사슬들을 묶어버렸다. 그렇게 적색, 청색, 황색, 녹색이 한데 엮인 사슬 다발로 거꾸로 웨즈네라의 몸을 구속했다.

"뭣……!! 자… 잠깐만……?!"

녀석은 자신이 만들어낸 《에겔루츠 엔그도메라》의 사슬에 칭칭 감겼다. 그렇게 긴박신 웨즈네라를 순식간에 꽁꽁 묶어버렸다.

"……으…… 크…… 아아아……. 제, 젠장…… 이걸 풀어……. 당장 풀으라고오오오……!!!"

웨즈네라는 마력을 짜내려 했지만 《에겔루츠 엔그도메라》의 4색 사슬에 속박되어 꼼짝도 할 수 없었다. 붉은 사슬이 마력을 묶고, 푸른 사슬이 몸을 묶고, 노란 사슬이 오감을 묶고, 초록 사슬이 사고를 묶고 있는 것이다. 거기에서 빠져나올 방법은 모르는 것 같았다.

애벌레처럼 바닥을 구르는 남자를 내려다보며 나는 말했다.

"묶는 것은 익숙해도, 묶이는 것은 처음이었나?"

§28. 【생탄신】

엘레오노르 일행을 방해하던 창살과 사슬이 철컹철컹 무너져 내렸다. 긴박신이 《에겔루츠 엔그도메라》에 구속되면서 마법을 유지할 수 없게 된 것이리라.

"으음~ 드디어 자유의 몸이 되었네."

《데 이제리아》를 해제한 엘레오노르가 해방감을 만끽하듯 기지개를 쭉 켰다.

"아무래도 저것만큼은 특별한 것 같군."

웬제르를 가둔 마법 감옥 쪽으로 시선을 옮겼다. 긴박신의 마력이 대폭 약해졌는데도 그것은 무너지지 않고 견고한 보호를 유지하고 있었다. 무슨 일이 있어도 생탄신을 밖으로 내보내고 싶지 않다는 것인가.

「제시아 언니야…… 저기까지 데려다줄래?」

"맡겨……주세요……. 제시아는…… 언니이니까……!"

제시아는 엔네스오네를 업고 웬제르에게 달려갔다.

"아, 제시아, 요 녀석. 혼자 가면 위험하다고."

엘레오노르가 허둥지둥 그녀를 쫓아갔다.

"…………안 돼…… 안 된다고……. 내 엄마야……. 내가 지킬 거야……."

내 발밑에서 웨즈네라가 잠꼬대를 하듯 중얼거렸다. 오감이 묶여 있어서 제대로 보는 것도, 듣는 것도 불가능하리라. 그 사슬을 가볍게 잡고 긴박신을 바닥에 질질 끌며 나는 안쪽에 있는 마법 감옥으로 향했다. 가까이 가자 그곳에는 다양한 벽화가 그려져 있었다.

신족과 관련된 내용을 표시한 건가? 대충 봐서는 의미를 알 수 없는 것들이 수두룩하다.

「구하러 왔어, 웬제르.」

감옥 창살 바로 앞까지 접근한 제시아의 등에서 엔네스오네가 말했다.

「마왕 아노스와 제시아 언니야, 엘레오노르를 데려왔어.」

웬제르도 창살 가까이에 서 있었다. 그녀는 창살 틈으로 손을 뻗어 엔네스오네의 머리를 부드럽게 쓰다듬었다.

"……정말, 어쩔 수 없는 아이네요. 타태신에게 들키니까, 저를 구하러 오지 말라고 그렇게 당부했건만."

그 신은 부드러운 어조로 나무랐다.

「……미안해…….」

머리의 날개를 시무룩하게 늘어뜨린 채로 엔네스오네가 사과했다.

「하지만 엔네스오네는 기다릴 수 없었어. 빨리 해야 한다고 생각했어.」

"빨리 태어나고 싶은 거군요, 당신은."

재차 부드럽게 엔네스오네의 머리를 쓰다듬은 후 생탄신 웬제르는 나를 바라보았다.

"처음 뵙겠습니다, 마왕 아노스. 저는 수리사신(樹理四神)이라 불리는 질서의 하나, 생탄신 웬제르라고 합니다."

웬제르는 포근하게 미소 지으며 내게 인사했다.

"수리사신이라는 명칭은 처음 듣는군."

"질서의 근간, 생명의 근원의 기본 원칙. 그것들을 수리사신이라고 합니다. 저는 생탄의 질서를 관장하며, 살아있는 모든 존재의 탄생에 도움을 주는 신이지요."

질서의 근간을 관장한다, 라. 수리사신이라는 명칭을 보아하니 다른 신이 세 명 더 있을 것이다.

"밀리티아에 가까운 질서인가?"

"가깝다고 하면 가깝겠군요. 하지만 밀리티아는 세상의 창조를 담당하는 신. 생탄신은 세상을 낳을 수는 없습니다. 수리사신은 본디 신들의 창궁, 그 심층부에 자리하며, 인간에게 이름이 알려지는 일 없이 세상의 줄기를 지속적으로 보호하는 역할을 담당합니다."

"흠. 여기는 심층부이기는커녕 아직 신들의 창궁에조차 진입하지 못했다만?"

무슨 일이 있었던 거냐고 묵시적으로 묻자 웬제르는 조용히 고개를 끄덕였다.

"당신을 기다리고 있었습니다."

그녀는 나를 보며 온화하게 웃었다.

"언젠가 포학의 마왕이 신들의 창궁에 올 것이라고 들었습니다. 다른 수리사신들보다 먼저 당신을 만나기 위해, 이 포스로널리프에서 기다리기로 했지요."

"누구에게서 들었나?"

"밀리티아입니다. 그녀는 저의 유일한 지기이니까요."

"그녀에게 신들의 창궁에 갈 거라고 말한 기억은 없다. 오늘 여기에 온 것도 거의 우연이나 다름없는데, 밀리티아는 어떻게 알고 있었던 거지?"

"저도 아는 게 많이 있지는 않습니다. 차례차례 설명해드리겠습니다."

웬제르는 엔네스오네 쪽으로 시선을 돌리고 말을 이어갔다.

"이 아이, 엔네스오네는 밀리티아가 저에게 맡긴 새로운 질서입니다. 생탄신의 권능으로 탄생을 돕길 바랐던 것이겠지요."

"단언하지 못하는 건, 밀리티아와 직접 대화할 수 없었기 때문인가?"

웬제르는 침통한 표정으로 고개를 끄덕였다.

"이 아이는 자신이 이 세상을 상냥하게 만들기 위한 질서라고 당신에게 설명했을 것입니다. 하지만 유감스럽게도, 저 역시 이 아이에게서 들은 얘기 말고는 제대로 확인할 방법이 없어요."

그녀는 잠시 말을 중단하고 숨을 깊이 들이쉬었다. 그리고 다시 신중한 얼굴로 설명을 재개했다.

"마왕 아노스. 당신이 전생한 후, 밀리티아는 지상에 머물렀습니다. 저는 평소와 같이 신들의 창궁, 그 심층부에 있었고요. 저희 사이는 당신이 목숨을 걸고 시전한 《베노 이에븐》에 의해 격리되었습니다."

"분명 신족에게는 절대적인 효과를 발휘하는 벽이지. 신계의 문을 막은 것은 특히나 말이야. 하지만 밀리티아의 힘으로 넘지 못할 것 같지는 않은데."

"물론 그녀의 힘이라면 얼마든지 신들의 창궁으로 돌아올 수 있었을 겁니다. 그런데 엔네스오네를 창조함으로써 그녀는 그럴 수 없는 몸이 되고 만 거예요."

온화한 어조로 웬제르가 말했다.

"그녀의 뜻과 그 행위는 창조신인 자신의 질서를 어기는 것이었습니다. 밀리티아는 창조의 질서에 저항할 수 없었기에 그 몸이 벽을 넘기를 거부했던 것이지요."

창조신의 질서를 어기는 행위라. 《베노 이에븐》만 없었다면 자신의 질서와 싸우면서도 신계로 돌아갈 수 있었을지도 모르겠군. 새로운 질서를 낳으려 한 밀리티아 앞을 내가 만든 벽이 가로막았다면 참으로 아이러니한 이야기다.

"그녀는 포기하지 않고 이 땅에 엔네스오네만을 보냈습니다."

엔네스오네를 쓰다듬으며 생탄신이 말했다.

"이 아이는 아직 태어나지 않은, 태어나려 하는 질서입니다. 저는 이 아이를, 제 권능으로 태어나게 해달라는 밀리티아의 메시지라고 생각했습니다."

자상한 어머니처럼 웬제르는 엔네스오네를 바라보았다.

"저는 엔네스오네에게 정성껏 힘을 쏟았습니다. 그렇게 엔네스오네의 질서가 싹터서, 이 아궁신도 포스로널리프가 탄생한 것이지요."

"음— 어째서 엔네를 탄생시키려고 했는데 도시가 생겨버린 거야?"

엘레오노르가 궁금해했다.

"흔적신이 가진 흔적의 대지나 나프타의 한정 세계처럼, 엔네스오네의 질서가 구현되어 생긴 신역이 이 도시라는 얘기다."

"마왕 아노스의 말씀이 맞습니다. 하지만 생탄신의 질서로도 엔네스오네는 여전히 근원 태아 상태로 태어날 수 없었습니다."

"어째서지?"

"몇 가지 이유가 있습니다. 우선 첫 번째로 엔네스오네의 탄생이 현존하는 질서에 어긋난다는 것. 다름 아닌 이 생탄신의 질서에 말입니다. 그래서 저는 이 아이를 완전히 낳을 수 없는 것이겠지요."

생탄의 질서에 반하는 존재를 생탄신은 그 권능으로도 낳을 수 없다는 것인가.

"하지만 밀리티아는 세상을 상냥하게 만들기 위해 엔네스오네의 질서를 창조하려 한 거잖아? 그게 생탄신의 질서에 반한다는 건 좀 모순되는 것 같은데."

사샤가 말했다.

"아~ 확실히 그러네. 생탄신의 질서는 아베르니유처럼 위험한 것 같지도 않은데, 그 부분은 어때?"

엘레오노르가 생탄신에게 물었다.

"생명과 근원의 탄생을 관장하는 것이 생탄신. 생물이 태내에 아이를 갖는 것은 생탄신 웬제르의 질서에 의한 것이다."

"……그것에 반한다니, 오히려 좋지 않은 질서인 것 같은데?"

엘레오노르가 의문을 드러내자 엔네스오네가 슬픈 듯 시선을 떨구었다. 제시아가 고개를 돌려 엘레오노르를 째려보았다.

"엔네를…… 괴롭히는…… 건가요……?"

"아, 아냐. 엔네가 어떻다는 게 아니라, 엔네의 질서 이야기라고. 그 뭐야, 파괴신도 아무거나 때려부수는 끔찍한 질서를 가졌지만, 사샤는 술만 안 마시면 순한 양이 따로 없잖아."

"한마디가 많네……."

사샤의 싸늘한 시선이 엘레오노르에게 꽂혔다. 그때 미샤가 조심스럽게 손을 들고 질문했다.

"엔네스오네를 창조한 것은 정말로 밀리티아?"

밀리티아와 웬제르는 벽으로 격리되어 만날 수 없었다. 밀리티아를 사칭하는 누군가가 엔네스오네를 보내서 웬제르를 속이려 했을 가능성도 생각해 볼 법하다.

"엔네스오네는 《창조의 달》 아티엘트노아에 의해 창조되어서 이 땅에 보내졌습니다. 밀리티아 외에 그것이 가능한 신족은 없어요."

아르카나도 할 수는 있지만, 뭐, 대행자의 몸으로는 질서를 바꿀 만한 힘을 끌어낼 수 없으리라.

그녀가 그런 일을 할 것 같지도 않고.

"정리하면, 엔네스오네는 생탄신의 질서에 반하지만 세상을 상냥하게 만들기 위한 질서라는 건가?"

"……어떤 질서인지 전혀 감도 안 잡히는데……?"

사샤가 머리를 이리저리 굴리며 중얼거렸다.

"엔네스오네가 태어나지 않는 다른 이유는 뭐지?"

"타태신 앙데르크. 타태의 질서가 엔네스오네의 탄생을 방해하여 그녀를 사산시키려 하고 있습니다. 그리고 그것은 엔네스오네가 이 세상에 바람직하지 않은 생명이라는 걸 나타내고 있고요."

"타태신의 역할은 세상의 질서를 어지럽히는 존재의 탄생을 억제하는 것이라고 보면 되나?"

내 질문에 웬제르는 고개를 끄덕였다.

"그렇습니다."

"하지만 그렇다면 좀 이상하군. 타태신 앙데르크와 생탄신 웬제르는 상반되는 존재가 아닌가?"

잠깐의 침묵 후 웬제르가 대답했다.

"말씀대로 저는 앙데르크와 상반되는 질서가 맞습니다만……?"

"엔네스오네의 탄생은 타태신의 질서에도, 생탄신의 질서에도 반하고 있다. 상반되는 두 질서에 반한다는 게 무엇을 뜻한다고 생각하나?"

이번에는 조금 더 긴 침묵이 찾아왔다.

"……모르겠습니다……. 어쩌면 엔네스오네는 모든 질서로부터 환영받지 못하는 것인지도 모르겠군요……. 이 세상 자체가 그녀의 탄생을 기피하는 것이지요……."

밀리티아가 이 땅에 올 수 없었던 것도, 창조신의 질서가 엔네스오네의 탄생을 거부했기 때문이다. 아주 잘못된 추측도 아니겠지.

"신족이 부적합자라고 부르는 나보다도, 엔네스오네의 탄생이 피해야 하는 일이라고?"

"……네……."

질서와 질서는 서로 밀접하게 얽혀있다. 창조가 없으면 파괴가 없듯이, 탄생이 없으면 타태도 없다. 모든 질서는 말하자면 세상을 순환시키기 위한 것. 그 순환을 어지럽히는 존재가 엔네스오네라는 것인가. 그렇게 생각하니 기묘하게도 느껴진다. 신족은 각각 고유한 질서와 고유한 의식을 가지면서도, 마치 전체가 하나의 질서인 것처럼 행동하는 것인가?

"그것과 관련이 있는지 확실하진 않습니다만, 엔네스오네는 불완전한 상태로만 태어납니다. 그녀에게는 부족한 게 있는 것이지요. 그것이 무엇인지, 밀리티아는 분명 알고 있었을 것입니다. 그리고 아마도——."

"엔네스오네 자신도 그걸 알 거라는 말인가."

웬제르가 고개를 끄덕였다.

"당신이 언젠가 신들의 창궁으로 향할 것을 알고 있었던 것도 엔네스오네입니다. 그것은 밀리티아가 남긴 메시지였겠지요. 그녀가 불완전하게나마 태어날 수 있다면, 분명 밀리티아의 메시지를 완전히 떠올릴 수 있을 것입니다."

"그렇다면 간단한 얘기로군. 엔네스오네를 낳고, 부족한 것을 찾아서, 그녀를 완전한 질서로 만들면 된다. 그러면 세상은 지금보다 더 상냥해질 거다."

나는 마법 감옥에 손을 뻗었다.

"뒤로 물러나라. 감옥을 부수겠다."

“아니요. 여기 있으면 타태신 앙데르크가 또다시 찾아올 것입니다. 저는 한 번 더 그녀와 대화를 나누고, 설득해보려고 합니다.”

“대화의 여지가 있나?”

“……그건 모르겠습니다. 그래도 저는 그녀의 언니입니다. 앙데르크가 질서를 어기려는 감정에 눈뜬다면, 그녀를 멸하지 않고도 엔네스오네를 탄생시킬 수 있을 것입니다…….”

그 말은 다시 말해 타태신은 감정다운 감정을 갖고 있지 않다는 뜻이다.

“설득하지 못하면?”

각오를 다진 얼굴로 생탄신이 대답했다.

“……그때는 어쩔 수 없겠지요. 멸하겠습니다……. 마왕 아노스. 당신도 부디, 앙데르크와 마주친다면 온정을 베풀지 마시기를…….”

「……안 돼……!!」

그렇게 외친 것은 엔네스오네였다. 그쪽을 바라보자 그녀는 진지한 어조로 말했다.

「왜냐하면 타태신을 멸하면 안 된다고, 밀리티아가 말했어……!」

§29. 【엔네스오네의 수수께끼】

현장의 분위기가 의문에 휩싸였다. 사샤는 인상을 찌푸리며 생각에 잠겼고 미샤는 눈을 깜빡이며 고개를 갸웃했다. 가장 먼저 말문을 연 사람은 엘레오노르였다.

"타태신의 질서 때문에 엔네가 태어나지 못하는데, 타태신을 멸하면 안 된다는 게 무슨 얘기야?"

「……잘 모르겠지만, 엔네스오네의 기억이 그렇게 말하고 있어. 타태신 앙데르크를 멸하면 안 된다고…….」

"……앙데르크는 설득할 수 있다는 뜻일까? 사실은 좋은 신인 거 아냐?"

사샤가 말하자 웬제르는 씁쓸한 표정을 지었다.

"타태신 앙데르크는 자신의 질서에 충실한 신족입니다. 저나 밀리티아와 다르게, 그것에 거역하려는 의지를 갖고 있지 않아요……."

"그래도 웬제르는 설득할 수 있다고 생각하는 거지?"

웬제르가 잠시 답변을 주저했다.

"……앙데르크가 자신의 감정에 눈뜬다면, 그게 가장 바람직한 결과라고 생각하긴 합니다. 하지만 그것에 연연해서는 안 됩니다. 무엇보다 우선해야 할 것은 엔네스오네를 낳는 것이에요. 이 세상이 조금 더 상냥해지는 것……."

각오를 나타내듯 생탄신 웬제르가 말했다.

"그것이 밀리티아, 그리고 저의 소원입니다."

"으음— 그럼 더욱 알쏭달쏭하네. 밀리티아는 왜 타태신을 멸하면 안 된다고 한 거지?"

검지와 고개를 동시에 기울이며 엘레오노르는 이해가 안 된다는 표정을 지었다.
"아마도 밀리티아는 저를 배려해준 것이겠지요. 마찬가지로 동생을 둔 언니로서, 앙데르크와 싸워야 하는 저의 심정을 그녀가 헤아려준 게 틀림없습니다."
그녀는 약하게 한숨을 토해내며 안타까워하는 목소리로 말했다.
"하지만 앙데르크는 밀리티아의 동생 아베르니유와 다르게 말을 듣지 않습니다."
친구의 동생을 멸하는 결과를 밀리티아가 피하고 싶어했다는 것인가. 일리 있는 가설이지만, 정말 그뿐일까? 다른 의도가 있었을 가능성도 있을 것이다.
"아무리 포학의 마왕이라 해도, 신족의 감정을 일깨우는 것은 불가능하겠지요?"
"그런 건 이미 시도해보았다. 어려운 일도 아니지."
깜짝 놀란 듯 웬제르가 입을 벌리고 눈을 동그랗게 떴다.
"……앙데르크의 감정을, 일깨우는 것이……?"
"일깨우는 것만이라면 말이다. 다만 다소 난폭한 짓을 하게 될 수는 있다."
웬제르가 고개를 끄덕였다.
"멸하지 않고 해결할 수 있다면, 더할 나위 없는 일입니다."
"밀리티아가 정말로 내게 그것을 기대했다면 이야기는 간단하겠다만."
미샤가 나를 보며 물었다.
"단정할 수 없어?"

"아무래도 그렇지."

"하지만 앙데르크의 감정이 깨어나면 싸우지 않아도 되는 거지? 질서는 되도록 멸하지 않는 게, 여러모로 귀찮은 일도 적을 것 같고……."

그렇게 말하는 사샤를 향해 나는 천천히 시선을 돌렸다.

"……아니야?"

"감정이 깨어났다고 해서 질서에 거역할지는 알 수 없다. 노우스갈리아만 해도 내 앞에서는 마지막에 공포를 드러냈지. 하지만 도저히 마음을 고쳐먹은 것 같지는 않았다."

다시 웬제르 쪽으로 시선을 옮기며 나는 말을 이었다.

"하지만 앙데르크가 아군이 될 가능성이 있는 건 사실이지. 지금은 웬제르를 억지로 이 감옥에서 꺼내지 않는 게 낫겠군. 괜히 일을 벌이지 말고 타태신을 기다려보자. 나타나면 우선 웬제르, 네가 설득을 시도해라. 신족이 질서에 맞서기 위한 열쇠는 사랑과 자상함이다. 그것을 일깨울 가능성이 가장 높은 건, 아무래도 언니인 너일 것이다."

"……알겠습니다……."

"너무 부담 갖지 마라. 잘 안 풀리면 내가 맡을 테니까."

혹여나 멸해야 할 상황이 온다고 해도 웬제르에게 시킬 수는 없다.

"타태신은 언제 돌아오나?"

"잘 모르겠습니다만, 그리 오래 기다릴 필요는 없을 겁니다. 이삼 일 내로 오리라고 봅니다."

"그렇다면 그동안 뭘 하지? 아베르니유가 낙서한 석판을 찾아 볼까?"

사샤가 제안했다.

"아니. 정말로 타태신의 질서로 인해 엔네스오네가 태어나지 못하는 게 맞는지 확인하자. 의외로 그런 건 꺾어버리면 어떻게든 될지도 모른다."

"또 난폭한 소리를 하고 있네……."

"아— 하지만 아노스라면 정말로 할 수 있을지도 몰라."

사샤와 엘레오노르가 기가 차다는 눈길을 던졌다. 그것을 가볍게 흘려넘기고 나는 웬제르에게 물었다.

"엔네스오네가 태어나지 않는 이유가 또 뭐가 있지?"

"나머지는 하나뿐입니다. 그녀가 태어나기 위해 필요한 것을 빼앗긴 탓이지요."

웬제르가 답했다.

"흠. 그 얘기는 이미 들었다. 마음 없는 인형, 마력 없는 그릇, 몸을 갖지 못한 혼백이라고 했지."

그녀가 고개를 끄덕였다.

"이 도시 어디엔가 있다고 하던데, 소재는 파악하고 있나?"

"마음 없는 인형은 지붕 없는 저택에 있고, 마력 없는 그릇은 문 없는 가게에 진열되어 있으며, 몸을 갖지 못한 혼백은 묘비 없는 묘지에 묻혀 있습니다."

그러고 보니 오는 길에 이상한 건물을 몇 개 보았지.

"거기까지 알고 있는데도 손대지 못한 건, 그 전에 타태신에게

당했기 때문인가?"

"그렇기도 합니다만, 어떤 것이 진짜인지 저의 신안으로도 간파할 수가 없습니다."

"그럼 하나가 아니라는 얘기냐?"

"네. 지붕 없는 저택은 이 포스로널리프에 여럿 있지만, 그 모든 곳에 반드시 마음 없는 인형이 존재합니다. 마력 없는 그릇과 몸을 갖지 못한 혼백도 마찬가지죠. 그것들이 발산하는 마력의 파장 등이 모두 동일한 것으로만 보이기 때문에 구별하는 것 자체가 어렵습니다."

「……엔네스오네도, 어떤 게 진짜인지 모르겠어…….」

엔네스오네의 질서가 구현된 것이 이 도시다. 즉 태어나기 위해 필요한 것을 빼앗겼다는 건 그녀의 질서가 왜곡된 것과 같다. 스스로 손을 써서 태어날 수 있다면 이런 고생도 하지 않았겠지.

"게다가 거기에는 타태의 파수신이 있는 까닭에……."

"정보는 이 정도면 충분하다. 우선 그 세 가지를 갖춰야겠군. 미샤, 사샤."

미샤가 눈을 깜빡이고 사샤가 나를 살피듯이 보았다.

"너희는 여기 남아라. 해야 할 일은 알고 있겠지?"

미샤가 고개를 끄덕였고, 사샤는 "타태신이 눈치 못 채도록 웬제르를 지켜보라는 거잖아."라고 말했다.

"최악의 경우, 내가 올 때까지 시간을 벌면 된다."

"하지만 마왕 아노스. 설령 상반되는 질서라 해도, 신족이 신족을 멸하는 일은 없습니다."

웬제르가 말했다.

"일반적인 상황이라면 말이지. 엔네스오네의 탄생이 가까워지면 그렇지 않을 것이다. 생탄신의 상실과 엔네스오네의 탄생을 저울에 올리면, 놈들은 질서가 덜 어지럽혀지는 쪽을 선택할 수밖에 없을 터다."

나는 생탄신에게 마안을 향해 그녀에게서 넘쳐나는 마력을 바라봤다.

"너는 지금도 엔네스오네를 탄생시키기 위해 그 권능을 계속 사용하고 있군?"

"네."

"그렇다면 지금 네가 소멸되면 엔네스오네는 태어나지 못할 것이다. 가령 타태신의 감정을 일깨우는 데 성공하더라도, 그게 좋은 방향으로 작용할지는 미지수다. 흉행을 저지를 가능성도 있지."

웬제르는 잠시 생각한 후 다시 입을 열었다.

"알겠습니다……. 당신 말씀대로 하겠습니다, 마왕 아노스……."

"좋아—. 그럼 나랑 제시아랑 아노스는 열심히 엔네를 낳으러 가 볼까~."

엘레오노르가 그렇게 말하자 제시아가 의욕을 불태우면서 말했다.

"엔네…… 우리에게…… 맡겨주세요……! 마왕군은…… 불패, 예요……!"

「응. 고마워, 언니야.」

제시아의 등에 단단히 매달리는 엔네스오네. 순간, 제시아는 맹렬한 속도로 달리기 시작했다.

“제시아가…… 갑니다……! 언니……예요……!”

“아, 이런, 제시아!”

엘레오노르가 당황하며 뒤를 쫓아갔다.

“마왕 아노스, 하나만 더 당부하겠습니다.”

나도 출발하려고 하자 웬제르가 말로 붙잡았다.

“혹여나 타태신을 멸하게 된다면 그때는 최대한 빨리, 그녀가 소멸된 후 하루가 지나기 전에 엔네스오네가 태어나게 해주세요.”

“왜지?”

“타태와 생탄은 표리의 질서입니다. 타태의 질서가 소실되면, 정합성이 무너져 세상은 생탄 쪽으로 기울게 될 거예요. 생탄의 질서가 너무 강해지면, 엔네스오네는 바람직하지 않은 형태로 태어나게 될지도 모릅니다.”

톱니바퀴 하나가 어긋나면 전체의 움직임이 뒤틀리게 된다. 질서란 참으로 번거롭다.

“알았다. 뭐, 하루면 충분하다.”

“그리고 웨즈네라 일도, 감사합니다.”

나는 여기까지 사슬로 끌고 온 긴박신 쪽으로 시선을 돌렸다.

“무슨 얘기냐?”

“그 아이가 저를 따르고 있어서…… 제가 그 아이를 걱정해서, 멸하지 않고 끝낸 것이지요?”

생탄신은 미소를 머금고 말했다.

"폐를 끼쳐서 정말 죄송합니다. 웨즈네라는 아직 아기 같은 존재라서 독점욕이 너무나도 강해요. 분명 착한 아이로 성장할 테지만……."

뭐, 다소 뒤틀리긴 했지만 긴박신이 가지고 있던 것은 분명히 어머니에 대한 애정이었다. 녀석은 자신의 질서에 거역할 수 있는 신족이겠지.

"글쎄, 마침 적당한 사슬이 있어서 말이다. 멸하는 것보다 간편했을 뿐이다."

웬제르가 살짝 소리 내어 웃었다.

"마왕 아노스. 확실히 당신은 밀리티아가 말한 그대로의 사람이군요."

그리고 그녀는 기도하듯 말했다.

"분명 당신이라면 밀리티아가 바란 상냥한 질서를, 엔네스오네를 태어나게 해주실 거라고 믿습니다."

"웬제르. 그러고 보니 깜빡하고 묻지 못한 게 있었다."

"무엇인지요?"

나는 사샤를 가리켰다.

"저 사샤는 파괴신 아베르니유의 전생체다. 그리고 그녀가 떠올린 기억에 따르면 미샤는 밀리티아가 다시 태어난 모습일지도 모른다."

사샤를 가리켰던 손가락을 이번에는 미샤 쪽으로 돌렸다.

"뭔가 알겠는가?"

웬제르는 말없이 신안으로 미샤를 보았다. 잠시 후 그녀는 고개를 좌우로 흔들었다.

"창조신의 질서는 느껴지지 않습니다. 그것이 없으면 판별할 수 없어요."

"그런가. 뭐, 좋다."

나는 뒤로 돌아서며 등 너머로 말했다.

"시간이 있으면 밀리티아와의 추억 얘기라도 해줘라. 무언가 떠올릴 수도 있으니까."

§30. 【창조신의 추억】

내가 궁전을 떠난 직후의 일이다.

"……으음── 그럼 이제 어떻게 할까?"

사샤는 감옥에 갇힌 웬제르를 보며 말했다. 그 모습을 나는 미샤의 마안을 통해 지켜보았다.

"일단 이 긴박신을 어떻게 해야겠지? 묶인 채로 두면 타태신이 돌아왔을 때 의심할 테니까……."

사샤는 시선을 내려서 사슬에 칭칭 감긴 채 바닥에 나동그라진 긴박신 웨즈네라를 보았다.

"어디 숨겨둘까?"

미샤가 제안했다.

"역시 그 수밖에 없나……? 그런데 모습이 안 보여도 의심하지 않을까?"

"타태신 앙데르크가 오늘 돌아오는 일은 없을 겁니다. 잠시만 더 이대로 두면 안 될까요?"

그렇게 말하며 생탄신 웬제르는 창살 사이로 손을 뻗었다. 손끝에서 마력이 발산되더니 긴박신이 둥실 떠올라 감옥 앞으로 끌려왔다. 그녀는 웨즈네라의 머리를 부드럽게 쓰다듬었다. 오감이 묶인 탓에 촉감을 느끼지 못할 텐데도 웨즈네라는 살짝 안도한 표정을 내비쳤다.

사샤가 미샤에게 시선을 보내자 그녀는 고개를 끄덕였다.

"알았어. 조금만 더 기다릴게."

"죄송합니다. 이 아이는 사실 무척 상냥하고 착한 아이예요. 믿지 못하실지도 모르지만……."

"믿어."

미샤가 담담하게 말했다. 그녀는 감정 기복이 적지만, 그 눈동자 깊은 곳에서는 분명히 상냥한 빛이 보였다. 웬제르는 표정을 부드럽게 풀었다.

"미샤라고 했나요. 그런 점은 밀리티아 같군요."

미샤가 여러 번 눈을 깜빡였다.

"닮았어?"

"네. 아주 많이요. 창조신의 질서는 따르지 않는 것 같습니다만, 아베르니유가 떠올린 기억대로 당신은 밀리티아일지도 모르겠어요."

사샤와 미샤가 서로 얼굴을 마주보았다.

"느낌이 이상해."
"나도 내가 파괴신이라는 사실을 알게 됐을 때는 그런 기분이 있었어."
둘은 다시 웬제르를 보았다.
"어떤 신이었어?"
미샤의 질문을 받은 웬제르의 눈빛은 과거를 회상하듯 아득하게 변했다.
"말수가 적은, 상냥한 신이었습니다. 그녀는 자주 신계에서 지상을 바라보곤 했어요."
"신계는 여기보다 더 먼 곳이지? 신계의 문을 지나면 차원도 달라지잖아. 신족은 그런 곳에서 지상을 볼 수 있는 거야?"
사샤는 신기하다는 듯이 물었다.
"밀리티아는 창조신. 이 세상을 창조한 질서입니다. 지상도 창공도 지하도 그녀의 정원 같은 것. 창조신 밀리티아가 바라기만 하면 세상을 두루 내려다볼 수 있지요."
"그래서 미샤의 마안이 뛰어난 걸까?"
문득 깨달은 듯 사샤가 말했다. 미샤는 고개를 갸웃거렸다.
"그렇게 잘 보이지는 않아."
"……아마도 나처럼 어딘가에 질서를 두고 온 거겠지? 웬제르도 창조신의 마력이 느껴지지 않는다고 했고, 《창조의 달》도 쓸 수 없으니까……."
미샤가 두 번 눈을 깜빡였다.
"내가 정말 밀리티아라면."

전부는 아니지만 파괴신의 기억을 되찾은 사샤와 달리, 미샤는 아무것도 떠올리지 못하고 있다. 실감이 안 나는 게 당연하다고 할 수 있을 것이다.

"그렇지…… 아직 확정된 건 아니니까……."

사샤는 으음, 하고 신음하며 고민하다가 퍼뜩 고개를 들었다.

"아, 미안해. 어…… 무슨 얘기 중이었더라……?"

어색하게 물어보는 사샤. 웬제르는 온화하게 미소 짓고 다시 입을 열었다.

"밀리티아의 신안은 뛰어났습니다. 하지만 그로 인해 그녀는 세상이 잔혹하다는 것을 누구보다도 잘 알게 되어버렸지요. 지상을 바라보던 그녀가, 감정을 억누르는 듯한 표정으로 신들의 창궁에 서 있던 모습이 떠오릅니다."

그런 그녀를 웬제르는 지켜보고 있었을 것이다. 그녀가 하는 말 한마디 한마디에서 밀리티아에 대한 애정이 느껴지는 것 같았다.

"오랜 세월 동안 그녀는 세상을 계속 지켜보았습니다. 창조의 질서인 그녀의 역할은 이 세상을 창조하며 대부분 끝났기 때문에, 그녀가 할 수 있는 것은 보는 것 정도뿐이었지요. 저는 한 번 물어본 적이 있습니다. 어째서 그렇게 세상을 지켜보고 있는지를."

"뭐라고 대답했어?"

미샤가 물었다.

"상냥하지 않은 세상을 만들고 말았다고, 대답했습니다."

그 말에 느낀 바가 있었는지 미샤는 고개를 숙이고 가만히 생각에 잠겼다.

"우리 신들에게 세상의 질서는 흐르는 강과 같은 것입니다. 그 줄기를 도중에 나눌 수는 있지만 본류가 바뀌는 일은 없으며, 하물며 그 흐름은 막을 수 있을 만큼 온화하지도 않지요."

웬제르는 슬픈 눈빛으로 말했다.

"그럼에도 그녀는…… 밀리티아는 바랐던 것입니다. 상냥한 세상이 태어나기를. 그렇게 창조된 이 세상에서 인간과 마족이, 또 다른 종족들이 서로 다투고 상처를 입혔습니다. 같은 인간 사이에서도, 마족 사이에서도 분쟁의 불씨가 꺼지는 법이 없었지요. 세상은 항상 전화에 타올라 피와 비명이 끊이지 않는 지옥 같은 곳이었습니다."

살짝 떨리는 미샤의 손을 사샤가 살며시 맞잡았다.

"눈을 돌리지 않는 것이, 그녀가 할 수 있는 유일한 속죄였을 것입니다. 누군가의 슬픔을 공유하는 것만이, 지옥을 만들고 만 자신에게 내리는 벌이었던 것입니다."

"밀리티아가 그렇게 말했어……?"

미샤의 질문에 웬제르는 고개를 좌우로 흔들었다.

"그렇지는 않아요. 하지만 이것만은 확실히 말할 수 있습니다. 그녀는 무척이나 상냥한 신이었습니다."

밀리티아는 말하지 않았겠지. 자신은 그런 말을 할 자격조차 없다며 계속 자책했을 것이다. 몇천 년인지, 몇만 년인지, 몇억 년인지 알 수 없다. 창세의 순간부터 그녀는 줄곧 변명하지 않고, 세상을 그저 계속 지켜본 거다.

"차갑고 잔혹한 세상을 지켜보던 밀리티아는 어느 날 미약한 희망을 찾았습니다."

물끄러미 웬제르의 눈동자를 들여다보며 미샤가 입을 열었다.

"아노스……?"

"네, 맞아요. 신을 쓰러뜨릴 만한 힘을 가진 포학의 마왕. 질서를 뒤엎는 부조리의 권화, 마왕 아노스. 신들의 천적이라 해도 과언이 아닐 존재. 하지만 밀리티아에게는 미약한, 아주 소중한 한 줄기 빛이었던 것입니다."

당시 기억을 떠올리듯 웬제르가 말했다.

"자신을 원망할 거라 생각했다고, 밀리티아는 제게 얘기한 적이 있습니다. 실제로 마왕 아노스는 창조신을 용서할 수 없었을 거예요. 그가 보기에 우리는 생명을 농락하는 존재에 지나지 않았을 테니까요. 그녀도 변명하지 않았겠지요. 신들을 멸하고 마왕이 새로운 세상을 창조한다면, 그게 가장 좋은 결말이라고 생각했을지도 모릅니다."

밀리티아가 할 법한 생각이다.

"그래서 밀리티아는 지상 따위는 안중에도 없었던 것처럼 행동하며, 단지 창조신의 질서로서 마왕 앞에 내려왔습니다."

"……그런데 아노스는 멸하지 않았어……."

미샤의 말을 웬제르가 수긍했다.

"밤을 지새우며 이야기를 나누었다고, 밀리티아가 말하더군요. 여느 때처럼 감정 없는 얼굴로 담담하게, 그러면서도 너무나 기쁜 듯이. 아주 미약한 빛 한 줄기가, 어둠 속에 있던 그녀를 환하게 비춰준 것이겠지요. 마침내 마왕은 밀리티아에게 평화를 위해 협력하자고 제안했습니다."

"그게, 세상을 네 개로 나누는 벽?"

"네. 인간, 마족, 정령, 그리고 신마저도 마왕이 만든 벽으로 격리되었습니다. 그리고 길고 길었던 분쟁의 연쇄가 그때야 멈추었지요. 세상이 창조된 이래로 헤아릴 수 없는 밤들을 지나 비로소, 진정 처음으로, 상상조차 할 수 없었던 평화가 지상에 도래한 것입니다."

열기를 띤 어조로 웬제르가 말했다. 그녀로서도 애타게 고대하던 일이었으리라. 한편 그 말을 들은 사샤는 깜짝 놀란 듯이 입을 벌리고 있었다.

"……잠깐만. 그럼 뭐야? 불과 2천 년 전까지만 해도 인간이나 마족은 계——속 싸웠다는 거야?"

"한 종족이 멸망하고, 생명의 총량이 줄어들어 분쟁이 소강상태에 접어든 적은 있습니다. 하지만 잠재적인 불씨가 꺼지는 날은 없었지요. 저희 입장에서 보자면, 지금 이 세상은 부자연스러울 정도의 기적에 둘러싸여 있습니다."

"……지금이…… 세상이 창조된 이래로 가장 평화로운 시기였다니……."

사샤가 멍하니 중얼거렸다.

"아노스다워."

미샤의 짧은 한마디에 사샤는 허탈한 웃음으로 답했다.

"짐작컨대 밀리티아는 이 평화가 아직 완벽하지 않다고 여겼을 거예요. 그래서 엔네스오네를 창조했을 거라고 봅니다."

미샤가 눈을 깜빡이며 웬제르에게 물었다.

"질서의 정합?"

"네. 평화를 가져오기 위해 마왕 아노스는 파괴신의 질서를 빼앗았습니다. 앞서 말한 대로 세상은 부자연스러운 기적의 한복판에 놓여 있어요. 사소한 것 하나라도 틀어지는 즉시 무너질 듯한 위태로운 균형 위에 성립된 평화인 것이지요. 한 발짝 더 나아가 진정한 평화를 거머쥐기 위해서는 이 세상의 질서를 바로잡아야 합니다."

웬제르는 미샤를 가만히 바라보며 상냥하게 미소 지었다.

"밀리티아는 다른 이에게 세상을 맡기고, 자신은 멀찍이 떨어져서 지켜보는 짓은 결코 하지 않을 거예요. 만약에 당신이 밀리티아라면, 기억을 잃은 지금도 분명 평화를 위해 싸우고 있을 것입니다."

미샤가 곰곰이 생각에 잠겼다. 하지만 잘 모르겠다는 듯 고개를 갸웃거렸다. 그 모습을 따스하게 지켜보던 웬제르의 눈빛이 불현듯 심각하게 변하더니 그녀가 입을 열었다.

"두 분에게는 설명해야 할 것 같군요."

"……잠깐만……."

웬제르의 말을 중간에 가로막으며 사샤가 말했다.

"떠오를 것 같아……."

그녀의 눈동자가 창성처럼 푸른 빛을 발하기 시작했다. 지금한 이야기가 스위치가 되었는지 파괴신 아베르니유의 기억이 되살아나려고 하고 있었다.

"……아노스……."

마법선을 통해 나를 부르며 사샤는 《리크스》로 과거의 기억을 전송했다——.

§31. 【천부신과 창조신】

그것은 아득히 먼 옛날, 그녀의 기억——.

달빛이 쏟아져 내리는 깊은 밤이었다. 왕도 가일라디테를 수호하는 성명호(聖明湖). 성수가 샘솟는 그 호수 위를 한 남자가 걷고 있었다. 황금빛 머리카락과 타오르는 불길처럼 붉은 마안. 등에는 빛의 날개가 있는 그 신족은 질서를 낳는 질서, 천부신 노우스갈리아라고 불렸다.

"따르라, 성스러운 물이여. 신의 말은 절대적이다."

노우스갈리아가 수면을 밟자 호수에 큰 파문이 퍼졌다. 그의 발을 피하듯이 호수는 소용돌이를 일으키며 깊은 공동을 만들었다. 그 구멍 안으로 천부신은 천천히 하강했다. 이윽고 호수 밑바닥이 가까워지자 그곳을 바라보며 노우스갈리아는 말했다.

"따르라, 대지여. 신의 말은 절대적이다."

쿠, 구, 구, 구궁——. 땅이 울리며 지면이 길을 내어주듯 변형되기 시작했다. 소용돌이치는듯한 구멍이 구축되자 노우스갈리아는 그 안으로 뛰어들었다. 아래로 아래로 내려가자 차츰 희미한 빛이 보이기 시작했다. 천부신은 소리 없이 그 땅에 착지했다. 주위에는 성수로 구성된 물의 구체——성수구가 대량으로 떠 있었다. 노우스갈리아는 그중에서 유독 커다란 물의 구체에 시선을 보냈다.

"태동이여, 울려라. 지금, 새로운 질서가 이곳에 태어나리라."

낮고 엄숙한 목소리가 울려 퍼지자 성수구 내부에 연한 빛이 차올랐다. 중심에는 자그마한 빛의 구체가 있었다. 근원이었다. 한때 인간이었던 존재의 근원. 그것에 성수의 힘과 천부신의 질서에 의해 강대한 마력이 주입되어 상상을 불허하는 힘을 발하고 있었다.

"천부신의 권능으로 명하노니, 증오와 함께 살았던 인간이여, 그대에게 새로운 마법 질서의 이름을 내리겠노라. 《제르가》, 《엘레오노르》. 두 개의 이치, 두 개의 힘으로 너희는 마왕을 멸하고, 그 후손들을 섬멸할지어다."

주위의 성수구에 입체 마법진이 그려지고, 그 근원에 마법선이 연결됐다. 막대한 마력이 쏟아져 들어가 중심의 성수구는 별처럼 반짝였다.

마침내 그 연한 빛의 구체——제르가의 근원은 둘로 나뉘었다.

"마왕을 원망할지어다. 마족을 원망할지어다. 이 세상의 틀에서 벗어난 부적합자를 영원히 원망하고, 그 존재를 결코 용서하지 말지어다. 이것이 세상의 이치. 섭리이니. 즉 《제르가》의 마법 질서이니라."

노우스갈리아는 미미한 미소를 내비쳤다.

"그리하여 《엘레오노르》는 생명을 기를지어다. 신의 분신, 헛된 근원, 마음 없는 살육의 병사. 즉 그것이야말로 규율인형 제시아이니라."

천부신의 빛의 날개가 넓게 펼쳐지며 성수구에 황금의 마법진을 그린다.

"멸할지어다, 포학의 마왕을. 멸할지어다, 디르헤이드의 마족을. 놈이 다시 태어나게 될 모든 그릇을 멸하고, 그 근원을 영원히 방황하게 할지어다. 신의 말은――."

황금의 마법진을 뒤덮듯 다른 마법진 여러 개가 더욱 겹쳐지고, 그것이 구체형 입체 마법진을 구축해갔다. 금색 입자가 하늘로 올라가 떠다니기 시작했다. 노우스갈리아는 위풍당당하게 두 손을 들어올렸다.

"――절대적이다!"

"그렇지 않아."

아득한 저편에서 은백색 광채가 쏟아져 내렸다. 신의 검에 베인 것처럼 황금의 구체 마법진이 정확히 반으로 갈라졌다. 천부신이 그쪽을 노려보았다. 팔랑, 팔랑―― 그곳에 내려앉은 것은 한 조각의 설월화. 어느새 하늘에서는 《창조의 달》 아티엘트노아가 빛나고 있었다.

"신은 절대적이지 않아."

고요한 목소리로 말하며 설월화와 함께 그곳에 강림한 것은 긴 은빛 머리카락의 소녀, 창조신 밀리티아였다. 그녀는 그 눈으로 노우스갈리아를 똑바로 바라보았다.

"하하."

천부신은 메마른 웃음을 흘렸다. 감정이 결여된 듯한 그 웃음소리는 그저 무기질적으로 울려 퍼졌다.

"세상을 빚어낸 창조의 신이여. 너는 질서에 따라 마왕의 몸과 근원을 분리하는 데 성공했다. 아노스 볼디고드에게 접근해서 그의 편을 연기하며 마왕을 전생시켰지."

노우스갈리아는 천천히 밀리티아에게 다가갔다.

"신의 계획은 절대적이다. 《제르가》와 《엘레오노르》. 이 두 마법을 통해, 틀에서 벗어난 부적합자의 운명은 다시금 질서 안으로 들어왔다."

"전생하기 전이라면, 마왕을 멸할 수 있을 거라고 당신은 생각했어."

노우스갈리아는 오만한 미소를 내비쳤다.

"천부신만이 아니라 모든 질서가 그렇게 판단했다."

"그건 잘못된 생각이야."

밀리티아는 조용히 말했다.

"너는——창조신의 질서는 이 방법으로는 마왕을 쓰러뜨릴 수 없다고 주장하는 거냐?"

그녀는 고개를 가로저었다.

"《제르가》도 《엘레오노르》도 상냥하지 않아. 누군가를 상처입히기만 하는 이 질서는, 잘못되었어."

"하하."

다시 메마른 웃음을 흘리며 천부신은 말했다.

"신은 실수를 범하지 않는다."

"옳다고 생각해?"

무기질적인 목소리로, 그러나 슬픈 듯이 밀리티아는 물었다.

"두 마법이 무엇을 낳게 될지, 당신은 모르겠어?"

"그것은 이치이며 질서다. 그리고 내일도 세상은 올바르게 돌아갈 것이다. 신의 섭리는 절대적이다."

"태어나는 건 질서가 아니라 슬픔. 이치가 아니라 비극. 눈물을 낳는 질서는 옳지 않아."

"신에게 슬픔은 없다. 그것은 그저 질서이며, 이 세상을 있어야 할 모습으로 유지하기 위한 것이다. 슬픔은 신의 책임이 아닌, 미력한 존재들에게 부과된 숙명이다."

밀리티아는 슬픈 눈으로 노우스갈리아를 응시했다.

"……미안해……. 상냥하게 창조해주지 못해서……."

창조신은 눈을 두 번 깜빡였다. 첫 번째로 그 눈동자가 은백색으로 물들었고, 두 번째로 《창조의 달》 아티엘트노아로 변했다.

"상냥한 질서."

작게 중얼거리며 밀리티아는 성수구 안에 있던 근원을 온화하게 바라보았다. 그중 하나가 은백색 달빛을 두르고 천천히 성수구 밖으로 나왔다. 둥실둥실 떠다니던 빛의 구체는 밀리티아쪽으로 이동해서 그녀의 손에 안착했다.

"아아, 그렇군. 이해했다. 너는 이미 미쳐버린 건가."

"미친 건, 당신이야."

밀리티아의 말을 "하하." 하고 비웃으며 천부신은 말했다.

"너를 구제해줄까, 창조신. 포학의 마왕에게 휘둘려서 왜곡되어버린 질서여. 천부신의 힘을 받아 원래의 모습으로 돌아갈지어다."

노우스갈리아의 마안이 붉은 빛을 발하더니 그는 양손에 백은과 황금, 두 가지 불꽃을 일으켰다.

"신의 쌍염에 심판받거라."

그 순간 백은의 불꽃과 황금의 불꽃이 밀리티아를 삼켰다. 귀청을 찢는 듯한 굉음을 내며 불꽃이 격렬하게 회오리쳤다. 그러나——.

"얼음 결정."

밀리티아가 힐끗 바라보자 그녀를 휘감은 불꽃이 순식간에 얼어붙어 산산이 부서졌다.

"신검 로드유이에로 심판을 내리겠다."

노우스갈리아 주위에 무수한 불꽃이 일어나더니 차례차례 황금빛으로 빛나는 신검 로드유이에로 변화했다.

"마왕으로 인해 왜곡된 어리석은 질서, 창조신 밀리티아. 딱하구나. 이 신의 검으로, 미쳐버린 신의 마음을 베겠노라."

매서운 기세로 사출되어 모든 방향에서 쏟아지는 무수한 로드유이에를 빠짐없이 시야에 담고, 밀리티아는 그 눈동자에서 은백색 광채를 발했다.

"《원창(源創)의 신안》."

한 번의 깜빡임. 그 순간 로드유이에의 진로가 바뀌면서 칼날과 칼날이 교차했다. 챙강, 챙강, 소리를 내며 모든 신검이 한 지점에 모이더니 이윽고 빛에 감싸였다.

"얼음 세계."

빛 속에서 나타난 것은 작은 유리 구체. 그것은 마치 마법 모형처럼 생겼는데, 내부에는 눈이 내리는 얼음의 세계가 구축되어 있었다. 빛이 확산되며 설월화가 눈보라처럼 흩날렸다.

"……크……윽……!!"

노우스갈리아의 몸이 그 작은 얼음 세계의 모형에 빨려 들어간다. 천부신의 마력을 쥐어짜서 저항해도 빨려드는 속도를 늦추는 게 고작이었다.

"당분간, 안에서 얌전히 있어."

"하하."

하반신이 완전히 삼켜진 와중에도 노우스갈리아는 오른손을 펼쳐 보였다. 거기에는 방금 둘로 나뉜 근원 중 하나가 있었다. 성수구에서 끄집어낸 것이리라.

"《제르가》의 질서는 내게 있다. 그리고 네 권능으로는 《엘레오노르》를 바꿀 수 없지. 나를 영원히 가둘 수 있는 게 아니므로 결과는 결국 같을 것이다. 질서를 낳는 질서를 이런 곳에 가둬놓으면 세상이 제대로 기능하지 않음을 너도 잘 알 테니까."

계속해서 빨려들어가 얼굴과 손만 간신히 내민 채 노우스갈리아는 자기가 이겼다는 듯이 말했다.

"마왕은 사라지리라. 세상은 바뀌지 않으리라. 신의 질서는 절대적이다."

노우스갈리아는 유리구슬 세계에 완전히 삼켜졌다. 밀리티아는 그것에는 눈길도 주지 않고, 손에 쥐고 있던 연하게 빛나는 근원을 살며시 품에 안았다.

"그가 말한 대로야. 나는 당신을 도울 수 없어."

밤하늘에 떠 있는 아티엘트노아로부터 창조신을 향해 은백색 빛이 쏟아져 내렸다. 그것에 이끌리듯이 그녀는 유유히 공중으로 떠올랐다.

"하지만 가능한 한 상냥하게 태어나도록."

밀리티아는《원창의 신안》으로 그 근원을 자상하게 바라보았다. 반으로 나뉜 근원을 보완하듯이 새로운 근원이 창조되어 하나로 융합되었다.

"2천 년만, 기다려줘. 분명 그 비극으로부터 당신을 해방시켜줄 사람이 찾아올 테니까."

밀리티아는 조심스럽게 그 근원을 놓았다. 그것은《엘레오노르》의 마법진을 그리며 위아래로 눈부신 빛의 기둥을 세웠다. 마안이 뛰어난 자라고 해도 대부분은 볼 수 없는 질서의 빛이었다. 그 광채는 천지를 떠받치는 기둥을 방불케했다. 공중으로 떠오른 밀리티아의 주위는 어느새 새까만 하늘로 바뀌어 있었다. 그곳은 생명이 다다를 수 없는 흑궁이라 불리는 장소. 눈앞에는 마왕성 데르조게이드의 하부가 떠 있었다.

"아베르니유."

밀리티아의 손바닥에서 설월화가 춤추고, 그것이 자그마한 구체── 창성 에리얼로 바뀌었다. 동생에게 기억을 전하듯이, 그녀는 데르조게이드에 그 창성을 날려보냈다.

“네 소원을 들어줄게. 결국 끝까지 만나지는 못했지만, 마음은 언제나 곁에 있었어.”

창백한 빛을 발하며 에리얼은 천천히 데르조게이드에 녹아들었다.

“이윽고 세상은 질서를 잃고 혼돈에 삼켜질 거야. 그것은 시작. 상냥한── 시작. 그랬으면 좋겠어.”

동생에게 일러주듯이 창조신은 말했다.

“너는 또다시 사랑에 빠질 거고, 그리고 분명 기억해낼 거야. 여기에 희망을, 엔네스오네를 남겨둘게. 마왕과 함께 찾아줘. 그리고──.”

차분한 목소리로, 밀리티아는 살며시 속삭였다.

“──언젠가 평화가 오거든 떠올려줘. 내가 이곳에서 싸웠다는 걸.”

그리고 마왕성 외벽에 부드럽게 손가락을 대고 말을 맺었다.

“세상을 상냥하게 바꾸기 위해서.”

§32. 【마음 없는 인형】

웬제르가 있던 궁전을 떠난 우리는 아궁신도 포스로널리프의 시가지를 남하해서 그 문 앞에 도착했다. 문 뒤로 정원이 있었고, 제일 안쪽에는 지붕이 없는 호화로운 저택이 우뚝 솟아 있었다.

“엔네……. 여기……인가요……?”
제시아가 옆에 서 있는 엔네스오네에게 물었다.
「응. 여기에 진짜가 있는지는 모르겠지만…….」
“음— 지붕이 없는 집들이 참 많긴 하더라고. 무슨 수로 진짜를 찾는담?”
엘레오노르가 내게 떠넘기려는 것처럼 쳐다보았다.
“일단 실물을 직접 봐야 판단할 수 있겠군. 외부에서 살펴볼 수 있으면 편할 테지만, 아쉽게도 이 신역에서는 마안의 힘이 저해된다.”
머리 한쪽에서는 사샤가 웬제르와 대화를 나누며 떠올린 기억이 흐르기 시작했다. 그것을 엘레오노르 일행에게도 전송했다.
“와, 머릿속에서 뭔가 보여.”
“또 기억이 떠오른 모양이다. 슬쩍 보는 정도면 충분해.”
말하면서 정원 문을 활짝 연 나는 거침없이 안으로 들어갔다. 나머지 일행이 뒤따라 들어왔다. 주위를 살짝 경계했지만 별다른 위협은 눈에 띄지 않았고, 우리는 아무 일 없이 저택 앞에 도착했다.
문을 열자 끼이익 하고 쇳소리가 났다.
“어라, 어둡네?”
지붕은 없지만, 위층이 빛을 가리고 있어 저택 1층은 어두컴컴했다.
“밝혀……드릴게요……!”
제시아가 마법진에서 빛의 성검 엔하레를 뽑아 저택 내부를 밝혔다. 실내는 기묘하리만치 깔끔했다. 곧게 깔린 빨간 융단 끝에 보이는 계단은 중간층과 연결돼 있다. 융단 양쪽 옆에는 기사 동상들이 줄지어 서 있으며, 벽에는 다양한 그림들이 걸려 있었다. 우리를 제외한 기척은 느껴지지 않았다.

아무도 살지 않는 저택이라면 먼지라도 쌓여 있을 법한데, 바닥도 동상도 계단 난간도 방금 청소한 듯 대단히 깨끗했다. 그렇다고 파수신이 청소나 하고 있을 리도 없고, 신역인 까닭에 지상과는 다르게 더러워지지 않는 것이리라.

“가자.”

나는 융단 위를 걸어 나갔다.

“그런데, 마음 없는 인형이라는 건 어떻게 생겼어?”

엘레오노르가 검지를 세우며 고개를 갸웃했다.

“……이것……인가요……?!”

제시아가 엔하레로 동상을 비췄다. 그녀는 용맹한 표정으로 그것을 마안으로 주시했다.

「그건 그냥 동상이야.」

머리의 날개를 살짝 움직이며 엔네스오네가 말했다.

“……그냥…… 동상이었어요…….”

제시아가 시무룩한 모습으로 어깨를 떨구었다.

“엔네스오네, 마음 없는 인형의 외양이나 마력 특성에 대해 알고 있나?”

「평범한, 인형이었을 거야……. 하지만 본 적이 있는 건 아니고…… 겉모습은 일정하지 않아서 변화할지도 몰라……. 엔네스오네도 마음이 없는 인형이라는 점 말고는 자세히 몰라…….」

엔네스오네의 머리 날개가 의기소침하게 가라앉았다. 그러자 제시아가 종종걸음으로 돌아와 그녀 앞에 섰다.

"괜찮아요……! 엔네…… 제시아가, 찾을게요……!"

엔네스오네를 격려하듯이 제시아는 주먹을 불끈 쥐고 말했다.

"낙심하기…… 없기예요……. 제시아에게…… 맡겨요……!"

그러자 엔네스오네는 기쁘게 미소 지었다.

"그건 그렇고 계속 궁금했던 건데, 이름이 마음 없는 인형이라면 역시 마음이 없는 거지? 근데 인형은 원래 마음이 없는 거 아닌가?"

엘레오노르가 느긋한 어조로 말했다.

「응, 하지만 그냥 인형이 아니라 마음이 없는 인형인 거야……. 엔네스오네의 질서가 그렇게 말하고 있어…….」

"그건 무슨 뜻이지?"

그녀는 천천히 고개를 좌우로 저었다.

「……모르겠어…… 미안해…….」

"제시아는…… 알겠어요……!"

제시아가 그렇게 말하자 엔네스오네가 놀란 듯 그녀를 보았다.

「정말……?」

"제시아는…… 항상 생각해요……! 주스라고 하면서…… 풀을 갈아낸 액체를…… 마시게 하려는 사람에게는…… 마음이 없어요……!"

"그, 그럼 성격이 차가운 인형이라는 뜻일까?"

엘레오노르가 제시아의 눈치를 보며 장난스럽게 말하자 동그란 눈동자가 그녀를 째려보았다.

"아니면 마음이 없다, 라고 굳이 강조한 것에 의미가 있을지도 모른다."

"음~? 무슨 뜻이야?"

제시아의 시선을 피하듯이 엘레오노르가 내 쪽으로 돌아왔다. 제시아는 여전히 뒤에서 그녀를 째려보고 있었다.

"마음만 없는 인형. 다시 말해 마음 외의 무언가를 지니고 있거나, 혹은 본디 마음 있는 인형이었다는 추론도 가능하겠지."

계단을 다 올라 중층에 도착했다. 바로 앞에는 커다란 쌍여닫이문이 있었다.

"뭔가…… 적혀 있어요……!"

제시아가 엔하레로 문을 비췄다. 거기에 안내문이 붙어 있었다. 엘레오노르는 안내문에 적힌 내용을 확인했다.

"어디 보자—'이 방은 마음을 제외한 모든 것을 배척한다——'."

——이 방은 마음을 제외한 모든 것을 배척한다.

——걸맞지 않는 것이 방에 들어서면 그녀의 타태가 진행된다.

——그녀는 이곳에서 나갈 수 없다.

——마음 없는 인형은 지붕 없는 저택 밖에서 살 수 없다.

——마음을 넣어라. 그 인형에게 마음을.

——그녀가 밖에서 살 수 있도록.

엘레오노르는 끝까지 읽은 후 기권하겠다는 것처럼 두 손을 들며 말했다.

"와우, 무슨 말인지 전혀 모르겠네!"

그녀는 나를 보았다.

"마음 없는 인형이라는 게 이 방에 있는 것 같다는 건 알겠군."

나는 그렇게 말하며 문을 열었다. 방 중앙에 의자가 하나 있었고, 그 위에 새하얀 인형이 앉아 있었다. 옷을 입고 있지 않았으며, 만듦새가 정교하다고 하긴 어려웠다. 조잡한 마법인형이라도 이보다는 좀 더 사람을 닮았을 것이다.

"이번에야말로…… 마음 없는 인형……이에요……!"

제시아가 엔네스오네의 손을 잡았다.

"엔네…… 가요……!"

「응.」

둘은 손을 잡고 방 안에 한 발짝 들어선다.

"기다려라."

《프레스》로 두 사람을 제지하듯 띄우자 제시아와 엔네스오네의 발이 공중에서 허우적거렸다.

"뭔가 있어……!"

엘레오노르가 전방에 마안을 향했다. 의자에 앉아 있는 하얀 인형 뒤편——어둠 속에서 불길하게 빛나는 눈이 보였다. 그것도 무수하게.

"……오지……마……!"

인형의 입이 덜걱덜걱 움직였다.

"……마음 말고는…… 안 돼……."

하얀 인형이 그렇게 말한 순간, 어둠 속에서 푸드덕, 푸드덕, 날개를 퍼덕이는 소리가 울려 퍼졌다.

안쪽에서 나타난 것은 거대한 부리와 날카로운 발톱을 가진 검은 괴조였다. 놈들은 하얀 인형을 에워싸듯 부유하며 매서운 눈빛으로 우리 쪽을 보았다.

「……타태의 파수신 베네 제 라베일…….」

깜짝 놀랐는지 머리의 날개를 바짝 경직시키며 엔네스오네가 말했다.

「……일단, 도망가야…….」

"키이이이이이야아아아아아아악!!!"

날카로운 울음소리와 함께 타태의 파수신들이 일제히 우리에게 덤벼들었다.

「도망쳐!!」

엔네스오네가 소리친 순간, 화살처럼 날아온 괴조가 어둠에 삼켜져 산산이 흩어졌다. 그녀는 아연한 표정으로 입을 반쯤 벌렸다. 《베노 이에븐》. 칠흑의 오로라를 전방에 둘러치자 돌진해온 파수신들은 모조리 소멸되었다.

"안심해라. 해로운 새는 이렇게 그물로 잡으면 된다."

「……안 돼…….」

엔네스오네가 깜짝 놀란 듯 말했다.

「……이제야 알겠어……. 타태의 파수신은 저 아이를 타태하기 위해 있는 거야……. 우리는 이 방에 들어가면 안 돼……!」

어둠 속에서 화살처럼 날아온 괴조의 부리가 의자에 앉아 있던 하얀 인형에게 꽂혔다.

「아……! 빠, 빨리 나가야 해……!! 그렇지 않으면——.」

파수신들이 연달아 하얀 인형에게 돌진해서 그것을 잡아먹으려는 듯이 쪼아댔다.

「그만……. 안 돼……. 그러지…… 마…….」

엔네스오네는 자신의 몸을 끌어안으면서 고통스럽게 표정을 일그러뜨렸다. 그러자 제시아가 그녀의 양손을 꼭 잡으며 다독였다.

"엔네…… 괜찮……아요……."

"키이이이이야아아아아아악!!!"

괴조처럼 생긴 파수신들이 째지는 듯한 소리를 낸다. 그것은 그야말로 단말마의 비명이었다.

"《지라스도》."

칠흑의 번개가 먹이에 몰려든 괴조들을 관통하여 순식간에 숯덩이로 만들었다. 검은 깃털이 무수히 허공에 흩날리고, 파수신들은 퍼석퍼석 소리를 내며 바닥에 떨어졌다.

「어……? 아…………….」

엔네스오네의 눈이 휘둥그래졌다. 그녀의 시선 끝에는 아무런 상처가 없는 하얀 인형이, 그리고 그 곁에 서 있는 내 모습이 있었다.

"어때요, 엔네……. 언니 말이…… 맞았죠……!"

제시아는 뽐내는 것처럼 에헴, 하며 가슴을 내밀었다.

「거짓말……. 방금까지 옆에 있었는데…… 언제 저기에……?」

"엔네…… 그건……."

놀란 듯이 머리의 날개를 뒤로 젖히는 엔네스오네에게 제시아는 조금 어른스러운 어조로 설명했다.

"……어느 순간에…… 간 거예요……!"

"제시아. 언니 노릇을 하고 싶은 건 잘 알겠는데, 실속이 없잖니──."

작은 목소리로 조언하는 엘레오노르. 제시아는 알겠다는 듯 고개를 끄덕이고 엔네스오네에게 추가로 설명했다.

"마왕……이니까요……! 이치는…… 없어요……!"

엘레오노르는 으음─ 하고 신음하며 고개를 기울였다. 하지만 엔네스오네의 표정은 확 밝아졌다.

「대단해……. 마왕은 대단하구나……!」

"포학……이에요……!"

「포학……?」

"……포학, 이에요……!"

「……후후, 포학인 거구나…….」

제시아와 엔네스오네는 서로 마주보고 "포학" 「포학」 하고 주거니 받거니 하며 웃었다. 두서없는 대화지만, 뭘 해도 재미있는 나이인 거겠지. 흐뭇한 모습이다.

「……어쩌면…….」

엔네스오네가 조심스럽게 나를 바라보았다. 탯줄처럼 뻗은 마법선이 연한 빛을 발하고 있었다.

"무언가…… 특별한 게 있나요……?"

엔네스오네의 머리 날개가 파닥파닥 움직이더니 그녀는 고개를 도리도리 저었다.

「……으음, 아직 모르겠어…….」

"……그러면…… 보러……갈까요?"

제시아가 의자에 앉은 인형을 가리켰다.

「응.」

엔네스오네와 제시아가 내 쪽으로 달려왔다. 그 뒤를 엘레오노르가 따라왔다.

"흠. 그나저나——."

나는 의자 위의 인형에 시선을 집중했다.

"아무래도 그 안내문에 적힌 글은 타태의 파수신에 대해 경고한 게 아니었나 보군."

하얀 인형이 녹기 시작했다. 파수신을 멸한 후에도 멈출 기미가 없이 시시각각 녹아내리고 있었다. 오른팔 절반이 당장에라도 없어질 것 같았다.

「아…… 빠, 빨리 멈춰야 해…….」

인형 곁까지 달려온 엔네스오네가 목소리를 높였다.

"어떻게…… 해야 하나요……?"

「……모르겠어……. 모르겠지만…… 그냥 두면, 사라져 버릴 거야…….」

엔네스오네는 절박한 어조로 말했다.

「……어떡하지……? 어쩌면 좋아……? 이건 사라지면 안 되는 거야. 엔네스오네에게, 소중한 거란 말야……!」

그녀의 머리 날개가 당황한 것처럼 바쁘게 파닥거렸다.

"너무 초조해하지 말고 이리 와라."

나는 걸음을 옮겨 방 입구로 되돌아갔다.

"저기— 아노스? 어떻게 할 거야? 《레바이드》 같은 걸로 멈추는 게 좋지 않을까?"

"단순한 물체나 익숙한 마법이라면 몰라도, 기원을 잘 모르는 대상은 멈출 수 없다. 하지만 아마도, 안내문에 적혀 있던 일이 그대로 일어나고 있는 거겠지."

"음, 무슨 뜻이야?"

"우선 확인해 보자. 모두 방에서 나와라."

나와 엘레오노르가 방 밖으로 나왔다. 제시아와 엔네스오네도 급히 달려왔다. 제시아가 방에서 나오고, 엔네스오네도 그 뒤를 따라 문을 지나려던 그때——.

「앗……!」

무언가에 발이 걸렸는지 그녀는 바닥에 넘어졌다.

"엔네……!"

제시아가 걱정스럽게 목소리를 높였다.

"괜찮……아요……?"

「응. 괜찮——.」

엔네스오네가 무언가 퍼뜩 깨달은 듯 뒤를 돌아보았다.

"앗, 고쳐지고 있어……!"

엘레오노르가 하얀 인형을 가리켰다.

"인형의 오른팔을 봐. 좀 전만 해도 녹고 있었지?"

녹아가던 인형의 오른팔이 회복 마법에 걸린 것처럼 천천히 복원되어 간다.

"'걸맞지 않는 것이 방에 들어서면 그녀의 타태가 진행된다'라는 내용은 이걸 가리키는 거겠지."

"음― 우리가 방에 들어가면 녹게 돼 있다는 얘긴가?"

엘레오노르가 물었다.

"그래."

내가 대답하자 엔네스오네는 서둘러 방 밖으로 나왔다.

"그럼 그녀라는 건, 저 인형을 가리키는 거구나."

"'마음 없는 인형은 지붕 없는 저택 밖에서 살 수 없다'. 아마도 저 인형을 밖으로 꺼내면 완전히 녹아 없어질 거다. 안내문에서 언급한 '마음'이라는 것을 가져와서 저것에 넣어주면 꺼낼 수 있게 되는 식이겠지."

"아하, 그렇구나. 그럼 그 마음을 찾으면 되겠네!"

그렇게 말한 후 엘레오노르는 다시 의문스러운 표정을 지었다.

"……어라? 그런데 저 인형을 꺼내서 뭘 어떻게 하게? 엔네의 탄생을 위해 필요한 진짜인지 아닌지도 모르는 거 아니었어?"

"그렇긴 하지. 하지만 이 포스로널리프는 엔네스오네의 질서가 구현된 곳이다. 안내문 내용은 그녀가 하는 말과 동등하지. 인형을 밖으로 꺼내는 것도, 그 질서에 의미가 있는 일임에 틀림없어."

그렇게 말하고 나는 뒤돌아섰다.

"마음을 찾아보자. 상식적으로는 몸을 갖지 못한 혼백이 그것이겠지. 물론 마력 없는 그릇 쪽도 확인하는 게 좋을 테고."

"알겠어!"

내 옆에 나란히 서며 엘레오노르가 대답했다.

"……아노스……."

제시아가 내 다리를 손가락으로 쿡쿡 찌르며 불렀다.

"왜 그러지?"

"엔네가…… 하고 싶은 말이…… 있대요……."

엔네스오네 쪽으로 눈길을 주자 그녀는 눈을 홉뜨고 나를 바라보고 있다. 수줍은 모양인지 머리의 날개가 움츠러들어 있었다. 나는 그녀 앞으로 다가가 무릎을 굽혔다.

"무슨 일이지?"

「……그게, 있잖아…….」

엔네스오네가 조심스럽게 입을 열었다.

「……마왕 아노스는…… 엔네스오네의 아빠일지도 몰라 …….」

전혀 예상하지 못한 말이었다.

§33. 【마력 없는 그릇. 몸을 갖지 못한 혼백】

우리는 지붕 없는 저택을 떠나 포스로널리프 시가지를 걸었다.

"묘비 없는 묘지보다 문 없는 가게가 더 가까운 것 같던데."

내가 묻자 「아, 응…….」 하고 엔네스오네가 대답했다. 문 없는 가게는 아궁신도에 도착한 직후에 보았다. 나는 우선 그곳으로 발걸음을 향했다.

"그건 그렇고 내가 엔네스오네의 아버지라니? 기억이 완전하지 않긴 하지만, 신족의 부모라는 말은 쉬이 믿기 어렵군."

밀리티아가 관련된 것은 틀림없겠지만, 과연 어떤 경위가 있었을까?

"내 심정이 계속 어땠는지 이제 좀 공감할 수 있겠어?"

엘레오노르가 내 옆에 나란히 섰다. 그때 제시아가 갑자기 정지했다.

"……제시아?"

엘레오노르가 돌아보자, 그녀는 무언가를 깨달은 듯한 표정을 하고 있었다.

"……엔네의 아빠가…… 아노스……. 엔네는…… 제시아의 동생……!"

두 주먹을 불끈 쥐고서 제시아는 눈동자를 초롱초롱 빛냈다.

"……아노스는…… 제시아의…… 아빠가 되었나요……?!"

"와우, 갑자기 엄청난 비약을 하는 애가 여기 있네……!"

엘레오노르가 어떻게 설명할까 하는 표정으로 궁리하기 시작했다.

"제시아는 마법으로 태어났다. 굳이 아버지를 따진다면 천부신이 가장 가깝겠지."

제시아는 그 즉시 충격 받은 듯 눈물을 글썽거렸다.

"노우스갈리아는…… 싫어요……!"

온힘을 다해 고개를 내젓고 몸을 좌우로 세차게 흔들면서 그녀는 온몸으로 주장했다.

"나도 그건 좀 싫다……."

엘레오노르는 쓴웃음을 지으며 말했다. 우리는 다시 거리를 따라 걸었다.

"하지만 의문이 끝이 없군. 2천 년 전의 내가 평화를 위해 밀리티아와 손을 잡고, 세상에 새로운 질서를 만들어내려 했다는 것은 충분히 납득 가능한 이야기다. 그런데——."

궁금한 표정을 짓는 엔네스오네에게 나는 이어서 말했다.

"——밀리티아가 엔네스오네를 이곳으로 보낸 시점은 내가 전생한 이후다. 그래서 밀리티아는 《베노 이에븐》에 가로막혀 생탄신 웬제르를 직접 만날 수 없었지."

엔네스오네는 동의하듯 고개를 끄덕였다.

"하지만 내가 밀리티아와 협력했다면, 세상을 넷으로 나누는 벽을 만들기 전에 생탄신에게 너를 데려가면 됐을 거다. 비록 지금은 기억이 없지만, 당시에 내막을 다 알고 있었다면 그런 어이 없는 실수를 하진 않았을 것 같다만."

"아, 듣고 보니 그러네. 상식적으로 밀리티아가 엔네를 창조한 건 아노스가 다시 태어난 이후겠지?"

그제야 깨달았다는 듯이 엘레오노르의 목소리가 커졌다. 내가 전생한 후에 엔네스오네가 창조되었다. 요컨대 나는 그녀의 탄생에 직접 관여하지 않았을 것이다.

그러자 머리의 날개를 파닥이며 엔네스오네가 조심스럽게 입을 열었다.

「……그게…… 자세한 건 모르겠지만……. 포스로널리프의 수수께끼를 풀어줄 사람이…… 엔네스오네의 심연을 깊이 들여다봐 줄 사람이, 아빠라고 했어…….」

"밀리티아가 그렇게 말했나?"

「아마도……. 엔네스오네의 질서가…… 그렇게 말하고 있는 것 같아…….」

"흠. 그것 또한 묘한 이야기로군."

밀리티아는 엔네스오네의 질서가 제대로 태어나지 못할 것을 알고 있었다. 그래서 이렇게 메시지를 남긴 것일까? 나더러 어떻게든 해달라는 것일지도 모르겠다.

"아. 찾았다. 문 없는 가게야."

우리는 걸음을 멈췄다. 그 가게에는 관이 그려진 간판이 걸려 있었다. 주위를 살폈지만 건물 어디에도 입구가 없었다. 창문은 물론이고 환기구조차 존재하지 않았다.

"들어갈 수…… 없어요……!"

제시아가 벽을 쿵쿵 두드리며 말했다. 엔네스오네도 그녀를 따라서 벽을 두드렸지만 딱히 아무것도 못 찾은 것 같았다.

"어딘가 힌트가 숨겨져 있지 않을까?"

엘레오노르가 눈에 물음표를 띄우며 나를 보았다.

"그래, 찾았다."

"와우, 역시 빠르네! 과연 마왕님이야."

벽에 걸려 있던 가게 간판을 떼어내니 뒷면에 아까와 같이 안내문이 붙어 있었다.

"어디 보자――'이 가게는 적합한 마력을 대가로 받고 그릇을 판다'."

――이 가게는 적합한 마력을 대가로 받고 그릇을 판다.

――도둑이 방에 들어서면 그녀의 타태가 진행된다.

――그녀는 이곳에서 나가기를 원한다.

――마력 없는 그릇은 문 없는 가게 밖에서 살 수 없다.

――마력을 채워라. 그 그릇에 마력을.

――그녀가 밖에서 살 수 있도록.

"지붕 없는 저택에 있던 거랑 내용이 거의 같네."

엔네스오네와 제시아가 나를 올려다봤다.

「어떻게 하면 될까?」

"……제시아의 마력이…… 대가가 될까요……?"

안내문을 보면 불가능할 것 같긴 하지만, 우회로가 아예 없다고 단정할 수는 없지. 어떤 일이 벌어지는지도 확인해두고 싶었다.

"시도해 봐라."

고개를 끄덕이고 제시아는 문 없는 가게 벽에 손을 댔다.

「제시아 언니야랑 함께 해볼래.」

머리의 날개를 파닥거리며 엔네스오네가 웃는 얼굴로 말했다.

"이건…… 어떤가요……!"

제시아가 손바닥에 마력을 모아 건물 내부에 공급했다. 엔네스오네는 제시아 옆에 나란히 서서 그녀를 따라 벽에 손을 댔다. 그리고 마력을 가게 내부에 공급했다.

"아무 일도 안 일어나네?"

엘레오노르가 고개를 갸웃했다. 겉보기에는 아무 변화가 없는 것처럼 보인다.

"그대로 계속해라."

나는 그렇게 지시하고 제시아 일행과 조금 떨어진 벽으로 이동했다. 그리고 주먹으로 벽을 살짝 가격했다. 투콰아아아아아앙! 우렁찬 소리가 울려 퍼지며 가게 벽에 커다란 구멍이 뚫렸다.

"와우……. 그런데 부수면 안 되는 거 아냐?"

"안을 확인하고 싶어서 말이다."

구멍으로 가게 안을 들여다보았다. 어둠 속에서 번쩍이는 눈이 보였다.

""""키이이이이야아아악!!""""

날카로운 울음소리와 함께 괴조 몇 마리가 날개를 펼친다. 거대한 부리를 앞세우고 화살처럼 날아온 타태의 파수신을《지라스도》로 일소했다. 검은 괴조는 비명을 지르며 바닥에 우수수 떨어졌다. 파수신치고는 꽤 약한 편이로군. 뭐, 수는 제법 되는 것 같지만 말이다.

타태의 파수신을 모조리 해치웠는지 확인하면서 가게 내부를 살폈다.

"저것이 마력 없는 그릇인가."

가게 중앙에 유리 관이 있었다. 매우 투명해서 안이 잘 보였는데, 아무것도 들어있지 않았다.

"……제시아는…… 대가를 치를 수 없나요……?"

「엔네스오네도…… 열심히 할게…….」

둘은 마력을 더욱 집중했다. 벽에서 상점 내부로 공급한 마력은 일단 끌려가듯이 유리 관으로 향했다. 그런데 거기에 닿는 순간 거부당하듯 튕겨나갔다.

"안내문 내용대로 적합해야만 하나 보군."

보아하니 유리 관이 녹기 시작했다. 제시아와 엔네스오네가 마력 공급을 멈추자 녹은 부분이 다시 복원되었다.

"그럼 이번엔 적합한 마력을 찾아야 하는 거야?"

"대충 짐작은 간다."

엘레오노르가 궁금한 표정으로 검지를 척 내밀었다.

"어떤 건데?"

"마음 없는 인형이다. 그것은 마력으로 만들어져 있었지."

《아이리스》 마법으로 부서진 벽을 복구하며 나는 대답했다.

"이제 남은 건 묘비 없는 묘지인가."

엔네스오네를 보자 머리의 날개가 살짝 움직였다.

「장소는 알고 있어. 이쪽이야.」

엔네스오네가 달리기 시작했다. 그녀가 뒤로 손을 뻗자 그것을 잡은 제시아가 옆에 나란히 섰다. 큰길에서 벗어나 골목을 따라 걸으니 도중에 돌바닥이 끊기고 울창한 숲으로 나왔다. 수풀 사이를 헤치고 나아가자 숲의 어둠 속에서 날카로운 울음소리가 들렸다. 습격당하지 않게끔 《베노 이에븐》으로 그물을 쳐두었다. 이윽고 우리는 탁 트인 개활지에 도착했다. 풀이 나 있긴 해도 길이가 그리 길지 않아 걸을 때 불편하지는 않았다. 중앙에는 큰 비석이 세워져 있었다. 엔네스오네가 종종종 그리로 달려가서는 이쪽을 돌아보았다.

「여기야.」

주위에는 그 비석 말고 눈에 띄는 것이 없었다. 숲을 벗어나서인지 파수신이 습격할 낌새도 느껴지지 않았다. 우리는 비석으로 다가가 살펴보았다.

——이 묘지는 깨어날 유해를 기다린다.

——도굴꾼이 나타나면 그녀의 타태가 진행된다.

——그녀는 깨어나려 하고 있다.

——몸을 갖지 못한 혼백은 묘지 밖에서 살 수 없다.

——그릇을 주어라. 그 혼백의 그릇을.

——그녀가 밖에서 살 수 있도록.

"……으음, 깨어날 유해가 혼백의 그릇인 건가? 그릇이라는 건 설마……?"

엘레오노르가 안 좋은 예감이 든다는 눈초리로 나를 보았다.

"마력 없는 그릇이겠지."

즉, 문 없는 가게에 있던 유리 관이다.

"음—? 으음— 잠깐. 그런데 마음 없는 인형을 저택에서 꺼내려면 마음이 필요하고, 그건 몸을 갖지 못한 혼백 아니었어?"
"그래."
"그건 이 묘지에 있고, 가져가려면 마력 없는 그릇이 필요한 거지?"
"그렇지."
"하지만 마력 없는 그릇을 얻으려면 마음 없는 인형이 있어야 한다고 하지 않았나?"
"바로 그렇다."
"……그럼 뭘 어떡하란 거야? 이런 식으로는 해결할 방법이 없을 것 같은데……?"
막막해하는 엘레오노르를 보며 나는 오만하게 웃었다.
"요컨대 그게 답이란 거다. 해결할 방법이 없다는 게 말이다. 그래서 엔네스오네가 너를 여기로 부른 것이겠지."

§34. 【생명, 태어날 때】

나는 현장에 마법진을 그렸다. 맹약에 따라 소유한 그 인형마법을 불러내자 나와 엘레오노르를 잇는 마법선이 선명하게 빛났다.
내 마력이 엘레오노르에게 흘러들어가자 그녀는 깜짝 놀란 듯 목소리를 높였다.
"아, 아노스! 갑자기 뭐 하는 거야? 그런 설명으로는 전혀 이해가 안 되는데?"

"백문이 불여일견이다. 몸을 맡겨라."

"……정말…… 강압적이라니까……."

그녀가 작게 투덜거리며 내가 그리는 술식에 몸을 맡겼다. 마법 문자가 엘레오노르의 주위를 떠돌더니 거기에서 성수가 솟아올랐다. 육체가 성스러운 물의 구체에 감싸여 둥실 떠올랐다. 《엘레오노르》 마법이 발동됐다. 묘지 한편이 밝아지며 거기에 은은한 빛이 나타났다.

"음? 가짜 관을 만들려는 거면 《아이리스》가 낫지 않을까? 《엘레오노르》 마법으로는 유리 관을 못 만들잖아."

엘레오노르가 의아해했다.

"유리 관은 이 아궁신도 포스로널리프가 준 형태에 불과하다. 본질은 이것이지."

묘지에 은은하게 빛나는 구체── 유사 근원이 완성되었다. 그러자 지면이 노랗게 빛나며 성수구를 비추었다. 땅속에서 노랗게 빛나는 불꽃이 떠올라 빛의 구 안으로 들어갔다.

「……몸을 갖지 못한 혼백이야…….」

노란 불꽃을 가리키며 엔네스오네가 말했다. 머리의 날개가 쉬지 않고 파닥거렸다.

"《엘레오노르》로 만든 유사 근원을 마력 없는 그릇으로 인식한 거다."

"음──?"

전혀 의미를 모르겠다는 것처럼 엘레오노르는 고개를 갸웃거렸다.

"……저기, 그게 무슨 뜻이야……?"

"마음 없는 인형을 저택에서 꺼내려면 몸을 갖지 못한 혼백이 있어야 한다. 몸을 갖지 못한 혼백을 묘지에서 이동시키려면 마력 없는 그릇이 필요하지. 그리고 마력 없는 그릇을 상점에서 사려면 마음 없는 인형이 필요하다."

"그건 이해했어. 상자를 열기 위한 열쇠가 상자 안에 있는 것 같은 상황이잖아?"

"그래. 네가 말한 대로 여기 있는 것만 사용해서는 해결할 방법이 없다. 엔네스오네가 태어나지 못하는 건 이 아궁신도에서 정해진 질서라는 뜻이지."

"……아, 그럼…… 엔네를 태어나게 하려면 이 신도에 없는, 누군가의 도움이 필요했다는 뜻인가……?"

나는 고개를 끄덕였다.

"그녀를 올바르게 태어나게 하기 위해 필요한 세 가지는《엘레오노르》로 만들어낼 수 있는 유사 근원이다. 본디 인간의 근원은 형해(形骸)와 마음, 마력으로 구성되어 있지."

"아, 그렇구나. 내가 혼자《아스크》마법을 사용할 때는 마음만 낳는 유사 근원을 만드니까……."

"이 포스로널리프에서 그것은 저 노란 불꽃, 즉 몸을 갖지 못한 혼백에 해당한다."

이해했다는 듯이 엘레오노르는 "응, 응" 하고 고개를 끄덕이며 검지를 세웠다.

"그러면 지하에서 천주지검(天柱支劍)을 지탱할 때 재료로 쓴 유사 근원, 즉 형해만 있는 게 마력 없는 그릇. 그리고 마력만 있는 유사 근원이 마음 없는 인형인 거야?"

마음 없는 인형, 마력 없는 그릇, 몸을 갖지 못한 혼백. 이 세 가지는 각각 불완전한 근원, 즉 유사 근원을 가리키고 있었던 것이다.

"사샤가 떠올린 기억에 따르면, 엔네스오네와 마찬가지로 너는 밀리티아의 손에 의해 창조되었다. 엔네스오네가 보여주는 꿈이 너와 제시아에게만 닿는 것도 밀리티아의 메시지일 테지."

"……내가 엔네의 탄생에 필요하기 때문이라는 건가……?"

나는 고개를 끄덕였다. 엘레오노르가 없으면 엔네스오네가 탄생할 수 없다. 때문에 그녀가 이곳에 오게끔 안배했다고 생각하면 납득이 간다.

"그리고 《엘레오노르》 마법 자체가 엔네스오네를 탄생시키는 힌트다."

"어…… 그건."

엘레오노르가 고개를 숙이며 생각에 잠겼다.

"…………그러니까, 무슨 뜻이야……?"

잘 모르겠다는 듯한 모습으로 그녀는 더욱 깊이 생각에 잠겼다.

"네가 평소에 마력, 마음, 형해 중에 어떤 것 하나, 혹은 둘만 가진 유사 근원만 복제하는 이유가 무엇이냐?"

"……그야 세 개가 갖춰진 복제 근원을 만들어버리면 의식을 가진 생명으로 거듭나니까——."

대답하다가 깨달은 것처럼 엘레오노르는 고개를 들었다.

“마음 없는 인형과 마력 없는 그릇, 몸을 갖지 못한 혼백 세 개를 합치면 하나의 근원이 된다는 거야……?!”

“유사 근원을 조합하여 생명을 낳는다. 지상에서는 불가능한 일이지만, 이 아궁신도는 엔네스오네의 질서가 구현된 장소다. 아직 태어나지 않은 엔네스오네가 존재할 수 있는 신역. 그렇다면 마음 없는 인형도, 마력 없는 그릇도, 몸을 갖지 못한 혼백도 엄밀히는 아직 태어나지 않은 것이지. 그것들을 하나로 합침으로써 근원이 태어난다고 생각하면 된다.”

제시아가 반짝반짝 눈을 빛내며 손을 번쩍 들었다.

“……세 개를, 합치면…… 엔네가 태어나나요……?”

“마음 없는 인형, 마력 없는 그릇, 몸을 갖지 못한 혼백. 이 신도에 무수히 존재하는 그것들 중에 무엇이 진짜인지 구분할 수 없다고 웬제르가 말했는데, 어렵게 생각할 것 없다. 그 모든 게 진짜이니까. 이것들을 모두 하나로 합쳐 완전한 근원으로 바꾸면 엔네스오네가 태어날 거다.”

제시아는 엔네스오네를 휙 돌아보며 그녀를 꼭 껴안았다.

“……해냈……어요……! 엔네, 이제 곧……이에요……!”

엔네스오네는 당황한 듯 머리의 날개를 파닥거렸다. 하지만 그녀는 이내 미소를 지었다.

「……빨리 만나고 싶어……. 제시아 언니네를…… 빨리…….」

“……맡겨……주세요……!”

제시아가 엔네스오네의 양손을 잡고 열의에 찬 모습을 보였다.

“아, 그런데 정말 그게 확실한 거야? 다른 가능성은 생각할 수 없어?”

엘레오노르가 내게 물었다.

“물론 답을 확인해봐야 알 일이지. 가자. 혼백을 가져와라.”

“알겠어!”

엘레오노르가 성수구 밖으로 폴짝 나왔다. 알몸 상태인 그녀에게 《아이리스》로 평상복을 만들어 입혀주었다. 그녀가 손을 뻗자 노란 불꽃이 담긴 빛의 구가 둥실둥실 그곳으로 날아왔다. 엘레오노르는 유사 근원을 소중히 품에 안았다.

“다음은…… 어디……인가요……?”

“지붕 없는 저택으로 향한다.”

“……알겠……습니다……!”

제시아는 엔네스오네와 손을 잡고 앞장서서 달려 나갔다. 나와 엘레오노르는 바로 그 뒤를 쫓았다. 그렇게 우리는 다시 지붕 없는 저택으로 돌아왔다. 나는 안내문이 붙은 문을 열었다. 안에 파수신은 없었고, 조금 전과 같이 중앙 의자에 인형이 앉아 있었다.

“엘레오노르.”

“알았어. 유사 근원에서 내보내볼게…….”

엘레오노르가 빛의 구에 마력을 담았다. 그러자 문이 열리듯 유사 근원의 일부가 분리되며 노란 불꽃이 안에서 스륵 나타났다. 몸을 갖지 못한 혼백은 둥실둥실 실내로 들어가서 허공을 떠돌다가, 의자에 앉은 인형에게로 천천히 날아갔다.

"예상대로군. 인형도 혼백도 무사한 것 같다."

우리가 실내로 들어가는 순간부터 녹아내리던 마음 없는 인형도 혼백의 침입에는 반응하지 않았다. 묘지를 벗어날 수 없는 그 노란 불꽃도 이 방에서는 사라지지 않을 것 같다. 몸을 갖지 못한 혼백은 인형에게 도착해서 그 가슴 속으로 빨려 들어갔다.

"……."

혼백이 깃든 인형의 눈동자에 노란 빛이 들어온다. 끼익, 끼익, 잡음을 내면서 그것은 어색하게 의자에서 일어났다. 한 걸음, 한 걸음, 인형은 이쪽으로 걸어와 방 밖으로 나왔다.

"……가게……로……."

무기질적인 말이 인형의 입에서 나왔다.

"제시아가…… 맡겠……어요……!"

「엔네스오네도 도와줄게…….」

제시아가 인형의 두 어깨를 잡고 엔네스오네가 두 다리를 잡았다. 둘은 그대로 사뿐사뿐 가벼운 걸음걸이로 "영차." 「영차.」 하고 소리를 내며 인형을 옮겼다.

"어— 음…… 그렇게 옮기는 건 좀 그렇지 않나……?"

엘레오노르가 불안한 눈초리로 두 아이를 지켜보았다.

"뭐, 옮길 수 있다면 걱정할 것 없겠지."

우리는 지붕 없는 저택을 떠났다. 이어서 도착한 곳은 문 없는 가게였다.

"……내려줘……."

혼백이 깃든 인형이 부탁했다. 제시아와 엔네스오네는 "영차."

하고 신호를 맞춰 인형을 땅에 내려놓았다. 인형은 어색하게 걸음을 떼며 저택 외벽에 손을 댔다. 그러자 벽이 문처럼 열렸다. 인형은 곧장 중앙에 있는 유리관으로 이동했다. 그리고 무릎을 끌어안고 웅크린 자세로 그 안에 들어갔다. 그 순간 유리관이 눈부신 빛에 감싸였다.

"와우――! 뭔가 대단한데!"

유리관이 빛으로 변하면서 인형의 몸을 뒤덮었다. 인형의 윤곽이 흐물흐물 일그러지며 형태를 바꾸기 시작했다. 둥글게, 둥글게――그것은 빛나는 작은 알로 모습을 바꾸었다.

"알이네?"

"……태어……날까요……?"

엘레오노르와 제시아가 나란히 의문을 표했다. 엔네스오네는 진지한 표정으로 말없이 그것을 바라보았다. 그리고 톡톡, 하는 소리가 울려 퍼졌다. 알에 금이 가기 시작했다. 다음 순간 알이 깨지고, 그 안에서 조그마한 아기새가 나왔다.

"……귀여워요……!"

제시아와 엔네스오네가 달려가 아기새 앞에 쪼그려 앉았다.

「……무슨 새야……?」

"황새 같군. 남은 인형과 혼백을 모두 이 새로 만들면 엔네스오네라는 질서의 아기를 물어다 줄거라는 뜻인가?"

내 등 뒤에서 엘레오노르가 얼굴을 내밀었다.

"음― 하지만 지붕 없는 저택도, 문 없는 가게도, 묘비 없는 묘지도 한두 개가 아니니까 시간이 꽤 걸릴 것 같――."

쿠콰콰콰콰콰콰아아아앙! 지축을 뒤흔드는 굉음이 멀리서 울려 퍼지며 그녀의 목소리를 지웠다. 엘레오노르가 깜짝 놀라며 그쪽을 돌아보았다. 아궁신도 깊숙한 곳에 위치한 거대한 건물——생탄신 웬제르가 있는 궁전이 처참하게 붕괴하고 있었다.

§35. 【강습】

즉시 《가이즈》의 마법선을 통해서 미샤의 마안으로 시야를 옮겼다. 하지만 새까맸다. 사샤의 마안으로 변경해도 시야는 역시 어둠에 뒤덮여 있었다.

"엘레오노르, 제시아. 엔네스오네를 맡기마. 나는 먼저 가겠다."

"알았어!"

발을 지면에 단단히 디딘 후 전력으로 마력을 퍼부었다. 투콰아앙! 하고 바닥이 부서지는 동시에 튀어나간 나는 빛의 화살이 되었다. 일직선으로 포스로널리프 궁전을 향해 돌진하여 엉망으로 무너진 외벽을 뚫고 들어가 웬제르가 갇혀 있던 장소에 도착했다.

상층은 깔끔하게 붕괴해서 하늘바다가 보였다. 주변의 벽화와 기둥도 엉망으로 부서져서 잔해 더미나 다름없었다. 마법 감옥에는 사람 한 명이 통과할 만한 커다란 구멍이 뚫려 있었다. 안에 있어야 할 생탄신 웬제르는 납치당했는지 어디에도 보이지 않았다.

감옥 바로 앞에 사샤가, 반대편에 미샤가 쓰러져 있었다. 미동도 하지 않지만 근원은 무사한 것 같다. 웬제르 탈취를 우선한 건가?

"《라에르엔테(봉주박해복)》."

사샤와 미샤에게 마법진을 그렸다. 마안으로 보아하니 신체 기능이 쇠약해지는 봉인 혹은 저주가 걸려 있었다. 반마법으로 필사적으로 저항하고 있는 것일 터였다. 의식은 있지만 봉인을 푸는 것에 집중하느라 움직일 수 없는 모양이다. 《라에르엔테》로 그것을 풀어주려 했는데 강한 질서 때문인지 쉽게 회복되지 않는다.

침침한 보라색으로 물든 마안으로 나는 그녀들에게 걸린 질서 마법을 노려보며 《라에르엔테》 마법진을 다중으로 그렸다. 그와 동시에 주위를 쭉 둘러보았다. 부서진 기둥 잔해에 긴박신 웨즈네라가 있다. 질서의 사슬에 칭칭 감긴 채인 것 같다. 웨즈네라는 타태신의 수하였을 텐데――무력화되었기 때문에 강제로 감옥을 파괴한 건가?

"순식간에 이곳에 있던 세 명을 무력화했으면서 아군인 긴박신을 그냥 버리고 가다니 이해가 안 되는군."

그렇게 중얼거리며 나는 얼굴을 뒤쪽 벽으로 돌렸다.

"이제 쓸모가 없다는 건가. 아니면――."

손끝으로 벽화로 겨눈 뒤, 《지라스도》를 방출했다. 격렬한 뇌명과 함께 칠흑의 번개가 벽을 분쇄하자 그 뒤에서 인영이 나타났다.

"——거기 몸을 숨기는 게 최선이었나?"

그 여자는 내 쪽으로 몇 걸음 발을 내디뎠다. 피처럼 붉은 직물을 몸에 두른 신. 끈으로 묶은 적흑색 머리카락과 연지를 바른 듯한 입술. 그리고 매우 무기질적인 눈동자. 숨기고 있긴 하지만 그 심연에는 심상치 않은 마력이 잠재되어 있었다.

"네가 앙데르크냐?"

웬제르가 말하길 타태신 앙데르크는 오늘 돌아올 리 없다고 했다. 왜 그녀의 예측이 빗나간 걸까? 아니면 이 녀석은 타태신이 아닌 다른 신족인가?

"무례하기 그지없구나, 아이야."

감정이 없는 목소리로, 그러나 아랫것을 대하듯 그 여자가 말했다.

"머리를 숙이고 예의를 갖추거라."

"웬제르를 어디로 보냈지?"

여자는 그저 차갑게 웃었다.

"너의 질문에 내가 답할 의무는 없다. 엔네스오네는 어디에 있느뇨?"

"웬제르의 위치를 실토하면 가르쳐줄 수도 있다."

나와 여자의 시선이 교차하며 치열하게 불꽃을 튀겼다. 그 신은 새하얀 얼굴을 조금의 변화도 보이지 않았고, 입을 열려 하지도 않았다.

"어떻게 하겠나?"

"마족 따위의 교환조건에 응할 필요는 없지. 생탄신 웬제르는 이미 이곳 아궁신도 밖으로 떠났다. 포스로널리프는 타태의 질서로 기울고 있지. 이해했느뇨? 혈안이 되어서까지 찾을 필요는 없느니라."

입꼬리를 치켜올리며 여자는 무기질적인 미소를 보였다.

"너의 말대로 나는 타태신 앙데르크다. 환영받지 못하는 생명을 타태하는 이 세상의 질서이리니, 늦든 빠르든 엔네스오네는 사산이니라."

앙데르크가 두 팔을 벌려 손끝에서 붉은 실을 꺼냈다. 그것들이 마법진을 그리더니 중심에서 나타난 무수한 붉은 실이 빠르게 뻗어나가 마치 상흔처럼 지면에 달라붙었다.

찌직, 찌지직 하고 그 붉은 상처가 벌어지며 "키이이이야아아악!" 하는 울음소리가 울려 퍼졌다. 차례차례 하늘로 날아오른 괴조는 타태의 파수신 베네 제 라베일. 셀 수 없을 만큼 많은 파수신들이 검은 깃털을 흩날리며 포스로널리프 상공을 선회하기 시작했다.

"흠. 요컨대 너를 멸하거나 이 신도에서 몰아내면 엔네스오네가 무사히 지낼 수 있다는 뜻이군."

말하면서 나는 기원마법 《지라스도》를 회오리처럼 둘렀다. 지지지지지지지직 하고 요란한 뇌명을 울리며 하늘로 확산된 칠흑의 번개가 날아다니는 해로운 새를 모조리 관통했다. 단말마의 비명과 함께 검은 새들이 우수수 추락했다.

"아이야. 너는 자신의 처지를 알고 있느뇨?"

여전히 콧대 높은 태도로 여자가 말했다.

"글쎄, 무슨 얘기냐?"

"이해하고 있겠지? 너는 부적합자다. 질서를 어지럽히는, 환영받지 못하는 생명. 타태신의 질서로부터 운 좋게 누락된, 본디 존재하지 않아야 할 세상의 이물질이지."

타태신이 발을 구르자 땅에 달라붙은 붉은 실이 꿈틀거리며 그녀 앞에 마법진을 그렸다.

"햐햐햐햐."

앙데르크가 소리 높여 웃었다. 그 웃음소리조차 어딘가 감정이 결여되어 있었다.

"이 신역, 포스로널리프에 온 것이 네 운의 끝이다. 울든 발버둥치든, 이제부터 너의 종착지는 단 하나뿐. 바로 타태이니라."

철컹, 금속음이 울렸다.

"사타태겸자(蛇墮胎鉗子) 에그랴혼누."

붉은 실의 마법진에서 불쑥 나타난 것은 머리가 둘 달린 뱀 문양이 새겨진 거대한 가위── 자루가 길게 뻗은 재단용 가위였다. 타태신 앙데르크는 양손으로 그 가위의 손잡이를 각각 잡았다. 사타태겸자의 날카로운 첨단부가 나를 겨냥했다.

"얘기가 빠르군. 그렇다면 말할 여력이 남아있을 때 하나만 더 답해라."

앙데르크는 아무 말 없이 방심하지 않고 내 틈을 엿보았다.

"웬제르와는 얘기했나?"

"시시한 질문이로구나. 언니와 얘기할 필요는 없다."

"자매간에 사이좋게 지내면 좋지 않나."

"그것이 질서이니라."

이런, 이런. 웬제르가 말한 대로 이 녀석은 어딜 보나 전형적인 신족이로군. 감정다운 감정을 갖고 있는 것 같지는 않다. 무기질적이고 신족다운 응답이다.

"웬제르는 너를 설득하려고 했다. 자매끼리 다투고 싶지 않았던 거겠지."

"햐햐햐햐."

앙데르크가 웃었다.

"신은 그저 질서일 뿐이니, 의지가 없으며 마음도 없다. 언니는 생탄, 나는 타태. 서로 그저 담당할 뿐이니라."

"너는 그렇겠지. 하지만 웬제르는 질서만이 아니라 마음을 가지고 있었다."

앙데르크는 가면 같은 얼굴로 말했다.

"질서가 조금 흔들린 것에 불과하다. 금방 정상으로 돌아갈 것이야."

"크하하. 흔들렸다고? 이 세상을 상냥하게 만들기 위해 엔네스오네를 탄생시키려 한 마음도, 동생인 너를 구하고 싶다고 생각한 갈등도, 그저 질서가 흔들린 것에 불과하다고 했나? 그것 참 커다랗고도 사소한 흔들림이로군."

"신에게 마음은 없다. 생탄신 웬제르는 그저 마음이 있는 듯한 반응을 보였을 뿐. 신이 아닌 너는 그것을 마음인 양 착각했을 뿐이니라."

"호오. 재미난 말을 하는구나. 확실히 마음속은 누구도 알 수 없긴 하다만."

"인간도 마족도 용인(龍人)도, 사람이라는 생물은 착각을 해서 골치가 아프구나."

사타태겸자 에그랴혼누에 붉은 마력 입자가 모인다. 당장이라도 나를 뚫어버린 기세로 견제하며 앙데르크가 말했다.

"있지도 않은 마음을 있는 양 착각하고, 있지도 않은 희망을 환상하며, 급기야 있지도 않은 질서를 꿈꾸려 하지. 그러나 신에게 마음은 없으며, 세상의 질서는 항상 올바르게 돌아간다. 그렇기에 이 세상에 상냥한 질서 같은 모순된 것은 없느니라."

앙데르크가 자신의 마안을 빛냈다.

"엔네스오네는 결코 태어나지 못하리라. 결말은 정해져 있다."

철컹, 사타태겸자의 날이 교차했다.

"타태이니라."

"흠. 잘 알겠다."

사타태겸자를 들고 공격 태세를 갖춘 앙데르크 쪽으로 나는 곧장 걸어가기 시작했다.

"그렇다면 네게 가르쳐주마. 신에게 마음이, 질서에 오류가."

마법진을 50문 그려《지오 그레이즈》를 발사했다.

"엔네스오네에게 탄생이 있음을."

칠흑의 태양이 빛의 꼬리를 남기며 연달아 타태신에게 착탄한다. 하지만 그것들은 강력한 반마법에 막혀 녀석에게는 생채기 하나입히지 못했다.

"환영받지 못하는 아기를, 뱀의 송곳니가 물어 떨어뜨리리니

——.”

저주를 읊듯이 앙데르크가 말했다.

“에그라햐혼누.”

사타태겸자의 끝을 내게 겨누고 녀석은 곧장 돌진했다. 나는 땅을 박차고 그 거대한 신의 가위를 정면으로 받아쳤다.

“《아비아스탄 지알라》.”

에그라햐혼누의 끝과 내 손바닥이 충돌한 그 순간, 주위에 튕겨나간 칠흑의 태양을 마법진 삼아 오른손이 빛나는 흑염으로 변했다—— 아니, 빛나는 흑염으로 변하기 직전에 마법진이 스르르 사라지며 《아비아스탄 지알라》가 취소됐다.

“내게 향하는 환영받지 못하는 마법을 타태하리니.”

《베노 이에븐》을 사용해도 그 순간에만 어둠의 오로라가 어른거리다가 곧바로 사라졌다. 마법이 완전히 발동하기 전에 타태당한 것이다. 사타태겸자가 내 손바닥을 관통하고 피가 솟구쳤다. 그대로 가위 끝을 붙잡아서 밀어붙이려고 했지만, 의도를 간파했는지 녀석은 사타태겸자를 뽑아내고 내 앞에서 자취를 감추었다.

“환영받지 못하는 아이를, 뱀의 송곳니로 물어뜯어서——.”

지면에 둘러친 붉은 실을 타고 순식간에 배후에서 나타난 앙데르크는 신의 가위를 벌리고 있었다. 내 목 좌우에서 가위날이 번뜩 빛을 발했다.

“타태하리니—— 에그라햐혼누……!”

철컥 소리와 함께 가위날이 닫힌다. 몸을 낮춰 그것을 피하고 두 주먹을 힘껏 쥐었다.

“《베브즈도》.”

자세가 반전되는 동시에 두 주먹이 칠흑으로 물들었다. 그러나 마법이 완전히 손을 덮기 전에 《베브즈도》 역시 타태되었다.

“환영받지 못하는 마법을, 타태하리니―― 컥………… 하…… 아………………!!”

타태신이 입에서 피를 왈칵 토했다. 순수한 마력만 담은 내 주먹이 앙데르크의 복부에 깊숙이 꽂혔다.

“대단한 권능이군. 얼마든지 타태해봐라.”

나는 마력을 양껏 담아서 앙데르크의 얼굴을 때렸다. 견고한 마법 장벽이 전개되었지만, 아랑곳하지 않고 그 위를 주먹을 후려쳐서 타태신을 저 뒤로 날려버렸다.

콰콰콰쾅! 요란한 소리와 함께 녀석은 벽화에 부딪쳤다. 타태신은 앞으로 쓰러지며 바닥을 피로 적셨다.

“크윽………… 무슨…………?”

일어나려고 고개를 든 놈의 눈앞에 내가 서 있었다.

“설마――.”

주먹을 펴고 손가락 관절을 뚜둑 소리가 나도록 풀면서 녀석을 내려다보았다.

“신이라고 해서 때려죽이지 못할 줄 아는 건 아니겠지?”

§36. 【타태신과 환영받지 못하는 태아】

"내려다보지 마라, 무례한 아이야. 너는 내가 타태할 태아다. 운 좋게 타태의 질서에서 누락되었다 해도, 그 본질에는 변함이 없느니라."

타태신 앙데르크는 바닥을 기며 끈적하게 웃었다.

"내 앞에서, 너는 갓난아기나 다름없다."

"바닥을 기는 녀석에게 그런 호언장담을 들을 거라고는 생각도 몰랐는데."

"때려죽일 수 있다면 때려죽여 보아라. 나는 본디 신계 깊은 곳에 자리한 질서. 네가 눈에 담는 것조차 과분할 정도의 정도의 신이니라."

앙데르크는 사타태겸자를 꽉 쥐었다. 반격에 나서려던 그 오른손을 나는 힘껏 밟아버렸다.

"……크으, 아……!"

"소멸당하지 않게 이를 악물고 버텨라."

마력의 입자가 내 주먹에 모인다. 마법 술식도 뭣도 없이, 그저 힘으로 타태신의 턱을 밑에서 후려쳤다. 둘러치고 있던 마법 장벽과 반마법이 유리처럼 깨져나가며 앙데르크의 몸이 공중에 떠올랐다. 피를 흘리면서도 녀석은 말했다.

"……보아라, 죽이지 못하지 않느냐……."

"그거 참 다행이로군."

두 주먹을 고쳐 쥐고서 공중에 뜬 앙데르크에게 십여 발의 주먹을 날렸다. 녀석의 몸이 주먹 모양으로 찌그러지며 폭발하는 듯한 기세로 궁전 벽을 향해 날아갔다. 그 와중에도 녀석은 쉬지 않고 혀를 놀렸다.

"……헛수고다, 헛수고야……. 갓난아기의 손짓이나 다름없구나……. 이 정도는 금세 치유되는 것을……."

"치유해봐라."

내 목소리를 들은 앙데르크가 흠칫하며 뒤쪽으로 시선을 돌렸다. 녀석이 날아가는 방향으로 순식간에 앞지른 내가 서 있었다.

"……끄읏…… 캬아아……!!"

재차 마력을 담은 주먹을 몸에 꽂아서 녀석을 반대 방향으로 쳐 날렸다.

"……겨우 이런 걸로, 내가……."

"벌써 끝난 줄 알았나?"

나는 조금 전보다 더욱 빠르게 앙데르크가 날아가는 방향으로 앞지른 즉시 연격을 퍼부어서 녀석의 몸을 마법 장벽째 으깨고 기세 좋게 날려버렸다.

"……컥, 크아아아……. 이…… 정도로는……."

"물론, 이제부터가 진짜다."

다시 뒤로 돌아가 한 호흡 사이에 앙데르크를 몇 번이고 기세를 붙여 두들겨 팼다. 마법이 타태된다면 내 공격은 단순 명쾌. 그것을 우직하게 반복할 뿐이다. 맞고 날아가는 앙데르크를 앞질러서 기다렸다가 다시 힘껏 두들겨 팬다. 그렇게 날려보낸 위치로 이동하고, 이동한 다음에 패고, 팬 다음에 돌아간다. 그것을 반복할 때마다 그 간격이 점점 줄어들었다. 처음에 맞고 날아간 이후로 녀석의 발은 단 한 번도 땅에 닿지 않았다.

그리고 몇 초 후, 녀석의 몸은 허공에 고정된 채 내게 앞뒤로 두들겨 맞았다. 워낙 고속으로 왔다 갔다 하는 바람에, 옆에서 보면 내가 두 명으로 분신한 것처럼 착각할 것이다.

"……크윽…… 커커억…… 헉…… 끄으윽……!"

온 힘을 다해 반마법과 마법 장벽을 펼치며 앙데르크는 앞뒤에서 쏟아지는 주먹질을 가까스로 버텼다.

"…………마…… 말도 안 된다……! 이런 건…… 나는 신이니라. 이 세상의 질서란 말이다. 이 신안에도 두 명으로 보일 정도로 고속으로 움직이다, 니――."

당황한 기색을 보인 직후, 돌연히 녀석은 고압적으로 표정을 일그러뜨렸다.

"――그렇게 생각할 줄 알았느냐? 하. 하하하하! 어리석구나, 어리석어. 시시한 수작일 뿐이거늘. 비상식적인 속도로 움직여서 주먹질을 하는 것처럼 보이게 하고, 너는 마법으로 둘로 나뉜 것이겠지……! 때려죽이겠다고 한 것은, 나를 속이기 위해서인가?"

앞뒤로 두들겨 맞으며 허공에 못박힌 앙데르크가 의기양양하게 말했다. 마치 내 책략을 간파했다는 것처럼.

"속여? 무슨 소리냐, 앙데르크."

"아직도 시치미를 떼는가? 내 신안을 속일 수 있다고 생각했느뇨? 잘 생각해 봐라. 어머니가 태내에 있는 아기를 놓칠 리 있을까? 그것과 같으니라. 내가 착각할 정도로 빠른 움직임이란 이 세상에 존재하지 않는다."

"글쎄, 어떨까?"

햐햐햐, 하고 앙데르크는 내 말을 비웃었다.

"비밀은 하나 더 있다. 너는《나지라》를 쓰고 있구나. 내가 눈치채지 못한 마법이라면, 타태하지 못할 줄 알았느뇨?"

녀석은 신안을 빛내며 살기를 담아 말했다.

"물러나거라, 아이야. 이 이상 계속하면, 너의 운명은 결정될 것이다."

나는 아랑곳하지 않고 앙데르크를 가격했다. 그 직후, 녀석이 움직였다.

"환영받지 못하는 마법을 타태하리니. 사라――."

타태신 앙데르크가 그 타태의 권능을 발휘하려는 찰나――.

"……컥, 크갸갸갸갹…… 어어어어어어억!!!"

"마법을 타태하면 다른 부분이 허술해지는 것이 도리지."

타태의 권능 쪽에 마력을 보낸 만큼 취약해진 반마법과 마법장벽을 완전히 부수고, 나는 녀석의 몸에 직접 주먹을 꽂았다. 여전히 앙데르크의 신안에 비친 나는 두 명이다. 앞뒤에서 고속으로 연타를 퍼부어 신의 육체를 짓이겼다.

"……크으……아……. 크……커컥……. 뭐, 지……?! 왜 타태되지 않는 것이지……?! 내 질서를 지웠느냐, 부적합자?!"

"크하하. 질서? 무슨 소리냐? 《나지라》은 미끼였다. 마법으로 둘로 나뉜 거라고 생각하게 하기 위한 미끼."

"……무, 뭐……라……고…………?!"

"뱃속의 아기가 너무 활발하게 움직여서 무심코 쌍둥이로 착각했나? 응?"

경악스런 표정으로 앙데르크는 비명을 지르듯이 외쳤다.

"……불가능해!! 내 신안이, 포착하지 못하는 아기는……?!"

녀석은 다시 전력으로 마법 장벽을 펼치려고 했지만, 이미 늦었다.

"끝내주마."

아무리 그래도 마력과 맨손만으로 신족의 마법 장벽을 돌파하기란 힘든 일이다. 그래서 이 상황을 유도했다. 모든 방어 대책이 사라진 몸뚱이에 나는 주먹을 날렸다. 신의 육체를 넝마로 만들 기세로 때리고 때리고 때리고, 그야말로 온전한 곳이 없을 정도로 난타한 뒤, 마지막으로 녀석을 땅에 패대기쳤다. 땅이 부서지는 소리와 함께 깊이 박히며 앙데르크는 피를 토했다.

"……커……흐…………억…………."

녀석은 그 자리에 축 늘어진 채 호흡을 거칠게 반복했다. 나는 앙데르크 머리 위에 서서 그 얼굴을 내려다봤다.

"……햐……햐햐…………. 겨우…… 그 정도냐…… 아이야. 너, 는…… 나를 때려죽일 수, 없느니라……."

"죽어가는 몸으로 잘도 지껄이는군."

피에 젖은 입술을 비틀며 앙데르크는 끈적하게 웃었다.

"……나는 타태신이니라. 그렇다면 모태를 죽이는 것 또한 타태의 일종이지……. 무슨 뜻인지 알겠느뇨?”

소리내어 웃던 타태신의 마력이 부쩍 강해졌다.

“보아라. 뱀이 물어뜯고 있구나.”

내 배꼽 근처에 튄 앙데르크의 핏방울이 마법진을 구축했다. 거기에 송곳니를 박고 있는 것은 한 마리 적흑색 뱀이었다.

“흠. 저주 종류인가?”

“결코 벗어날 수 없느니라.”

나는 발을 들어 녀석의 얼굴을 짓밟았다. 하지만 직전에 앙데르크는 지면에 달라붙어 있던 붉은 실에 삼켜져 모습을 감췄다. 녀석은 실을 따라가듯 이동해서 멀찍이 떨어진 위치에 나타났다. 그리고 바닥에 떨어져 있던 사타태겸자 에그랴혼누를 주웠다. 자세히 보니 뱀 문양이 사라져 있었다.

“아하. 이놈이 그 가위에 붙어있던 뱀인가.”

“그래, 그래. 뱀으로 보이느뇨?”

성한 곳이 없는 몸으로, 그럼에도 마력만은 생생하게 방출하며 타태신은 웃었다.

“탯줄이니라!”

소리치는 동시에 나를 깨문 뱀의 반대편——쌍두사의 또 다른 머리가 쭉 늘어나더니 타태신 앙데르크의 하복부 근처를 물어뜯고 몸속으로 파고들었다. 아마도 그 태반에.

“자, 돌아가거라! 환영받지 못하는 생명은 회귀하리니.”

붉은 실이 하늘하늘 주위에 떠오르며 나와 앙데르크를 에워쌌다. 그리고 이 자리에 구형의 방을 만들어냈다.

"사타태자호(蛇墮胎子壺)."

"이게 어떻다는 거냐?"

나와 앙데르크를 잇는 뱀을 잡아 확 잡아당겼다. 저항하지 못하고 딸려 날아온 타태신에게 오른쪽 주먹을 꽂아 넣었다.

"……크, 캬악……!"

앙데르크가 비명을 지른 순간――내 근원이 격렬히 상처입고, 미쳐 날뛰듯 멸망의 힘이 스며나왔다.

"……흠…………."

내부에 의식을 집중하고 폭주하려는 힘을 억눌렀다. 녀석은 나를 공격하지도 않았다. 그럼에도 불구하고 내 근원은 직접 큰 타격을 받았다. 그렇다면――.

"이 탯줄이 너를 모태로, 나를 아기로 만드는 건가."

하하하, 앙데르크는 웃었다.

"태아이니라."

탯줄로 화한 뱀이 적흑색으로 빛났다. 막대한 마력이 그 뱀을 통해 앙데르크로부터 내게 흘러들었다. 반마법을 발동했지만, 녀석의 마력은 그대로 통과해서 내 안에 들어왔다.

"거부할 수 없다. 모태가 주는 것을 태아는 그저 받을 따름이니까."

마력이 주입될 때마다 내 몸이 줄어들었다. 아니, 어려지고 있는 건가. 16세 정도였던 몸이 15세, 14세로 눈에 보이게 나이를 거슬러 올라갔다. 순식간에 10세가 되고, 지금은 이미 6세의 몸이다. 《쿠르스트(성장)》를 쓰면 대항할 수 있겠지만, 앙데르크는 마법을 타태할 수 있다.

"아하. 미샤와 사샤를 무력화시킨 것도 이것과 유사한 권능이었나."

"그 두 명에겐 사타태겸자의 탯줄을 쓰지 않았다. 몸의 기능만이 태아로 돌아가는 마법이지. 그만큼 저항의 여지는 있다만……."

녀석은 히죽히죽 웃으며 말꼬리를 흐렸다. 나는 그렇지 않을 거라고 말하고 싶어하는 눈치로군.

"자, 끝이니라. 내 모태에서 무력한 태아로 돌아가거라."

적흑색 빛이 내 전신을 삼키고, 내 옷만 바닥에 툭 떨어졌다. 몸이 완전히 태아가 되어버린 것이다.

"환영받지 못하는 태아를, 신의 가위가 솎아내어 떨어뜨리리니——."

사타태겸자가 벌어지며 날이 신의 탯줄에 닿았다.

"이는 곧 타태이니라. 에그랴혼누."

철컥, 가위가 닫히는 소리와 함께 뱀 모양 탯줄이 절단되었다.

"햐……! 햐햐햣……! 그래서 말했잖느냐. 어떤 생명이라도 태아로 돌아가면 무력할 뿐. 이곳에 온 것이 네 운의 끝이다. 알았느냐, 가여운 아이야."

그동안 보이던 작위적인 미소와 다르게 자못 유쾌한 듯이 앙데르크가 소리 높여 웃었다.

'호오. 꽤나 즐거워 보이는군.'

"——햐……?"

울려 퍼진 《리크스》에 녀석의 웃음이 뚝 멈췄다. 마법을 타태하지 않은 것은 무슨 일이 벌어졌는지 알고 싶었기 때문이리라.

'조금은 감정다운 것을 보여주었구나, 앙데르크.'

소스라치게 놀란 표정으로 타태신은 내 옷을 바라보았다. 그것에서 흉흉한 칠흑의 마력이 피어올랐다. 방대한 마력이 태아가 된 내 몸에서 발산되어 예리한 손톱과 송곳니를 가진 새까만 마인과 같은 모습을 빚어냈다.

"……뭐, 냐…… 이건……?"

앙데르크는 경악한 목소리로 외쳤다.

"……불가능한 일이다……. 이런…… 건……."

내가 한 걸음 앞으로 내딛자 앙데르크가 움찔 떨었다.

'태아라고 해서 탯줄을 자르면 소멸할 줄 알았나.'

내가 한 걸음 더 내딛자 앙데르크가 뒷걸음질 쳤다.

'공교롭게도 이 몸은 전생을 마친 후라서 말이지. 평범한 태아와는 사정이 다르다.'

"……혀, 현혹당할 줄 아느냐!! 죽어라아아아아아아아!"

앙데르크는 사타태겸자를 들고 곧장 나를 찔렀다. 하지만 그 끝이 내 몸에 닿자마자 치지직 소리를 내며 녹아버렸다.

"……이…………게………… 무슨…………?"

'전생 후에 모태에서 나는 계속 잠들어 있었다. 평범한 태아처럼 말이다. 왜인지 아나?'

"사, 사라져어어어!"

사타태겸자를 벌리고 앙데르크는 내 목을 사이에 끼웠다. 철컥 소리가 나고 두 날이 맥없이 녹아내렸다. 아니, 소멸되었다.

'태아 상태로는 아무리 나라고 해도 마력 제어가 어렵다. 상쇄하려 해도 근원에서 멸망의 힘이 넘쳐흘러 모태를 위험에 빠뜨리기 때문이지.'

"……안……돼…………."

겁에 질린 모습으로 앙데르크가 뒷걸음질 쳤다. 자신에게 달려들려 하는 태아를 처음 목격한 것처럼 녀석은 공포의 기색을 숨기지 못했다.

"……불가능해……. 이런, 일은…… 있을 수 없어…………."

따닥따닥 이빨이 부딪치는 소리가 났다. 내가 다시 발을 내딛자 타태신은 그 자리에 주저앉았다. 그 시야에는 흉흉한 기운을 내뿜는 칠흑의 태아가 다가오는 광경이 보였을 것이다.

'그런데, 어떤 생명도 태아로 돌아가면 무력하다고 했지?'

나는 칠흑의 주먹을 들어 올렸다. 배어 나온 멸망의 마력, 더없이 포학하고 순수한 힘을 나는 움켜쥐었다.

주먹에서 흘러넘치는 멸망의 힘은 주위의 붉은 실을 부식시키며 세상마저 파괴하려고 했다. 그리 시간이 많지 않았다.

'미리 경고하는데, 지금 내 주먹은 아까와는 비교가 안 된다. 평소에는 세상을 망가뜨리지 않도록 조심하는데, 아무래도 태아 상태로는 조절이 잘 안 되는군.'

"사, 사라져어어어, 괴물……! 환영받지 못하는 아이를 타태하리니!"

앙데르크는 모든 마력을 쏟아부어 사타태겸자를 복원해서 창처럼 만들었다. 맹렬하게 내찌른 붉고 검은 첨단부를 내 멸망의 손바닥이 붙잡아 마치 불에 닿은 버터처럼 녹여버렸다.

"……아아………….”

'아쉽게도 아버지도 어머니도 내 탄생을 바라셔서 말이다.'

칠흑의 주먹을 앙데르크에게 내리쳤다——.

§37. 【긴박의 사랑】

나는 정확히 앙데르크의 콧등 바로 앞에서 주먹을 멈췄다. 풍압과 마력의 입자가 녀석의 묶은 머리카락을 헝클어뜨렸다. 앙데르크는 덜덜 떨면서 눈앞에 닥친 멸망의 일격으로부터 눈을 돌릴 엄두조차 내지 못했다.

'맞았다면 어떻게 되었을지 모를 만큼 우둔하지는 않겠지.'

마력 방출로 살짝 공중에 떠서 타태신을 위협하듯 내려다봤다.

'엔네스오네를 타태하는 질서를 멈추고, 웬제르가 어디 있는지 실토해라.'

살짝 어루만지듯 녀석의 배에 칠흑의 손톱을 세웠다. 스르르 배어 나온 붉은 피가 앙데르크의 발밑을 실금한 처럼 적셨다.

'태아에게 배를 찢기는 걸 바라나?'

따닥따닥 이빨이 부딪치는 소리를 내며 타태신이 대답했다.

"……그럴 수, 없다……. 나는 타태를 관장하는 신……. 질서를 멈추는 것은, 어불성설이니……. 강의 흐름을 막으면, 그건 더 이상 강이라 할 수 없다……."

생탄신 웬제르를 아궁신도 포스로널리프에서 쫓아내고 엔네스오네를 타태하려 한 것은 타태신의 질서에 의한 것이다. 신이기에 녀석은 그것에 거역할 수 없다. 감정을 일깨우는 것에 성공했지만, 역시 공포로는 질서에 맞설 수 없는 건가.

"……히야…… 햐햐햐……."

'왜 그러지? 미치기엔 아직 이르다.'

"예의를 갖추거라, 아이야……. 말해보아라……. 나는 누구냐? 네 앞에 있는 나는 무엇이지?"

햐햐햐햐――. 타태신 앙데르크는 기괴하게 웃으며 눈동자를 광기로 물들였다. 조금 전까지의 작위적인 미소와는 달리, 그 핏기 없는 얼굴에는 틀림없이 어두운 감정이 드리워져 있었다.

"그래. 그래, 그래. 나는…… 나는 타태를 관장하는 신, 타태신 앙데르크! 환영받지 못하는 생명은――."

녀석의 양팔에 마력이 모였다. 나타난 것은 조금 전에 녹여버린 사타태겸자 에그라햔혼누. 철컥, 날이 벌어지며 적흑색 마력 입자가 나선을 그렸다. 내가 자세를 잡은 순간――.

"――타태하리라!"

에그라햔혼누의 날이 철컥 닫혔다. 절단한 것은 본인의 신체――타태신 앙데르크의 머리가 공중으로 튀어 올랐다. 포물선을 그리며 날아간 머리가 땅에 떨어져 데굴데굴 굴러갔다. 그것에서는 마력이 느껴지지 않았다. 절명한 거다. 주위에서 하늘거리던 무수한 붉은 실――사타태자호는 힘없이 구겨지더니 산산조각 났다. 신의 탯줄이 힘을 잃고, 내 몸에서 붉은 실 몇 가닥이 빠져나가자 다시 16세 모습으로 돌아갔다.

"흠. 그렇군."

마법으로 옷을 만들어 걸치고 주위를 둘러보니 어마어마한 양의 붉은 실이 아궁신도 포스로널리프에 나타나기 시작했다. 마치 상흔을 남기려는 것처럼 신도의 여러 건물, 거리, 숲과 바다 같은 하늘에 붉은 실이 달라붙었다.

'아노스……!'

엘레오노르가 《리크스》를 보냈다.

'갑자기 붉은 실이 무진장 나타나더니 엔네의 상태가 이상해. 근원이 엄청 약해졌어!'

'엔네가…… 죽을 것 같아요……. 아노스…… 도와주세요……!'

금방이라도 울음을 터뜨릴 듯한 제시아의 목소리가 들려왔다.

"너무 초조해할 것 없다. 상냥함과 사랑의 《아스크》를 마력원으로 삼는 결계라면 질서를 상대로도 효과가 있다. 어느 정도 영향을 막을 수 있을 거다."

'알겠어!'

궁전 바닥에 널브러진 앙데르크의 시체에 시선을 떨어뜨렸다.

"확실히 모태가 죽으면 태어날 아이도 없겠지."

타태신 앙데르크는 사타태겸자 에그라햐혼누로 자기 자신을 참수했다. 그것이야말로 타태의 질서를 최대로 작동시키는 방법이겠지. 신에게 죽음이란 대수로운 문제가 아니니까 말이다.

"《잉갈(소생)》."

앙데르크의 근원에 피를 떨어뜨리고 마법진을 그렸다. 소생의 빛이 방출되고, 직후에 마법진이 힘없이 일그러졌다. 《잉갈》이 완전히 발동하기 전에 타태된 거다.

"모태가 죽은 상태라면 마법을 타태하는 것도 한결 쉽겠지만, 그리 고집 부리지 않는 게 좋을 텐데?"

침침한 보라색으로 물든 마안으로 녀석의 근원을 응시하며 천천히 오른손을 들었다.

"죽은 네 근원을 멸하는 것은 소생시키는 것보다 훨씬 쉽다."

한 걸음, 근원과의 간격을 좁혔다. 포기하고 되살아난다면 그걸로 문제가 해결된다. 이대로 소멸을 선택한다면 그 또한 녀석의 의지다. 죽음으로 발동되는 타태의 질서도 근원이 완전히 소멸되면 사라지리라.

"《베브즈도》."

마법진을 중간까지 그리고 멈췄다. 앙데르크는 마법을 완전히 무력화하는 게 아니다. 타태——즉 태아 상태까지 기다리지 않으면 그 권능을 발휘할 수 없다. 그렇다면 이야기는 간단하다. 발동 직전의 마법을 그대로 쑤셔넣으면 된다. 녀석이 《베브즈도》를 타태하기 전에 근원을 관통하는 거다.

"아무래도 소멸되고 싶은가 보군, 앙데르크."

빠르게 마법진을 마저 그리고 손끝을 집어넣으려는 찰나, 시야 구석에 구멍이 뚫린 마법 감옥이 보였다.

"……흠."

나는 손을 내리고 《베브즈도》의 마법진을 지웠다.

"가만히 생각하니 묘한 얘기로군."

엔네스오네의 질서를 탄생시키기 위해 아궁신도를 분주히 돌아다니는 와중에도 나는 미샤와 사샤의 시야를 감시했다. 사샤가 기억을 되찾은 후, 두 사람은 타태신의 습격에 대비하며 웬제르를 지켜보았다. 그런데 한순간에, 내가 눈치챌 틈도 없이 미샤와 사샤가 쓰러졌고, 마법 감옥에 구멍이 뚫렸고, 그리고 웬제르는 아궁신도 밖으로 추방되었다.

아무리 강력한 신일지라도 지금의 미샤와 사샤를 쓰러뜨리는 것은 쉬운 일이 아니다. 동시에, 심지어 한순간에 쓰러뜨려야 하는 조건이라면 더 말할 것도 없다. 생탄신 웬제르를 신도에서 추방하는 것은 더욱 시간이 걸릴 터다. 데르조게이드로 통하는 문이나 신계로 가기 위한 문, 둘 중 하나를 통과해야 한다. 허를 찔렸다고 해도 셋 중에 누구 한 명은 타태신의 기습을 눈치챘을 터다.

내가 아궁신도의 수수께끼 풀이에 집중한 잠깐 사이에 일어난 일이라면, 적어도 그 모든 것을 동시에 해낸 것이 아닌 한 습격한 녀석의 모습 정도는 보였을 것이다. 그런데 실제로는 이 꼴이 되고 나서야 알아차렸다. 이렇듯 완벽에 가깝게 일을 수행하고도 여기서 떠나지 못했다니 기가 찰 노릇이로군.

확실히 웬제르가 이런 말을 했었다. 만약 타태신을 멸하게 된다면, 녀석이 소멸된 후 하루가 지나기 전에 엔네스오네가 태어나게 해달라고. 타태와 생탄은 표리의 질서. 타태의 질서가 소실되면 정합성이 무너져서 세상은 생탄 쪽으로 기울게 되고, 생탄의 질서가 너무 강해지면 엔네스오네가 바람직하지 않은 형태로 태어날 수도 있을 거라고 했었다. 그 얘기는 어떤 면에서는 사실일 것이다. 하지만 다른 의도 역시 포함되어 있었을지도 모른다.

그리고 밀리티아는 타태신을 멸하면 안 된다고 엔네스오네에게 당부했다. 이 모든 정보를 종합하면――.

"그렇게 된 거였군."

나는 타태신의 근원을 내려다보며 기둥 쪽으로 걸어갔다. 그러고 그 뒤편에 쓰러져 있는 긴박신 웨즈네라의 사슬을 풀었다. 오감이 돌아온 그는 나를 보자마자 적의를 드러냈다.

"너, 너……!"

"웬제르가 사라지고 앙데르크가 자살의 타태를 발동했다."

내 말에 웨즈네라는 놀란 듯 숨을 삼켰다.

"상황은 이해한 눈치로군. 앙데르크를 멸하지 않으면 엔네스오네가 타태되지만, 무턱대고 멸할 수는 없다."

앞서 싸웠을 때와는 사뭇 다르게, 긴박신은 심각한 표정을 지었다.

"힘을 빌려다오, 긴박신. 앙데르크는 마법을 타태하지만, 신인 이상 다른 질서에는 강력하게 간섭할 수 없지. 네 사슬은 타태할 수 없을 터다."

웨즈네라는 나를 외면하며 주먹을 세게 쥐었다.

"……아, 안 돼. 나는 긴박과 정체를 관장하는 질서야. 앙데르크가 내 사슬에 간섭할 수 없는 것처럼, 나도 앙데르크의 타태를 묶을 수 없어……."

"질서를 묶는 것은 이게 처음이 아닐 텐데."

긴박신이 놀란 듯 나를 돌아보았다.

"너는 웬제르를, 어머니를 지키고 있던 게 아닌가?"

그 말을 웨즈네라는 부정하지 않았고, 그저 묵묵히 내 얼굴을 응시했다.

"어머니의 부탁으로 어머니를 위해서, 그녀를 감옥에 가두었겠지."

당황하는 기색을 보이면서도 웨즈네라는 고개를 끄덕였다.

"……내 엄마는, 아무데도 가면 안 돼……. 내가, 내가 엄마를 여기에 묶어두면…… 엄마는 계속 내 곁에 있을 수 있어……."

어금니를 꽉 악물며 긴박신은 침통하게 중얼거렸다.

"……나는, 계속 묶어둘 수……없었어……."

"아까는 유치한 사랑이라고 깎아내렸지. 사과하마. 너는 효성스러운 아들이다."

그 말에 긴박신은 눈물을 글썽였다.

"……너만…… 너만 안 왔어도, 엄마는……."

"영원히 묶어둘 수 있었을까?"

웨즈네라는 입을 다물었다. 그 표정이, 내 추측이 옳다는 것을 입증했다.

"걱정하지 마라. 그녀는 소멸되지 않을 테니까."

"……정말로?"

나는 고개를 끄덕이며 말했다.

"마음을 다해서 타태신의 질서를 묶어라. 어머니를 극진히 사랑하는 너라면 할 수 있을 거다."

웨즈네라는 잠시 주저했다. 하지만 이내 고개를 가로젓고 자기 뺨을 양손으로 찰싹 때린 후 각오를 다진 얼굴로 벌떡 일어섰다. 그리고 타태신의 유해, 그 근원을 똑바로 응시했다.

"……엄마…… 나는 역시……."

강한 의지를 담아 그는 말했다.

"헤어지기 싫어……!"

근처에 있던 구멍 뚫린 마법 감옥. 그 창살이 해체되어 하나씩 날아갔다. 철컹, 철컹, 소리를 내며 겹쳐지면서 창살은 타태신의 근원을 가두기 위한 감옥을 형성했다.

"……절대…… 절대로……!!"

웨즈네라의 표정이 고통으로 일그러졌다. 다른 질서를 묶는 것이 자신의 질서에 반하기 때문이리라. 그럼에도 그는 모든 마력을 짜내어 자신이 가진 긴박신의 질서를 그곳에 내리쳤다. 사랑과 자상함으로, 질서를 무릎 꿇리면서——.

"《에겔루츠 엔그도메라》!!!"

감옥 사방에서 사슬의 마법진이 떠오르고 그 중심에서 진홍의 사슬이 나타났다. 그것은 곧장 타태신의 근원을 향해 날아가 칭칭 감기 시작했다. 사슬이 근원을 한 바퀴 감을 때마다 포스로널리프에 달라붙은 붉은 실이 사라졌다. 타태신의 질서가 묶이고 있는 것이다.

으스러지도록 이를 악물고 피가 나도록 주먹을 쥐며 웨즈네라는 긴박의 권능을 행사했다. 마치 사슬로 고치를 만들려는 것처럼 앙데르크의 근원을 빈틈없이 묶어서 그 감옥에 매달았다.

아궁신도에 상흔처럼 퍼졌던 붉은 실이 희미해지더니 마침내 완전히 사라졌다.

타태신의 질서가 속박되어 완전히 봉인된 것이다. 그러자 타태신의 근원 자체가 서서히 약해지기 시작했다. 질서의 사슬에 묶여 꼼짝도 할 수 없는 근원이 희미해지고, 그렇게 사라졌다. 묶이지 않은 그녀의 머리와 함께.

"생탄신과 타태신. 제법 골치 아픈 질서로군."

감옥 안에 연한 빛이 모였다. 그것은 인간형으로 뭉치더니 그 자리에 묘령의 여성이 나타났다. 기다란 천을 몸에 느슨하게 감은 차림. 곧게 뻗은 긴 머리카락과 연녹색 신안. 포스로널리프에서 추방되었을 생탄신 웬제르였다.

§38. 【배표배리(背表背裏)의 자매신】

"엄마……!"

웨즈네라는 마법 감옥으로 달려가더니 바닥에 주저앉은 그녀에게 손을 뻗었다. 웬제르가 그것을 잡자 그의 눈에 눈물이 차올랐다.

"미안해…… 엄마……. 화내지 마……!"

그러자 웬제르는 온화하게 미소 지었다.

"화나지 않았어요."

"……하지만 나는, 지키지 못했어……. 엄마의 당부를…… 비밀이었는데. 우리 둘만의 비밀이라고, 엄마가 말했는데……!"

웬제르는 흐느끼는 웨즈네라의 머리를 창살 너머로 조심스레 쓰다듬었다.

"괜찮아요, 웨즈네라. 당신은 늘 제 말을 듣지 않지만, 무척 상냥한 아이예요. 그러니 당신이 훌륭하게 싸워준 것도 알고 있답니다."

긴박신 웨즈네라 울먹이며 그 자리에 웅크렸다. 그 모습은 신족이 아닌 평범한 어린아이처럼 보였다.

"둘이서 한 몸인 신인가. 뭐, 엄밀히 따지자면 몸은 별개이겠지만."

나는 마법 감옥으로 다가가 웬제르 앞에서 멈춰 섰다.

"생탄신 웬제르가 현현했을 때 타태신 앙데르크는 존재할 수 없다. 마찬가지로 타태신 앙데르크가 현현했을 때는 생탄신 웬제르가 존재할 수 없는 식인가?"

긍정하듯 웬제르는 고개를 끄덕였다.

"저희는 신들의 창궁에서도 특별한 이치를 가진 신. 표리일체의 질서, 결코 서로 마주볼 수 없는 배표배리의 자매신입니다."

동전의 앞뒤와 같은 것이겠지. 두 측면이 동시에 나오는 일은 결코 있을 수 없다.

"자연에 몸을 맡기면 너희는 모종의 조건에 따라 번갈아가며 생탄과 타태를 반복하는 거겠군. 그리고 슬슬 타태신 앙데르크의 차례였던 것이고."

동전이 뒤집히듯 앙데르크가 나타남과 동시에 웬제르는 사라졌다. 미샤도 사샤도, 설마 웬제르가 갇힌 감옥 안에서 공격이 날아올 줄은 예상조차 못했을 것이다. 그것이 단 한 수로 둘을 무력화하고 웬제르를 아궁신도에서 쫓아낸 트릭의 정체다.

"웨즈네라는 앙데르크의 수하였던 게 아니라, 네가 타태신으로 뒤바뀌지 않도록 묶어두고 있던 거로군. 말 그대로, 어머니가 제 곁에 있을 수 있도록 지켰던 거지."

웬제르는 곁에 있는 긴박신을 바라보았다.

"제가 부탁한 일입니다."

"왜 사실을 숨겼냐고 묻는 것은 우문이겠지. 표리일체의 질서라면, 앙데르크가 소멸되면 너 또한 소멸될 테니까. 그 유예가 하루인 것이고."

웬제르는 내가 타태신 앙데르크를 멸한 경우, 그때는 하루가 지나기 전에 엔네스오네가 태어나게 해달라고 당부했다. 타태신이 소멸되고 아직 생탄신의 질서가 건재한 동안에 일을 끝마쳐야 하기 때문이다.

"밀리티아가 이야기한 대로 총명한 분이시군요. 말씀하신 대로 생탄과 타태는 표리일체입니다. 한쪽만으로는 오래 살 수 없습니다."

그녀는 부드럽게 포용하는 듯한 온화한 표정을 띠었다.

"……이 몸을 가두고, 앙데르크가 현현하기 전에 엔네스오네를 낳는 것이 저에게도 이상적이었습니다. 그리고 그것은 불가능하지 않다고 생각했지요."

"흠. 뭔가 예정에 없던 일이라도 생겼나?"

"당신이 이곳에 너무 일찍 왔습니다. 엔네스오네가 당신을 부른 것으로 인해 타태신 앙데르크의 질서가 강해지고 말았지요."

신족이 부적합자라 부르는 나는 타태신 입장에서는 타태해야 할 존재. 내가 신들의 창궁에 가까워짐으로써 그 힘이 강해졌다 해도 이상할 건 없다.

"타태신과 네가 배표배리의 자매신이라는 사실을 엔네스오네에게는 밝히지 않은 거군."

"계획이 이상적으로 진행되면 알 필요가 없는 정보이니까요. 그러나 최악의 경우에는 타태신을 멸하고 엔네스오네를 낳아야 하는데, 그걸 알면서 그녀에게 사실대로 말하는 것은 너무나도 잔인한 짓이지요."

어떤 일이 있어도 웬제르는 엔네스오네를 낳을 작정이었으리라. 하지만 자신의 탄생이 어머니의 목숨을 앗아간 사실을 알게 되면 엔네스오네는 평생 무거운 십자가를 짊어져야 한다. 그렇기에 어머니로서 털어놓을 수 없었던 것이다.

"하지만 참 얄궂은 일이네요. 그 마음이 오히려 독이 되어버리다니."

타태신 앙데르크가 웬제르를 가뒀다고 착각한 엔네스오네는 제시아의 꿈을 통해 나를 이 땅으로 불렀다. 그 결과 타태신의 질서가 강해지기 시작해서 웨즈네라의 사슬로도 생탄신을 이곳에 묶어둘 수 없게 되었다.

"엔네스오네가 자리를 비운 사이에 미샤와 사샤에게 말하려고 했지만, 이미 그 시점에서 제가 생각했던 만큼의 유예는 없었습니다."

확실히 그때 웬제르는 무언가 말하려고 했다. 그런데 그 타이밍에 사샤가 밀리티아의 기억을 떠올리는 바람에 기회를 놓쳤다. 어쩌면 내가 아궁신도에서 황새를 탄생시킨 것이 마중물이 되어 타태신의 질서가 더욱 강해진 걸지도 모른다.

"……지금은 웨즈네라가 저를 이곳에 속박하고 있지만, 그것도 오래가진 못할 거예요……. 부적합자 아노스 볼디고드와 엔네스오네. 질서에 반하는 두 존재가 여기에 있으면, 질서는 당신들을 제거하고자 타태 쪽으로 기울어질 것입니다. 그것이 섭리이니까요. 긴박신의 사슬로도 생탄을 영원히 묶어둘 수는 없어요……."

긴박신은 《에겔루츠 엔그도메라》에 모든 마력을 쏟아붓고 있다. 하지만 그럼에도 웬제르의 심연을 들여다보니 그 근원은 이미 흐트러지기 시작했다. 생탄이 타태로 뒤바뀌려 하고 있었다.

"마왕 아노스. 부디 엔네스오네가 알아차리기 전에 타태신을."

"안 돼, 엄마!"

웨즈네라의 온몸에서 긴박의 사슬이 뻗어나와 직접 웬제르를 휘감았다.

"……안 돼, 안 돼……. 엄마는 내 곁에 있어야 해. 내가 영원토록 여기에 묶어놓을 거야……! 엄마는 아무데도 가면 안 돼! 이번에야말로, 이번에야말로, 내가 지켜줄 테니까……!"

몸이 단단히 묶인 채로도 웬제르는 온화하게 미소 지었다.

"착한 웨즈네라. 당신 잘못이 아니에요. 당신은 이기적인 엄마의 억지를 들어주었죠. 이렇게 무거운 짐을 짊어지게 한 엄마에게 너무나도 큰 사랑을 보내고 있어요. 아직은 살짝 말썽꾸러기지만, 당신은 분명 다정한 질서가 될 수 있을 거예요. 긴박의 권능을, 이토록 다정하게 쓸 수 있으니까요."

마치 유언을 남기듯이, 웬제르는 소원을 담아서 말했다. 웨즈네라는 고개를 저었다.

"……싫어…… 싫어, 엄마, 그런 말은 하지 마……."

웬제르는 난처한 듯이 웃었다.

"……마지막이니까, 당신의 강한 모습을, 보여주세요. 저를 대신해서, 이 세상을 사랑해주세요……."

웨즈네라의 눈에서 굵은 눈물 한 방울이 툭 떨어졌다.

"알았죠?"

웬제르는 긴박신의 눈물을 손끝으로 닦아주며 조용히 그의 눈을 바라보았다. 남은 시간이 얼마 없다는 사실은 그녀를 여기에 속박하고 있는 웨즈네라 자신이 가장 잘 알고 있으리라. 후들후들 떨면서, 그럼에도 그는 굳세게 고개를 끄덕였다. 어머니를 안심시키려고 몇 번이고, 몇 번이고.

"……약속할게……."

"고마워요."

웬제르의 근원이 약해지면서 몸이 흐릿하게 일렁거렸고, 이내 스르르 사라지기 시작했다.

"마왕 아노스. 죄송합니다. 뒷일은——."

“뭐, 기다려 봐라.”

나는 앞으로 나서며 《베브즈도》로 물든 손을 창살 사이로 집어넣어 웬제르의 가슴을 꿰뚫었다.

“아……앗…………!”

“엄마!!”

웨즈네라가 비명을 질렀다.

“걱정 마라. 붙잡아둔 것뿐이니까.”

《베노 이에븐》으로 웬제르 안에 있는 근원을 통째로 덮어서 신의 마력을 가두는 감옥을 만들었다. 물론 이걸 영원히 유지할 수는 없지만, 그래도 몇 분은 충분히 버틸 수 있다.

“앙데르크를 설득하겠다는 건 빈말이 아니었을 텐데?”

내가 묻자 웬제르는 대답했다.

“……네. 하지만 저는 그녀와 만날 수 없어요. 말을 걸어도 그녀가 응한 적은 단 한 번도 없습니다……. 닿지 않는 것이겠지요…….”

“녀석의 감정은 이미 일깨웠다. 공포를 느끼고 흐트러진 녀석의 질서라면 목소리 정도는 닿을지도 모른다. 언니인 네 호소가 진정으로 앙데르크의 심금을 울린다면, 어쩌면 사랑에 눈을 뜰지도 모를 일이지.”

그 말을 듣고 웬제르는 눈동자에 희미한 빛을 머금었다.

“물론 타태신이 사랑을 품고 있다면 말이다. 내 눈에는 썩 눈치가 있는 신으로는 보이지 않았다.”

웬제르는 진지한 표정으로 분명하게 말했다.

"이상에 닿을 가능성이 아직 조금이라도 남아 있다면, 저는 거기에 걸어보겠습니다."

나는 시선으로 재촉했다. 웬제르는 후우, 하고 답답한 숨을 토해내며 눈길을 감옥 안쪽으로 돌렸다.

"앙데르크."

그녀는 똑바로 그곳에 없는 동생에게 말을 걸었다.

"만날 수 없는 제 소중한 여동생. 타태의 멍에를 짊어진 당신의 비극을 저는 언제나, 언제나 조용히 걱정하는 것 외에는 할 수 있는 게 없었습니다."

말에서는 애정이, 목소리에서는 다정함이 흘러넘쳤다. 질서에 거역하듯 웬제르는 마음을 담아 앙데르크에게 말했다.

"태어난 순간부터 우리는 둘이면서 하나, 하나이면서 둘이었지요. 항상 등 뒤에서 당신의 존재를 느끼고 있었어요. 그 모습도, 그 목소리도, 그 질서도 알고 있는데, 당신은 이렇게나 가까이 있는데, 한 번도 얘기를 나눠본 적이 없군요."

눈물을 글썽거리며 웬제르는 계속해서 말했다.

"있잖아요, 앙데르크. 당신의 목소리를 들려주세요. 당신의 고통을 알려주세요. 우리는 늘 생명을 사이에 두고 다퉈왔지요. 길고 긴, 싸우기만 하는 나날이었어요. 죽이려고 하는 당신과 살리려고 하는 저. 하지만 그것이 정말로 우리가 바란 일이었을까요?"

강하게, 강하게, 그녀는 자신의 소중한 여동생에게 호소했다.

"있잖아요. 이제 끝내도록 해요. 이런 시시한 자매 싸움이 즐거운 건 아니잖아요? 앙데르크, 제발, 제발——이것이 제 진심 어린 부탁이에요…….”

그녀는 신이면서도, 그럼에도 누군가에게 기도하듯이 간절한 마음을 담아서 말을 내뱉었다.

“대답해 주세요. 당신의 진짜 마음을 알려주세요. 세상의 질서가 아니라 당신의 마음을 알려주세요!!”

웬제르의 몸이 차츰 사라지기 시작했다. 이제 한계인가. 이 이상 《베노 이에븐》을 강화하면 소멸될 것이다.

“제 소원은 바로 당신을 만나는 거였어요. 만나서 당신과 이야기하고 싶었어요……. 앙데르크…… 부탁해요……. 대답해주세요……!”

내 손바닥 안에서 웬제르의 근원이 촛불이 꺼지듯 사라졌다. 동시에 그녀의 몸도 사라졌다.

질서가 뒤집히듯이 그녀가 보고 있던 그 장소에 연한 빛이 모이기 시작했다. 현현한 것은 붉은 직물을 몸에 두른 여자. 한데 묶은 적흑색 머리카락을 찰랑이며, 무기질적인 눈동자로 방금 전 웬제르가 있던 자리를 날카롭게 꿰뚫었다. 그리고 타태신 앙데르크는 빨간 입술을 열었다.

“인정 많은 언니로군.”

§39. 【사랑은 뒤틀리고, 질서를 어지럽힌다】

앙데르크는 싸늘한 눈초리로 허공을 응시했다. 마치 그곳에 언니가 있는 것처럼 그녀는 말을 던졌다.

“이제 와서 그런 것을 묻다니? 까마득한 세월을 등을 맞대고 지낸 나에게, 이제 와서 그런 제안을 해?”

타태신 앙데르크의 발밑에서 붉은 실이 땅을 기듯 뻗어나간다. 그것이 거미줄처럼 퍼지더니 마법진을 구축했다.

“나는 타태의 질서. 언니가 자신의 질서로 생명을 낳는다면, 그것을 떨어뜨리는 것이 나의 역할이야.”

생탄신 웬제르를 향해 앙데르크는 딱 잘라 말했다.

“우리에게 화합이란 있을 수 없어.”

싸늘한 표정을 유지한 채로 그녀는 한동안 입을 다물었다.

“하지만.”

앙데르크가 불쑥 중얼거렸다.

“……결코 화합할 수는 없지만, 사이좋게 지내고 싶다는 생각은 했어. 나를 이해해줄 거라고 생각했지. 아무 말 하지 않아도, 말이 닿지 않아도 언니는 이해할 거라고 생각했는데…….”

빨간 입술 끝이 살짝 올라갔다.

“언니 말대로, 우리는 생명을 사이에 두고 다퉈왔지. 언니가 낳으려 하는 생명을, 내가 타태했어. 셀 수 없이 그걸 반복했지. 자매 싸움이라니, 참 알맞은 비유야.”

앙데르크는 키득키득 웃었다.

“……아무리 다투고 반목하더라도, 나를 이해하고 있는 줄 알았는데…….”

그 눈에 핏발이 서고, 그 입은 찢어질 듯이 벌어져서——그 웃음이 끔찍한 형상으로 일그러져 갔다.

"오늘 이 순간까지는 말이야."

앙데르크는 목을 그르렁거렸다. 호전적인 웃음. 작위적인 그 표정 이면에서는 감정이 격렬하게 요동치는 것처럼 보였다.

"……멍에……라니."

앙데르크는 되새기듯이 중얼거렸다.

"설마 언니에게서 그런 말을 듣게 될 줄은 꿈에도 몰랐어. 생탄과 타태. 상반된 역할일지언정 우리는 동등한 이 세상의 질서야. 거기에 선악과 귀천이란 없고, 오직 올바른 이치만 존재하지. 그것이 우리 신들의 숙명이라고."

시뻘겋게 충혈 된 눈으로, 용솟음치는 감정을 그대로 부딪치는 것처럼 그녀는 허공을 노려보았다.

"이 타태의 질서가 강제로 씌워진 멍에로 보인 거야? 그렇게 내가 불행해 보였어? 내가 이 질서에, 세상의 올바른 이치를 담당하는 것에 자부심을 품고 있다고는 꿈에도 생각하지 않았던 거야?"

햐, 하햐햐, 햐하햐하햐햐——. 앙데르크는 미친 듯이 웃어댔다.

"언니의 주장은 이런 거야. 생탄은 아름답고 타태는 혐오스러운 것. 자신은 순결하고 나는 불결한 것. 측은하다고, 비참하다고, 그렇게 깔보고 있었구나."

철컥, 날과 날이 겹치는 소리가 울려 퍼졌다. 붉은 실이 구축한 마법진에서 신의 가위가 모습을 드러냈다. 앙데르크는 사타태겸자 에그라랴혼누를 들어 올렸다.

“이게 정말로 우리가 바란 일이냐고? 당연히 바란 게 맞고말고. 나는 타태의 질서. 세상을 어지럽히는, 환영받지 못하는 생명을 죽이는 것이 사명이지. 그것을 언니는 모독했어. 불쌍하다고, 생탄만이 올바른 질서라고, 그렇게 말했다고.”

말을 할 때마다 그녀의 적의가 강해졌다. 그 눈동자에 깃든 것은 사랑이 뒤틀릴 대로 뒤틀린 끝에 생겨나는 어두운 빛――미샤가 아니어도 구별할 수 있을 것이다. 그것은 틀림없는 증오였다.

“환멸스럽군. 입을 함부로 놀리지 마라, 배신자! 질서로서의 자부심을 부적합자에게 팔아넘겼는가!”

앙데르크에게서 발산되는 마력에 마법 감옥이 덜컹덜컹 흔들렸다. 그녀를 속박 중인 감옥에 당장에라도 구멍이 뚫릴 것 같았다.

“흠. 참으로 완벽하리만치 실패했군.”

신족치고는 드물게 사랑이 싹튼 것 같지만, 하필이면 자상함이 없다. 이래서는 도저히 엔네스오네를 구하려 하지 않을 것이다.

“웨즈네라, 다시 묶어라. 웬제르와 이야기하겠다.”

“…………응……!”

이미 힘을 상당히 소모했지만, 긴박신은 마력을 쥐어짜 감옥 네 귀퉁이에 사슬 마법진을 그렸다.

“돌아와, 엄마……!《에겔루츠 엔그도메라》!!!”

사방에서 뻗어 나온 진홍 사슬이 앙데르크의 사지를 휘감아 마력과 근원을 구속해간다.

"크, 윽…… 놓아라, 아이야……. 너도, 신족이 아니더냐. 질서가 부적합자를 돕는 것은 언어도단……!"

"질서 따위는 내 알 바 아냐! 난 엄마를 지킬 거야. 엄마를 돌려줘……!!"

진홍 사슬은 계속해서 타태신 앙데르크를 휘감았다.

"돌려줘……? 돌려달라고……? 하, 하하하……. 너도 나보다 언니가 더 좋다는 게냐? 질서이면서, 타태보다 생탄을 바란다고?"

하, 하하하――. 앙데르크는 경련하는 듯한 웃음을 흘렸다.

"그래…… 이제야 알겠구나……."

낮게 깔린 목소리에 어두운 마음이 끈적하게 배어든다.

"내가 반드시 타태해야 할 것이 무엇인지, 이제야 알겠다."

타태신의 발밑에 펼쳐진 붉은 실의 마법진에서 마력 입자가 넘쳐 흐르며 더욱 거칠게 마법 감옥을 흔들었다.

"……내 사슬이, 묶지 못하는 건 없어……!! 너 같은 건 무섭지 않아!"

"해보아라."

앙데르크는 도발하듯 웃었다. 그 직후, 웨즈네라는 마법진 네 개를 추가로 그렸다. 즉시 거기에서 튀어나온 진홍 사슬이 순식간에 앙데르크의 몸을 휘감았다. 그리고 마지막이라는 듯 사슬이 그녀의 머리를 휘감기 시작했다. 그러나 앙데르크는 웃고 있었다.

"환영받지 못하는 질서를 뱀의 송곳니가 물어 떨어뜨리리니."

앙데르크를 속박한 사슬의 미세한 틈으로 뱀이 꿈틀꿈틀 기어

나왔다.

“타태이니라!”

철컥, 날과 날이 교차하는 소리가 울렸다. 뱀이 사타태겸자로 변화하여 앙데르크의 목을 베었다.

“식상하군.”

“그렇게 생각하느냐? 아이야.”

바닥을 굴러가던 머리가 나를 보며 섬뜩하게 웃더니 입을 크게 벌렸다.

“먹어치워라아아아, 에그라혼누!!!”

신의 가위에서 쌍두사가 뻗어나와 앙데르크의 머리와 몸에 송곳니를 박았다. 목적은 그 신의 육체 깊은 곳에 있는 것—— 근원을 먹어치우는 것이다. 그녀가 소멸에 가까워질수록 마력이 급격히 팽창했다.

“……아아…… 안, 돼……!”

마법 감옥이 삐걱거리고 웨즈네라가 식은땀을 흘렸다.

“이건…… 이건…… 타태의 질서가…… 갑자기 강해져서……!!”

그 여파만으로도 《에겔루츠 엔그도메라》가 갈가리 찢어지고 마법 감옥이 터져나갔다.

“우아아아아아아아아아아아아아아아아아아아……!!!”

풍압에 밀려 날아간 웨즈네라를 쫓아서 그 몸의 사슬을 휘어잡았다. 가까운 건물 지붕에 뛰어올랐더니 조금 전까지 우리가 있던 그 장소에 거대한 붉은 실의 마법진이 구축되어 있었다. 중심에서 실이 무수히 튀어나오며, 그것은 엄청나게 거대하고 붉은 쌍두사의 형태를 갖추었다.

"햐…… 햐햐햐……. 소멸되거라, 아이야. 환영받지 못하는 질서도, 부적합자도, 모든 것을, 한꺼번에 멸하리니……!"

"흠. 분수에 안 맞는 짓은 관둬라. 소멸에 가까워지면 마력이 다소 강해지긴 하겠지만, 근원이 그렇게 불안정한 상태로는 그대로 사라질 거다."

나는 녀석에게 《리크스》를 보냈다. 쌍두사로 변한 앙데르크의 근원에서 붉은 실이 풀려 나오며 이 아궁신도에 달라붙었다. 그것은 엔네스오네의 타태를 촉진하는 힘이다. 앙데르크는 자신의 근원을 깎아내다시피 하며 그것을 질서의 힘으로 바꾸고 있다.

"그렇다. 나는 소멸될 것이다. 그것이 올바른 질서이니까."

"호오."

"내가 소멸되면 웬제르 또한 소멸되어 생탄신의 질서는 사라진다. 엔네스오네는 태어나지 못하고, 환영받지 못하는 생명의 새로운 탄생을 막을 수 있겠지——."

앙데르크는 소리 높여 웃었다.

"——이것이야말로, 궁극의 타태이니라!"

이러고 있는 동안에도 녀석인 시시각각 소멸에 가까워지고 있다. 마안으로 그 심연을 들여다보니 타태신의 질서, 사타태겸자 에그라혼누의 힘은 엔네스오네뿐만 아니라 웬제르도 대상으로 삼고 있었다. 녀석이 소멸되면 모태의 소멸이라는 조건이 달성되어 웬제르가 타태되고, 연쇄 반응처럼 엔네스오네가 타태되리라.

자신의 소멸을 선택하는 질서. 질서를 능욕하는 질서. 원래는 둘 다 불가능하지만, 녀석의 뒤틀린 사랑이 나쁜 방향으로 질서를 능가했다고 해야 할까. 내가 굳이 멸하지 않더라도 시간이 지나면 녀석은 저절로 소멸될 것이다.

그렇지만 지금의 앙데르크는 더 이상 긴박신의 사슬로 속박할 수 있는 수준이 아니다.

“왜 그러느냐, 아이야. 손 쓸 방법이 없느뇨?”

쌍두사가 조소하듯 말했다.

“너는 나를 건드릴 수 없다. 그 잘난 멸망의 마법을 쓴다면 내 질서로도 타태할 수 없을지도 모르지만, 그러면 이 몸이 소멸하게 되지.”

확실히 《멸자의 마안》과 《라비아 기그 가벨리즈드》라면 녀석의 질서도 무시하고 관통할 수 있긴 할 거다. 다만 지금 타태신을 멸하면 안 된다.

“손가락이나 빨며 구경하거라. 내가 엔네스오네를 멸하는 것을 말이다.”

쌍두사는 흉흉하게 신안을 빛내며 아궁신도에 있는 엔네스오네를 찾기 시작했다. 나는 지붕 위에서 웨즈네라를 놓고 “대피해라.”라고 작게 말했다.

“이, 이것을…….”

긴박신은 마지막 마력을 짜내어 진홍 사슬을 내게 내밀었다. 움직임은 다소 제한할 수 있을지 몰라도 앙데르크를 완전히 속박할 힘은 없었다.

“안심해라. 네 어머니를 멸하게 두지 않으마.”

나는 그 사슬을 오른팔에 휘감았다. 웨즈네라가 고개를 끄덕이고 지시대로 이 장소에서 대피했다. 그리고 나는 눈앞에 있는 거대한 쌍두사를 바라보며 하늘로 날아올랐다.

“찾거라, 타태의 파수신!”

키이이이야아아——. 날카로운 울음소리가 잇따라 울려 퍼지며 검은 괴조가 포스로널리프 상공으로 날아오른다. 동시에 앙데르크가 움직이기 시작했다. 녀석은 신도의 건물을 마구잡이로 부수며 이동했다.

“어디로 갈 작정이냐?”

“……으……?”

녀석이 아래쪽으로 시선을 향했다. 접근한 나는 다음 순간 도약해서 뱀의 머리를 후려쳤다.

“……캬아아아아아아아아아아……!!!”

쿠콰아아아아아아앙! 앙데르크가 궁전 잔해에 처박히며 흙먼지가 피어올랐다.

“일이 꽤 복잡하게 꼬였다만, 요컨대 너를 멸하지 않고 웬제르로 되돌리면 되는 것이지?”

“……그런 수단은, 없다……! 변변한 마법도 쓸 수 없는데 무슨 수로 내 소멸을 막을 테냐? 무리다, 무리야. 환영받지 못하는 생명은, 타태이니라. 타태…… 타태란 말이다아아아아아아아앗!!!”

신속히 자세를 바로잡은 뱀의 머리 두 개가 동시에 돌진한다.

하늘을 날아 하나를 걷어차 올리고, 그 반동으로 다른 머리를 향해 나아가 손바닥으로 지상에 힘껏 내리쳤다. 앙데르크의 거체가 기세 좋게 땅에 박혔다. 내가 뱀의 머리에 착지하자 녀석이 웃었다.

"햐햐햐…… 나를 아프게 하면 해결될 줄 아느뇨? 엔네스오네에게 가지 못하도록 나를 방해해도, 이대로는 저절로 소멸될 것이니라. 아아, 아프다, 아프구나. 몇 대를 더 맞으면 소멸될까? 열 대? 스무 대? 어쩌면 한 대만 더 맞으면 소멸될지도 모르겠구나. 햐햐햐햐! 헛수고다, 헛된 발버두우으으윽……!!"

뱀의 머리를 힘껏 짓밟아 그 입을 틀어막았다.

"조용히 해라. 곧 재미있는 것을 보여주겠다."

§40. 【아기새가 둥지를 떠나리라 믿으며】

나는 앙데르크의 이동을 방해하는 동안 마법선을 통해 엘레오노르의 마안으로 시야를 옮겼다.

그녀는 《데 이제리아》를 엔네스오네에게 둘러쳐서 타태신의 질서에 의한 영향을 최대한 줄이고 있었다.

"……상황이, 점점 위험해지는데……."

엘레오노르가 상공을 올려다보았다. 검은 괴조가 엔네스오네를 찾는 듯 날아다니며 불길한 울음소리를 내고 있다. 궁전에 나타난 거대한 쌍두사로부터 튀어나온 붉은 실이 사방으로 흩어지며 아궁신도 도처에 들러붙었다. 상흔 같은 그 실의 숫자가 늘어날 때마다 엔네스오네는 괴로운 듯 표정을 일그러뜨렸다.

'엘레오노르. 쌍두사는 내가 억누르고 있다. 너는 엔네스오네를 탄생시켜서 여기로 데려와라.'

나는《리크스》로 그녀에게 명령했다.

'으음, 그러니까 마음 없는 인형들을 전부 모아서 황새로 만들면 되는 거지?'

'그렇다.'

'가능은 할 텐데, 저택도 묘지도 가게도 워낙 많아서 시간이 엄청 걸릴 거야.'

'엔네가…… 사라질 것 같아요……! 시간 내에…… 될까요……?'

제시아는 불안한 표정으로 엔네스오네의 얼굴을 들여다 보았다. 그녀는 머리의 날개를 파닥거리며 안심시키려는 듯 힘겹게 미소를 지었다.

'게다가 저 새들한테 발견되는 것도 시간 문제야. 마력을 지우면 되긴 하겠지만, 그렇다고《데 이제리아》를 지우면 엔네가 위험하니까——.'

엘레오노르가 순간적으로 뒤를 돌아보았다. 날카로운 소리와 함께 타태의 파수신 베네 제 라베일이 검은 부리를 내세우며 화살처럼 돌진해왔다. 노리는 것은 엘레오노르도 제시아도 아닌, 엔네스오네의 주위를 덮고 있는《데 이제리아》다.

"이 녀석, 그러면 안 돼!!"

엘레오노르의 손끝에서 발사된《테오 트라이아스(성역치광포)》

가 베네 제 라베일을 관통했다.

""""키이이야아아아아……!!""""

단말마의 비명을 지르며 괴조들이 후두둑 땅에 떨어졌다. 하지만 그 몸에 앙데르크의 붉은 실이 얽히더니 보기에도 꺼림칙한 흉흉한 마력이 솟아올랐다.

"《테오 트라이아스》."

엘레오노르는 손끝에서 빛의 포탄을 연사했다. 그것은 차례로 타태의 파수신에게 착탄했지만 베네 제 라베일은 날개를 활짝 펼치고 유유히 날아올랐다. 전신을 휘감은 타태신의 붉은 실 덕분에 괴조들의 마력이 현격하게 향상되었다. 엘레오노르의 《테오 트라이아스》로도 일격에 처치할 수 없을 정도로.

"……음— 큰일이네. 전력으로 쏘면 쓰러뜨릴 수 있을 것 같지만……."

엘레오노르의 마력은 유사 근원으로 마음을 만들어서 《아스크》로 증폭하고 있다. 그리고 지금 거의 모든 힘을 엔네스오네의 보호에 쏟고 있었다. 공격에 집중하면 엔네스오네의 타태가 진행되고 만다.

""""키이이이야아아아아악!!!""""

"어휴, 지금 생각하는 거 안 보여? 말썽 피우는 아이는 혼날 줄 알아!!"

엘레오노르는 달려드는 붉은 괴조를 《테오 트라이아스》로 꿰뚫었다. 하지만 그것을 견뎌낸 파수신들은 기세를 줄이지 않고 엔네스오네를 감싼 《데 이제리아》에 돌격했다. 우지직, 콰지직 소리가 나며 결계에 미세하게나마 구멍이 뚫렸다.

《데 이제리아》에 몸을 내던진 타태의 파수신은 그 힘에 몸이 깎여나갔다. 하지만 괴조들은 아랑곳하지 않고 차례로 몸을 던져 돌진해왔다. 마치 앙데르크의 광기가 전염된 것처럼. 타태의 파수신들은 엔네스오네만 타태하면 된다는 듯이 날카로운 울음소리를 내며 결계에 구멍을 뚫었다.

"……엔네를 괴롭히면…… 떼끼……예요……!"

제시아는 빛의 성검 엔하레를 뽑아 《레갈로이미틴》으로 그 숫자를 무수히 늘렸다. 막대한 마력을 발산하며 길게 늘어난 그 빛의 검으로 그녀는 괴조를 연달아 꿰뚫었다.

"……꼬치구이로…… 만들었어요!"

"제시아, 꼬치구이는 날로 먹으면 배탈 나!"

엔하레에 꿰여서 옴짝달싹 못하는 괴조를 향해 엘레오노르는 《테오 트라이아스》를 발사했다. 휘감긴 붉은 실의 빈틈을 빛의 포탄이 통과하더니 그대로 타태의 파수신을 직접 관통했다. 눈부신 빛에 지글지글 타오르며 베네 제 라베일은 축 늘어져 숨이 끊어졌다.

"일단 도망가자. 빨리 안 움직이면 다음 녀석이 올 테니까."

"……엔네…… 움직일 수 있나요?"

제시아가 그녀에게 손을 내밀었다.

「응…… 괜찮아…….」

엔네스오네는 제시아의 손을 단단히 잡고 함께 뛰기 시작했다.

'그래서 뭘 어떻게 하면 되는 거야? 아노스라면 간단히 헤쳐나

갈 방법 하나쯤은 떠올렸겠지?'

엘레오노르가 달리면서 《리크스》로 물었다.

'엔네스오네를 미끼로 쓴다.'

'와우, 생각보다 인정머리 없는걸?'

그녀가 놀란 듯이 소리쳤다.

'이 아궁신도에 존재하는 마음 없는 인형, 마력 없는 그릇, 몸을 갖지 못한 혼백을 일일이 모으다간 날이 저물 거다. 그전에 앙데르크가 소멸돼서 엔네스오네는 타태당하겠지.'

'엔네를 미끼로 쓰면 어떻게든 할 수 있는 거야?'

'엘레오노르. 네가 동시에 만들 수 있는 유사 근원은 30,066개. 마력, 마음, 형해 각각의 유사 근원을 문 없는 가게, 지붕 없는 저택, 묘비 없는 묘지에 보내라.'

'아— 알겠다. 전부 한꺼번에 밖으로 내보내서 합체시키려는 거구나!'

'그래. 타태의 파수신을 엔네스오네가 멀리 유인하면 그걸 방해받을 일도 없을 거다.'

"아, 그런데, 잠깐."

엘레오노르는 그렇게 말하면서 불안한 표정으로 제시아를 보았다.

'그럼 제시아 혼자 엔네를 지켜야 하는 거잖아……? 그건 좀 걱정되는데…….'

"괜찮……아요……."

커다란 건물 앞에서 제시아가 멈춰 섰다.

"제시아는…… 혼자서, 지킬 수 있어요……. 엔네…… 태어나게 해줄게요……."

그녀는 엔네스오네의 손을 꼭 잡고 말했다.

"제시아도…… 마왕의 부하이니까요……!"

"하지만……."

'크하하. 걱정하는 것이 네 역할 아니냐. 늘 눈이 닿는 곳에만 두면 혼자 간단한 심부름도 똑바로 못하게 될 거다.'

엘레오노르는 잠시 고민한 후에 고개를 끄덕였다. 그리고 그녀는 무릎을 굽히며 제시아를 꼭 껴안았다.

"도시 외곽으로 가. 최대한 멀리 가서 새들을 가능한 한 많이 유인해야해. 성공하면 제시아가 좋아하는 사과 파이를 매일 만들어줄게."

"……성공…… 확실해요……!!"

성검 엔하레를 높이 들어 올리며 제시아가 선언했다.

"사과 파이의……기사…… 제시아예요."

그녀는 용맹한 포즈를 취했다.

"엔네도 힘내렴."

「……응…….」

엘레오노르는 엔네스오네도 꼭 안아주었다. 그게 기뻤는지 그녀 머리의 날개가 들썩들썩 움직였다. 엘레오노르가 둘에게서 떨어지자 나는 추가로 지시를 내렸다.

'유사 근원 없이 《아스크》를 써라. 《데 이제리아》를 《레갈로이미틴》으로 강화하는 게 좋겠군.'

엘레오노르는 일단 《아스크》를 해제했다. 그리고 제시아가 엔네스오네에게 보내는 애정을 사용해서 《아스크》를 다시 전개하고 《데 이제리아》를 펼쳤다.

"《레갈로이미틴》."

제시아는 마법진을 그렸다. 엔네스오네 주위에 《레갈로이미틴》이 나타나 마주 보는 거울에 비친 마법 결계를 다중으로 강화했다.

"명심해, 제시아. 나는 이제 따로 움직여야 하니까, 지금 펼친 《데 이제리아》가 뚫리면 도와줄 수가 없어."

엘레오노르는 검지를 세우고 재차 신신당부했다. 제시아는 고개를 끄덕였다.

"다녀……오겠습니다……!"

그리고 엔네스오네와 손을 잡고 뛰기 시작했다.

"힘내!!"

엘레오노르의 격려에 응답하듯 제시아는 빛의 성검을 머리 위로 들어올렸다. 그리고 상공에서 타태의 파수신을 발견하자 그녀는 들어올린 엔하레를 그대로 늘려서 적을 꿰뚫었다.

"제시아는…… 여기 있어요……! 전부 꼬치구이로…… 만들 거예요!"

제시아는 빛의 성검을 화려하게 빛냈다. 그 즉시 다른 파수신들이 눈치채고, 그녀에게 몰려들기 시작했다. 그렇게 파수신을 유인하며 제시아는 엘레오노르 말대로 도시 외곽으로 향했다.

상공을 보니 제시아를 추격하듯 검은 구름이 이동하고 있었다.

아니, 그것은 구름이 아니라 새였다. 베네 제 라베일의 대군이 제시아의 행선지를 앞질러 가려 하고 있었다.

엘레오노르는 그 먹구름을 바라보다가 걱정을 떨쳐내듯 고개를 흔들고 가까운 건물 안에 들어갔다.

"시작할게, 아노스."

그녀가 조용히 중얼거렸다. 다음 순간 엘레오노르 주위에 마법문자가 떠오르기 시작했고, 거기에서 성수가 넘쳐 흘렀다. 그녀의 몸이 성수구 안에 둥둥 떠올랐다.

"……《엘레오노르》……."

부드러운 영창이 실내에 울려 퍼진다. 《엘레오노르》 마법으로 만들어낼 수 있는 근원 클론은 현시점에서 10,022명. 원래 허용량은 그 두 배 수준이지만, 이미 그녀는 1만 명의 제시아를 낳았다. 유사 근원은 말하자면 불완전한 근원 클론. 예를 들어 마력만 가진 유사 근원이라면 그것을 만드는 데 필요한 힘은 3분의 1. 마음도 형해도 그와 동일하다.

따라서 지금 그녀가 만들어낼 수 있는 유사 근원은 30,066개. 연한 빛의 구슬이 성수구에서 차례차례 넘쳐서 실내에 떠다니기 시작했다. 이윽고 무수한 유사 근원이 건물 안을 가득 채웠다. 엘레오노르는 한동안 그 상태로 대기했다. 타태의 파수신들이 제시아를 쫓아 도시 밖으로 사라질 때까지 유사 근원을 해방할 수는 없었다.

검은 괴조들은 순식간에 거리에서 자취를 감추었다. 그것은 곧 제시아와 엔네스오네가 수많은 파수신들에게 쫓기고 있다는 증

거였다. 엘레오노르는 근심 어린 표정으로 그저 딸을 믿으며 견뎠다.

'지금이다. 해방해라.'

내 신호를 따라 엘레오노르가 손을 들자 범람한 마력에 밀려 창문과 문이 열렸다. 그곳을 통해 연하게 빛나는 유사 근원이 빠져나가 아궁신도를 둥실둥실 날았다. 지붕 없는 저택, 문 없는 가게, 묘비 없는 묘지를 향하여――.

유사 근원의 이동속도는 느리지도 빠르지도 않았다. 이러는 동안에도 제시아가 점점 궁지에 몰리고 있겠지만 일순간에 목적지에 도착시킬 방법은 없었다.

"……예상보다 훨씬 많이 있네……?"

유사 근원의 절반이 지붕 없는 저택과 문 없는 가게에 도달했다. 그럼에도 아직 시가지 절반밖에 조사하지 못했다. 어쩌면 엘레오노르가 만들어낼 수 있는 유사 근원의 상한인 30,066개보다 마음 없는 인형이나 마력 없는 그릇의 수가 더 많을지도 모른다. 만약 그렇다면 모든 것을 갖추기까지 예상보다 시간이 훨씬 더 걸릴 것이다. 그리고 그만큼 제시아가 위험에 노출되고 만다.

유사 근원이 넓게 퍼져나갈수록 엘레오노르의 초조함도 심해졌다. 시가지 70퍼센트를 조사하는데 70퍼센트의 유사 근원이 필요했다. 충분할까, 모자랄까. 그야말로 아슬아슬한 상황이었다. 특정 구역에만 문 없는 가게가 대거 늘어서 있기라도 하면 꽤나 난처할 것이다. 그렇게 기도하는 듯한 시간이 흘러가고,

마침내 모든 빛의 구슬이 시가지 구석구석까지 퍼졌다.

"……이걸로, 전부 인가……?"

'그런 것 같군.'

엘레오노르는 안도의 한숨을 내쉬었다.

"다행이다……. 진짜 아슬아슬했어……. 내가 만들어낼 수 있는 유사 근원의 수와 딱 맞다니, 이런 행운이 다 있네."

마음 없는 인형, 마력 없는 그릇, 몸을 갖지 못한 혼백. 그 합계는 30,066개. 셋을 하나로 만들어 태어나는 황새의 수는 10,022마리. 꽤 많은 수였다. 유사 근원을 조작해서 최단거리로 셋을 한자리에 모은다 해도, 모든 알을 부화시키려면 어느 정도 시간이 더 필요했다.

"제시아, 조금만 더 힘내. 지금 엔네를 낳아줄 테니까."

§41. 【마왕의 자그마한 부하】

포스로널리프 시가지 외곽. 제시아와 엔네스오네는 손을 잡고 울창한 숲을 한없이 내달렸다. 잔잔히 물결치는 하늘바다의 표면 바로 위에는 먹구름이 떠 있었다. 그 정체는 검은 괴조 무리——타태의 파수신 베네 제 라베일이 두 사람을 쫓아 포위하려 하고 있었다.

"키기이익!"

"키이야아아아악!"

"캬샤아아아아아아악!!"

소름 끼치는 울음소리가 커커이 메아리쳤다. 제시아가 빛의 성검을 요란하게 휘둘러댄 덕분에 계획대로 거의 모든 파수신이 그녀들에게 모여들고 있었다.

포스로널리프 시가지에는 엘레오노르가 만들어낸 유사 근원이 퍼졌다. 엔네스오네의 탄생을 위해 필요한 세 가지——마음 없는 인형, 마력 없는 그릇, 몸을 갖지 못한 혼백을 이미 저택과 묘지, 가게 밖으로 유도하기 시작했다. 유사 근원은 그 셋이 만나게 하여 황새의 알을 부화시킬 것이다. 제시아와 엔네스오네는 그때까지 시간을 벌어야 했다.

"꼬치구이……입니다……!"

빛의 성검 엔하레가 그 진가를 발휘해서 숫자를 무수히 늘리며 제시아 주위에 떠올랐다. 그녀가 찌르기를 날릴 때마다 괴조에 구멍이 뻥뻥 뚫렸다.

「제시아 언니야, 뒤쪽!」

"맡겨……주세요……!"

날카로운 부리를 내밀고 화살처럼 날아온 타태의 파수신을 그녀는 빛의 성검으로 베어서 떨어뜨렸다. 베네 제 라베일은 타태의 질서를 지키기 위한 파수신. 그 역할은 아직 태어나지 않은 생명을 끝장내는 것이다.

따라서 개체에게 필요한 힘은 근원 태아인 엔네스오네를 멸할 수 있는 정도면 충분하다. 시간의 파수신이나 파괴의 파수신 등에 비하면 힘은 떨어진다. 그 대신 머릿수가 보통이 아니어서,

숲을 벗어나려 하는 제시아와 엔네스오네를 순식간에 포위했다. 포위당한 사실을 깨달은 제시아는 발을 멈췄다. 무수히 많은 눈동자가 엔네스오네를 찔러 죽이려는 것처럼 노려보고 있다. 겁에 질린 그녀는 파르르 몸을 떨었다.

"괜찮……아요……."

엔네스오네를 감싸는 것처럼 제시아가 앞으로 나섰다.

"제시아가…… 있어요……."

그녀는 《레갈로이미틴》을 사용해서 엔하레를 거기에 비췄다. 그러자 거울 속의 성검이 실체를 가진 것처럼 제시아 주위에 떠 있는 엔하레의 숫자가 더욱 늘어났다.

손에 든 성검을 앞으로 내밀자 총 1천 자루 이상의 칼날이 일제히 발사되었다. 괴조들은 날카롭게 소리 지르며 산개해서 그 칼날을 피했다. 그리고 빛의 칼날 몇 개가 땅에 박혔다.

"《티아스 디아라(성검결계광롱)》."

땅에 박힌 엔하레에서 빛의 선이 그어지며 성검과 성검을 연결했다. 그리고 이번에는 성검이 하늘을 향해 쭉쭉 뻗어 올라가더니 뚜껑을 덮듯 빛의 선이 그어졌다.

"새장……입니다……!"

흡사 새장처럼 생긴 결계였다. 안에 갇힌 파수신들이 밖으로 나가려 했지만 엔하레의 칼날에 막혀 후두둑 땅에 떨어질 뿐이었다.

"모두…… 가둬버릴…… 거예요……!"

제시아는 《레갈로이미틴》으로 복제한 엔하레를 잇따라 주위에 난사하며《티아스 디아라》를 구축했다. 결계의 강도는 그리 대단하지 않아도 범위가 넓어서 타태의 파수신을 일망타진하기에 제격이었다. 숲 속에 여러 개 구축한《티아스 디아라》를 엄폐물 삼아 몸을 숨기면서 그녀는 엔하레로 차례차례 괴조를 처치했다. 그리고 그 순간──.

「햐핫.」

불쾌한 소리가 울렸다.

「햐햐핫……! 햐햐햐햐…………!」

사방에서 들려오는 그 목소리는 광기로 물들어 있었다. 숲 상공에 떠도는 붉은 실. 그것이 모여서 마안의 형태를 이루었다. 궁전에 있는 타태신 앙데르크가 원격으로 조종하고 있는 것이리라.

「헛된 짓이다…… 헛된 짓이야……! 도망칠 수 없다……. 너희의 운명은 타태이니라!」

앙데르크의 목소리와 함께 하늘에서 붉은 실이 비처럼 쏟아져 내렸다. 그것은 타태의 파수신을 휘감아 공방일체의 갑옷으로 변화했다.

「죽어라아아아……!!」

붉은 실을 휘감은 괴조가 잇따라 하늘에서 급강하한다. 파수신들은《데 이제리아》에 보호받는 엔네스오네를 무시하고 모두 제시아를 노렸다.

"지지…… 않을 거예요……!"

제시아는《레갈로이미틴》으로 무수히 복제한 엔하레로 괴조와 정면으로 맞섰다. 빛의 칼날 1천 개와 괴조 1천 마리가 경합하는 가운데, 한 마리가 운 좋게 제시아의 검격을 빠져나갔다.

「언니야……!!」

거대한 부리가 반마법과 마법 장벽을 뚫고 제시아의 복부에 박혔다. 어린 몸에서 붉은 피가 뚝뚝 떨어졌다.

「태아를 노리는 줄 알았느냐? 너를 멸하면 엔네스오네는 무력하다. 느긋하게 결계를 쪼아서 타태해주마.」

하하하하——귀에 거슬리는 웃음소리가 그곳에 울려 퍼졌다.

「먹어치워라아아아, 베네 제 라베일!!」

""""키이야아아아아아아악……!!""""

무릎을 꿇은 제시아에게 타태의 파수신들이 내려앉아 먹이에 달려드는 새처럼 부리로 쪼아댔다. 마력 입자와 검은 깃털이 어지럽게 흩어지고 붉은 피가 튀었다.

「언니……! 제시아 언니야……!!」

눈물을 쏟고 비명을 지르며 엔네스오네는 타태의 파수신에게 달려들었다. 자신을 보호하는《데 이제리아》몇 겹이 소멸되는 것도 아랑곳하지 않고 그녀는 베네 제 라베일을 짓눌렀다. 괴조들은 한순간 제시아에 대한 공격을 멈추고 엔네스오네를 노려보았다.

""""키이이이야아아아아악!!!""""

괴조들이 소리를 지른 순간, 빛의 참격이 수없이 질주하며 타태의 파수신들을 모조리 베어버렸다.

"엔네에게…… 손을 대면, 안 됩니다……!"

제시아는 다친 몸을 채찍질하며 주위의 파수신을 엔하레로 일소했다.

「제시아 언니야…….」

엔네스오네의 손을 꽉 잡고 제시아는 엉망이 된 몸으로 뛰기 시작했다.

"엔네…… 조금만 참으면 돼요……!"

자그마한 손을 서로 맞잡고 두 소녀는 숲을 달렸다. 타태의 파수신이 쉬지 않고 습격했지만 제시아는 빛의 성검으로 모조리 격퇴했다. 그러나 어린 육체는 체력의 한계를 앞두고 있었다. 괴조의 공격을 완벽하게 막아낼 수 없었기에 시간이 흐를수록 그녀의 몸에는 상처가 늘어났다.

「……언니야…….」

"괜찮……아요……."

걱정스럽게 바라보는 엔네스오네에게 용기를 북돋워주려고 제시아는 활짝 웃어 보였다.

"제시아는…… 강해요……. 언니……이니까요……."

「하하하핫! 때가 되었는가. 그 허세를 끝내주겠다.」

앙데르크의 목소리가 울려 퍼지자 머리 위로 타태의 파수신이 모여드는 모습이 보였다. 한데 모인 괴조 무리는 새처럼 생긴 대열을 만들었고, 그것에 붉은 실이 얽히기 시작했다. 그렇게 모든 파수신을 실이 뒤덮자 거대한 새 한 마리가 모습을 드러냈다.

「소멸되거라, 엔네스오네. 타태이니라!!」

거대한 붉은 새가 제시아와 엔네스오네를 노리고 수직으로 급강하했다.

"《레갈로이미틴》."

제시아는 매섭게 육박하는 거대한 새를 응시하며 전방에 《레갈로이미틴》을 두 개 만들었다.

"마주 보는 거울…… 입니다……!"

그리고 엔하레를 똑바로 내뻗자 마주 보는 거울의 힘으로 한없이 증폭된 빛이 타태의 파수신을 그대로 관통했다. 그러나 찬란한 빛에 갈기갈기 찢기는 와중에도 그 붉은 새는 낙하를 멈추지 않았다.

"……지지…… 않을 거예요……!"

엔하레를 힘껏 내리긋자 붉은 새가 두 동강 났다. 제시아가 안도한 것도 잠시, 둘로 나뉜 붉은 새가 그대로 돌진해서 지면에 충돌했다.

쿠콰아아아앙——! 땅이 요란하게 폭발하고 타태의 파수신이 사방으로 흩어졌다. 그 폭발에 말려든 제시아와 엔네스오네는 수 미터 튕겨 날아가 지면에 세차게 내동댕이쳐졌다.

"……아……윽…………."

제시아는 지면을 한참 굴러간 끝에 엎드린 자세로 멈췄다. 정신을 차리고 고개를 들어보니 붉은 실의 비가 아궁신도에 수많은 웅덩이를 만들어 놓았다. 깊은 상흔을 연상케 하는 그것은 타태신의 질서가 형태를 갖춘 것이었다. 《데 이제리아》에 보호받던 엔네스오네조차 잠식되기 시작했다.

「……제시아 언니……야…….」

엔네스오네가 몸을 일으키려고 온몸에 힘을 주었다. 그러나 다리에 힘이 들어가지 않아 그녀는 그 자리에 쓰러졌다.

「……미안해……. 이제 엔네스오네는 움직일 수 없어…….」

제시아는 비틀거리며 일어나 엔네스오네에게까지 걸어갔다.

「……도망가. 언니야만이라도…….」

엔네스오네가 상공으로 시선을 옮겼다. 재차 그곳에 타태의 파수신들이 집결했다. 앞선 폭발로 인해 《티아스 디아라》에 쓰이던 《레갈로이미틴》이 대부분 파손되어 갇혀 있던 괴조들이 풀려나고 말았다.

「……언니야의 동생이, 되고 싶었어…….」

"……엔네……."

「……미안해…….」

제시아는 성검을 땅에 꽂고 엔네스오네 앞에 쪼그려 앉았다.

「언니야……?」

"……걱정하지 말아요……. 제시아가, 업어줄게요……."

「그런 건…… 무리야. 도망갈 수 없어……!」

그러자 제시아는 의기양양한 표정으로 주먹을 불끈 쥐고, 말랑말랑한 팔뚝을 그녀에게 보여주었다.

"제시아는…… 힘이 세요……! 언니이니까요……!"

엔네스오네의 몸을 손으로 받치고, 제시아는 혼신의 힘을 다해 그녀를 들어 올렸다. 그리고 등에 업고서 엔하레를 입에 물었다.

"막겨…… 즈세혀……!"

엔네스오네를 업고 제시아는 힘겹게 달렸다. 타태의 파수신이 앞을 막아섰지만 주위에 띄운 빛의 칼날로 베어 갈랐다.

「……안 돼…… 언니야…….」

상공에는 조금 전처럼 괴조 무리가 새처럼 생긴 대열을 만들었다. 그것은 붉은 실을 두르며 거대한 새로 변했다.

「……엔네스오네를 업은 채로는, 도망갈 수 없어…….」

그녀는 머리의 날개를 작게 움츠렸다. 그럼에도 제시아는 결코 그녀를 내려놓으려 하지 않고 오로지 숲을 내달렸다.

"깍…… 쟈브세여……!"

장애물이 적은 장소에 이르자 제시아는 《프레스》 마법으로 낮게 날았다.

「하하햐. 소용없다, 소용없어. 네가 믿는 마왕은 내게 발목을 잡혀 있다. 도움의 손길은 오지 않아.」

그 말을 신호로 거대한 붉은 새가 제시아와 엔네스오네를 향해 급강하했다.

「먹어치워라아아아!!」

제시아는 방향을 틀어서 《프레스》로 후방을 향해 비행하며 빛의 성검 엔하레를 다시 손에 쥐었다. 그리고 그것으로 붉은 새를 겨냥했다.

"엔네……. 언니가…… 가르쳐줄게요……."

《레갈로이미틴》의 마주 보는 거울로 방금 전처럼 엔하레를 증식시키고, 그것들을 하나로 묶어 거대한 빛의 성검을 만들었다.

"마왕의 부하는…… 지지 않아요……!"

돌격을 감행한 거대한 베네 제 라베일에게 빛의 홍수를 방불케 하는 성검의 광휘가 쏟아졌다.

「같은 수를 몇 번이나 쓸 셈이지? 너의 숙명은 바뀌지 않는다. 환영받지 못하는 생명은——.」

또다시 반으로 갈라진 붉은 새는, 역시나 아까와 마찬가지로 멈추지 않고 돌진해왔다.

「——타태이니라!」

"……절대로…… 안 져요……!"

마지막 힘을 쥐어짠 제시아가 반으로 갈라진 붉은 괴조를 다시 둘로 베어 갈랐다.

「타태라고 하지 않았느냐!」

넷으로 갈라진 새는 여전히 제시아에게 달려들었다.

"……절대라고…… 말했죠……!"

제시아는 있는 힘껏 엔하레를 휘둘러서 이번에는 새를 여덟 조각으로 갈랐다.

"……꼬치구이로…… 만들 거예요……!!"

하나로 묶었던 엔하레를 여덟 개로 분리한 후 제시아는 검의 길이를 길게 늘려서 갈라진 괴조들을 꿰었다.

"《티아스 디아라》."

결계 마법이 발동하며 타태의 파수신을 빛의 감옥에 가뒀다.

「언니…… 이쪽에……?!」

엔네스오네의 목소리가 크게 울렸다. 뒤에 있던 타태의 파수신 한 마리가 부리를 창처럼 내밀고 그녀를 향해 곧장 돌진했다.

"……어림……없습니다……!"

제시아가 엔하레로 그 새를 베어버린 순간——.

「미끼였다.」

거울이 깨지는 소리가 났다. 그 잠깐의 틈을 놓치지 않고, 또 다른 괴조가 엔하레를 증식시키던 《레갈로 이미틴》에 돌진하여 부숴버렸다. 마주 보는 거울이 사라지고, 증식된 엔하레가 사라지고, 《티아스 디아라》가 사라졌다.

「하하하! 이런 뻔한 수에 당하다니, 그러고도 마왕의 부하인가?」

여덟 개로 갈라진 붉은 새가 빠르게 육박한다. 이제는 베거나 막을 여력도 없었다. 두 사람에게 돌진한 그 괴조는 조금 전처럼 요란하게 폭발하리라.

「결국 어린아이일 뿐이로군. 0점이니라.」

도망치는 제시아를 추격하듯 날아가던 새는——그러나 충돌하기 직전에 우뚝 멈춰버렸다.

「………………뭐, 지……?」

《데 이제리아》였다. 지, 수, 화, 풍의 마법 결계가 새로 그곳에 펼쳐져서 여덟 개로 갈라진 붉은 새의 돌격을 전부 막고 있었다.

"《테오 트라이아스》."

빛의 포탄 여덟 개가 붉은 새를 삼키고 그대로 소멸시켰다.

"정말 잘했어, 제시아. 100점 만점이야."

마법 문자와 성수구를 전개한 엘레오노르가 하늘을 날아왔다. 등 뒤에는 1만 마리가 넘는 황새 떼가 함께 날고 있었다. 그녀는 검지를 세우고 밝게 웃으며 말했다.

"마왕의 부하라면 자기보다 지켜야 할 사람의 안전을 우선해야지."

§42. 【태어나지 않는 질서】

아궁신도 포스로널리프 상공——그 하늘바다 바로 위를 황새 무리가 날고 있다. 모든 알을 부화시킴으로써 새끼에서 성조가 된 황새들은 부리를 열고 타태신의 질서, 그 상징인 붉은 실을 먹어치웠다. 쏟아지던 붉은 실의 비는 순식간에 사라지고, 상흔과도 같던 웅덩이 역시 황새의 위장 속으로 사라졌다.

"한 번 더! 이번에는 아까보다 더 많이 쏠 거야! 《테오 트라이아스》!"

엘레오노르가 외치자 황새에 깃든 그녀의 유사 근원에 마법진이 그려지고 빛의 포탄이 사방팔방으로 발사됐다. 남은 타태의 파수신들은 빈틈없이 발사된 《테오 트라이아스》 앞에 일망타진되어 시체조차 남기지 못하고 소멸됐다.

동시에 엘레오노르가 사용한 《에이 셰아르(총마완전치유)》 마법으로 제시아의 상처가 회복되었다.

「……아…….」

적이 소탕되자 신기한 일이 일어났다. 10,022마리의 황새로부터 빛나는 실이 뻗어나와 엔네스오네와 연결되었다. 그녀는 둥근 빛의 껍질에 싸여 실에 매달리는 것처럼 떠올랐다.

'엔네스오네와 함께 와라.'

'알겠어!'

제시아와 엘레오노르는 《프레스》로 떠올라 엔네스오네 옆에서 나란히 날았다.

"엔네…… 태어날 수 있을까요……?"

'아직 모르겠어……. 하지만 아마도 조금만 더 있으면…… 엔네스오네는, 엔네스오네에 대해 알 것만 같아…….'

세 사람은 힘차게 상공을 날았다. 그 모습을 궁전에 있는 내 육안으로도 확인할 수 있었다.

"흠. 아깝게 되었군, 타태신. 네가 조금만 더 약했다면 먼저 멸할 수도 있었을 텐데."

발밑으로 시선을 옮겼다. 내게 짓밟힌 거대한 쌍두사가 그야말로 소멸을 앞둔 모습으로 갈라진 지면에 박혀 있었다.

"아노스~."

엘레오노르가 부르는 소리가 들렸다. 그녀들은 내가 있는 곳으로 천천히 하강했다.

"역시 이번에도 우리 마왕군의 대승리라고!"

"제시아의…… 공로……예요!"

제시아는 하강하면서 가슴을 활짝 폈다.

"그래, 그래. 정말 장하다. 역시 내 딸은 귀엽고 강하다니까."

엘레오노르가 칭찬하자 제시아는 또다시 의기양양한 표정을 지었다.

"이제 엔네가 태어나는 것만 기다리면 되나?"

새들이 매달고 있는 찬란한 빛의 껍질 속의 엔네스오네는 머리의 날개를 파닥파닥 흔들었다.

"이건…… 어떻게 할까요……?"

제시아가 땅에 묻힌 앙데르크를 지그시 노려보았다.

"아— 맞다. 멸하면 안 되잖아. 어떻게 하지?"

"타태신은 타태의 질서다. 그 힘과 권능은 태어나기 전의 생명에게 가장 강하게 작용하지. 내게 반응한 이유도 이 신역, 아궁신도 포스로널리프가 말하자면 자궁 역할을 하고 있었기 때문일 거다."

그렇기에 녀석은 나에게 여기 온 것이 운이 끝이라는 말을 했다. 아궁신도에 있는 자는 태어나기 전의 생명으로 간주된다는 얘기다.

"알겠……어요……!"

제시아는 의기양양하게 고개를 끄덕이며 말했다.

"으음—? 제시아는 지금 설명을 듣고서 이해한 거야? 어떤 뜻인데?"

"어렵다는 걸…… 알겠어요……!"

엘레오노르는 허탈한 표정으로 쿡쿡 웃었다.

"요컨대 엔네스오네가 탄생하면 타태는 더 이상 불가능하다. 그녀가 태어나면 아궁신도를 제어할 수 있겠지. 앙데르크는 타태할 대상을 잃고, 그 질서가 약해져서 생탄으로 기울게 될 거다."

"아~ 그렇구나. 원래는 엔네를 타태하기 위해 밖으로 나온 거니까, 소멸되지 않더라도 그렇게 웬제르로 돌아간다는 거네.”

엘레오노르는 이해한 듯 고개를 끄덕거렸다.

“…………이다….”

그때 누군가 작게 중얼거렸다. 쌍두사의 눈이 나를 희번뜩 노려보았다.

“뭔가 말했나? 앙데르크.”

“……허튼 짓이라고…… 했다…….”

“호오.”

“불가능하다……. 엔네스오네는 결코 태어날 수 없어……. 마음 없는 인형, 마력 없는 그릇, 몸을 갖지 못한 혼백……. 그 모든 것을 갖춰 새끼를 부화시키려 해도…… 근원의 총량은 정해져 있다…….”

나는 시선 끝으로 엔네스오네를 힐끗 보았다. 빛의 껍질에 감싸인 이후로 특별한 변화는 보이지 않는다.

“……아궁신도는 세상의 축소도다. 그렇지 않나? 엔네스오네. 슬슬 기억이 나느뇨?”

마치 저주를 걸듯이 앙데르크는 기분 나쁜 목소리로 말했다.

“결코 태어날 수 없는, 자신의 질서를.”

커다란 눈동자가 자신을 바라보자 엔네스오네는 껍질 속에서 움찔 놀라며 몸을 움츠렸다. 제시아가 엔하레를 빼들고 그 눈동자를 퍽 때렸다.

“……캬악……!”

“엔네를…… 괴롭히면…… 안 돼요……!”

못마땅한 표정으로 제시아는 쌍두사 앞을 막아섰다.

「……마왕 아노스…….」

엔네스오네가 자신의 몸을 끌어안고 머리의 날개를 오므렸다.

"어떻게 됐지?"

「아궁신도의 생명 상한은, 10,022개.」

자신의 질서를 떠올린 듯이 엔네스오네가 설명하기 시작했다.

「엔네스오네는 10,023번째로 태어날 생명. 누군가의 생명을 빼앗지 않으면 엔네스오네가 태어날 자리는 없어. 하지만 누군가의 생명을 빼앗으면 엔네스오네의 순서는 돌아오지 않아.」

"황새를 10,022마리 태어나게 하는 게 엔네스오네의 탄생 조건이지만, 아궁신도의 허용량은 10,022밖에 안 된다는 얘긴가."

「응…… 이제야 알겠어. 엔네스오네는 결코 태어날 수 없는 10,023번째의 생명. 그것이 부과된 질서.」

"하…… 하하하……! 자, 들었느냐 부적합자. 분명 이 싸움은 네 승리다. 하지만 엔네스오네가 태어나지 않는 한, 내가 생탄신으로 뒤바뀌는 일은 없지……."

힘없는 목소리였다. 하지만 그 심연에는 칙칙한 광기가 숨어 있었다.

"알겠느뇨? 내 소멸은 막을 수 없다……. 내가 소멸되면 배표배리의 신인 언니도 같이 소멸될 테지. 그렇게 되면 엔네스오네는 태어나려던 질서조차 유지할 수 없게 되고, 소멸되어 사라질 것이다."

하하하하, 하고 다시 녀석이 웃었다. 자신의 소멸을 조금도 두

려워하지 않는 것처럼.

"타태이니라, 타태. 질서에서는 벗어날 수 없어. 너도 내 손에서는 빠져나갔지만, 언젠가는 이 거대한 세상의 이치에 삼켜져 사라질 것이다. 늦느냐, 빠르냐의 차이일 뿐이지."

"아……!"

엘레오노르가 소스라치게 놀라며 타태신에게 마안을 집중했다. 쌍두사를 이루고 있던 붉은 실이 순식간에 풀어져서 사라지기 시작했다.

"사, 사라지고 있잖아!"

그녀가 《잉갈》을 걸었지만 마법은 순식간에 타태되었다. 앙데르크는 소멸되기 시작했지만, 그렇기 때문에 그녀가 가진 타태의 질서만은 더욱 강해지고 있었다.

"안 돼! 이대로 소멸된다면 웬제르도 엔네도 구하지 못하는 거잖아?!"

"……아노스……! 엔네를…… 구해주세요……!"

엘레오노르와 제시아가 매달리듯 나를 보았다.

"헛수고다, 헛수고야. 생각해봐도 모르겠느뇨? 이미 늦었다. 이봐, 부적합자. 너는 멸하는 것에는 일가견이 있겠지. 질서조차 멸하는 세상의 이물질. 하지만 너는 세상을 멸망으로 이끌 뿐, 구하는 일은 결코 할 수 없다. 질서도 생명도, 그저 멸망시킬 뿐이니라."

뱀의 입꼬리가 음흉하게 올라갔다. 웃는 순간부터 실이 풀리며 허물어지기 시작했다.

"……아아, 분하구나. 다음에 일어날 일을 볼 수 없다니, 참으로 분하기 그지없어……."

말 한마디를 내뱉을 때마다 쌍두사의 몸이 빠른 속도로 평범한 붉은 실로 변해갔다.

"너와 언니가 절망에 굴복하는 얼굴을 보고 싶었건만."

"흠. 그럼 보여줄까?"

찰나의 정적 후 앙데르크가 의문을 드러냈다.

"………뭐………………?"

나는 풀어진 실을 잡아서 진홍색 사슬 하나에 묶었다. 웨즈네라에게 빌린 긴박신의 사슬이다.

"절망에 굴복하는 네 얼굴을 말이다."

풀어져가는 붉은 실을 긴박신의 사슬로 얽어매고 그 자리에 칭칭 감아버렸다.

"무슨 짓을 하나 했더니. 헛수고다, 헛수고야. 기껏해야 시간 벌이일 뿐이니라."

"엔네스오네는 밀리티아가 창조하려 했던 상냥한 질서다. 너희 신족의 방해로 인해 그것이 무엇인지 그녀 자신마저 잊었던 모양이지만, 이제야 이해가 되는군."

나는 빛의 껍질에 싸인 엔네스오네의 심연을 들여다보았다.

"왜 엔네스오네는 엘레오노르와 제시아에게만 꿈을 보여줄 수 있었을까? 왜 《엘레오노르》의 유사 근원에 마력 없는 그릇과 마음 없는 인형이 반응할까? 왜 아궁신도의 황새는 《엘레오노르》가 낳을 수 있는 근원 클론과 수가 같을까?"

눈앞에 마법진을 그리고 그것을 통해 앙데르크를 노려보았다.

"엔네스오네를 탄생시키기 위해 밀리티아가 내게 필요한 것을 남긴 줄 알았다만, 본질은 조금 달랐다. 엔네스오네는 태어나려는 질서다. 천부신 노우스갈리아가 낳고, 밀리티아가 재창조한 어떠한 마법 질서——."

"……그게 대체……?"

마법선을 통해 마력을 보내자 엘레오노르 주위에 마법 문자가 떠올랐다.

"꺄……."

성수가 넘쳐 구체를 만들고 그녀는 그 안에 떠올랐다.

"——《엘레오노르》를 작동하기 위한 마법 질서, 그것이 엔네스오네의 정체다."

그때 밀리티아는 천부신에게서 놈이 낳은 새로운 마법 질서를 빼앗았다. 그것을 재창조한 것이 엔네스오네. 마법 질서인 엔네스오네는 이곳으로 오게 되었다. 그리고 엔네스오네의 질서가 태어나려 했기에 《엘레오노르》의 마법 술식이 작동하게 되었고, 인형마법인 그녀는 용사학원에 탄생했다.

"엔네스오네의 탄생에 필요한 것은 마음 없는 인형, 마력 없는 그릇, 몸을 갖지 못한 혼백. 그리고 엔네스오네 자신이 그중 하나인 몸을 갖지 못한 혼백이다."

지붕 없는 저택에서 마음 없는 인형이 있는 방을 벗어날 때 엔네스오네는 넘어졌다. 하지만 그녀가 아직 방 안에 있음에도 불구하고 마음 없는 인형은 복원되기 시작했다. 그것이 그녀가 마음이라는 증거. 몸을 갖지 못한 혼백이라는 증명이다.

"10,023번째 생명이 태어나지 않는 것은 애초에 탄생을 위한 유사 근원이 이 아궁신도에 태어날 수 없기 때문이다. 엔네스오네와 짝을 이루는 마력 없는 그릇, 마음 없는 인형이 말이다."

본디 그 마력 없는 그릇과 마음 없는 인형은 황새가 10,022마리 갖춰지면 태어날 터다. 그런데 아궁신도의 생명 허용량을 초과한 탓에 태어날 수 없었다.

"하지만 아궁신도와 완전히 같은 질서로 움직이는 마법이 여기에 있지."

나는 술식을 구축하며 《엘레오노르》 마법을 제어했다. 황새에서 뻗어나온 빛의 선이 엔네스오네를 벗어나 엘레오노르를 덮은 성수구에 모였다.

"…………환영받지 못하는 마법을, 타태하리니……!"

앙데르크가 그렇게 말했지만 《엘레오노르》 마법은 멈추지 않았다.

"이 아궁신도는 엔네스오네의 신역. 그 마법 질서를 따라 작동하는 《엘레오노르》를 쉽게 지우진 못할 거다. 그게 가능했다면 너는 진작 엔네스오네를 멸했겠지."

마침내 황새에서 뻗어나온 빛의 선이 엘레오노르의 태내에 모였다. 그녀의 복부에서 마법선이 똑바로 뻗어나왔다. 그것은 엔네스오네의 배꼽에서 뻗어나온 마법선과 똑같았고, 두 선은 마치 손을 잡듯 조용히 연결되었다. 《엘레오노르》 마법으로 유사 근원——즉 마력 없는 그릇과 마음 없는 인형을 만들고, 두 가지를 탯줄을 통해 전송했다.

"그녀는 왜 자신을 제시아의 여동생이라고 주장하는가? 왜 나를 아버지라고 부르는가? 제법 재미있는 수수께끼였다."

엔네스오네를 덮은 빛의 껍질이 찬란하게 빛나기 시작하며 그녀의 모습을 가렸다.

"이것이 답이다."

"……어떻게, 이런 일이……? 말도 안 돼……. 마법 질서를 따라 작동하는 마법이 그 마법 질서를 뛰어넘는 힘을 발휘할 줄이야……."

"크하하. 무슨 소리냐, 앙데르크. 잊은 거냐?"

금방이라도 태어날듯한 엔네스오네를 바라보는 붉은 쌍두사의 표정이 창백해졌다. 마치 절망에 굴복한 것처럼.

"질서를 뒤엎는 것이——."

"마왕님의 마법이라고."

내 대사를 가로채듯이 엘레오노르가 의기양양하게 말했다.

§43. 【불완전한 생탄】

"……이……놈…………!"

쌍두사에게서 울분에 찬 목소리가 울려 퍼졌다. 사슬에 묶인 그 몸에서 붉은 실이 풀리며 삽시간에 하늘로 올라갔다.

"……용서하지 않겠다…… 부적합자여……! 이 세상의 질서를 부수려 하다니…… 결코 용서하지 않겠다……!!"
"그리 염려하지 마라. 네게 용서를 구할 생각은 없으니까."
당장이라도 사라질 것처럼 약해진 타태신의 질서를 《멸자의 마안》으로 바라보았다.
"……너의 적은 나만이 아니니라. 모든 신이, 이 세상의 질서가 너의 행위를 용서하지 않을 것이다……. 이 세상에서는 우리가 질서이니…… 아무리 저항해도 종착지는 하나뿐이다. 따르는 것 외에는 길이 없단 말이다……!"
"크하하."
나는 그 말을 일소에 부치고 앙데르크를 내려다보았다.
"잠꼬대는 자면서 해라."
내 마안이 침침한 보라색으로 빛나자 철그럭 소리를 내며 긴박신의 사슬이 바닥에 떨어졌다. 쌍두사의 육체를 형성하고 있던 붉은 실이 순식간에 풀어져서 소멸한 탓이다.
"소, 소멸된 거야?!"
"아니, 질서가 뒤바뀌었을 뿐이다."
앙데르크가 사라진 자리에서 수 미터 옆에 연한 빛이 모이기 시작했다. 그것이 인간형으로 뭉치더니 생탄신 웬제르가 현현했다.
"기분은 어떤가, 웬제르."
그녀는 고개를 끄덕이며 온화한 표정으로 입을 열었다.
"감사합니다, 마왕 아노스. 믿기 어려운 일이지만 타태의 질서는 쇠퇴하고, 생탄이 더없이 융성하고 있어요. 환영받지 못하는 생명이 다시 태어나려 하지 않는 한, 앙데르크가 저절로 모습을 드러내는 일은 없을 것입니다."

"저기— 뒤바뀌어 있는 동안 소멸되는 일은 없을까?"

엘레오노르의 질문에 웬제르가 답했다.

"타태의 질서는 다음 기회에 대비하기 위해 힘을 회복할 거예요. 제가 표면에 나와 있는 이상 그녀의 의지가 신체나 질서에 영향을 주는 일은 없습니다."

생탄신 웬제르는 엘레오노르를 부드럽게 바라보았다. 그녀의 얼굴과 마법선 같은 탯줄을. 그 끝을 따라가니 달걀처럼 생긴 빛의 껍질이 빛나고 있었다.

"지금, 엔네스오네가 이곳에서 태어날 겁니다."

생탄신 웬제르가 엄숙하게 양손을 들어 올렸다. 마법진이 그려지며 엔네스오네를 축복하듯 감싸 안았다. 그러자 빛의 껍질에 금이 가기 시작했다. 쩌엉, 쩌엉, 맑은 소리를 내며 금이 점점 퍼져나갔다.

"……엔네…… 파이팅……이에요! 파이팅……이에요……!"

제시아는 손을 힘껏 흔들며 큰 목소리로 탄생을 응원했다. 그에 호응하듯 빛의 껍질이 갈라지고, 안에서 무수한 깃털이 힘차게 넘쳐흘렀다. 쩌엉! 하고 한층 큰 소리가 났다.

빛의 껍질이 완전히 갈라지고, 깃털이 하늘 높이 치솟았다가 하늘하늘 떨어졌다. 엘레오노르의 배꼽에서 뻗어나온 마법선이 역할을 다한 듯 소리없이 떨어져 나가 그녀의 태내로 돌아갔다.

"……처음 뵙겠습니다……라고 하면 될까……?"

그녀는 수줍게 웃었다. 그곳에 서 있는 것은 변함없이 자그마한 여자아이였다.

"웬제르, 마왕 아노스, 엘레오노르, 그리고 제시아 언니…… 고마워……."

등에 작은 날개 한 쌍이 돋은 것 말고는 근원 태아였던 시절의 엔네스오네와 거의 달라진 게 없었다. 하지만 심연을 들여다보니 확실한 마력이 그녀의 근원에서 발산되고 있었다.

"……엔네……!"

제시아가 두 팔을 벌리자 엔네스오네는 달려나가 그녀에게 안겼다.

"엔네…… 태어났군요……!"

"응! 엔네스오네는 태어났어. 제시아 언니의 동생으로 태어난 거야!"

"……엄청난 공로……예요……!"

둘은 기쁜 표정으로 서로를 바라보며 활짝 웃었다.

"……그런데, 있잖아. 이제 시간이 없어."

그렇게 말한 엔네스오네의 표정이 사뭇 진지하게 바뀌었다.

"……엔네……? 어디론가…… 가는 거예요……?"

그녀는 고개를 천천히 좌우로 흔들었다.

"엔네스오네는 기억났어. 근원 강탄의 마법 질서, 그것이 엔네스오네야."

그 편린이 《엘레오노르》였다는 건가.

"어— 강탄이 뭐더라?"

엘레오노르가 궁금해하는 표정으로 고개를 갸웃했다. 그러자 웬제르가 말했다.

"위인이나 성인, 위대한 왕 등이 이 세상에 태어나는 것을 강탄이라고 합니다."

"와우! 그럼 엔네는 엄청난 생명을 낳게 되는 거야?"

엔네스오네가 머리의 날개를 파닥이며 대답했다.

"엄청난지는 모르겠지만, 엔네스오네는 질서의 틀에서 벗어난 새로운 생명을 낳기 위해 태어났어. 새로운 인류를."

"음—? 어, 그러니까…… 엔네는 강탄의 신이고, 인간이나 마족과는 또 다른 생명을 낳는다는 얘기야?"

머리의 날개를 파닥파닥 움직이며 엔네스오네가 말했다.

"엔네스오네는 조금 특별해. 질서이지만 신이 아니라, 엔네스오네라는 이름의 유일한 마법 질서. 신의 질서가 지배하는 세상을 상냥하게 만들기 위해 밀리티아가 창조한, 마왕을 위한 마법이야."

엔네스오네가 빙글 뒤돌아섰다.

"하지만, 안 돼."

"안 된다고?"

천천히 걸음을 옮기며 엔네스오네가 설명을 시작했다.

"엔네스오네는 상냥하지 않아. 이제야 알겠어. 모두를 여기로 부른 이유. 엔네스오네는 기다릴 수 없었어. 엔네스오네는 빨리 태어나야 했어."

그녀는 정확히 웬제르가 갇혀 있던 마법 감옥 근처에 멈춰 섰다. 미샤와 사샤가 바닥에 누워 있었다. 앙데르크가 사라졌으니 곧 그 마법의 효과도 사라져 일어날 수 있을 것이다.

엔네스오네는 두 사람을 슬프게 바라본 후, 처참하게 무너진 벽화 쪽으로 시선을 옮겼다.

“이걸 봐.”

다양한 문양과 그림이 그려진 벽화 중에서 그녀의 눈길이 멈춘 위치에 어떤 마법진이 새겨져 있었다.

“어, 동반 우산 마법진이네?”

“……웬제르…… 앙데르크……예요…….”

엘레오노르와 제시아가 말했다.

“지상에서는 동반 우산 마법진이라고 부르는군요.”

두 사람이 웬제르를 돌아보았다.

“신계에서는 뭐라고 하는데?”

“이것은 배표배리의 자매신을 나타내는 기호입니다.”

엘레오노르가 깜짝 놀라며 엔네스오네 쪽으로 시선을 돌렸다.

“다들 아마 본 적 있을 거야. 데르조게이드에 아베르니유가 그려놨으니까.”

분명히 남아 있었다. 밀리티아와 아베르니유의 이름으로.

“확실히 밀리티아는 아베르니유를 만날 수 없다고 했었지. 그녀들이 웬제르와 앙데르크처럼 배표배리의 자매신이었기 때문인가.”

사샤의 근원을 《디노 지쿠세스》로 둘로 나눴을 때, 그 한쪽에 미샤라는 인격을 깃든 이유가 이것인가. 원래 그녀들이 둘이었기 때문이다. 몸은 하나이고 의식은 둘. 아니, 조금 다른가. 만약 그렇게 생각한다면――.

"꺅……!!"

생각을 끊으려는 것처럼 아궁신도가 격렬하게 진동했다.

"……지진……이에요…………!"

"아니――."

강대한 마력을 머리 위에서 느끼고 올려다보니, 하늘바다가 둘로 갈라지고 그곳에 성이 떠 있었다. 데르조게이드와 같은 입체 마법진의 성.

"……저건………… 에베라스트앙제타잖아……!"

엘레오노르가 외치면서 아득히 높은 상공에 떠 있는 그것을 가리켰다. 지하에 있을 터인 신대(神代)의 학부(學府), 에베라스트앙제타다.

"……밀리티아……."

엔네스오네가 침울한 표정으로 중얼거렸다.

"마왕 아노스, 저건 밀리티아야. 엔네스오네의 질서가 태어난 것을 계기로 기동한 거야. 서두르지 않으면――."

그 말을 뒷받침하듯이 에베라스트앙제타에서 무수한 설월화가 하늘하늘 내려왔다. 성에 마법진이 그려지며 은백색 빛이 쏟아졌다. 그것은 바닥에 쓰러져 있는 미샤를 부드럽게 감쌌다.

창백하게 빛나는 별, 창성 에리얼이 은백색 빛을 따라 그녀 안으로 녹아들어갔다. 미샤가 스르르 몸을 일으켰다. 그녀의 두 눈은 창백하게 빛나고 있었다.

"엔네스오네."

미샤가 입을 열었다. 평소와 같이 고요하고 담담하게. 하지만 평소와는 조금 달리, 목소리에서는 신성함이 넘쳐났다.

"모든 것이 끝날 때까지 비밀로 해달라고 했건만."

"……하지만…… 엔네스오네는……."

"역시, 나는 창조하는 게 서툴러."

그렇게 말하고 미샤는 나를 보았다. 그녀는 천천히 내 쪽으로 걸어왔다. 나도 그녀 쪽으로 걸어갔다.

"흐음, 기묘한 재회로군. 모든 것이 예정대로라 할 수는 없겠지만."

눈을 깜빡이며 그녀는 말없이 고개를 끄덕였다.

"떠올랐나, 밀리티아."

"2천 년 만이네."

그녀가 담담하게 말했다.

"묻고 싶은 게 참 많다."

"알고 있어."

그렇게 대답하며 그녀는 내게 질문하는 듯한 시선을 보냈다.

"먼저 물어봐도 될까?"

"상관없다."

"중요한 건 질서야? 사람이야?"

에베라스트앙제타에 새겨져 있던 질문이다.

"사람이 살기 위해 질서가 필요하다. 그 반대가 아니지."

즉시 대답하자 작은 신은 옅게 미소 지었다.

"나는 이 날을, 그리고 당신을 기다리고 있었어."

§44.【창조의 신이 바란 세상】

하늘바다는 갈라진 채, 그곳에 신대의 학부 에베라스트앙제타가 떠 있다. 달은 보이지 않는다. 그럼에도 은백색 달빛이 아궁신도를 부드럽게 비추고 있었다.

"——이 날이라는 건, 엔네스오네가 태어나는 날을 말하는 건가?"

내 질문에 미샤가 고개를 끄덕였다.

"내가 세상을 창조한 지 7억 년이 지났어."

고요한 목소리로 그녀가 입을 열었다.

"줄곧 이 세상을 지켜봤어. 아베르니유와 둘이서. 파괴되고 창조되며 세상의 생명은 순환했지. 다툼이 끊이지 않는 나날 속에서 근원은 어지럽게 윤회했어. 비극의 별 아래 태어난 생명도 언젠가는 행복을 잡을 수 있을지도 모른다고, 처음에는 그렇게 생각했어."

"틀렸다고 생각하진 않는다. 내 아버지도 지금은 곁에서 평화롭게 살고 있으니까."

미샤는 슬픔이 깃든 얼굴로 미소 지었다.

"그건 하나의 사실이지. 하지만 모든 것에서 그런 건 아니었어."

담담한 목소리가 조용히, 그리고 무겁게 울려 퍼진다.

"근원은 윤회하고 생명은 순환해. 하지만 그것이 영구하지 않다는 것을 나는 깨달았어. 멸망에 가까워질 때마다 강하게 빛나야 할 근원. 설령 현세가 슬픔으로 가득하더라도 내세가 더욱 기쁨으로 빛난다면 행복과 불행의 정합은 맞아떨어지지."

내 눈을 똑바로 바라보며 미샤가 말했다.

"슬픔으로 끝나지 않는다면…… 몇 번이고 되풀이하며 내세에 희망을 이어간다면, 아직 이 세상에는 구원의 여지가 있어."

일단 말을 멈추고 미샤는 고개를 숙였다. 그리고 쓰라림이 묻어나는 목소리가 그녀가 입에서 나왔다.

"이 세상의 잠재적인 마력 총량은 계속해서 줄어들고 있어."

흠. 총량이라.

"마족과 인간, 마법구나 마검, 성검 등 마력을 가진 모든 힘을 합산한 값이 말인가?"

미샤는 조용히 고개를 끄덕였다.

"마력은 완벽하게 순환하지 않아. 윤회를 계속하는 생명 중 일부는 결락되고, 결국 완전히 사라지지."

세상의 마력 총량이 계속 줄어들고 있다면 윤회, 전생을 하지 못하는 생명이 있다고 생각하는 게 타당하다. 내 아버지 세리스 볼디고드처럼 마력을 잃는 경우도 있을 터다. 그렇게 잃을 마력조차 없어지면 언젠가는 근원 자체가 사라지게 되는 것이다.

"아노스."

그녀는 슬픈 목소리로 내 이름을 불렀다.

"세상은 상냥하지 않아. 이 세상은 조금씩 사람들의 행복을 빼았고 있어."

그녀는 그것이 자신의 죄라도 되는 양 고백했다.

"그것이 질서야."

"뒤엎으면 그만이다."

그렇게 말하자 그녀는 약하게 미소 지었다.

"아노스답네."

그 말은 밀리티아가 아니라 미샤가 하는 것 같았다.

"세상이 평화로워지도록, 세상에서 슬픔이 줄어들도록, 당신은 파괴신의 질서를 빼앗았어. 마왕성 데르조게이드가 미드헤이즈에 선 뒤로 모든 것은 멸망으로부터 멀어졌지. 하지만 몇 가지 문제가 남게 됐어."

"그중 하나가 선정 심판인가?"

"맞아. 파괴신의 질서가 사라지고 세상은 창조 쪽으로 기울었지. 질서의 정합을 유지하기 위해 선정 심판이 열렸고, 신과 인간을 끌어들인 다툼이 반복됐어."

밀리티아는 아르카나의 선정신이 되어 지하에서 벌어진 선정 심판에서 싸웠다.

"그 외에는?"

"당신이 잊어버린 기억 속에 있어. 창조신과 파괴신은 질서의 앞과 뒤. 배표배리의 자매신. 우리의 근원은 둘이면서 하나, 하나이면서 둘. 이신일체의 질서야."

확실히 사샤가 떠올린 기억 중에 어떤 문제를 뒤로 미뤘다는 얘기가 있었지. 그게 이것인가?

"즉, 이런 얘기인가. 파괴신의 질서를 잃으면 창조신인 너도 오래 살 수 없다."

미샤가 고개를 끄덕였다. 파괴신을 데르조게이드로 바꾸면서 배표배리의 자매신인 밀리티아는 이면의 질서를 잃고 그 수명에 제한이 생기고 말았다.

"아베르니유도 같아. 그 근원은 신족의 것. 마족으로 전생해도 질서의 연결이 완전히 끊어진 건 아니야."

"파괴신을 데르조게이드인 채로 두면 창조신이 소멸된다. 창조신이 소멸되면 결국 사샤도 사라진다는 얘기인가."

"……맞아."

"아무 대책도 없던 건 아니겠지?"

고개를 끄덕이며 미샤가 대답했다.

"나는 선정 심판을 멈추기 위해 창조신의 질서를 포기했어. 당신이 사용한 마법과 같은 방식으로, 신의 육체를 신대의 학부 에베라스트앙제타로 바꾸었지. 정합신 엘로라리에롬의 질서까지 함께."

그렇게 하면 창조신과 정합신, 두 질서가 동시에 사라진다. 창조와 파괴의 균형은 유지되고 정합의 질서가 현저히 약해짐으로써 선정 심판이나 그와 유사한 질서는 작동하지 않게 되는 것이리라.

"내 근원은 아베르니유의 근원의 이면이자 표면. 그녀가 전생 도중이었기 때문에 나는 함께 전생할 수 있었어."

"언젠가 꾼 꿈에서는 동생에게 자신의 전부를 양보했다고 했었지?"

미샤가 고개를 끄덕였다.

"질서와 분리된 신은 오래 살 수 없어. 하지만 파괴신과 창조신의 연결을 끊고 완전히 마족으로 전생할 수 있다면 아베르니유는 살아갈 수 있어. 두 질서는 데르조게이드와 에베라스트앙제타가 되었어. 미약하게 남은 연결은 우리가 한 명이면서 두 명이라는 것."

"완전한 한 명이 되면 파괴신과의 연결을 끊고 사샤를 평범한 마족으로 전생시키는 게 가능했던 거군."

"그래서 그녀는 이 세상에 남고 나의 마지막 소원이 이뤄질 예정이었어."

이뤄지지 않은 이유는 명백하다. 밀리티아를 방해한 자가 있는 것이다.

"그레이엄인가."

"응. 그는 아르카나와 만뢰검(萬雷劍) 가우드게이몬, 그리고 광란신 아간존의 힘으로 나를 방해하려 했어. 이 소원은 이뤄지지 않았고, 나는 원치 않는 형태로 전생했지."

"네 근원은 사샤와 하나가 되었지만 사라질 예정이던 의식이 남고 만 거군."

미샤가 고개를 끄덕였다.

"우리는 하나의 근원에 두 개의 의식이라는 일그러진 형태로 태어날 예정이었어."

간단히 말하면 카이히람과 지스테 같은 상태가 되었을 거다.

"그런데 우연히 《디노 지쿠세스》에 의해 둘로 나뉘게 된 건가."

하지만 그레이엄의 목적이 무엇이었는지 알 수가 없다. 그 남자답게 그냥 괴롭히고 싶었던 것뿐인지도 모르지만, 정말로 그게 다인가?

"우연. 하지만 운명이었을지도 몰라."

"……흠. 그럼 레이와 관련된 건가?"

"그는 영신인검에 선택받은 용사야. 숙명을 끊어내는 그 성검이 모르는 사이에 그의 마음에 응답하고 있었을지도 몰라."

《디노 지쿠세스》로 존재하지 않아야 했을 미샤를 탄생시키고, 불행을 만들고 만 용사 카논——하지만 실제로는 그녀들을 구한 것이었나. 에반스마나는 당시 레이의 손에 없었을 텐데 말이다. 그럼에도 내가 미샤와 사샤를 구할 발판을 마련하고 있었다면 정말로 엄청난 힘을 가지고 있군.

애초에 나를 멸할 수 있는 성검이다. 인간의 명공이 벼려내고 정령이 깃들었으며 신이 축복했다고들 하지만, 그 셋의 정체는 아무도 모른다. 미지의 힘을 가지고 있어도 이상하지는 않은 일이다.

만약 전생 후에 내가 만난 사샤와 미샤가 하나의 근원에 두 개의 의식이라는 상태였다면, 적어도 과거를 바꿔서 구할 필요는 없다고 판단했을 터다.

"둘로 나뉜 우리는 파괴신과 창조신의 연결이 약해져 있었어. 《창조의 달》과 《파멸의 태양》은 하늘에 동시에 뜨지 않는 것이니까."

요컨대 그녀들은 한없이 마족에 가까운 신이다.

"둘이서 한 명이었다면 파괴신과 창조신의 연결이 강한 채라 질서에서 분리된 너희는 소멸됐을 거라는 건가."

"맞아. 우연이라고 하기에는 너무 운이 좋았어. 우리는 용사의 힘으로 15년의 유예를 얻었지."

확실히 어떤 힘이 작용했다고 생각하는 게 자연스럽겠지. 정말로 기묘한 인연이다.

"그리고 15년 후에 당신이 찾아왔어."

《디노 지쿠세스》가 완료되어 한 명으로 돌아갔다면 역시나 두 명에게는 죽음의 운명이 기다리고 있었을 것이다. 그것을 모르는 채로 내가 구했다.

"나는 또다시 조금 더 살 수 있게 되었어."

온화한 표정으로 미샤가 말했다.

"아노스가 있고, 사샤가 있고, 내가 있어."

마치 이제부터 소멸될 거라고 말하는 것처럼.

"그건 우리가 꾼 물거품 같은 꿈이었지."

은백색 빛이 미샤의 몸에 쏟아지고 그녀는 둥실 떠올랐다.

"전생해서 마족으로 다시 태어나 둘이 되어도, 신은 신이고 질서는 질서. 질서를 잃은 신은 오래 살 수 없어. 하지만."

미샤는 부드럽게 미소 지었다.

"당신은 나에게 수많은 기적을 보여주었지. 세상을 벽으로 나누어 평화를 보여줬어. 《파멸의 태양》을 떨어뜨려 신이 사랑할 수 있음을 보여줬어. 아베르니유가 마족으로 전생하는 모습을 보여줬어."

높이, 높이, 신대의 학부에 끌려가는 것처럼 미샤는 하늘로 올라갔다.

"줄곧 세상을 지켜봐 온 내가 본 적이 없는 것들뿐이야."

그녀는 에베라스트앙제타를 등지고 있다.

"세상은 믿을 수 없을 정도로 평화로워졌어. 아노스. 마지막 기적은 내가 일으킬게. 이 세상을 상냥한 모습으로 다시 창조할 거야."

그녀를 올려다보며 나는 물었다.

"무엇을 할 작정이냐?"

"세상과 나, 어느 쪽이 먼저 태어났는지 알아?"

시선으로 모르겠다고 대답하자 미샤가 말했다.

"세상이 먼저야. 내가 있기 전에도 창조신이 있었어. 오래된 세상이 한계에 달하면 창조신은 소멸돼. 그때 소멸에 가까워진 근원이 최후의 창조를 행하지. 그렇게 다음 창조신을 탄생시키고, 그 새로운 질서가 새로운 세상을 창조하는 거야."

에베라스트앙제타가 은백색 빛에 감싸여 반짝이고 있었다.

"그렇군. 마력의 총량이 계속 줄어들다 한계에 달하면 그 세대 창조신이 세상을 재창조하는 건가."

"하지만 창조신은 내가 마지막이 될 거야. 끊임없이 반복되는 세상의 질서에, 나는 저항할 거니까."

미샤가 한 번 눈을 깜빡이자 신대의 학부에서 빛이 사라지고 그녀의 눈동자가 은백색으로 물들었다. 창조신인 그녀 본래의 힘이 그곳에 주입되고 있는 것이다.

"싸우는 방법은 당신이 가르쳐줬어."

두 번째 깜빡이자 미샤의 눈동자가 《창조의 달》 아티엘트노아로 변했다. 그 시선이 신대의 학부 에베라스트앙제타를 가리키자 성의 입체 마법진이 기동했다.

설월화를 흩날리며, 에베라스트앙제타는 《창조의 달》로 변화했다. 하지만 평소 모습과 달랐다. 그 달에는 그림자가 살짝 드리워져 있었다. 월식이다.

"소멸이 가까워짐에 따라 나의 달은 이지러져. 아티엘트노아의 개기월식. 그것이 《원창의 월식》이라 불리는 최후의 창조. 창세의 빛이 이 세상을 다시 만들어낼 거야."

그녀는 결의를 담아 말했다.

"신이 없는 상냥한 세상으로."

"이 세상에서 모든 질서를 빼앗을 거냐?"

미샤가 고개를 끄덕였다.

"모든 것이 결정된 차가운 질서는 사라지고, 세상은 애매모호하게 바뀔 거야. 앞이 보이지 않는 시대가 찾아오고, 미지와 불안이 만연하겠지. 하지만 그 뜨거운 혼돈을, 사람들은 분명 희망이라고 부를 거야. 그리고——."

미샤가 똑바로 나를 보며 말했다.

"그 세상에는 당신이 있어. 세상이 다시 창조된 후에 새로운 세상의 사람들을 당신의 마법으로 낳아줘. 《엔네스오네(근원강탄)》에 의해 태어난 사람들은 신의 질서에 얽매이지 않아. 마력의 총량이 계속 줄어드는 일이 없어지고 그 어떤 절망의 나락에 떨어지더라도 언제나 어딘가에 희망이 남아 있을 거야."

신에 의해 지탱되던 이 세상의 질서는 끊임없이 생명을 깎아 내리고 있다. 그래서 밀리티아는 엔네스오네를 창조하려 했다. 사라져가는 신을 대신하여 질서의 틀에서 벗어난 부적합자——내 마법이 생명을 낳는 새로운 세상을 창조하기 위해.

"질서가 사라지면 신은 자격을 박탈당하고, 그녀들도 하나의 새로운 생명으로 살아가게 돼. 질서라는 멍에를 지고 슬퍼하는 신은 더 이상 없을 거야. 아베르니유처럼."

"흠. 제법 그럴듯한 이야기다. 지금 세상보다는 좋을 것 같군."

"저기…… 잠깐만……. 전개가 너무 갑작스러워서 이해력이 못 따라가고 있거든……."

엘레오노르 깊이 생각하는 표정으로 끼어들었다.

"……새로운 세상은 좋을 것 같긴 한데…… 지금 말대로라면 세상을 재창조하기 위해 미샤가 소멸되는 거 아냐……?"

"뭐, 소멸따위는 극복하면 그만이지. 힘을 빌려주마."

미샤는 살짝 웃으며 조용히 고개를 저었다.

"나는 소멸되지 않아. 나는 이 세상으로 다시 태어날 거야."

"뭐……?"

엘레오노르의 얼굴이 놀라움에 물들었다.

"미샤……. 세상으로…… 바뀌는 건가요……?"

제시아가 걱정스러운 표정으로 물었다.

"응."

"다시…… 만날 수 있나요……?"

살짝 서글픈 표정으로, 그럼에도 그녀는 웃음을 지었다.

"언제든 만날 수 있어. 나는 모두를 계속 지켜볼 거야. 이 세상이 되어서, 모두를 상냥하게 지켜줄 거야. 그저 나라는 의식이 사라져서 얘기를 할 수 없게 되는 것뿐이야."

"안 돼, 밀리티아!"

엔네스오네가 소리를 질렀다.

"안 돼…… 그런 건……. 왜냐하면, 그러면 모두의 안에 밀리티아가 들어 있지 않잖아……."

곤란한 듯 웃으며 미샤가 고개를 가로저었다.

"너는 신과는 다른, 새로운 세상을 위한 마왕의 질서야. 그렇기에 상냥해. 인간처럼 상냥한 너의 그 마음씨가 나는 너무나도 대견해."

어린아이를 설득하듯 미샤는 부드럽게 말했다.

"역할이 다를 뿐이야."

엔네스오네는 울음을 터뜨릴 것 같은 표정이었다. 그녀는 밀리티아를 막고 싶었으리라. 그렇기에 어렴풋한 기억, 희미한 마음이 이렇게 이곳으로 나를 부른 것이다.

"나는 줄곧 봐 왔어. 세상이 태어난 뒤로 7억 년 동안 줄곧 지켜봐 왔어. 줄곧, 줄곧, 이것이 나의 소원이었어. 세상을 창조하는 게 아니라 이 세상 그 자체가 되면, 그러면 더욱 가까운 곳에서, 모두를 상냥하게 지켜볼 수 있어."

그녀가 두 손을 들어올리자 《창조의 달》 아티엘트노아가 이지러지기 시작했다. 월식이 진행되는 거다.

"아노스, 엘레오노르, 제시아, 엔네스오네, 웬제르."

소녀는 환하게 웃으며 말했다.

"미안해. 고마워. 즐거웠어."

《창조의 달》의 개기월식이 순식간에 진행되어 은백색 달빛이 붉은 기를 띠었다.

"아베르니유에게 안부 전해줘."

"작별 인사 정도는 직접 하면 되지 않나."

미샤는 살짝 난처한 표정으로 천천히 고개를 좌우로 저었다.

"분명 혼날 거야."

아티엘트노아가 완전히 이지러지고 개기월식이 시작되었다. 아궁신도를, 그 달이 은은한 적은색 빛으로 비추었다.

"안녕."

두 번 눈을 깜빡이자 미샤의 눈동자 속 달이 적은색으로 변한다——.

"——안녕은 무슨 안녕이야."

《창조의 달》이 흔들리고 적은색 빛이 약간 약해졌다. 강렬한 시선의 마력이 아티엘트노아를 때리고 있었다.

"이건 아니잖아, 이 바보야!!"

눈동자에 마법진을 띄우고 미샤를 향해 돌격하는 인영이 지상에 있었다. 누구인지 보지 않아도 이미 알고 있다. 쓰러져 있던 사샤가 벌떡 일어난 것이다.

"크하하. 안됐구나, 밀리티아. 혼나버렸군."

"너는 지금 웃음이 나와?! 뭘 가만히 듣고 있는 건데. 얼른 막아. 엘레오노르도, 제시아도! 이런 바보 같은 얘기는 말이 안 되잖아!!"

사샤가 송곳니를 드러내고 《창조의 달》을 노려보면서 소리쳤다.

"이런, 이런. 미안하다 밀리티아. 함께 평화를 목표로 삼은 동지의 소원을 무시하는 건 아니다만, 내 부하의 잔소리가 시끄러워서 못 견디겠다."

나는 하늘로 날아오르며 상공에 거대한 마법진을 그렸다.

"《데르조게이드(마왕성소환)》."

거대한 성의 그림자가 흔들리더니 그것이 반전되듯 마왕성 데르조게이드로 변한다. 창조신 밀리티아의 아티엘트노아는 어중간한 힘으로는 막을 수 없다. 그래서 동등한 힘을 부딪치기로 했다.

"뭐, 그리 결론을 서두르지 마라. 아직도 쌓인 얘기가 많을 것 아니냐."

데르조게이드로 《창조의 달》을 들이받았다. 마왕성에서 피어오르는 검은 입자와 적은색 빛이 길항하며 불꽃이 격렬하게 소용돌이쳤다. 쿵, 쿵, 쿵, 콰, 콰콰콰아아앙——. 굉음과 함께 마왕성은 외벽이 반파되면서 《창조의 달》에 파고들었다.

그러자 월식이 중단되고 그 달이 신대의 학부 에베라스트앙제타로 되돌아갔다. 그대로 기세 좋게 마왕성을 밀어붙여서 《창조의 달》의 힘을 봉인했다. 그 사이에 사샤는 더욱 높이 상승했다.

자신을 만류하러 다가오는 여동생을, 미샤는 다정하게 바라보았다.

"미안해, 아베르니유. 나는 상냥한 세상을 남겨주고 싶었어."

"그런 생각은 하지도 마! 밀리티아, 잘 들어. 네가 없는 세상이 아무리 상냥해도, 아무리 평화로워도."

사샤는 하늘에 서 있는 미샤에게 손을 뻗었다.

"절대로 웃고 있지 않아! 그런 세상, 나는 조금도 원하지 않는다고!"

§45. 【답】

미샤 위쪽에 마법진이 그려지며 그곳에 유사 마왕성 데르조게이드가 구축됐다. 미샤는 자신에게 다가오는 사샤를 《창조의 마안》으로 따스하게 바라보았다. 그 순간——.

"《지오 그레이즈》."

나는 칠흑의 태양을 난사하여 하늘에 떠 있는 유사 마왕성에 불을 붙였다. 그리고 미샤를 추월하며 오른손을 흑염으로 물들였다.

"《아비아스탄 지알라》."

유사 마왕성을 향해 일직선으로 날아가 그 성을 최하층부터 최상층까지 단번에 뚫어버렸다. 창조된 성은 빛나는 흑염에 삼켜져서 순식간에 잿더미로 변해갔다.

"제멋대로 굴지 마! 약속했잖아. 이번에는, 세 명이서 만나자고! 겨우 이렇게 만나게 됐는데! 겨우 기억해냈는데!"

미샤의 《창조의 마안》이 사샤를 바라보며 그녀의 몸을 얼음으로 덮어갔다.

"소원은, 이것뿐이야."

내뻗은 사샤의 손이 얼어붙으며 하늘로 상승하던 그녀의 기세가 줄어들었다.

"나머지는 전부 다 줄게. 너는 너의 소원을 이루도록 해."

사샤의 몸이 순식간에 얼어붙었다. 간신히 무사했던 목 위쪽도, 점점 얼음으로 뒤덮여갔다. 그것은 결국 다시 녹을 것이다. 모든 것이 끝나고 난 후에.

"사랑하고 행복해져, 아베르니유. 나는 네 얼굴을 이 상이 되어서 매일, 상냥하게 지켜볼 테니까."

사샤의 얼굴이 완전히 얼어붙은 그 순간――그녀의 눈동자에 마법진이 그려졌다. 《파멸의 마안》이 그 공역을 노려보자 쨍그랑 소리와 함께 얼음이 산산이 부서져 흩어지고 사샤는 자유를 되찾았다.

"바보 아냐! 사랑 같은 건 필요 없어! 소원 같은 건 이루지 못해도 돼!"

《창조의 마안》을 《파멸의 마안》으로 상쇄하며, 사샤는 《프레스》로 다시 날아올랐다.

그리고 그 오른손이 미샤의 왼손을, 그 왼손이 미샤의 오른손을 잡았다.

"아무것도 이루지 못해도 괜찮아. 나도 포기할 테니까, 밀리티아도 포기해. 너와 함께할 수 있다면, 더 이상 바랄 게 없으니까. 왜냐하면 나는……."

《파멸의 마안》을 붉게 물들이고 눈물을 또르르 흘리며, 사샤는 바로 앞에서 미샤에게 말했다.

"밀리티아, 나는 이미 행복해."

"아베르니유."

다정한 목소리로 미샤가 입을 열었다.

"우리 둘이 함께 있는 한 창조신과 파괴신의 운명을 지울 수 없어. 너는 아직 마족이 된 게 아니야. 그저 질서를 잃었을 뿐이지. 질서를 잃은 신은 결국 소멸하게 돼."

사샤의 손을 미샤가 살며시 맞잡았다.

"마지막에 볼 수 있어서 좋았어."

"……웃기지 마. 운명 같은 건 박살 내버릴 거야……. 몇 번이든……."

사샤는 떨리는 목소리로, 그럼에도 당당하게 말했다.

"그때랑 똑같잖아. 내가 아직 마족이 아니더라도, 창조신과 파괴신의 운명이 우리를 멸한다 해도, 그게 세상의 질서라고 해도, 그딴 것들은 모조리 박살을 내줄 거야!"

강하게, 강하게, 그 어느 때보다도 훨씬 강대하게, 그《파멸의 마안》은 빛나고 있었다.

"흠. 잘 말했다. 내 부하라면 그래야지."

유사 마왕성을 불태워 없앤 나는 미샤의 등 뒤로 강하했다.

"불완전하게 전생한 아베르니유의 소멸. 뒤로 미뤘던 그 문제부터 해결한 후에 밀리티아, 너를 희생하지 않고 세상을 진정한 평화로 이끌면 아무런 불만 없겠지?"

그러자 미샤는 희미하게 미소 지으며 나를 향해 왼손을 내밀었다. 나는 몸을 약간 움직여서 그 작은 손을 잡았다.

"희생이 아니라 소원이야."

그녀가 담담하게 말했다.

"기도했어. 소원했어. 이 차가운 세상을 그저 지켜볼 수밖에 없었어. 그렇게 7억 년이 지났어. 이제야 비로소 내 소원이 성취되는 거야. 그러니까 슬퍼하지 마."

미샤가 나와 사샤의 손을 부드럽게 잡았다.

"웃어줘."

사샤가 눈물을 흘리며 머리를 좌우로 흔들었다. 금색 머리카락이 구슬프게 흔들렸다.

"나는 태어나서 처음으로 창조신이라고 불리기에 걸맞은 일을 하는 거야. 단 한 번도 창세의 신이라 불릴 자격이 없었던 내가."

그녀는 가만히 사샤를 보았다.

"아베르니유. 세상을 너무나도 사랑하는 나를, 답답한 언니라고 생각하며 보내주길 바라."

이어서 미샤는 나를 보았다.

"아노스. 신으로서 바른 길을 걸으려는 나를 이 세상의 왕으로서 자랑스럽게 지켜봐주길 바라."

그녀는 나와 사샤의 등을 그 손으로 부드럽게 끌어안았다.

"나는 결코 불행하지 않아. 내 소중한 사람들을 이 세상이 되어서 상냥하게 지켜볼 거니까. 영원히, 영원히…… 윤회하는 너희들을 지켜볼 거니까."

미샤는 미소 지었다. 우리의 근심을 날려버리듯이 부드럽게.

"슬픈 이별은 어디에도 존재하지 않아. 나는 그저 신이었을 따름이니까."

"그래도……."

떨리는 목소리로 사샤가 말했다.

"……아무리 밀리티아의 부탁이라고 해도 나는 싫어! 절대로 안 보내줄 거야. 절대로! 왜냐하면, 그렇잖아. 내가 웃고 있어도, 아노스가 웃고 있어도 밀리티아는 웃지 못하게 되는 거잖아. 대화를 나눌 수도 없고 이렇게 손을 잡을 수도 없게 되는 거잖아. 그냥 보고만 있어야 하게 되잖아. 그런 건 외롭기만 할 뿐이야!!"

미샤는 눈을 깜빡이며 말했다.

"외롭지 않아."

"밀리티아는 괜찮을지 몰라도 내가 외로워! 평생 울 거야. 밀리티아의 이름을 부를 거야. 그러면 분명 후회하게 될 걸! 반드시, 반드시 후회하게 해줄 거야!!"

난처한 표정으로 미샤는 사샤를 바라보았다.

"안 놓을 거야."

미샤에게 매달리다시피 하며 사샤는 말했다.

"이 손은 절대로 안 놓을 거야. 이 세상이 끝나더라도."

"고마워."

미샤는 한 번 눈을 깜빡였다. 그 눈동자가 은백색으로 물들었고, 두 번째 깜빡임으로 《창조의 달》로 변했다. 《원창의 신안》이다. 그 순간――주위가 새하얗게 물들었다.

"지켜볼 거야. 사랑하는 내 동생을."

아무것도 없는 새하얀 공간에 얼음의 구름이 창조되었다. 이어서 얼음의 대지가 구축되었고, 풀과 꽃과 나무들이 자라났다. 얼음의 산이 솟아오르고 너른 바다가 펼쳐졌다.

'얼음 세계.'

미샤의 목소리가 《리크스》로 울려 퍼졌다. 우리는 그녀가 창조한 얼음 세계 안에 있었다. 아래를 내려다 보니 혼란스러워하는 엘레오노르가 보였다. 제시아, 엔네스오네, 웬제르, 웨즈네라도 휩쓸린 것 같았다.

"내보내 줘, 밀리티아! 내보내달라고!"

'안에 있도록 해. 이제 시간이 없어.'

사샤가 《파멸의 마안》으로 얼음의 세계를 노려보았다. 시야에 들어오는 모든 얼음이 산산이 부서졌지만 세계 자체는 꿈쩍도 하지 않았다.

'파괴와 창조의 힘은 균형을 이루고 있어. 하지만 언제나, 항상 미세하게나마 파괴가 더 많이 일어나. 그게 지금 세상의 질서야. 창조하려면 파괴할 수밖에 없어. 그런데 파괴신이 사라지는 바람에 이제까지 파괴되지 않았던 생명들이 그 순서를 기다리고 있지.'

부드러운 목소리가 얼음의 세계에 울려 퍼졌다.

'군신이 태어나고 말았어. 세상에 균열이 생기고 신의 문이 열리려 하고 있어. 질서의 병사들이 일제히 몰려오게 될 거야.'

"그런 건, 전부 쓸어버리면 돼!"

'싸우지 않아도 돼. 적도 아군도 사실은 존재하지 않으니까. 분쟁은 이제 충분해. 세상은 상냥하게 다시 태어날 거야.'

"바보야!! 바보! 바보오오!! 빨리 내보내줘! 안 그러면, 전부 다, 박살 내버릴 거야!!"

《파멸의 마안》이 하늘을 파괴하고 바다를 쪼갰다. 지금 그녀는 자신의 근원을 직시하고 그 힘으로 파멸에 다가가서 마력을 끌어올리고 있었다. 시시각각 그녀는 소멸을 향해 나아가며, 반대급부로 그 힘은 과거의 파괴신에 한없이 가까워졌다. 그러나 사샤는 신의 육체를 상실했다. 이대로는 분명 몸이 버티지 못할 것이다.

"그쯤 했으면 충분하다."

사샤의 마안을 손으로 가려서 힘의 흐름을 차단했다. 실이 끊어진 인형처럼 그녀는 축 늘어졌다.

숨을 거칠게 몰아쉬며 사샤는 잠꼬대를 하듯 언니의 이름을 되뇌었다. 나는 그녀에게 회복 마법을 걸어주며 입을 열었다.

"밀리티아. 창조신이 창조한 세상이라고 해서 나를 가둘 수 있을 줄 알았나?"

'당신이 가진 멸망의 힘을 나는 상냥하게 받아들일 거야.'

미샤는 말했다.

'이리 와. 내가 새롭게 창조할 세상은 결코 멸망하지 않을 거

야. 이것은 그 증명이야. 이번에는 당신이 마음껏 뛰어다닐 수 있는 세상을 만들어 줄게.'

그 목소리는 부드럽게 미소 짓는 것처럼 느껴졌다.

'아이처럼 뛰어놀 수 있는 세상을.'

새로운 세상은 내가 실수로 멸망시킬 걱정을 할 필요가 없다고, 마음 편히 살 수 있다고, 그런 말을 하고 싶은 것이리라.

참으로 어리석다. 이런 바보가 과연 또 있을까. 정말 한결같은 녀석이다. 기억이 유무와 무관하게 이렇게나 타인만을 생각하며 자애가 넘쳐 흐른다.

"밀리티아. 너는 상냥하다. 네가 앞으로 다시 창조하려는 세상은 틀림없이 상냥하겠지."

얼음 세계 밖에 있는 그녀에게 나는 말했다.

"하지만 그건 상냥한 거짓말이다."

미샤는 내 말에 조용히 귀를 기울였다.

"거짓말은 상냥해도 부서지기 쉬운 법이다. 그런 꼴로는 설령 세상을 다시 창조한다 한들 결국 무너질 거다. 아니——."

나는 단호하게 선언했다.

"내가 창조하는 세상만도 못한 속 빈 껍데기에 불과하겠지."

짧은 정적이 지나간 후 그녀는 입을 열었다.

'믿어줘.'

"그렇다면 대결을 해볼까."

나는 그 자리에 마법진을 그렸다.

"누가 더 나은 세상을 창조할 수 있는지로 말이다. 내가 더 나은 세상을 창조할 수 있다는 걸 알게 되면, 생각을 바꿔도 괜찮지 않겠나?"

'나랑 창조마법으로 겨루겠다고?'

놀라는 것 같기도 한 그 목소리를 듣고 나는 피식 웃었다.

"내가 이 얼음으로 뒤덮인 세상을 재창조한다면 내 승리다."

미샤는 곰곰이 생각했다. 세상의 창조로 겨루는 거라면 그녀가 압도적으로 유리하다.

그리고 내게 질 정도의 창조마법으로는 도저히 세상을 상냥하게 재창조할 수 없다.

그녀가 불가사의하게 여기는 점은 내가 왜 굳이 승산 없는 대결을 제안했느냐는 부분일 거다.

'《젝트》는?'

그 말에 나는 웃었다.

"우리 사이에 말이냐?"

'알았어. 마왕 아노스, 당신에게 도전할게.'

나는 마법진에 손을 대고 마력을 주입했다. 그것은 잠깐 사이에 크게 팽창했다.

데르조게이드보다 훨씬 거대한 입체 마법진이 이 얼음의 세계를 뒤덮었다.

"푸르름으로 가득하리라."

《아이리스》 마법으로 얼음의 대지에 푸르름을 넘치게 했다. 검은 마력 입자가 그곳에 모이더니 순식간에 나무들이 자라나고 비옥한 토양이 구축되었다.

'얼음과 눈.'

내가 창조한 푸른 대지는 눈 깜빡할 사이에 얼음으로 바뀌었다.

"흠. 과연 창조신의 힘이로군."

'당신의 힘은 세상의 틀에서 벗어나 있어. 하지만 창조마법이라면 상대할 수 있어.'

"과연 그럴까? 이건 세상을 재창조하는 대결이다. 아쉽게도 내 창조는 너처럼 상냥하지 않아서 말이지."

나는 앞으로 손을 뻗어 다중 마법진을 그렸다. 그리고 그것을 포탑처럼 여러 겹 쌓은 뒤에 하늘을 조준했다. 칠흑의 입자가 맹렬하게 회오리치며 마법진으로 만든 포탑을 휘감았다. 단지 마법을 준비하는 여파만으로 대기가 요동치고 얼음이 녹기 시작했다.

나는 사샤를 지키듯이 끌어안았다. 웬제르와 엘레오노르 일행은 하늘로 날아올라 마법 결계를 구축해서 대비했다. 검은 입자가 포탑을 중심으로 일곱 겹의 나선을 그린다. 얼음의 대지와 하늘을 4등분하듯이 깊은 균열이 생겼다.

"《에길 그로네 앙드로아》."

마법진의 포탑에서 종말의 불꽃이 방출되었다. 7중 나선을 그리는 그 암흑의 불꽃은 끝을 파멸을 예감케 하는 굉음과 함께 하늘로 치솟아 모든 것을 유린하며 직진했다. 2천 년 전의 창조신 밀리티아, 파괴신 아베르니유, 마왕 아노스 볼디고드의 마력을 빌리는 기원마법. 밀리티아 본체에는 통하지 않지만, 그녀가 창조한 세상이라면 얘기가 다르다.

종말의 불꽃이 하늘 끝에 도달하자 얼음 세계의 모든 것이 화염에 휩싸였다. 얼음 구름이 타오르고, 끝없이 펼쳐진 하늘이 타오르고, 대지와 산들이 타올라 모든 것이 검은 잿더미로 바뀌어 간다. 그렇게 세상은 단지 흰색과 검은색으로 덧칠되었다. 그러나 그 구조 자체는 건재했다. 그 증거로 우리는 아궁신도로 돌아가지 않았다.

"《에길 그로네 앙드로아》에도 파괴되지 않다니 제법 튼튼한데. 내 멸망의 힘을 받아들이겠다는 말이 거짓말은 아니었던 모양이군."

'거짓말은 하지 않아.'

"아니——."

나는 천천히 오른손을 내리고 하늘을 향해 펼쳤다. 거기에 그림자의 검이 나타났다. 얼음의 세계에 침입하듯이 하늘에는 마왕성 데르조게이드가 모습을 드러냈다. 오른손을 움켜쥐자 그림자가 반전되듯 어둠의 장검으로 변해 내 손에 들어왔다.

"너는 거짓말을 하고 있다. 이제부터 그걸 폭로해주마."

이멸검 베누즈도노아로 하늘을 가리켰다. 그것에서 투사된 그림자가 흑백 세상에 갖가지 형상을 만들었다. 성과 마을, 산맥과 숲, 사막, 호수, 그곳에 사는 사람들이 입체 그림자 연극처럼 나타났다. 수억 개의 그림자가 세상을 새로이 창조해 나갔다. 그러나——.

'알고 있을 텐데.'

그림자 하나가 얼어붙었다.

'이멸검은 파괴신의 힘이야. 당신이 누구보다 뛰어난 것은 멸망의 마법. 멸망과 멸망을 겹쳐 창조의 힘으로 바꿔도, 창조신의 세상을 재창조할 수는 없어.'

그림자 연극의 세계를 덧칠하듯 대지가 다시 얼어붙었다.

'기뻤어.'

그녀는 말했다.

'잊지 않을게.'

마치 작별 인사처럼.

'당신은 끝까지 내가 창조한 세상을 멸망시키려 하지 않았어. 이런 때조차.'

순간적으로 정적이 찾아왔다. 품 속에서 사샤가 몸을 떨었다.

'멸망의 마법이 특기인 포학의 마왕이 나를 만류하려고 도전한 게 세상 창조 대결이라니. 그 무엇과도 비교할 수 없는 최고의 선물이야.'

미샤의 목소리는 담담했지만 그래도 그녀가 웃고 있음을 알 수 있었다.

'고마워.'

은백색 얼음이 단숨에 세상을 뒤덮기 시작했다.

'나는 이 세상을 지켜봐 왔어. 지켜보면서 계속 생각했지. 슬퍼하지 마. 웃어주길 바라. 이것이 7억 년 동안 생각하고, 끊임없이 고민한 끝에 내가 도달한 답이야. 그러니까——.'

말이 끊겼다. 은백색 얼음이 세계 절반을 뒤덮은 채로 멈춰 있었다.

"……내가, 기적을 보여주었다고 했지. 밀리티아……."

은백색 세계가 절반, 그림자 연극 세계가 절반. 순식간에 세계를 칠해버릴 수 있는 창조신은, 그러나 그 그림자 연극을 지울 수 없었다.

"세상을 벽으로 나누어 평화를 보여줬고, 《파멸의 태양》을 떨어뜨려 신의 사랑할 수 있음을 보여줬고, 아베르니유가 마족으로 전생하는 모습을 보여줬다고."

은백색 세계가 다시 그림자 그림으로 덮이기 시작했다. 천천히, 그러나 확실하게 그림자가 늘어나고 있었다.

"그게 거짓말이라는 거다. 내가 너에게 보여준 기적은 그런 게 아니야."

창조마법과 창조마법의 각축전으로는 내가 불리하다. 그럼에도 불구하고 그림자 그림의 세계는 다시 얼어붙지 않았다.

"전생한 나와 너는 이 시대에서 처음으로 친구가 되었다."

아득한 시선 끝. 그곳에 떠오른 그림자 그림은 미드헤이즈에서 나와 미샤가 처음 만난 순간을 묘사하고 있었다.

"《디노 지쿠세스》 문제로 사샤와 사이가 틀어진 너는 나와 함께 그녀를 따라가서 화해했지."

또 다른 곳에 떠오른 그림자 그림은 데르조게이드의 지하 던전. 미샤에게 매달리는 사샤의 모습이었다.

"네게 생일 선물로 반지를 주었고."

우리집의 그림자 그림이 떠올랐다. 《얼음연잎의 반지》를 낀 미샤가 활짝 웃고 있었다. 그것들을 그녀는 틀림없이 기적이라고 생각하고 있었다.

“예전에 마검 대회 때 너는 이런 말을 했어. 나는 포학의 마왕이 아니라 같은 반 친구라고. 다시 태어나서 지금은 한 명의 학생이라고. 즐기고 와——라고. 너는 과거의 마왕이 아닌, 지금의 나를 보고 있었다. 다시 태어난 나를.”

그녀가 해준 말 덕분에 나는 바라 마지않던 평화를 분명히 절감할 수 있었다.

“그 말을 그대로 돌려주겠다. 너는 더 이상 창조신이 아니야. 평범한 학생이고, 나의 친구다. 나뿐만이 아니야. 이곳에 없는 학우들에게 인사 한마디 안 남기고 훌쩍 사라지면, 그들이 웃으면서 지낼 수 있을 것 같나?”

얼음의 세계를 바라보는 미샤의 신안에는 무수한 그림자 그림들이 비쳤으리라. 그것은 레이와 미사, 신과 레노, 팬유니언 소녀들과 에밀리아, 엘드메드, 아버지와 어머니, 마왕학원 학생들의 모습이다.

“너와 만난 지 반년, 이제 곧 7개월이 되겠군. 그 기억과 마음을 멀리하고 있었겠지. 각오가 흔들리지 않도록 창조의 힘으로 고쳐 만들어서 마음 깊숙이 숨겼을 거야. 그것이 너의 거짓말이다. 하지만 한편으로는 알고 있었겠지. 신의 질서는 결국, 사랑과 상냥함을 이길 수 없다는 것을.”

시선을 피하는 그녀의 눈 앞에 강제로 들이밀듯이 나는 그림자 그림의 세계를 창조했다.

“미샤.”

그녀의 이름을 불렀다. 아무도 불러주지 않는다며 슬퍼하던 그녀의 이름을. 창조신이 아닌, 한 명의 마족으로 다시 태어난 그녀의 이름을.

"쓸데없는 소리는 하지 마라. 너를 잃는 일은 있을 수 없어."

"그렇다니까, 미샤!"

엘레오노르는 하늘을 날며 큰 소리로 외쳤다.

"마왕군은 백전백승! 이번에도 단 한 명도 빠짐없이 돌아가야지! 그리고 함께 술을 마시는 거야. 그때 미샤가 없으면 누가 주정뱅이 사샤를 말리겠어?!"

"미샤는…… 제시아에게 잘해줘요……!"

제시아가 지지 않고 목청껏 소리쳤다.

"미샤가 사라지면…… 누가 제시아의 풀을 몰래…… 먹어줄까요?!"

두 주먹을 불끈 쥐고, 이 세상 밖에 있는 그녀에게 제시아는 강하게 호소한다.

"제시아는…… 초식동물이…… 될 수 없어요……!"

"미샤……."

내 품속에서 사샤가 입을 열었다.

"……있잖아, 미샤. 네 소원은 잘 알겠지만, 정말 그래도 괜찮은 거야……?"

무척 다정하게, 몹시 슬프게 사샤가 말을 건넸다.

"우리는 언제나 둘이었어. 창조신이네 파괴신이네 하는 건 상관없이. 그때도 그랬잖아. 혼자가 아니면 살 수 없다는 걸 알고 있었다고 해도, 그럴 순 없어! 왜냐하면…….”

《파멸의 마안》에서 눈물이 흘러내렸다.

“왜냐하면…….”

사샤는 말을 이어나갔다.

“……왜냐하면 우리는 둘이 아니면 살 수 없으니까! 네가 세상이 되겠다면 나도 될 거야. 창조신과 파괴신이 아니게 되었다고 해도, 이 연결은 절대 끊어지지 않아……. 네가 반드시 세상으로 다시 태어나야 하겠다면, 내게 함께 가자고 말해줘!”

그녀는 떨리는 손을 천천히 내밀었다. 여기에 없는 미샤를 향해서.

“나는 네 동생이지만 너의 언니야……! 너보다 나중에 죽을 수는 없어. 너보다 먼저 죽을 수도 없어. 우리는 함께여야만 한다고! 그렇지? 미샤!”

강한 의지를 담아 사샤가 외쳤다. 과거의 언니에게, 소중한 동생에게. 결코 없어서는 안 될 자신의 반쪽에게.

“2천 년 전이라면 답이 달라졌을지도 모르지. 하지만 너는 이미 한 명의 마족으로 살아보았다.”

한 차례 말을 끊은 후 나는 주위를 둘러보았다.

“이제 너는 상냥한 세상이 될 수 없어. 이만큼 많은 사람들의 슬픔을 낳는 세상이 상냥할 리가 없잖아.”

마음 착한 친구를 향해 나는 웃어 보였다. 손을 크게 벌리자 등 뒤에서 그림자 그림의 세계가 춤을 추었다.

“그렇지 않다고 주장하려거든 지금 이 자리에서 다시 창조해

봐. 우리가 함께 보낸 이 7개월의 세상을."

내 창조마법이 세상에 그림자를 퍼뜨려갔다. 셀 수 없을 만큼 많은 그림자 그림들은 우리가 7개월간 함께 보낸 순간들을 빠짐없이 보여주었다. 창조신의 질서가 그것을 재창조할 수 있을지언정, 그녀의 마음은 이것을 지울 수 없다.

사랑스러운 추억을 지울 수는 없다. 없앨 필요는 결코 없는 것이다. 우리가 함께 보낸 이 나날들이야말로 한낱 거짓말이나 마법으로는 창조할 수 없는, 그 무엇보다도 기적적인 기적이니까.

"이봐, 미샤."

이멸검을 놓았다. 검은 필요 없다. 마법도 필요 없다. 그저 이 마음만 있으면 된다.

"고작 7억 년 동안 혼자 생각한 끝에 찾아낸 답 따위가, 우리의 7개월에 상대가 될 줄 알았나?"

소리도 없이 눈앞에서 무수한 파편이 흩어진다 그것은 세계의 조각. 유리에 비친 여러 추억들이 빙글빙글 춤추듯 회전하고, 그림자 그림의 세계가 멀어진다.

7개월의 추억이 주마등처럼 지나가고, 정신을 차리자 눈앞에는 아궁신도의 하늘이 펼쳐져 있었다.

두 눈 가득 눈물을 머금은 미샤의 모습이 보였다.

"……아……."

그녀가 무슨 말을 꺼내기도 전에 사샤가 먼저 그 몸을 힘껏 껴안았다.

"어서 와, 미샤. 다시는 널 놓지 않을 거야."

눈물이 뺨을 타고 주르륵 흘러내렸다.
갈라진 목소리로 그녀가 말했다.
"……다녀왔어……."

§에필로그【~마왕의 성배~】

아궁신도 하늘에 서로 부둥켜 안은 자매가 떠 있다. 그 머리 위에서 파도치던 갈라진 바다가 차츰 원래 모습으로 돌아가기 시작했다.
"사샤."
사샤의 어깨를 미샤가 다정하게 토닥였다. 하지만 그녀는 포옹을 풀기는커녕 동생을 안고 있는 팔에 더욱 힘을 주었다.
"이제 걱정하지 마."
미샤가 달랬지만 사샤는 그녀의 어깨에 얼굴을 파묻은 채로 고개를 도리도리 저었다. 손을 놓으면 미샤가 또 어디론가 가버릴까 봐 걱정하는 것 같았다. 미샤는 곤란하다는 표정을 지으며 나를 보았다.
"크하하. 본인이 뿌린 씨앗은 본인이 어떻게든 해야지."
"……큰일이네……."
미샤는 딱 붙어서 떨어지려 하지 않는 사샤의 머리를 다정하게 쓰다듬으며 중얼거렸다.
"시간이 별로 없어."

그 말을 듣고 사샤가 고개를 들었다.

"질서에서 분리된 신족은 오래 살 수 없어. 마족으로 예를 들면 《디노 지쿠세스》로 둘로 나뉜 거랑 비슷해."

눈물을 닦은 사샤의 마안에서 강한 의지가 엿보였다.

"나와 미샤가 둘이 있는 한, 파괴신과 창조신의 연결은 끊을 수 없다고 했지?"

미샤는 고개를 끄덕였다.

"사샤와 나, 둘 중에 한 명이 사라져서 하나의 근원, 하나의 의식이 되면 완전한 마족으로 전생이 완료될 예정이었어. 하지만 지금은 아주 조금 신족인 상태야."

요컨대 이대로는 둘 다 소멸될 거라는 얘기다.

"어떻게 하면 돼?"

그 질문에 미샤는 대답하지 못했다. 자신이 이 세상이 됨으로써 사샤를 구하려고 했던 그녀는 그 외의 방법을 알지 못할 것이다.

"흠. 파괴신과 창조신의 질서를 되찾으면 소멸은 걱정하지 않아도 되겠지."

그것은 다시 이 세상에 파괴의 질서가 되살아난다는 뜻이다. 죽지 않던 것이 죽게 되고, 멸망하지 않던 것이 멸망하게 된다. 2천 년 전과 다르게 마족도 인간도 그 마력과 마법이 퇴화되었다. 이 시대에 파괴신 아베르니유가 부활하면 많은 멸망의 원흉이 되리라.

"질서 없는 세상으로 재창조할 수 있다면."

미샤가 말했다.

"《원창의 월식》으로."

"……하지만 그건 미샤가 소멸될 때만 쓸 수 있는 거 아냐?"

사샤의 질문에 미샤는 고개를 끄덕이며 대답했다.

"창조신이 소멸을 맞이하는 순간에만 쓸 수 있어. 소멸을 극복한다고 해도 무에서 세상을 만들 수는 없어. 소멸이 다가옴에 따라 가장 강하게 빛나는 내 근원을 바치는 게 세상을 다시 창조하는 조건이야."

내 쪽으로 시선을 돌리며 미샤가 말했다.

"분명 다른 방법이 있을 거야."

"모든 걸 통째로 다시 만들 필요는 없잖아. 쓸만한 건 그대로 두고 아니다 싶은 부분만 손보면 노력을 최소한으로 줄일 수 있겠지."

굳이 창세의 권능까지 쓰지 않아도 미샤와 사샤가 살아남아 이 세상을 보다 좋게 만드는 정도는 가능할 터다.

"세상의 심연을 들여다보면 그것도 가능해."

마력의 총량이 줄어가는 세상. 파괴신이 사라졌음에도 윤회하는 생명이 여전히 조금씩 사라져간다. 어딘가에 이 세상을 멸망으로 이끌어가는 원흉이 있는 것이 아닐까. 그것만 찾을 수 있다면 두 사람을 도와 세상을 있어야 할 모습으로 이끌 수도 있을 것이다.

"나는 이 세상을 계속 지켜봐 왔어. 세상의 질서는 복잡하게 얽혀 있고, 올바르게 작동하고 있어. 만약 하나의 질서가 무너지면——.”

미샤가 말을 하다 멈추고 놀란 표정을 지었다.

“왜 그래?”

사샤가 그렇게 물었을 때는 나도 이변을 눈치챘다.

“……멈춰야 해…….”

미샤의 시선이 향하는 방향에는 신대의 학부 에베라스트앙제타가 있다. 그 거대한 성은 은백색 빛을 뿌리며 곧장 상승하고 있었다. 진행 방향에는 마왕성 데르조게이드가 있다.

“흠. 이쪽도 제어가 안 되는군.”

마왕성을 움직이려고 마력을 담았지만 뜻대로 되지 않았다. 내 제어에 저항할 수 있는 것은 아베르니유 정도뿐일 텐데, 그녀의 의식은 눈앞에 있는 사샤 안에 있다.

“얼음 세계.”

미샤가 두 번 눈을 깜빡였다. 《원창의 신안》이 에베라스트앙제타와 데르조게이드 사이에 작은 유리구슬을 만들었다. 그것은 두 성을 가로막는 벽. 작지만 터무니없이 거대한 세계다. 그런데 그녀가 만들어낸 유리구슬이 갑자기 훅 사라졌다.

그녀에게 쏟아지던 은백색 달빛이 사라지고, 그 눈동자에 깃든 《창조의 달》이 없어졌다.

“이상해…… 누가……?”

미샤는 마족으로 전생했다. 창조신의 힘과 기억은 에베라스트앙제타에 남겨두었다. 그 공급이 누군가에 의해 끊어졌다. 하지만 적의 낌새는 전혀 느껴지지 않았다.

"안 돼…… 부딪칠 거야……!"

고막이 찢어질 듯한 굉음을 울리며 에베라스트앙제타와 데르조게이드가 충돌했다. 그런다고 창조신과 파괴신을 바탕으로 만들어진 성이 어떻게 되는 것은 아니지만, 거대한 두 성은 밀려 올라가듯 하늘바다에 가라앉기 시작했다.

지직, 지지직, 머릿속에서 불쾌한 노이즈가 울렸다.

'……말했을…… 텐데…….'

사샤와 미샤가 나를 돌아보았다. 예전보다 한층 더 크게, 내 근원에서 불쾌한 목소리가 흘러나오고 있었다.

'……여기에 오지 않았다면 그녀는 알게 될 일도 없었을 것이다. 모르는 사이에 창조신은 소멸되고, 세상을 재창조하여 엔네스오네의 마법 질서가 새로운 생명의 원천이 되었을 것을…….'

"저건 네 짓이냐?"

하늘바다에 가라앉아가는 두 성을 노려보았다.

"계속 숨어 있지만 말고, 슬슬 이름이라도 대는 게 어떻겠나?"

'7억 년 동안 끊임없이 바라온 그녀의 희망은 지금 이 순간 무너졌다. 마지막 희망을 놓치고, 창조와 파괴의 자매신은 후회를 품고 소멸되어 갈 것이다.'

여전히 내 말에는 대꾸하지 않고 그놈은 말을 이었다.

'세상은 상냥하지 않고, 웃고 있지도 않다.'

하늘바다에서 소용돌이가 일어났다. 그 중심에 빛이 보이더니 에베라스트앙제타와 데르조게이드가 순식간에 빨려들어갔다.

"신계의 문이야."

사샤가 말하자 미샤가 이어받았다.

"닫힐 거야."

소용돌이의 중심, 그 심연을 들여다보니 확실히 엄숙한 문이 있었다. 그것은 천천히 닫히며 사라지려 하고 있다. 그 너머는 신들의 창궁, 즉 신의 본거지인 신계다. 문이 닫히면 그리 쉽게는 돌아올 수 없을 것이다.

"《이 그네아스》."

창백한 양손으로 신계의 문을 꽉 잡았다. 그런데 다음 순간, 손에 잡힌 문이 바스라지기 시작했다. 안쪽에서 부서지고 있는 것이다. 이대로 두면 신계로 통하는 문이 완전히 끊기게 될 터였다.

지상을 떠나는 건 어떻게 보면 도박이지만, 에베라스트앙제타와 데르조게이드는 미샤와 사샤의 반신이다. 그녀들의 생존을 위해서 저것을 놓칠 수는 없다.

"쫓아가자."

《프레스》로 상공으로 날아올랐다. 사샤와 미샤도 바로 내 뒤를 쫓아왔다.

"우리도 가자!"

"미샤와 사샤를…… 도와……줄게요……!"

엘레오노르, 제시아, 엔네스오네, 웬제르가 우리 뒤를 따랐다. 웨즈네라는 거리가 약간 멀었기 때문에 제때 도착하지 못할 것이다. 나는 하늘의 소용돌이로 돌진해서 사라져가는 신계의 문을 응시했다. 그 안쪽에서는 차원이 흔들리며 맹렬한 파도를 일으키고 있었다. 문이 반파된 탓에 신계와 이곳을 연결하는 마법술식이 뒤틀리고 있다. 갈 수는 있겠지만 순탄하게 끝나지는 않겠지.

"손을 잡아라. 놓치면 각각 다른 곳으로 날아가게 될 거다."

미샤와 사샤가 내 손을 잡았다. 후방에서는 엘레오노르 일행이 서로 손을 잡고 있었다. 전원이 뭉쳐있는 게 무난하지만 그럴 여유는 없을 것 같다. 저쪽은 문에 닿는 것조차 아슬아슬한 상황이다.

"엘레오노르, 신들의 창궁에 무사히 도착하면 웬제르와 상의하며 신중하게 행동하라. 실패하면 지상으로 돌아가 신에게 전해라."

"알았어!"

소용돌이를 통과하자 눈앞이 새하얗게 물들었다. 신계의 문 안에 진입한 것이다. 마력이 난기류처럼 날뛰는 가운데, 자그마한 손 두 개를 꽉 쥐고 우리는 그 너머로 나아갔다.

"왜 데르조게이드와 에베라스트앙제타가 말을 안 듣게 된 거야……?"

사샤가 의문을 품었다.

"……모르겠어……."

미샤는 바짝 긴장한 눈초리로 앞을 응시했다.

"그 목소리."

근심어린 표정으로 미샤는 중얼거렸다.

"후회하게 될 거라고 했어……."

알게 되면 후회하게 될 거라고, 이곳을 방문하면 그녀는 다시 현실을 깨닫게 될 것이라고 근원에서 울리는 목소리가 말했다.

미샤의 손이 약하게 떨리고 있다. 불안한 거겠지. 그것은 사샤도 마찬가지인가. 초조함을 숨기려는 듯 그녀는 내 손을 강하게 쥐고 있다.

"흠. 이 상황도 오랜만이군."

그렇게 말하자 두 사람의 표정이 의문으로 물들었다.

"너희는 둘이서는 살 수 없다. 둘이서 살려고 하면 세상의 평화가 무너지게 되지. 정말이지 일부러 맞춘 것만 같은 상황 아니냐. 미샤, 사샤. 너희의 목숨에 세상의 평화가 하나 더 추가됐을 뿐이다. 자, 그렇다면 대체 무엇을 어떻게 구하는 게 옳은 길일까?"

앞으로 곧장 날아가며 나는 두 사람에게 시선을 보냈다.

"기억하고 있나, 내 답을."

미샤의 손떨림이 진정되었다. 사샤는 후훗 웃었다. 두 사람은 동시에 말했다.

""셋 다 구한다.""

나는 크하하 웃었다.

"바라지 말고 기도하지 마. 그저 내 뒤를 따라 걸어와라."

눈앞에 빛이 보였다. 이내 틈새에서 빠져나와서 신들의 창궁에 도달했다. 아직 끝나지 않았다. 그저 그뿐이다. 달라진 건 없다. 그때 했던 말에 거짓이 없다는 것을 증명하듯, 나는 다시금 말했다.

“너희 앞을 가로막는 모든 부조리를, 내가 지금부터 멸할 테니까.”

끝

후기

마왕학원 애니메이션이 끝나고 드디어 한숨 돌릴 수 있게 되었습니다. 애니메이션화를 하게 되면 원작자가 꽤 바빠진다는 이야기를 소문으로 들어 알고 있었는데, 저 역시 예외 없이 바쁜 나날을 보냈습니다.

또한 앉아서 하는 일이 많은 탓인지, 끝나고 나서 긴장이 풀렸는지 건강이 좀 안 좋아져서 머리가 전혀 돌아가지 않는 상태가 2주 정도 계속되었습니다. 그래서 꽤 걱정했는데 휴식을 취하고 몸에 부담이 되는 일들을 재검토하면서 최근 들어 겨우 회복되었네요.

역시 하루 종일 일만 하는 건 좋지 않으니 일주일에 한 번, 최소한 반나절이라도 휴일을 만드는 게 나을지도 모르겠습니다만, 좀처럼 조절하지 못하고 자꾸 일을 하게 되더군요. 사실 지금까지는 소설 작업을 하는 그 기간이 휴식 시간이라고 생각했었는데, 아무래도 몸에는 착실히 피로가 쌓인다는 걸 깨달았습니다.

그런데 어쩐지 마음이 급해지는 것 같다고 할까요. 쓰고 싶은 것은 많은데 실제로 쓸 수 있는 건 그중 몇 가지밖에 안 되고, 몸도 따라주지 않으니 답답한 마음이 듭니다. 그렇다고 해도 몸이 망가지면 본말전도이므로 최상의 컨디션으로 집필할 수 있게끔 휴식도 일이라고 생각하며 열심히 해야겠다고 다짐합니다. 당분간은 너무 무리하지 않도록 신경 쓰겠습니다.

이번에도 담당 편집자 요시오카 님께 큰 신세를 졌습니다. 감사합니다. 또한 일러스트레이터 시즈마 요시노리 선생님께서는 몇 번을 봐도 멋진 일러스트를 그려주셨습니다. 밀리티아와 아베르니유가 그림으로 구현되어 감회가 깊습니다.

끝으로 긴 이야기에 함께해주시는 독자 여러분께 진심으로 감사드립니다.

마왕학원의 이야기는 이제 본격적으로 세상의 심연에 다가가게 됩니다. 제10장은 어쩌면 상하권으로 나뉠지도 모르겠습니다만, 쓰고 싶었던 에피소드가 가득하니 재미있게 읽으실 수 있도록 최선을 다하겠습니다.

2021년 2월 1일

슈우

NEXT

마왕학원의 부적합자
~사상 최강의 마왕인 시조, 전생해서 자손들의 학교에 다니다~
9

2025년 12월 25일 제1판 제1쇄 인쇄
2025년 12월 30일 제1판 제1쇄 발행

지음 | **슈우**
일러스트 | **시즈마요시노리**
옮김 | **원성민**

발행인 | 오태엽
편집팀장 | 이수춘
편집담당 | 이예솔
한국어판 디자인 | Design Plus, 최진주
라이츠사업팀 | 이은선, 박경진, 정선주, 신주은, 신윤미
전략마케팅팀 | 김정훈, 이강희, 정누리, 김재철
제작담당 | 박석주

발행처 | (주)서울미디어코믹스
등록일 | 2018년 3월 12일
등록번호 | 제 2018-000021
주소 | 서울특별시 용산구 만리재로 192

MAOH GAKUIN NO FUTEKIGOUSHA 9
~SHIJOSAIKYO NO MAO NO SHISO, TENSEISHITE SHISONTACHI NO GAKKO HE KAYOU~